本书得到上海建桥学院资助

| 光明社科文库 |

# 凯瑟琳·安·波特小说中的创伤叙事研究

魏　懿 ◎ 著

光明日报出版社

**图书在版编目（CIP）数据**

凯瑟琳·安·波特小说中的创伤叙事研究 / 魏懿著
. --北京：光明日报出版社，2020.6

ISBN 978-7-5194-5828-7

Ⅰ.①凯… Ⅱ.①魏… Ⅲ.①凯瑟琳·安·波特—小
说研究 Ⅳ.①I712.074

中国版本图书馆 CIP 数据核字（2020）第 107550 号

凯瑟琳·安·波特小说中的创伤叙事研究

KAISELIN · AN · BOTE XIAOSHUOZHONG DE CHUANGSHANG XUSHI
YANJIU

著　者：魏　懿

责任编辑：曹美娜　黄　莺　　　　责任校对：陈永娟
封面设计：中联学林　　　　　　　责任印制：曹　净

出版发行：光明日报出版社

地　　址：北京市西城区永安路 106 号，100050

电　　话：010-63139890（咨询），010-63131930（邮购）

传　　真：010-63131930

网　　址：http://book.gmw.cn

E - mail：caomeina@ gmw.cn

法律顾问：北京德恒律师事务所龚柳方律师

印　　刷：三河市华东印刷有限公司

装　　订：三河市华东印刷有限公司

本书如有破损、缺页、装订错误，请与本社联系调换，电话：010-63131930

开　　本：170mm×240mm

字　　数：262 千字　　　　　　　印　　张：16

版　　次：2020 年 6 月第 1 版　　　印　　次：2020 年 6 月第 1 次印刷

书　　号：ISBN 978-7-5194-5828-7

定　　价：95.00 元

# 目　录
## CONTENTS

# 导　论

凯瑟琳·安·波特（Katherine Anne Porter，1890—1980）是美国现代文学史上一位知名的作家，同时也是美国 20 世纪最重要的女性小说作家之一。她并不是一位高产的小说作家，一生共创作了 26 篇短篇小说与一部长篇小说《愚人船》。波特在深入挖掘现代社会人类内心世界方面所展现的技巧获得了一致的称赞。其作品深刻地反映了处于动荡不安的 20 世纪的西方世界，并揭示了现代西方人内心的迷茫、惶恐与焦躁。凯瑟琳·安·波特获得过美国文坛众多的奖项，例如，古根海姆奖、全美图书奖、普利策奖以及美国文学艺术院颁发的、表彰有突出贡献的小说家的金质奖章等，这些奖项的获得充分说明了波特为美国文学做出的杰出贡献以及其在美国文学史上的地位。波特被誉为"作家中的作家"，她的作品已成为美国现代文学重要的组成部分。

本书在创伤理论视域下研究凯瑟琳·安·波特小说中的创伤叙事主题以及其创伤书写手法。创伤理论作为 20 世纪末逐渐兴起的文艺理论，将现代心理学、临床医学、神经学、叙事学等众多学科统一起来，旨在探索创伤书写在现代文学创作中的重要性。同时，创伤理论也由弗洛伊德所开创的心理分析理论得到了进一步的深化与拓展，为文学文本的分析、人物心理的刻画、作者创作的意图以及读者的心理构建等方面的探究提供了新的理论依据和阐述视角。创伤理论通过创伤机制对人物心理的影响来激发读者对于作品主题的思考与解读，进一步了解与分析文学作品中的创伤因素、创伤影响、创伤体验、创伤症状以及创伤事件本质，从而更好地挖掘作家的创作动机和主题思想。这有助于深入了解作品中的创伤人物，并使作家、读者、文本和社会之间的关系得到一个全新的阐释与审视的视角。

凯瑟琳·安·波特的小说具有十分鲜明的创伤叙事特征。第一，就个人生活经历而言，波特有着并不快乐的童年、四次失败的婚姻以及孤独凄凉的晚年。这些在波特众多短篇小说中都有鲜明的反应。波特以细腻的文笔展现了个体在人生不同阶段中所遭遇的各种创伤体验。第二，就所处的时代而言，波特的一生经历了美国南方传统社会的失落，目睹过经济大萧条和第一次世界大战对于西方世界信念价值的毁灭，见证过二战前法西斯纳粹势力在欧洲的崛起。这些为波特后期的短篇小说以及长篇小说《愚人船》的创伤叙事提供了素材，成为波特解读当时西方世界的叙述视角。可以说，波特的个人小环境和其所生活的社会大环境都为她的小说创作注入了创伤的基因。第三，波特小说中的众多人物具有明显的创伤症候表现。这些人物身上表现出的噩梦、闪回、莫名的恐惧、死亡的幻想等从创伤理论的角度看，都是心理创伤症候的外在体现。这些创伤症候是人物的内在主观心理活动与外在客观环境互动的表现。第四，作为一名以精致文风著称的女作家，波特精致细腻的写作风格在其创伤书写方面表现得尤为突出。波特通过感官化的书写即颜色、嗅觉、听觉、触觉等将原本抽象而不易把握的创伤体验形象化，营造出极具张力的画面意境，从而提升了创伤书写的艺术性。此外，波特在刻画创伤人物时还大量运用顿悟与沉默，使人物的心理创伤表现变得更为复杂深邃。从创伤书写的视角来解读和欣赏波特的小说美学，可以使读者更好地领略波特的精致文风，更深入地理解作品的主题思想。

创伤理论为研究波特及其小说创作提供了新的研究视角。国内外目前缺少对于波特作品的整体性和系统性研究。国内对于波特尚无博士论文和任何专著面世。本书试图通过探讨波特的主要作品来展现波特的创伤叙事主题与艺术创作手法，这对于全面整体地研究波特的作品具有重要意义，同时对于研究美国现代文学，尤其是美国现代女性文学的发展与流变也具有重要意义。本论著强调理论联系实际，以创伤理论的基本观点来指导具体作品的分析，同时注重文本细读。波特作为一名以精致文风著称的作家，其作品大多精雕细琢，只有对其进行细致的个案文本分析才能使其小说中所蕴藏的创伤因素得以被深入地解读与探究。

本书分为五个章节，分别从美国南方文学、波特的短篇小说中的创伤叙事、长篇小说《愚人船》的创伤叙事以及波特的创伤书写手法等角度，以创伤理论为视角来讨论和挖掘波特小说文本中所蕴藏的创伤因素；分析导致创伤的原因和根源以及探讨其小说所体现的创伤描写的艺术特色。

第一章介绍凯瑟琳·安·波特的生平，国内外有关波特的研究现状以及创伤理论相关背景知识。

第二章论述美国南方文学和凯瑟琳·安·波特自身的生活经历对于其小说创作的影响。美国南方本身就是一部充满创伤的历史。在经历了南北战争以及战后新老南方发生冲突的过程中，美国南方文学逐渐形成了"向后看"和"向前看"的双重视角来审视过去与现在。"向后看"的视角创造了"老南方"的神话，用来逃避南北战争给南方带来的痛苦创伤。它只关注过去，而对战后南方的现实则予以回避。"向前看"的视角则把注意力集中在了满目疮痍的现在。战后南方所带来的巨大冲击使得包括波特在内的南方年轻一代意识到了"老南方"意象的虚假，他们企图逃离父辈所描述的"老南方"，但却发现新南方也不是真正的南方，南方面临着被北方同化的危机。新老南方的冲突导致了南方记忆的危机感。作为一名公认的著名的美国南方作家，波特的小说创作深深扎根于南方文学这块土壤，南方文学势必对于她的文学创作产生了巨大的影响。同时，波特也有着特殊的个人背景。作为战后出生的一代，一方面，南方世家昔日的光荣通过老祖母的叙述传递给了波特，但"老南方"失落的创伤感也通过老祖母的叙述传递给了波特这一代新南方人。另一方面，作为一位具有深刻观察力的作家，波特也意识到了现实生活中新老南方在价值理念上的冲突。这种冲突解构了"老南方"的神话，使得人们在心理上对于南方产生了疏离感，同时对于自己南方人的身份产生了焦虑。这种疏离感和焦虑感使得新一代南方人经历了双重的创伤体验。这在波特的小说中体现为人物的自我放逐或是人物陷于过去和现在的断裂状态之中。波特在小说中创造了处于各种创伤之中的人物，这些形形色色的人物身上的创伤不仅属于个人，也属于整个南方乃至整个人类社会。南方文学的传统和自身家族的影响造就了波特对于南方的双重情结。

第三章对波特的主要短篇小说中的创伤叙事主题进行文本分析和解读。作为一名以短篇小说闻名于世的作家，波特的短篇小说为读者提供了丰富的创伤叙事主题。这些作品既是作者创伤记忆的再现，也是作者对于现代社会的敏锐观察和深刻思考的成果。波特短篇小说中的人物身份虽然各不相同，他们所处的环境和时代背景也有所差异，但这些人物身上都体现了一种创伤感。这种创伤感或来自童年时期的特殊生活经历，或来自家庭和婚姻的矛盾，或来自生与死的体验，或来自不同两代人之间的价值观差异，或来自时代的大背景等。小说中的众多人物也明显表现出各种心理创伤症状，例如，噩梦、闪回、惊恐、精神恍惚、感情迟钝、心理癔症、肢体暴力等。在这些作品中，波特一直努力地寻找着人类创伤的源头，探究人类受到创伤侵扰的原因。其中既有作者自身创伤经历和体验的折射，同时也有作者对于人性、善恶和现代社会对于人们心理影响的观察和反思。对于波特小说中众多的创伤个体进行分析，可以更好地了解作者创作的动机和创作的主旨。笔者认为，创伤是解读波特小说创作的一个关键词。其小说作品中形形色色的创伤个体构成了一个 20 世纪饱受创伤苦难的现代社会的缩影。

第四章解读凯瑟琳·安·波特的唯一一部长篇小说《愚人船》。作为波特最后一部小说，长达五十余万字的《愚人船》无疑是波特最具分量的作品。同时，《愚人船》前后长达三十余年的创作也使其成为波特小说创作的总结和集大成之作。《愚人船》无论是篇名还是整体构思都受到德国中世纪作家萨巴斯蒂安·布伦特的同名讽刺诗以及整个西方愚人文学的影响并形成某种指涉关系。但与西方传统愚人文学以道德和宗教解救世人灵魂的期待不同，波特在《愚人船》中透露出的则是对于现代人类的深深绝望与无情嘲讽。此外，作为波特一生创作的总结，《愚人船》中所蕴藏的创伤以及作者对于这些创伤的思考都是一个长期发展的过程。《愚人船》中的诸多创伤在波特之前的短篇小说中都有所反映，例如，儿童的心理创伤、死亡的创伤体验、良知与邪念的冲突、爱情的创伤、噩梦与妄想等。这些之前散见于波特短篇小说中的创伤书写在长篇小说《愚人船》中汇集在了一起并得到了进一步的升华，它们构成了一个宏大而翔实的创伤叙事互文。无论是小说的表层直线结构与深层创伤循环结构的布局安排，还是小说中各色人物所表现出的"愚蠢"背后的各种创伤症状和反应，都无不向读者揭示出一个千疮百孔的创伤世界。这些都意味着波特小说中的创伤书写达到了一个更高、更复杂的思想境界。

第五章着重讨论和分析凯瑟琳·安·波特小说创作中所使用的创伤书写手法即波特是如何来刻画人物的心理创伤。笔者认为，波特在刻画人物的创伤体验时，主要通过将创伤体验感官化来使原本抽象的创伤感变得生动形象，从而使读者产生感同身受的体验。波特感官化的创伤描写主要通过颜色、动作、具体形象等营造出一幅极具动态感的画面，并站在创伤受害者的立场上通过听觉、嗅觉和触觉等感官感受来生动再现人物的创伤体验。可以说，波特感官化的创伤书写既有现代心理学对于个体遭受创伤打击之后所出现的创伤症候的科学理论依据，又使原本并不令人觉得愉悦的创伤叙述变得更具可读性和艺术性。此外，波特在描写人物的创伤时还经常使用顿悟。顿悟是指人在一刹那所产生的对于周围世界看法的一种转变。在波特的创伤描写中，人物在遭受创伤打击后会对自己原先的某些看法或是理解产生观念上的改变。顿悟后出现的改变意味着人物的心理变得更为成熟，同时也意味着创伤受害者能够积极主动地面对创伤，最终有可能走出创伤的阴影。纵观波特的大部分小说，能够在顿悟后积极采取行动摆脱创伤困扰的人物并不多，这也从一个侧面反映出作者对于现代人类社会前景的悲观情绪。除了创伤的视觉化和感觉化描写以及创伤后的顿悟之外，沉默因素也是波特刻画人物创伤时常使用的手法。在波特的小说人物中，有些人物被剥夺了言语的能力，无法表达自己真实的情感；有些则主动保持沉默，封闭自我，默默地咀嚼着自己内心的创伤；有些虽然不断在诉说，但由于无法形成有效的交流而陷入孤立的境地；还有些则是以书面形式独自言说着自己内心的创伤感受，进行着创伤的"不及物"的书写。这些人物尽管塑造手法各不一样，但由于他们都无法与周围世界形成真正意义上的情感交流，从而陷于沉默封闭的困境之中，在这沉默的背后折射出的是现代人心与心之间的隔阂与疏离。

本书旨在对凯瑟琳·安·波特的主要小说作品进行系统性的研究与梳理，从而使国内对于波特作品的研究进一步细化与深化。具有以下的研究意义。

首先，国内目前缺少对于凯瑟琳·安·波特作品的整体性和系统性研究。笔者认为，波特作为一名创作时间漫长的作家，单篇作品的研究无法显现出该作家的创作特色与整体的创作成就。因此笔者试图通过探讨波特的主要作品来展现波特创伤书写的发展轨迹和其小说创作的特点以及艺术特色，这对于全面整体地研究波特的作品具有重要意义。

其次，就研究方法而言，创伤理论作为一种从21世纪初才开始运用于文学作品分析的理论方法，具有新颖性，能进一步挖掘波特小说的主题思想与人物心理，以及作家、文本和社会之间的关系。使读者能从一个全新的角度认识和理解波特及其小说创作。

最后，凯瑟琳·安·波特作为美国文学从传统文学向现代文学过渡时期的一位重要作家以及她与美国南方文学千丝万缕的联系，通过创伤理论视角研究波特小说创作中所蕴含的时代背景、主题思想和创作特色等也为研究美国现代文学的发展尤其是美国现代女性文学和南方文学提供一个较新的切入点。

# 第一章

# 绪　论

　　美国 20 世纪著名女作家凯瑟琳·安·波特（Katherine Anne Porter 1890—1980）的一生有过四段婚姻，但始终没有一个完整的家庭。她的一生经历了一战、经济大萧条、二战、冷战等重大历史事件，可以说她的人生伴随了美国 19 世纪末至 20 世纪 70 年代各个历史阶段。她以严肃的创作态度为世人留下了 26 部短篇小说，一部长篇小说《愚人船》（*Ship of Fools*）以及一些散文和诗歌。尽管创作数量并不算多，但波特的小说几乎篇篇都是上乘的佳作，在美国现代文学史上占有重要的地位，被著名文学评论家埃德蒙·威尔逊（Edmond Wilson）誉为"第一流的艺术家"。① 她的作品不仅有着南方文学的哀伤气质，更有着作者本人对于生死、善恶、人性和整个人类社会的创伤记忆。走入她的小说，便走入了一个回忆与创伤相互交织的世界。

## 第一节　创伤世纪的见证者
### ——凯瑟琳·安·波特的生平

　　凯瑟琳·安·波特（原名凯丽·拉塞尔·波特 Callie Russell Porter）于 1890 年 5 月 15 日出生于德克萨斯州印第安河市。波特的母亲玛丽·阿莉斯·波特（Mary Alice Porter）在波特两岁时因病去世，在此之前这个美国南方世家便已家道中落。在妻子阿莉斯去世之后不久，波特的父亲哈里森·波特（Harrison Porter）便带着小波特和另外四个孩子前往路易斯安那州自己母亲的家中。波特便是在路易斯安那州的农场上度过自己的童年时光。对于童年时

---

① 凯·安·波特. 波特短篇小说集［M］. 鹿金，等，译. 上海：上海译文出版社，1984：11.

的波特而言，农场生活的唯一乐趣就是听祖母讲故事。波特的祖母凯瑟琳·安·斯卡格斯（Catherine Anne Skaggs）是一位既严肃又极富口才的老妇人。她向小波特讲述自己家族的往事以及一些道听途说的见闻。这些故事深深印在了波特幼小的心灵里，其中有些成为波特日后小说创作的素材。正是在祖母凯特①的影响下——波特在成年之后将自己的名改成与祖母极为相似的Katherine Anne，可见其祖母对波特的巨大影响——波特六岁时便立志要成为一名作家。祖母凯特在波特十一岁时去世，随后一家人又搬往圣安东尼奥市，波特在当地一家修道学院里读书。幼年丧母、随父寄人篱下的经历对波特的心理产生了不小的影响。波特曾由于童年生活的贫困而责怪父亲，认为他没有担负起做父亲的责任，甚至将自己后来无法适应婚姻生活归结于童年时父爱的缺失。②

　　十六岁那年为了离开这个没有多少爱意的家庭，同时也为了获得经济上的独立，波特与一位名叫约翰·亨利·昆兹（John Henry Koontz）的铁路员工结了婚并放弃了自己的天主教信仰。这场婚姻使得波特与自己的家族尤其是与父亲的关系出现了无法愈合的裂痕（这一段经历与波特的短篇小说《灰色马，灰色的骑手》中的主人公米兰达的经历极为相似）。由于性格、价值观等方面的原因，波特和约翰两人在婚后就一直争吵不断。波特的第一次婚姻在维持了三年之后宣告结束。离婚后不久，波特患上了肺炎，在疗养院里住了两年。1917 年波特在《评论家》周刊做起了编辑，主要写有关戏剧和社会见闻方面的评论。此后她又为《落基山新闻》撰写有关音乐剧、话剧和电影方面的文章。1918 年波特在丹佛进行采访时，染上了当时正肆虐美国的流感，差点失去性命。这段经历后来成为其短篇小说《灰色马，灰色的骑手》的创作背景。1919 年波特搬到了当时较为激进的知识分子和文化名人聚集的纽约格林威治镇，在那里靠写电影脚本维持生计。1920 年她前往墨西哥并担任当地一本杂志的编辑。在墨西哥期间，波特积极投身于当地的教育和文化改革事业，并且与当地的知识分子和革命者保持着密切联系。在其处女作《玛利亚·孔塞普西翁》和其最知名的短篇小说《开花的犹大树》中都可以看到她在墨西哥的这段经历的影子。由于波特与墨西哥革命者的密切关系，1921 年

---

①　凯瑟琳·安·波特在谈到其祖母时都将其称之为祖母凯特（Aunt Cat）。

②　Joan Givner. Katherine Anne Porter：A Life［M］. New York：Simon and Schuster，1982：50-51.

墨西哥政府斥责波特是一名激进主义分子。波特不得不回到纽约，并于次年在《世纪》杂志上发表了自己的第一篇短篇小说《玛利亚·孔塞普西翁》，从此开始了自己长达半个世纪之久的创作生涯。

1926 年波特迎来了人生中的第二段婚姻。丈夫名叫厄内斯特·斯托克（Ernest Stock），是一位室内设计师兼画家，比波特小整整十岁。婚后两人搬到康涅狄克州居住。不久波特便发现自己无法适应婚姻生活，她觉得当处于婚姻状态时自己无法集中精力写作。① 这场婚姻的结局也最终以离婚收场。在结束了第二次婚姻之后，波特回到纽约，为《纽约先驱报》《新共和报》《国家》等报纸杂志撰写评论文章来维持自己的生活。在这一期间，她结识了不少美国南方作家，其中包括罗伯特·佩恩·沃伦（Robert Penn Warren）、艾伦·泰特（Allen Tate）、尤朵拉·威尔蒂（Eudora Welty）等。1929 年波特前往位于南大西洋的百慕大群岛进行疗养。南大西洋当地温暖宜人的气候使波特想起了自己童年时在美国南方的生活。于是她开始创作以一位名叫米兰达的美国南方女孩子的成长经历为题材的"米兰达"系列短篇小说。小说中的"米兰达"在很大程度上就是波特自己的写照，它融合了波特对于南方生活的回忆和创伤的体验。在写完该系列的第一篇小说《无花果树》之后，波特回到纽约。1930 年在好友马修·杰弗逊（Matthew Josephson）的帮助下，波特的第一部短篇小说集《开花的犹大树》（*The Flowering Judas*）与读者见面。这部短篇小说集于次年为波特赢得了古根海姆奖学金。从此波特在美国现代文学史上确立了自己的地位。1930 年波特再次前往墨西哥为小说创作寻找灵感。在这次旅程中她遇到了其人生中的第三任丈夫尤根·帕斯利（Eugene Pressley），这位比自己小十三岁的年轻作家后来成了长篇小说《愚人船》中戴维的原型。尤根很喜欢波特，在经济上也给予了她很多帮助，但他却不喜欢波特创作小说。② 1931 年由于有了古根海姆奖学金的资助，波特坐船从德国维拉科鲁兹到伯莱明旅游，这段旅行经历在三十年后成为了波特唯一的长篇小说《愚人船》的创作素材。1933 年波特在巴黎定居并与尤根结婚。1936年波特忽然回到阔别十五年之久的故乡印第安河市。1938 年波特与尤根离婚。

---

① Joan Givner. Katherine Anne Porter：A Life［M］. New York：Simon and Schuster, 1982：175.

② Joan Givner. Katherine Anne Porter：A Life［M］. New York：Simon and Schuster, 1982：229.

与尤根在一起的七年是波特小说创作的一个丰收期。以故乡德克萨斯州为背景的"米兰达"系列小说全部完成，标志着波特的短篇小说创作进入了一个新的阶段。在与尤根离婚后不久，波特很快便与人生中的最后一任丈夫阿尔贝特·埃斯金（Albert Erskine）结婚。阿尔贝特当时大学刚毕业，在《南方周刊》任商务管理工作，比波特整整小了二十岁。然而，可惜的是波特人生中最后的这次婚姻也像前几次一样最终以离婚收场。波特后来曾谈起过几任丈夫同她离婚的原因，她说："他们没法跟我一起生活，因为我是一个作家，而且当时跟现在一样，写作第一。"① 可见波特将写作视为自己生命的全部和唯一。从 1939 年起美国文学界开始关注波特这位新生代女作家。《纽约时报》曾评论波特的小说"内容毫无瑕疵，文风朴实无华，有深度，很能打动人——在创作毅力和创作才能方面可与海明威等少数作家相媲美"。② 波特开始以知名作家的身份出席各大文学讲座和文艺活动，被誉为"南方淑女"和"文学女将"。③ 1944 年波特的短篇小说集《斜塔和其他故事》（*The Leaning Tower and Other Stories*）出版。1945 年 1 月她前往好莱坞发展。她为好莱坞电影公司写剧本，但向来以严肃态度进行写作的波特很快发现电影公司需要的剧本是那些庸俗烂套的爱情戏，而自己写的严肃剧本根本不被公司所采纳。于是只做了不到两个月，波特便离开了好莱坞。之后，她在加利福尼亚居住了四年进行小说创作。在这期间波特写了一些关于美国南方作家的评论文章。她曾批评罗伯特·佩恩·沃伦在《国王的人马》中对休·朗（Huey Lang）的人物塑造是在对恶棍进行美化。④ 她认为一个作家"试图解释，理解或是以一种同情心塑造一个在道德上应被谴责的人物，他就成了这个人物的共犯帮凶"。⑤ 从这些文学评论中读者也可窥见波特对于文学价值与文学道德评判的某些看法和观点。

　　20 世纪 40 年代末和 50 年代初，波特先后在斯坦福大学、密西根大学和

① 凯·安·波特. 波特短篇小说集［M］. 鹿金，等，译. 上海：上海译文出版社，1984：1.

② Joan Givner. Katherine Anne Porter：A Life［M］. New York：Simon and Schuster，1982：314.

③ George Hendrick. Katherine Anne Porter［M］. New York：Twayne，1962：10 – 11.

④ Joan Givner. Katherine Anne Porter：A Life［M］. New York：Simon and Schuster，1982：353 – 354.

⑤ Joan Givner. Katherine Anne Porter：A Life［M］. New York：Simon and Schuster，1982：355.

马里兰大学任教。在教书的同时，波特也一直坚持着小说的创作。终于在1962年愚人节那天，人们从早期宣传开始便翘首期盼的长篇小说《愚人船》问世了。《愚人船》一经出版立即就获得美国文学界的关注并成为当年的畅销小说。罗伯特·佩恩·沃伦将这部小说称之为"杰作"和"一部天才的作品"。① 文学评论家乔治·亨德瑞克（George Hendrick）也称赞这是"一部巨著，一部精细、充满力量、融合了自然主义和象征主义的佳作"。② 不过，批评的声音也不少，哈利·莫尼（Harry Mooney）认为《愚人船》突出了人物而没有突出事件，人物的塑造又缺少自知力，显得较为空虚。③ 此外，莫尼还指责《愚人船》有反犹太主义倾向，因为波特把小说中的犹太人描写得既虚伪又毫无生气。④ 无论称赞还是批评，《愚人船》无疑已成为美国现代文学中的一部经典之作。作为波特唯一的长篇小说，《愚人船》有力地巩固了波特在美国文学史上的地位。在《愚人船》出版之后，波特搬去华盛顿生活。1966年联合影人公司花了四十万美元买断了《愚人船》的电影版权。同年波特凭借《凯瑟琳·安·波特短篇小说集》获得全美图书奖和普利策奖。1967年波特又荣获美国文学艺术院颁发的、表彰有突出贡献的小说家的金质奖章。60年代末马里兰大学授予波特荣誉博士学位并在学校图书馆专门设立以波特名字命名的图书室。从70年代开始波特的健康状况每况愈下。1980年9月18日九十岁高龄的凯瑟琳·安·波特在马里兰州的一家疗养院中孤独地走完了自己的人生。

　　纵观一生，波特经历了美国南方传统社会的失落和美国经济大萧条的窘境，目睹了第一次世界大战对于西方世界信念价值的毁灭，见证过二战前法西斯纳粹势力在欧洲的崛起。正如波特自己所说："从我有意识和有记忆的年纪起，直到今天，这一生始终处在世界性灾难的威胁下，而我的绝大部分智力和精力一直用在努力领会这些威胁的意义上，追溯它们的根源上，用在努

---

① Joan Givner. Katherine Anne Porter：A Life［M］. New York：Simon and Schuster, 1982：134, 138.

② George Hendrick. Katherine Anne Porter［M］. New York：Twayne Publisher, 1965：119.

③ Harry John Mooney. The Fiction and Criticism of Katherine Anne Porter［M］. Pittsburgh：University of Pittsburgh Press, 1962：56 – 59.

④ Harry John Mooney. The Fiction and Criticism of Katherine Anne Porter［M］. Pittsburgh：University of Pittsburgh Press, 1962：61.

力了解西方世界人的生活中这个巨大而可怕的缺陷的逻辑上。① 可以说，波特的小说创作伴随着美国乃至整个西方世界在 20 世纪上半叶所经历的各种人类重大创伤事件，是一位目睹和亲历创伤世纪的见证者。波特的一生始终在寻找作为一名作家的意义和价值。她通过细腻精致的文笔将个体以及全人类在 20 世纪上半叶所经历的各种创伤事件一一生动地记录下来并呈献给读者。她的小说充满了对于童年、家庭、婚姻、人性和社会的创伤记忆与反思，这些带着创伤性质的记忆与思考构成了其小说的思想核心与艺术魅力。以创伤书写为视角解读和研究波特就是要研究其小说中的创伤叙述——包括创伤的事件、创伤的症状、创伤的影响、创伤的感受等——探寻导致这些创伤的个人和社会因素以及隐藏在创伤表面之下的时代根源。

## 第二节　国内外有关凯瑟琳·安·波特研究现状综述

凯瑟琳·安·波特的创作生涯跨越了半个多世纪，一直以极为严谨的创作态度进行着小说创作。2008 年凯瑟琳·安·波特的作品被收入美国国家图书馆文库系列，这表明波特作为一名美国当代经典作家的地位已经得到了确立与认可。一直以来波特的短篇小说就是评论家们的最爱，被誉为"作家中的作家"。② 波特的小说风格一直受到新批评主义的青睐，所以较多的评论文章和专著着重于波特写作风格的赏析。近年来文学批评界逐渐开始关注波特的文学影响、波特的生活经历和其小说创作的关系、波特小说中的人物塑造以及小说主题等。可以说，对于波特的研究正逐步走向深入。不过，中国与西方对于凯瑟琳·安·波特的研究情况各有不同，也经历了不同的发展阶段。总体而言，到目前为止中国对于凯瑟琳·安·波特的研究主要还是局限在个别的几部作品上，缺少对于波特小说创作全面系统的研究，总体水平还有待进一步提高。

---

① Katherine Anne Porter. Collected Stories and Other Writings [M]. New York：The Library of America，2008：718.

② Eric Rygaard Gary. Death and Katherine Anne Porter——A Reading of the Long Stories [J]. Oklahoma State University，2003（5）：3.

**一、国外凯瑟琳·安·波特研究综述**

按时间进行划分，国外对于凯瑟琳·安·波特的研究大致经历了以下三个阶段。

（一）20 世纪 60 年代前

在 1960 年前关于波特的小说创作的研究仅散见于个别评论性的短文。就笔者所能掌握的资料来看，第一篇对波特的小说进行文学评论的文章发表于 1940 年，作者是罗德维特·哈特列（Lodwick Hartley）。这篇名为《凯瑟琳·安·波特》（*Katherine Anne Porter*）的文章对波特在 30 年代发表的短篇小说集《开花的犹大树》（*Flowering Judas*）进行了简要评论，认为这些小说反映了作者在墨西哥的生活经历以及对于当时墨西哥革命的政治态度。① 1952 年瑞韦斯特（Ray B West）在《南方复兴》（*Southern Renascence*）杂志上发表文章《凯瑟琳·安·波特和历史记忆》（*Katherine Anne Porter and Historical Memory*）。该文章分析了波特的短篇小说《旧秩序》并得出结论认为波特从本质上是一个罗马天主教徒。② 两年后，著名作家罗伯特·佩恩·沃伦（Robert Penn Warren）发表了一篇关于波特小说的评论文章《中心的讽喻：凯瑟琳·安·波特》（*Irony with a Center：Katherine Anne Porter*）。在该文中沃伦分析了波特小说的主题和创作手法，认为波特的短篇小说揭示了人类在现代世界中的生活困境并且揭示其小说中的讽喻隐含了"拒绝接受成规、拒绝接受已有的解决方法、拒绝接受流传下来的道德规范"。③

（二）20 世纪 60 年代至 80 年代

这一时期是关于凯瑟琳·安·波特研究的黄金期。随着波特的长篇小说《愚人船》的发表以及短篇故事集多次获奖④，波特的知名度大大提升，关于她的研究论著和文章也大量出现。就在 1962 年 4 月 1 日《愚人船》发表后的

---

① Eric Rygaard Gary. Death and Katherine Anne Porter——A Reading of the Long Stories [M]. Oklahoma State University, 2003 (5)：3.

② Ray B West. Katherine Anne Porter and Historical Memory [J]. Reprint in Southern Renascence, edited by Louise D. Rubin, and Robert D. Jacobs, 1952：16 - 27.

③ Robert Penn Warren. Irony with a Center：Katherine Anne Porter：A Collection of Critical Essays [M]. Englewood Cliffs, NJ：Prentice – Hall, 1979：93 - 108.

④ 凯瑟琳·安·波特凭借其短篇小说集于 1960 年和 1961 年两次获得福特助学金，并于 1961 年荣获欧·亨利奖。

第二天，《新闻时报》（*The News Times*）就对《愚人船》做出了这样的评论：
"这是一本适合四月的月度畅销书。（它）主要是宣布凯瑟琳·安·波特在她
创作最成熟的时候，在一个高质量小说难以寻觅的国家创作出了一部极具力
量和深度洞察力的小说，这是一本揭示现代文明痛苦和分裂的书。"① 4 月 6
日《时报周刊》（*The Times*）也做出评论，认为《愚人船》是作者对人类绝
望感的探究，"她（凯瑟琳·安·波特）的描写是客观而公正的，证词是不带
任何个人情绪的：这是一个充斥着愚蠢和傻瓜的世界"。② 刘易斯·阿奇克洛
斯（Louis Auchincloss）1962 年发表文章分析《愚人船》中英国维多利亚小说
的风格。同年，马克·肖瑞（Mark Schorer）在《纽约时报》（*New York
Times*）发表评论文章，认为《愚人船》是"经得起世代流传的佳作"③，并
分析了德国中世纪作家布兰特（Sebastian Brant）的同名著作对该小说的艺术
手法以及人物塑造的影响。然而，与《愚人船》在美国本土受到的好评与称
赞形成鲜明对比的则是该小说在欧洲受到了冷遇和批评。1962 年 11 月英国
《时代文学附录》（*The Appendix Times Literature*）杂志对《愚人船》中对于德
国和欧洲的描写予以否定与批评，"人们忍不住要怀疑她（指凯瑟琳·安·波
特）是否对德国的历史、现代反犹主义以及欧洲中产阶级的说话风格和价值
观念有所了解"。④ 西比尔·贝德福德（Sybille Bedford）1962 年在《观察者》
（*Observer*）上发表评论文章，认为《愚人船》中的相关细节描写十分粗糙并
且批评波特对小说中的人物表现出游离不定的态度。⑤ 在德国，对于《愚人
船》的批评声更大。1962 年 6 月德国文学评论家赫尔伯特·冯·博西（Her-
bert von Borch）在一篇文章中分析和批评《愚人船》中美国人的反德情绪。⑥
同年 7 月沙碧娜·利兹曼（Sabina Lietzmann）在其评论文章《一个关于德国
危险的寓言》（*Eine Allegorie von der deutschen Gefahr*）中也认为波特的《愚人
船》充斥着美国人对于德国人的偏见，小说中的德国人形象被刻画得极度粗
糙。海因兹·佩希特（Heinz Paechter）在《波特小姐的新衣》（*Miss Porter's*

---

① George Hendrick. Katherine Anne Porter［M］. New York：Twayne, 1962：99.
② George Hendrick. Katherine Anne Porter［M］. New York：Twayne, 1962：98.
③ George Hendrick. Katherine Anne Porter［M］. New York：Twayne, 1962：99.
④ George Hendrick. Katherine Anne Porter［M］. New York：Twayne, 1962：101.
⑤ Sybille Bedford. Voyage to Everywhere［J］. Spectator, 1962（11）：763 – 764.
⑥ Herbert von Borch. Die Deutschen sind allzumal grausam, boese und fanatisch：K. A. Po-
erters ' Narrenschiff'［J］. Die Welt, 1962（9）：24 – 30.

*New Garment*）一文中批评波特在《愚人船》中对犹太人的歪曲描写，认为波特将纳粹过度简化为人类堕落的象征，"出于对文明自虐般的悲天悯人情怀，波特小姐放弃了所有歧视，而这种态度使她连那些真正堕落的纳粹主义者都无法描写好"。① 1962 年年底诺贝尔特·穆伦（Norbert Muhlen）在《德国月报》（*Der Monat*）上发文批评《愚人船》中的人物描写只是类型化人物，缺少个性。他抱怨波特小说中对德国人的描写都是陈词滥调。② 可以说，整个 1962 年都是在对《愚人船》的赞扬和讨伐声中度过的。这些关于《愚人船》的评论许多都是站在政治立场而非文学批评立场，既缺少对于小说本身的分析，也缺少对于作者创作背景与创作思想的深入挖掘。

　　除了对于长篇小说《愚人船》的评论文章之外，这一时期对于波特短篇小说的研究也取得了不少成果。1960 年詹姆斯·威廉·约翰逊（James William Johnson）发表了名为《换个视角看凯瑟琳·安·波特》（*Another Look at Katherine Anne Porter*）的评论文章，该文按照波特短篇小说的主题将其小说分类成"继承历史的个体""文化错位""不幸福的婚姻与自我幻灭""人类屈服于自然与命运"等。③ 爱德华·施瓦茨（Edward Schwartz）的文章《记忆的小说》（*the Fiction of Memory*）则分析了波特小说中带有自传色彩的人物米兰达以及小说中新旧秩序并存的冲突，认为米兰达的回忆演绎了女性的心灵成长历程。④ 根据笔者掌握的资料，有关凯瑟琳·安·波特的第一部专著出版于 1963 年，书名是《凯瑟琳·安·波特与摒弃的艺术》（*Katherine Anne Porter & the Art of Rejection*），作者是威廉姆·南斯（William Nance）。在该书中南斯认为波特小说中有一个反复出现的主题——摒弃即主人公不断尝试又不断摒弃一些人或事。⑤ 南斯试图在书中对波特所有短篇小说中的人物按照波特自己的人生经历进行分类。不过，该书出版后并未获得反响，南斯试图将小说中的人物与波特本人画等号的做法也并未获得评论界的认可。从 1965 年起，随

① Heinz Paechter. Miss Porters neue Kleider [J]. Deutsche Zeitung. 13 – 14 October 1962.

② Noebert Muhlen. Deutsche, wie sie im Buche stehen [J]. Der Monat, 1962 (12), 38 – 45.

③ James Willion Johnson. Another Look at Katherine Anne Porter [J]. Virginia Quarterly Review, 1960 (7)：598 – 613.

④ Edward Greenfield Schwartz. Fiction of Memory [J]. Southwest Review, 1960 (3)：204 – 215.

⑤ William Nance. Katherine Anne Porter & the Art of Rejection [M]. Chapel Hill：University of North Carolina Press, 1965：1.

着波特的长篇小说《愚人船》被搬上银幕，文学评论界对于波特的研究又掀起了一阵高潮，关于波特的传记和采访录相继出版。1965 年乔治·亨德瑞克（George Hendrick）关于波特的传记著作《凯瑟琳·安·波特》（*Katherine Anne Porter*）出版。该书以人物传记的形式记录了波特的创作生涯并对波特小说中的环境、主题以及其小说的影响进行了分析。该书已成为研究凯瑟琳·安·波特生平以及创作思想的重要参考书。此外，由亨德瑞克编撰的《凯瑟琳·安·波特论文集》（*Katherine Anne Porter：A Critical Symposium*）将有关波特的主要评论文章和采访对话都汇总起来，为波特的研究提供了第一手的资料。与此同时，瑞·韦斯特（Ray West）发表了名为《凯瑟琳·安·波特》（*Katherine Anne Porter*）的评论稿，它以手册的形式出版。韦斯特认为波特的短篇小说是作者自身成长经历的实录，并揭示了波特使用回忆进行写作的方法。①

1971 年李博曼（M. M. Liberman）的专著《凯瑟琳·安·波特的小说》（*Katherine Anne Porter's Fiction*）探讨了波特小说中的修辞手法并根据小说类型对波特的小说进行分类。1973 年约翰爱德华·哈代（John Edward Hardy）出版了他的专著《凯瑟琳·安·波特》（*Katherine Anne Porter*）。该书探讨了波特小说中对于人性恶的思考，发现刻画人性中的邪恶是波特小说中共同的主题。② 总体上说，六七十年代关于凯瑟琳·安·波特的专著内容丰富，但分析较为浅显，倒是这一时期关于波特短篇小说的评论文章显得较有深度，例如，查理斯·阿伦（Charles Allen）的评论文章《凯瑟琳·安·波特的短篇小说》（*The Nouvelles of Katherine Anne Porter*）通过对于波特短篇小说的系统研究，试图展现波特作为一名"艺术家、心理分析家以及道德人士"的优缺点。③ 马乔瑞·莱恩（Marjorie Ryan）的文章《〈都柏林人〉与凯瑟琳·安波特的短篇小说》（*Dubliners and the Stories of Katherine Anne Porter*）将詹姆斯·乔伊斯的短篇小说集《都柏林人》与波特的短篇小说在风格和人物塑造方面进行分析，

---

① Ray B West. Katherine Anne Porter［M］//University of Minnesota Pamphlets on American Writers, No. 28, Minneapolis, MN：University of Minnesota Press, 1965：47.

② John Edward Hardy. Katherine Anne Porter［M］. New York：Frederick Ungar, 1973：1.

③ Charles Allen. The Nouvelles of katherine Anne Porter［J］. University of Kansas City Review, 1962（12）：87 –93.

指出乔伊斯对于波特的影响。① 约瑟夫·维森法特（Joseph Wiesenfarth）在其文章《幻觉与暗示：〈碎镜〉的反射》（*Illusion and Allusion: Reflections in The Cracked Looking - Glass*）中分析了波特的一篇不太为人关注的短篇小说《碎镜》，梳理了亨利·詹姆斯、詹姆斯·乔伊斯以及丁尼生等作家对波特的影响，并试图解读镜子这一意象在《碎镜》中的功能与含义。② 这些评论文章开始结合当时新的文学批评思潮，例如，女性主义批评、文化交流理论等，来对波特小说的主题和人物进行分析，为之后八九十年代波特研究的多元化奠定了基础。

在 1980 年波特去世之后，更多关于她的专著和评论文章相继问世。1981 年汉克·洛佩茨（Hank Lopez）的专著《凯瑟琳·安·波特谈话录：印第安河市的逃逸者》（*Conversations with Katherine Anne Porter: Refugee from Indian Greek*）出版。该书详细记录了汉克自己与当时已年逾古稀的波特所有的谈话内容。通过这些谈话读者可以进一步了解波特的生平经历和其复杂的性格。在谈话中波特多次谈到了幼年丧母的经历对其人生的影响。汉克认为幼年丧母的创伤记忆对波特的小说创作产生了十分重大的影响，小说中女主人公的叛逆性格都与此有关。③ 第一本关于波特的传记出版于 1982 年，作者是约拿·戈维纳（Joan Givner）。在这部名为《凯瑟琳·波·特的一生》（*Katherine Anne Porter: A Life*）中详细记载了波特一生的经历，包括波特幼年在美国南方的生活经历、四次失败的婚姻以及其小说创作的过程等，为后人研究波特保存了十分详细的资料。书中还对人们有关波特的许多误解予以澄清。不过该书除了保留大量有关波特生平经历的信息外，对于波特小说的文学评论和分析却很少提到，因此在学术价值上该书影响并不大。对于波特小说进行真正深入研究的专著出版于 1983 年，书名为《凯瑟琳·安·波特的女性：她的小说之眼》（*Katherine Anne Porter's Women: The Eye of Her Fiction*），作者是著名的女性主义评论家珍妮·德穆依（Jane DeMouy）。作者运用当时较为新潮的女性主义心理分析理论对波特小说中的女性人物进行分析。德穆依发现

---

① Marjorie Ryan. Dubliners and the Stories of Katherine Anne Porter [J]. American Literature, 1960 (1): 464 - 473.

② Joseph Wiesenfarth. Illusion and Allusion: Reflections in 'The Cracked Looking - Glass' [J]. Four Quarters, 1962 (12): 30 - 37.

③ Hank Enrique Lopez. Conversations with Katherine Anne Porter: Refugee from Indian Greek [M]. Boston, MA: Little, Brown, 1981: 1.

波特小说中的女性大都在两种欲望所形成的牢笼里苦苦挣扎，一种欲望是爱情和家庭，而另一种则是自我人格的独立。德穆依通过文本分析发现波特小说中的女性都在这两种欲望之间徘徊而找不到解决的方法，最终只能以死亡或沉沦收场。① 1985 年达琳·恩璐（Darlene Unrue）的专著《凯瑟琳·安·波特小说的真相与视角》（*Truth and Vision in Katherine Anne Porter's Fictions*）出版。该书以及 1988 年出版的《了解凯瑟琳·安·波特》（*Understanding Katherine Anne Porter*）将六七十年代关于波特小说的一些主流评论进行了编辑和总结，但缺少作者个人的观点和视角。此外，在 20 世纪 90 年代恩璐还编辑出版了波特生前未发表的一些散文和诗歌。

（三）90 年代至今

进入 90 年代，对于凯瑟琳·安·波特的研究呈现出多元化的倾向，分析手法也趋向多样化。心理分析、女性主义、地域主义等批评理论成为波特研究较为常见的研究方法。1990 年克林顿·马查恩（Clinton Machann）和威廉姆·贝德福德·克拉克（William Bedford Clark）合著的《凯瑟琳·安·波特和德克萨斯州——不简单的关系》（*Katherine Anne Porter and Texas——An Uneasy Relationship*）着重分析了波特童年的经历以及德克萨斯的文化传统对其小说创作的影响。这一研究方向在 1991 年詹姆斯·唐纳（James Tanner）编著的《凯瑟琳·安·波特的德克萨斯遗赠》（*The Texas Legacy of Katherine Anne Porter*）一书中得到了进一步深化。整个 90 年代被认为波特学术研究领域中最好的著作，是出版于 1992 年、由托马斯·沃什（Thomas Walsh）撰写的《凯瑟琳·安·波特与墨西哥：伊甸园的幻象》（*Katherine Anne Porter and Mexico：The Illusion of Eden*）。在该书中沃什运用弗洛伊德心理分析理论分析了墨西哥艺术对于波特小说创作的影响。沃什指出波特在小说中不断创造潜在的乌托邦世界，但很快又对这些乌托邦世界感到失望。② 1993 年出版的罗伯特·布林克梅耶（Robert Brinkmeyer）的专著《凯瑟琳·安·波特的艺术发展：尚古主义，传统主义与集权主义》（*Katherine Anne Porter's Artistic Development：Primitivism，Traditionalism，and Totalitarianism*）则着重分析了波特在小

---

① Jane Krause DeMouy. Katherine Anne Porter's Women：The Eye of Her Fiction ［M］. Austin：University of Texas Press，1983：1.

② Thomas F Walsh. Katherine Anne Porter and Mexico：The Illusion of Eden ［M］. Austin，TX：University of Texas Press，1992：1.

说创作中所使用的艺术手法。该书使用了当时还未被广泛接受的苏联评论家巴赫金的对话理论来分析波特的写作技巧，可谓耳目一新。1995 年关于凯瑟琳·安·波特研究的另一部力作《凯瑟琳·安·波特：时代的感觉》(*Katherine Anne Porter：A Sense of Times*) 问世。该书的作者杰尼斯·斯托特 (Janis Stout) 运用文化语境的相关理论分析解读波特的小说。他将重点放在有关波特的生平传记方面，探讨了波特小说中的性别主题。2001 年由马克·巴斯比 (Mark Busby) 和迪克·赫阿柏林 (Dick Heaberlin) 合编的著作《从德克萨斯到世界再到德克萨斯：凯瑟琳·安·波特游记》(*From Texas to the World and Back：Essays on the Journeys of Katherine Anne Porter*) 同样通过传记研究的方式将波特的生平经历和其小说中人物的经历相结合，探讨两者之间的相似性。2005 年出版的玛丽提·图斯 (Mary Titus) 的著作《凯瑟琳·安·波特的含混艺术》(*The Ambivalent Art of Katherine Anne Porter*) 是进入二十一世纪之后有关凯瑟琳·安·波特研究的较为重要的一部专著。作者在书中重点探讨了波特的女性意识，并由此分析了波特对于传统女性角色与现代女性作家角色之间的困惑，值得一提的是玛丽提·图斯在该书中引用了部分波特生前尚未发表或完成的小说作品，为波特的相关研究提供了珍贵的一手资料。2012 年艾瑞克·桑德瑞斯 (Eric Sandres) 最新出版的著作《重要作家指南：聚焦凯瑟琳·安·波特》(*The Essential Writer's Guide：Spotlight on Katherine Anne Porter*) 则多以总结前人的研究成果为主，缺少一定的创新性。

此外，就笔者所掌握的国外资料来看，从 20 世纪 90 年代起凯瑟琳·安·波特开始成为博士论文的研究对象。1992 年玛丽·班德尔 (Mary Michele Bendel - Simso) 的博士论文《生育的政治：南方文学中女性性别的去神话化》(*The Politics of Reproduction：Demystifying Female Gender in Southern Literature*) 分析了包括凯瑟琳·安·波特在内的几位代表性的美国南方女作家作品中的不愿怀孕的女性形象，认为这些不愿怀孕的女性是南方女作家们对于南方女性传统角色——母亲——的反叛和背离，是她们自我女性意识的具体表现。[①] 1996 年格鲁芙·克里斯蒂娜 (Groover Kaye Kristina) 在她的博士论文《内在的狂野：美国女性作家与精神的追求》(*The Wilderness Within：American Women Writers and Spiritual Quest*) 中也将凯瑟琳·安·波特作为研究的对象之一，指

---

① Mary Michele Bendel - Simso. The Politics of Reproduction：Demystifying Female Gender in Southern Literature [D]. Binghamton：State University of New York, 1992.

出包括波特在内的许多 19 世纪与 20 世纪之交的美国女作家生活在一个传统
价值开始分崩离析的社会之中，这些女性作家作品中的女性角色也处在"精
神与肉体、天堂与世俗、上帝与人类的传统二元论被解构的处境之中"。①
1997 年安德瑞斯·彭赛儿（Andreas Punzel）的博士论文《凯瑟琳·安·波特
"米兰达"小说中的男权之声与女性权威》（*Patriarchal Voices and Female Au-
thority in Katherine Anne Porter's Miranda Stories*）从女性主义视角根据创作时间
先后分析了波特的"米兰达"系列小说，认为封闭的家庭生活环境试图使米
兰达融入以男性为主导的"经济与女性传统的角色"② 之中，而米兰达最后
的离家出走是对于男权意识的反抗和否定。同年斯塔西·汉金森（Stacie Ha-
nkinson）的博士论文《凯瑟琳·安·波特作品中的政治、和平主义以及女性
自由》（*Politics，Pacifism，and Feminist Liberation in the Works of Katherine Anne
Porter*）则结合了时代背景和作家生平等因素来阐述波特的政治观、女性观以
及反战主义思想的形成和发展。③ 1999 年卡伦威·瑟曼（Karen Lynn Weather-
mon）的博士论文《内在/外在：凯瑟琳·安·波特创作焦虑的构成》
（*Inside/Outside：Framing Katherine Anne Porter's Creative Tensions*）以波特的生
平经历为基础，分析了波特在其小说创作中在传统与个人、现实与自我之间
所遇到的创作焦虑，并运用了女性主义的相关理论阐释了波特小说中的女性
人物对于自我身体的关注。该论文认为波特笔下女性角色对于自身身体的关
注和凝视正是波特自身创作焦虑的一种释放。④ 20 世纪 90 年代涉及凯瑟琳·
安·波特的博士论文基本都是从女性主义视角或是将波特放在美国女性作家
行列里来进行解读和分析。进入新世纪，有关波特的博士论文也时有出现，
研究视角也更趋多样性。例如，2000 年莫里·伯易德（Molly Johnson Boyd）
的博士论文《我们父辈们的足迹：家族神话与南方英雄主义传统》（*Our
Father's Footsteps：Family Myths and the Southern Heroic Tradition*）中，作者在

---

① Groover Kaye Kristina. The Wilderness Within：American Women Writers and Spiritual Quest
  [D]. Raleigh：The University of North Carolina，1996.
② Andreas Punzel. Patriarchal Voices and Female Authority in Katherine Anne Porter's Miranda
  Stories [D]. Arizona：University of Arizona，1997.
③ Stacie Hankinson. Politics，Pacifism，and Feminist Liberation in the Works of Katherine Anne
  Porter [D]. Indiana：Indiana University of Pennsylvania，1997.
④ Karen Lynn Weathermon. Inside/Outside：Framing Katherine Anne Porter's Creative Tensions
  [D]. Pullman：Washington State University，1999.

第三章中将凯瑟琳·安·波特的短篇小说"米兰达"系列放在整个美国南方文学的历史传统的背景下进行解读分析，认为波特笔下的米兰达是美国现代英雄主义在女性身上的体现，是现代女性独立意识的觉醒。① 2002 年霍利·哈泽尔（Holly Jean Hazzel）的博士论文《酒、女人和歌曲：20 世纪美国女性作家小说中的性别与酗酒》（Wine，Women，and Song：Gender and Alcohol in Twentieth – century American Women's Fiction）在第二章中专门讨论和分析了波特长篇小说《愚人船》中部分女性人物与酒精的关系，认为波特作品中酗酒的女性形象是作者为了在酗酒的男权社会中确保自己文学创作地位的一种无意识反应。② 2003 年艾瑞克·格雷（Eric Rygaard Gray）的博士论文《死亡与凯瑟琳·安·波特：短篇小说的阅读》（Death and Katherine Anne Porter：A Reading of the Long Stories）通过运用弗洛伊德的心理学相关理论来分析波特的短篇小说（如《老人》《假日》《灰色马，灰色骑手》等作品），进而分析波特作品中经常出现的死亡意象与波特对于死亡的思考。③ 2005 年丽莎·霍莉保尔（Lisa Kathleen Hollibaugh）在其博士论文《南方的十字路口：南方女性作家文学创作中的科学、宗教和性别》（Southern Crossroads：Science，Religion and Gender in Southern Women's Literature between the World Wars）的第四章中分析了波特的短篇小说《灰色马，灰色骑手》中的神秘主义与艺术重生等问题，指出第一次世界大战期间美国南方女性作家在宗教与性别方面所面临的矛盾与精神上的冲突。④ 总体而言，国外有关凯瑟琳·安·波特的博士论文多从女性主义视角来研究和分析波特的短篇小说，对于长篇小说《愚人船》的分析论述较少。尽管进入 21 世纪后，相关研究的视角变得多样化，但波特往往只是作为博士论文中的一个辅助研究对象，缺少把波特作为研究核心的博士论文。

综上所述，国外有关凯瑟琳·安·波特的研究多集中在 20 世纪 60 年代

① Molly Johnson Boyd. Our Father's Footsteps：Family Myths and the Southern Heroic Tradition [D]. South Carolina：University of South Carolina，2000.
② Holly Jean Hazzel. Wine，Women，and Song：Gender and Alcohol in Twentieth – century American Women's Fiction [D]. Nebraska：The University of Nebraska，2002.
③ Eric Rygaard Gray. Death and Katherine Anne Porter：A Reading of the Long Stories [D]. Oklahoma：Oklahoma State University，2003.
④ Lisa Kathleen Hollibaugh. Southern Crossroads：Science，Religion and Gender in Southern Women's Literature between the World Wars [D]. New York：Columbia University，2005.

至 80 年代，焦点着重于波特的生平经历与小说创作之间的关系，凸显了作家的经历与生活的时代对其小说主题和人物塑造的影响。研究形式主要以传记和专著为主。从研究现状来看，对于波特唯一的长篇小说《愚人船》，主要从政治立场的角度予以分析和研究。对于波特短篇小说，虽然国外的研究内容资料丰富，研究理论也趋向多元化，取得了相当的成果，但凯瑟琳·安·波特是一名擅长以精致文笔刻画描绘现代人内心世界的女作家，从心理层面分析其小说的力度还有待深入。尤其是波特的小说中为何会有那么多心灵受到创伤的人物？导致这些人物创伤的原因是什么？作者如何描写这些创伤？通过这些创伤书写想要表达怎样的主题思想？这些都是有待进一步解决的问题。此外，对于波特的小说创作以及波特家世与南方文学的关系还有待更深入的文本细读。

### 二、国内凯瑟琳·安·波特研究综述

与国外有关凯瑟琳·安·波特较为丰富的研究内容与成果相比，国内关于波特的研究起步较晚，成就也较为逊色。根据笔者所掌握的资料来看，国内目前尚无任何有关凯瑟琳·安·波特的专著或传记作品。根据"中国期刊网全文数据库"的数据来源，截至 2013 年关于凯瑟琳·安·波特的硕士论文约 23 篇，而博士论文一篇也没有，这与其他南方作家，例如：尤多拉·韦尔蒂（Eudora Welty）、弗兰纳里·奥康纳（Flannery O'Conner）或是威廉姆·福克纳（William Faulkner）等相关研究相比，可谓相形见绌。①

由于国内对凯瑟琳·安·波特的研究起步较晚，所能获得的资料较为有限，就笔者所能掌握的资料来看，国内最早有关波特的文章是 1981 年屠珍在《读书》上所发表的名为《当代美国风格典雅的女士——凯瑟琳·安·波特》的文章。在该文中作者只是浅析了波特小说的风格，并未对小说主题、人物、创作手法等展开分析，所以只能说是一篇简单介绍性的非学术类文章。随着 1984 年由鹿金等人翻译的《波特短篇小说集》的出版，凯瑟琳·安·波特这个当时许多中国学者从未听说过的名字开始进入国内外国文学研究者的视线。国内学者真正从学术角度研究波特始于 20 世纪 90 年代中期。1995 年国内学者黄铁池在《外国文学研究》上发表了名为《论凯瑟琳·安·波特〈愚人

---

① 1990—2013 年，关于韦尔蒂研究的硕博士论文约为 30 篇；关于奥康纳的硕博士论文约为 36 篇；关于福克纳的硕博士论文多达 240 余篇。

船〉》的文章，从文本分析的角度解读了《愚人船》的主题，认为小说《愚人船》"显示了人类道德的堕落和精神失落的处境，衡量兽性与罪恶在这个世界中的尺度"。① 可以说这是国内第一篇研究波特的学术性文章。

随着国内外的学术交流日益增多，国内对于凯瑟琳·安·波特的研究关注度也在增强。尤其进入二十一世纪后，有关波特的学术文章和学位论文时有涌现。从内容上来看，国内对于波特的研究大致可分为两大类。一类是以介绍性质为主的研究，如从 20 世纪 90 年代开始，国内的一些介绍和研究美国文学的著作中经常提到凯瑟琳·安·波特及其小说创作，例如，董衡巽的《美国文学简史》、刘海平和王守仁主编的《新编美国文学史》、常耀信的《美国文学简史》、金莉的《20 世纪美国女性小说研究》、杨仁敬的《美国后现代派小说论》等，这类著作大都以作家生平介绍兼若干作品赏析的形式为主。另一类则是从学术角度对波特进行研究。这类研究又可分为以下几类。

（一）凯瑟琳·安·波特的女性意识研究

这类研究多集中在波特短篇小说中的女性人物的叛逆性格上。例如，华中师范大学姚范美的硕士学位论文《凯瑟琳·安·波特女性意识研究》认为波特通过其女性人物敦促女性放弃自由，回到家中做男性的天使，所以作者并不认为波特具有女性主义意识，只是其作品具有女性主义色彩而已。② 王红玲的文章《凯瑟琳·安·波特〈旧秩序〉的女性成长研究》则认为波特小说中的女性主人公具有强烈的女性主义色彩，女性在新旧秩序、传统与变革、理想与现实中不断挣扎。作者由此认为女性意识的觉醒是贯穿该小说的一条主线。③ 李扬的文章《美国南方文学后现代时期的嬗变》同样肯定了波特小说中强烈的女性主义意识，作者认为"伴随着女性自我意识的觉醒，女性看到了自己的潜在力量，增添了争取自我权利和自由的勇气和信心。她们开始反抗在传统的等级制度里被分配的位置"。④ 此外，山东师范大学孙贻红的硕士论文《对〈愚人船〉的女性主义解读》以及西南大学陈娟的硕士论文《服从与违背——凯瑟琳·安·波特短篇小说中的女性身体叙述》也都是结合了

---

① 黄铁池. 论凯瑟琳·安·波特《愚人船》[J]. 外国文学研究，1995（4）：89 – 95.
② 姚范美. 凯瑟琳·安·波特的女性意识研究 [D]. 武汉：华中师范大学，2003.
③ 王红玲. 凯瑟琳·安·波特《旧秩序》的女性成长研究 [J]. 安徽文学，2009（7）：181 – 184.
④ 李扬. 美国南方文学后现代时期的嬗变 [M]. 济南：山东大学出版社，2006：154.

女性主义的相关理论来分析波特小说所体现的女性主义思想。

（二）凯瑟琳·安·波特小说中人物的心理分析以及作品中所蕴含的作者心理活动

这类文章主要从心理分析的角度来分析波特小说的主题和人物（尤其是女性人物）心理活动以及作者在其小说作品中所体现的政治、宗教等方面的观念。肖燕姣的文章《凯瑟琳·安·波特与她笔下的米兰达》通过心理分析揭示了女主人公米兰达心理成长的过程。王晓玲的《一个独立而迷惘的灵魂——凯瑟琳·安·波特的政治和宗教观》结合了波特的生平经历与其小说中人物的心理分析，认为波特的宗教观和政治观如同其小说中的女性人物那样充满矛盾和挣扎。① 此外，邓红花和陈怡合写的评论文章《凯瑟琳·安·波特小说中的"另类"人物》、苏州大学杨娟的硕士论文《凯瑟琳·安·波特——驯悍的天主教徒》、安徽大学宁静的硕士论文《从背叛到和解——从圣经原型角度看凯瑟琳·安·波特作品的宗教主题》、广西师范大学黄佳慧的硕士论文《揭露人性中的恶——对〈愚人船〉的文学伦理批评》等都是通过人物的心理分析来阐述波特小说的主题思想或是波特的政治与宗教观。

（三）凯瑟琳·安·波特小说的叙述策略和艺术特色

这类文章主要探讨凯瑟琳·安·波特的写作风格以及写作手法等。例如，吴良红的文章《从〈老人〉看凯瑟琳·安·波特的叙述艺术》从时间结构、人物话语、叙述视角等方面展开分析，认为这些叙述策略体现了女主人公对于社会不懈反抗的主题。② 贾月亲的文章《〈老人〉中的双重结构和多重声音》解构分析了波特的短篇小说《老人》，认为波特在这篇小说里把叙述者、主人公米兰达以及读者的声音糅杂在了一起，起到了使读者感同身受的作用。③ 此外，上海外国语大学贾月亲的硕士论文《自我之路——凯瑟琳·安·波特〈老人〉主题和语言风格分析》也从语言风格的角度来分析波特小说中的双重叙事结构。梁穗梅的评论文章《精巧的构思、深刻的寓意——评美国作家凯瑟琳·安·波特和她的女性》则结合了叙事学和女性主义相关理论来

---

① 肖燕姣. 一个独立而迷惘的灵魂——凯瑟琳·安·波特的政治和宗教观 [J]. 当代外国文学，2002（2）：62 – 69.

② 吴良红. 从《老人》看凯瑟琳·安·波特的叙述艺术 [J]. 江苏科技大学学报（社会科学版），2006（3）：41 – 45.

③ 贾月亲.《老人》中的双重结构和多重声音 [J]. 科技咨询报，2007（13）：25 – 28.

揭示波特小说的叙事结构与女性人物心理活动之间的关系。此外，吴良红的文章《凯瑟琳·安·波特的叙述视角》、西南大学陈娟的硕士论文《服从和违背：凯瑟琳·安·波特短篇小说中的女性身体叙述》等都结合了叙事学的相关理论来分析波特短篇小说的叙事技巧与语言风格。

（四）凯瑟琳·安·波特小说的翻译

国内目前对于凯瑟琳·安·波特作品的翻译较少。就笔者掌握的资料来看，国内波特小说的最早译本是上海译文出版社 1984 年出版的由鹿金等人翻译的《波特短篇小说集》，其中收录了波特的 14 篇短篇小说。此外，吴冰在 20 世纪 90 年代初翻译了波特另外三篇短篇小说《最后一叶》《源》和《旅程》。波特唯一的长篇小说《愚人船》直到 2000 年才由上海译文出版社出版了中译本，译者为鹿金。除上述译本之外再找不到有关波特作品的任何译本，而上述译作在出版之后至今没有再版。迄今为止，国内尚无波特所有作品的全译本以及关于波特的任何研究专著的中译本。这不能不说是国内有关美国现代小说研究尤其是美国现代女性小说研究的一大缺憾。

综上所述，从 20 世纪 80 年代的简单介绍，到 90 年代至今的纯学术角度的研究，通过近三十年对凯瑟琳·安·波特小说创作的研究，国内已基本对波特小说的主题思想和叙述风格等有了较为明确的认识，也取得了一定的成果。从研究现状来看，国内关于波特的研究暴露出以下几个问题。一是研究对象比较零散且单一，没有将波特的小说创作视为一个整体来进行系统的研究与分析。对于波特的作品研究多集中在诸如《老人》《开花的犹大树》等少数几篇作品上，对于波特其他的短篇小说以及长篇小说《愚人船》则涉猎较少。二是研究内容较为空泛，大多停留在概述层面，缺乏对于小说文本的深层次解读；研究视角多从女性主义视角出发，缺乏理论深度以及理论的新颖度；形式多为单篇评论性或介绍性质的文章，缺少专著。此外，尽管国内学者都公认波特在美国南方文学中的地位，但对于波特的小说创作与美国南方文学之间的关系、波特对新旧南方的态度等问题都较少涉及。① 目前国内尚无对凯瑟琳·安·波特及其小说创作的全面而系统的研究和梳理，这位美国著名的女性作家尚未引起中国学者的足够重视。这些都为波特及其小说的研

---

① 目前国内探讨波特的南方意识的文章只有 2009 年《安徽文学》上的《评凯瑟琳·安·波特的南方意识》一文，作者姜欣。在该文中作者认为波特对于南方历史并不向后看，过多沉溺于南方历史的回忆易使人消沉和萎靡。

究留下了较大的可待挖掘探究的空间。

## 第三节　创伤叙事文学与创伤理论的发展

　　谈起创伤文学，大多数读者以及从事文学研究的学者都会想到那些描写战争、大屠杀、恐怖袭击或是自然灾难等摧残人类肉体和精神、对人类社会产生严重影响的重大事件。所以，在人们的概念里，创伤文学就是描写这些大事件的宏大叙事文学。但现代心理学的研究却表明，创伤并非一定源于那些危及生命的天灾人祸，创伤更多的时候来自普普通通的日常生活。"心理创伤常指日常生活中的与精神状态相关的负面性影响，常由于躯体伤害或精神事件所导致，它可以以事件的当事人为载体，但也可能因目睹事件而诱发。"① 可见，创伤是人们在日常生活常会遇见的事情，也是人们经常会经历的一种体验。只是更多的时候，大多数人没有过多在意，更少有人会把这些琐碎的创伤体验记录下来。当人们有意识地将创伤体验记录下来时，便形成了最基本的创伤叙事文本。研究创伤心理学的权威学者凯西·凯鲁斯（Cathy Caruth）认为，"创伤叙事是对某种迟来的体验的叙事。……创伤叙事的核心是双重叙事即死亡危机与生存危机的双重叙事，是人们对于创伤事件的本质与经历创伤事件后幸存下来的本质的双重叙事"② 基于凯鲁斯对于创伤叙事的定义，我们可以对创伤叙事文学下一个定义。创伤叙事文学是以文学叙事的形式（如小说、戏剧、诗歌等）对于创伤本质——创伤源头、创伤反应、创伤症候等——以及创伤所遗留的结果所进行的书写。叙述和书写创伤的目的是探寻创伤机制即探寻和分析创伤事件、创伤症状、创伤影响、创伤感受等，从而进一步探寻导致这些创伤的个人和社会因素以及隐藏在创伤之下的时代根源。正如多米尼克·开普拉（Dominick Capra）在其著作《书写历史，书写创伤》（*Writing History, Writing Trauma*）中所论述的，"创伤书写是一种能指活动。它意味着复活创伤经验、探寻创伤机制。在某种程度上而言，创

---

① 林玉华. 创伤治疗：精神分析取向［M］. 台北：五南图书出版股份有限公司，2007：10.

② Cathy Caruth. Unclaimed Experiences：Trauma，Narrative and History［M］. Baltimore：The Johns Hopkins University Press，1996：7.

伤书写要分析并大声喊出过去，研制出与创伤经验、事件以及在不同组合中以不同方式显现出的象征性效应相符合的过程"。① 由此可见，创伤叙事文学就是要深刻地展现创伤个体的心理运行机制，显示千疮百孔的现代人类社会并对人类所遭受的种种创伤予以反思。凯瑟琳·安·波特曾说过，"从我有意识和有记忆的年纪起，直到今天，这一生始终处在世界性灾难的威胁下，而我的绝大部分智力和精力一直用在努力领会这些威胁的意义上，追溯它们的根源上，用在努力了解西方世界人的生活中这个巨大而可怕的缺陷的逻辑上"。② 对于"西方世界人的生活中这个巨大而可怕的缺陷的逻辑"的书写与反思正是波特对于现代人类创伤的书写与反思，也是其小说所呈现的创伤书写的核心部分。

　　创伤叙事文学的发展以及对于文学作品中创伤叙事的研究得力于现代心理学尤其是创伤心理学的迅速发展。人们对于创伤心理的研究成果为文学中的创伤心理描写提供了坚实的理论基础。波特的创作生涯横跨 20 世纪 20 年代至 70 年代近半个世纪，这一时期正是包括创伤心理学在内的现代心理学迅速发展的时期。现代心理学意义上的创伤定义源于美国心理学家沃特·本杰明（Walter Benjamin）。本杰明认为，人类心理创伤来自人类社会的现代性，而"现代性是人类意识中的一次分裂"。③ 真正开始深入研究创伤的先行者则首推希德蒙德·弗洛伊德（Sigmund Freud）。弗洛伊德对于人类心理创伤做过大量的研究。他认为："创伤是一个得与失的概念，是指对外界刺激的极度情感投射，这种外界刺激破坏了受害人的感知意识系统，也破坏了受害人的自我……创伤是一种打破精神平衡状态的过度激动的情绪，因此创伤是一种不愉快的经验。"④ 在弗洛伊德看来，创伤体验是原本和谐的精神状态由于外界的某种刺激而被强制打破所产生的过激反应。弗洛伊德对于心理创伤的研究具有开拓性的意义，正如他在《摩西和单一神教》（*Moses and Monotheism*）一书中所说的那样："我们把那些早期出现之后就被忘记的印象称之为创伤，认

---

① Dominick LaCapra. Writing History, Writing Trauma [M]. Baltimore：The Johns Hopkins University Press, 2001：186.

② Katherine Anne Porter. Collected Stories and Other Writings [M]. New York：The Library of America, 2008：718.

③ Anne Whitehead. Introduction of "Trauma" [M] //Theories of Memory：A Reader. Micheal Rossington, et al. Baltimore：The Johns Hopkins University Press, 2007：187.

④ Simon Critchley. Ethics, Politics, Subjectivity [M]. London：Verso, 1999：191.

为这些在神经官能病症的病原中起着重要的作用。"① 他不仅阐述了心理创伤的定义，同时还提出和说明了心理创伤所具有的一些特点，例如，心理创伤具有重复性、延迟性以及潜伏性等。此外，弗洛伊德还发现，心理创伤会通过某些外在表征表现出来，如过度警觉和紧张、意识闪回、焦躁、抑郁、极度消沉、癔症、噩梦等形式。这些创伤症状与外在表现形式后来被波特在其小说的创伤叙事中得以广泛应用。弗洛伊德的这些研究成果都为后来的心理创伤研究者起到了指导性的作用。在弗洛伊德之后，皮埃尔·詹尼特（Pierre Janet）、朱迪斯·赫尔曼（Judith Herman）、卡里·塔尔（Kali Tal）、凯西·凯鲁斯等研究者通过大量实验和调查，并结合历史学、文学、社会学、宗教学、哲学等学科相关知识对心理创伤理论进行了深入的跨学科研究，人们对于无形的心理创伤的了解和认识也开始变得越来越详细和深化。朱迪斯·赫尔曼认为："心理创伤是一种受害人自己感觉无力量的痛苦。在创伤中，受害人受到强大力量的冲击，处于无助状态之中。如果这种强大的力量来自他人，我们将其称之为暴行……创伤事件之所以不寻常，并非因为它们不常见，而是因为它们超出了人们正常的生活适应能力。"② 米歇尔·班克斯（Michelle Banks）认为，创伤的含义在现代社会发生了改变，"对于身体的伤害变成了对于心理的伤害。在现代话语中创伤的原有含义变成了第二位"。③ 哲学家西门·科里奇立（Simon Critchley）则认为，创伤是"对外界刺激的极度感情投入，这种外界刺激破坏了创伤受害者的感知意识保护系统，同时也破坏了受害人的自我"。④ 尽管不同的研究者站在各自不同的立场上对心理创伤做出了不同的解释和定义，但有一点是大家共识的，即心理创伤是一种无形的伤痛，它是由外界的某种刺激引发的，并会对受害人的精神和心理系统造成巨大的破坏作用。它具有延迟性即心理创伤往往不会在受到创伤打击的情况下就爆发，而是会在创伤过后的某段时间内出现，而延迟的具体时间有时可长达数十年之久。此外，心理创伤具有不断重复的特征即同一心理创伤会以不同的形式，如梦境、闪回、癔症等，反复出现侵扰创伤受害者，有些受害者经过

---

① Sigmund Freud. Moses and Monotheism［M］. London：The Hogarth Press, 1964：137.

② Judith Lewis Herman. Trauma and Recovery：From Domestic Ability to Political Terror［M］. London：Pandora, 2001：33.

③ Michelle Banks. Unhealed Wounds and Re – Negotiating the Consensus：Trauma in Toni Morrison's Beloved［D］. Halifax：Dalhousie University, 2002.

④ Simon Critchley. Ethics, Politics, Subjectivity［M］. London：Verso, 1999：191.

长期心理治疗可以最终摆脱创伤的袭扰，而有些则终身无法从创伤的阴影中走出来。

　　20世纪90年代至21世纪初是创伤理论的又一个繁荣时期。这主要得力于大批来自各学科的学者积极参与创伤理论的研究，有关创伤理论的著作和学术文章也相继出现，例如，朱迪斯·赫曼（Judith Herman）的《创伤与复原：暴力的恶果——从家庭暴力至政治恐惧》（Trauma and Recovery：The Aftermath of Violence——From Domestic Violence to Political Terror）；保尔·安泽（Paul Antze）与米切尔·拉姆贝克（Michael Lambek）合著的《紧张的过去：创伤与回忆文集》（Tense Past：Cultural Essays in Trauma and Memory）；多米尼克·拉·开普拉（Dominick La Capra）的《写历史，写创伤》（Writing History，Writing Trauma）；凯西·凯鲁斯（Cathy Caruth）的《不言的经历：创伤、叙述和历史》（Unclaimed Experience：Trauma，Narrative，and History）等。也正是在这一时期，创伤理论开始被运用于文学作品的分析与解读。20世纪被称为"创伤的世纪"，人类在经历了两次世界大战、核战威胁以及现代社会不断滋长的各种暴力犯罪与大规模的自然灾害之后，创伤的痕迹已经深深印入人类的心灵深处。创伤理论与这些创伤的文学作品相结合也成为创伤理论发展的一个新的方向和新的趋势。现代创伤理论的集大成者著名的创伤心理学家凯西·凯鲁斯。凯鲁斯在其著作《不言的经历：创伤、叙述和历史》一书中就曾这样论述创伤与文学的关系："创伤故事是对迟来的体验的叙事。它远非对现实、死亡或相关力量的逃离，而是创伤对生活无尽影响的证明。"① 在凯鲁斯看来，作者通过文学故事来重新回顾当时自己所无法承受或理解的伤痛，这是对"滞后的、不可控制的幻觉或其他形式困扰"② 的一种事后的反思和警醒。

　　经过近一百年的研究和努力，人们目前已基本弄清创伤与人类心理活动的一些基本关系，例如，创伤对于心理保护屏障的破坏；心理创伤与生理病症之间的联系；创伤的移情作用；创伤对于个人和集体记忆的破坏与重建以及治疗心理创伤的过程等。这些创伤理论方面的成果为文学的创伤理论研究

---

① Cathy Caruth. Unclaimed Experience：Trauma，Narrative and History [M]. Baltimore：The Johns Hopkins University Press，1996：7.
② Cathy Caruth. Unclaimed Experience：Trauma，Narrative and History [M]. Baltimore：The Johns Hopkins University Press，1996：11.

提供了分析媒介和理论工具。创伤理论的长足发展和研究方法的进一步细化，使创伤理论对文学作品的分析变得更为紧密，同时也使文学作品中的创伤描写更具有理论依据与事实基础。作家在文学作品中描写创伤主要有两大用意：一是记录人类发展过程中创伤记忆和重大的创伤事件，例如，战争、屠杀、重大自然灾害等，从而使人们牢记历史，以史为鉴，避免再犯同样的错误；二是借助创伤的相关症状，例如，噩梦、癔症、惊恐、警觉、茫然等创伤体验，使文学作品更加深入人物的内心世界，使之通过创伤机制对人物心理的影响来激发读者对于作品主题的思考与解读。对于文学作品中的创伤因素、创伤影响、创伤体验、创伤症状以及创伤事件的解读和分析，可以更好地挖掘作家的创作动机和主题思想，也有助于分析作品中的创伤人物，使作家、读者、文本和社会之间的关系得到一个全新的阐释与审视的视角。

近年来，有关文学的创伤理论研究和创伤视角解读越来越受到国内外学者的关注和重视。1992 年美国文学评论家肖沙纳·费尔曼（Shoshana Felman）编辑出版了文学创伤研究的里程碑之作《证词：文学、心理研究和历史中见证者的危机》（*Testimony*：*Crises of Writing in Literature*，*Psychoanalysis*，*and History*）一书。该书运用当时创伤理论的研究成果来分析和探讨了创伤记忆与文学叙事创作之间的关系。继费尔曼之后，卡里·塔尔（Kali Tal）发表《受伤的世界：阅读创伤文学》（*Worlds of Hurt*：*Reading the Literatures of Trauma*），保尔·瑞克（Paul Ricoeur）于 2004 年发表专著《记忆、历史、忘记》（*Memory*，*History*，*and Forgetting*）。这两部专著都运用了创伤理论的相关研究成果来探讨文学作品中的创伤叙事以及见证、历史和创伤记忆在文学作品中的关联。除上述使用创伤理论进行文学分析和解读的专著之外，还有不少期刊文章也运用了创伤理论来探讨文学作品的创伤因素或创伤人物，这些文章较多关注美国南方文学的创伤记忆研究，例如，大卫·安德森（David Anderson）的《沿着记忆的小径：老南方情怀在战后种植园的追忆》（*Down Memory Lane*：*Nostalgia for the Old South in Post – Civil War Plantation Reminiscences*）；利内特·卡朋特（Lynette Carpenter）的《内心的战斗：艾伦·泰特〈父亲们〉中被围攻的意识》（*The Battle Within*：*The Beleaguered Consciousness in Allen Tate's "The Fathers"*）；蕾切尔·卡罗尔（Rachel Carroll）的《陌生的身体，弗兰纳瑞·欧康纳〈被替换的人〉中的历史与创伤》（*Foreign Bodies*：*History and Trauma in Flannery O'Connor's "The Displaced Person"*）；敏罗斯·葛文

（Minrose Gwin）的《〈押沙龙，押沙龙！〉与〈去吧，摩西〉中中间声音的种族创伤和美学》（*Racial Wounding and the Aesthetics of the Middle Voice in Absalom，Absalom！and Go Down，Moses*）等。此外，一些创伤理论的研究专家也将目光集中在一些文学作品的文本研究上，意在通过具体文学文本的分析来揭示和再现心理创伤的形成过程和形成原因，例如，创伤心理学家克利福德·沃尔夫曼（Clifford Wulfman）的《创伤记忆的诗学》（*The Poetics of Traumatic Memory*）以及格瑞戈·福特尔（Greg Forter）的《弗洛伊德、福克纳、凯鲁斯：创伤和文学形式的政治》（*Freud，Faulkner，Caruth：Trauma and the Politics of Literary Form*）从创伤记忆的重复性和延迟性等角度出发，探讨和分析了福克纳等美国南方作家作品文本中所表现出来的人物创伤心理活动，为创伤理论与文学文本的结合开辟了新的研究领域，凸显出了文学作品中创伤事件对于记忆、意识和身份认定的影响。

正如前面所介绍的，凯瑟琳·安·波特作为一位创作时间长达半个多世纪的女作家，经历了19世纪和20世纪的新旧交替、两次世界大战以及冷战等人类社会的重大事件。此外，波特充满传奇的人生——败落的南方大家族的孙女、与死亡擦肩而过的体验、四次失败的婚姻、参与墨西哥革命的经历、在欧洲游历目睹纳粹崛起等——形成了其对于人生、家庭和整个人类社会的创伤记忆框架。波特本人也通过其个人创伤、家族创伤和人类社会创伤的回顾与重复，表达了自己对生命、爱情和社会的思考，探讨了个人与社会、创伤与现实之间的关系。可以说，波特所生活的社会大环境和个人小环境都为其小说创作注入了创伤的基因。其小说中众多人物身上所表现出的噩梦、闪回、莫名的恐惧、死亡的幻想创伤体验的延迟等表象从创伤理论的角度看，都是心理创伤症候的外在体现。其作品中所弥漫的阴郁风格归根结底也是作者心理创伤机制在文学创作中的无意识反映。创伤视角的解读是分析和研究波特众多小说作品的一个重要切入点，同时也为波特作品的研究提供了一个新的研究方法。以创伤理论为视角解读和研究波特的作品，就是要研究波特小说作品中的创伤叙述，包括创伤的事件、创伤的症状、创伤的影响、创伤的感受等，从而探寻导致这些创伤的个人和社会因素以及隐藏在创伤表面之下的时代根源。波特通过其作品展示了人类在过去一个世纪中所经历的各种创伤，其中既有作者自身的经历，也有整个社会和时代的深刻烙印。英国文学评论家威尔·塞尔福（Will Self）在其著作《英国当代小说》（*The Contem-*

*porary British Novel*）中曾这样说过："创伤如果是伤口，那是看不见的伤口，是没有伤口的伤痛，创伤实质上是受伤的人追寻致伤原因的一种效应。"① 通过具体的作品来使读者了解创伤、追寻致伤的根源，从而减少创伤的伤害和发生，这或许是作者波特在作品中揭示各种创伤类型的良苦用心，也是笔者通过创伤理论视角解读和分析波特小说创作的用意所在。

---

① Will Self. The Contemporary British Novel［M］. London：Continuum International Publishing Group，2007：201.

# 第二章

# 凯瑟琳·安·波特与美国南方文学

　　20 世纪 50 年代，凯瑟琳·安·波特被美国著名的南方作家罗伯特·佩恩·沃伦认为是最杰出的美国南方小说家之一。① 从此，波特在人们的概念中就一直与美国南方文学联系在一起。波特 1890 年出生在美国南方的德克萨斯州，尽管她一生大部分时间并未生活在美国南方，但家乡的风土人情和童年时南方种植园的生活都会时常出现在她的回忆里，这为她的小说提供了丰富的创作源泉。1956 年波特曾在一次采访中谈到 20 世纪二三十年代在欧洲漫游时对家乡德克萨斯的感受，她说道："我几乎本能地处于一种稳定的思想和情感状态之中，我悄悄地，神神秘秘地将一件事物与另一件事物进行比较。我总会记得所有事物的样子，它们呈现出自然的形状与颜色，并且十分清晰地不断重回我的视野——这对于我作为一名艺术家来说是很好的事情，我就想说这些。"② 这里波特表达了对于家乡挥之不去的眷恋。可以说，美国南方的社会文化滋养了童年时的波特，而美国南方文学的传统也影响了波特的文学创作。在波特的作品中读者既能感受到她对于美国南方创伤文学的继承和发展，也能体会到她对于美国南方所具有的独特情结。所以，要解读波特的小说（尤其是"米兰达"系列短篇小说）以及理解波特的南方情结就不得不从美国南方文学说起。

---

① Robert Penn Warren. "Irony with a Center: Katherine Anne Porter." In Selected Essays [M]. New York: Random House, 1958: 2.

② George Hendrick. Katherine Anne Porter [M]. New York: Twayne Publisher, 1965: 38.

## 第一节　"向后看"与"向前看"
### ——美国南方文学的创伤记忆

美国南方文学与美国南方的创伤记忆密不可分。美国南方通过其传统、仪式、历史回顾等方式树立了对于过去的形象。正如历史学家卢贝特·万斯（Rupert Vance）所说的那样："正是历史而不是地理塑造了坚实的南方。"① 从南北战争一直到今天，尽管美国南方各州已经逐步融入了美利坚合众国这个大家庭，但无论是心理上还是文化传统上，美国南方都与美国其他地方仍然存在着巨大的差异。

从英国殖民者在南方的弗吉尼亚州建立第一个殖民属地以来，南方因其得天独厚的自然条件为农业尤其是种植园经济的快速发展奠定了基础。大庄园主们支配着南方大量的土地以及黑奴，他们以英国维多利亚时期的贵族生活作为自己的生活标准。与美国北方所奉行的以清教伦理为核心的价值理念（如努力工作、简朴生活等）不同，美国南方奉行的是享乐主义为主要形式的轻松闲散的生活方式。这些理念和价值观又通过诗歌、音乐、口头文学等形式在南方代代相传，塑造了南方人对于自己家乡特有的记忆和依恋。历史学家乔治·廷德尔（George Tindall）在其研究美国南方历史的著作《神话：美国南方历史的新边界》（*Mythology：A New Frontier in Southern History*）中曾这样描绘老南方的生活："和善的老主人摇着他冰镇的薄荷朱力酒；欢乐的黑人在田地里唱着丰收的歌曲或是悲伤地呼唤着过去的老时光；身子修长、穿着灰色军装的青年们在月光下或是木兰花下追求着娇媚的美女。这幕场景并不是简单的一幅漫画或讽刺画，在它精致的庄园主的形象中承载着沉重的贵族美德：谦逊、风度、好客、荣誉、君子之德……"② 这样的描写在美国早期的南方文学作品中经常可以看到。传统的美国南方庄园神话在南方民间的歌曲、戏剧、小说和绘画中都有着绘声绘色的表现。可见，真实的南方已被涂

---

① Rupert Vance. Human Geography ［M］. Chapel Hill：University of North Carolina Press，1932：22.

② George Tindall. Mythology：A New Frontier in South History ［M］. Chicago：University of Chicago Press，1964：4.

上了浓重的浪漫色彩。在对美国传统南方的记忆里，黑奴"不是戏剧的角色就是'忠诚'一词的最贴切的表现"①，而女性则是"漂亮、高贵、社交魅力的完美典范"。② 描绘中的美国南方离现实中的南方越来越遥远。现实南方社会中的种种问题和罪恶，例如，蓄奴制、种族压迫、家族世仇、南北冲突等都完全被罗曼蒂克的光彩所掩盖。这幅虚幻的伊甸园美景在之后的美国南方文学（包括凯瑟琳·安·波特的众多短篇小说）中总是若明若暗地出现，它在南方文学中构建起了一个虚妄的但却永恒的老南方形象。正如挺尔顿所说的那样："庄园罗曼史保留了我们过去的社会牧歌，它是一种田园诗般的存在方式。"③

随着美国南北战争的爆发以及南方联盟军队在战场上的节节败退，南北战争的记忆逐渐成为南方社会和南方文学的共同创伤来源。南方人原本引以为傲的代表着贵族、悠闲和富裕的南方农业文明被北方所代表的工业文明彻底摧毁。南方伊甸园般的种植经济的衰败给所有南方人留下了不可磨灭的创伤体验。正如美国学者爱德华·阿尔斯（Edward Ayers）和布莱德利·米顿朵夫（Bradley Mittendorf）在他们的著作《美国南方：区域，记忆和小说》（*The Oxford Book of The American South*: *Testimony*, *Memory*, *and Fiction*）所说的那样："在南方历史上，内战是最为重要的事件。不论自由人还是奴隶、黑人还是白人、男人还是女人、富人还是穷人，战争都改变了他们的生活全貌……它给那些受过伤但却幸存的老兵，或是那些寡妇们、孤儿们带来了一生的痛苦。战争还给农业经济带来了毁灭性的打击，屈辱地终止了南方白人的政治权力。"④ 波特自己也曾说她自己就是"一场打败了的战争的孙女儿"⑤，这场打败了的战争正是美国南北战争。根据创伤理论，创伤是指个体自我认识

---

① George Tindall. Mythology: A New Frontier in South History [M]. Chicago: University of Chicago Press, 1964: 5.

② George Tindall. Mythology: A New Frontier in South History [M]. Chicago: University of Chicago Press, 1964: 5.

③ 王欣. 创伤、记忆和历史——美国南方创伤小说研究 [M]. 成都：四川大学出版社，2013: 68.

④ Edward L. Ayers and Bradley C. Mittendorf. The Oxford Book of The American South: Testimony, Memory, and Fiction [M]. New York and Oxford: Oxford University Press, 1997: 111.

⑤ Katherine Anne Porter. Collected Stories and Other Writings [M]. New York: The Library of America, 2008: 745.

和社会衡量标准被摧毁后，个体的一种情感反映。① 南北战争的创伤体验——种植园经济的衰败、政治上的失利、家庭的破裂以及亲人的伤亡——使得所有南方人将南北战争看成是一件失败的事业。创伤理论认为，受到创伤的个体在受到创伤打击的情况时，无法记得到底发生了什么或是无法理解所发生的事情倒底意味着什么。② 在创伤体验结束之后，创伤的记忆仍保留于潜意识之中，这时受到创伤的个体必须通过重复和再现创伤的方式来忘记伤痛、重建秩序。南北战争的失败使南方人的精神陷于极度的沮丧之中，他们需要额外的精神寄托，就像波特的"米兰达"系列短篇小说中所描写的祖母那样，南方人需要把自己包裹在历史的荣光里面。于是在南北战争结束之后，南方文学掀起了第二次描写南方伊甸园的热潮。南方文学通过反复重写，努力创造出一个未被破坏的老南方乐土的神话。但与战前的南方神话不同的是，这一次的南方建立在历史创伤的基础之上。战前南方社会所信仰的种种价值观，例如勇气、博爱、骑士精神等，都已超越了历史的边界，逃入了已经消失的繁华美梦之中。但就像托马斯·沃尔夫（Thomas Wolfe）所说的那样："这繁华是想象的，是从来不曾存在过的。"③ 创伤理论认为，创伤需要经过两个阶段，即"创伤展演"阶段和"创伤应对"阶段。在第一个阶段中，创伤叙事通常由被动转向主动，从表征创伤转向再现创伤。④ 南方文学反复描写旧南方就是为了再现那段创伤体验的经历，只不过它运用想象力虚构了一个昔日的南方伊甸园。这种虚构的历史记忆不断重复，形成了南方人对过去的认同以及南方文学"向后看"——沉迷于老南方——的传统。

"向后看"的视角不断追忆"老南方"的映像，而这个"老南方"的映像模糊了南方社会中的种种问题，并形成南方社会所有成员共同分享的叙事框架。在"向后看"的南方文学中，老南方的映像被描绘成家长式的种植园或农庄。就像波特在《旧秩序》（*The Old Order*）中所描写的庄园一样，庄园主照料着所有人——无论白人还是黑人，并对所有人负责，而所有人对庄园

---

① Kali Tal. Worlds of Hurt：Reading the Literatures of Trauma ［M］. Cambridge：Cambridge University Press, 1996：15.

② Kali Tal. Worlds of Hurt：Reading the Literatures of Trauma ［M］. Cambridge：Cambridge University Press, 1996：16.

③ Thomas Wolfe. The Hills Beyond ［M］. New York：Harper, 1941：179.

④ Kali Tal. Worlds of Hurt：Reading the Literatures of Trauma ［M］. Cambridge：Cambridge University Press, 1996：151.

主则保持着绝对的忠诚。波特在《旧秩序》《老人》等作品中所构建起的南方家族模式正是建立在弗兰克斯·格内斯（Francis Gaines）所说的南方种植园的必要三元素之上即拥有土地的南方贵族家庭、黑人奴仆以及代表着黄金时代的老南方世界——在这个世界里人们显得更美，生活显得更悠闲且更田园化。① 这种对于老南方"向后看"的假想对于当时的整个南方社会起到了疗伤安抚的作用。新南方教条主义正是在这样的背景下诞生的，它披上了老南方的罗曼蒂克光彩，大力歌颂昔日南方的光荣和魅力。同时，新南方主义又鼓吹大力发展被南北战争所破坏的经济，以强大的经济实力重振老南方昔日的荣耀。于是新南方变成了一种强大的意识形态，影响了整个南方文学。它将对于老南方的记忆、新南方的进步和繁荣融合在了一起，强化了新南方对于老南方的传承和保护。正如史学家詹姆斯·科博（James C. Cobb）所说的："老南方带着它的能量被引入新的航道之中，新南方只是新环境下的老南方。"② 就这样，老南方已经远去暗淡的荣光又一次在新南方作家的笔下显现出来。新南方的作家们赞美着昔日南方精致的生活方式，有些作家甚至认为老南方是"曾经存在过的最纯洁和最甜蜜的生活模式"。③ 随着新南方主义所实施的经济政策逐渐生效，南方的经济得到了迅速的发展。财富的不断积累使得美国南方的社会结构发生了有别于老南方社会的变化。美国北部的工业化、城市化以及大量的移民进入南方社会，南北文化之间的冲突逐渐显现。这一趋势的结果就是南北战争中的创伤体验再次显现。一方面，"南方把自己包裹在优越的历史感里，蔑视那些粗俗且嗜钱如命的扬基佬"；④ 另一方面，新南方的真实面目已不是原本含情脉脉的老南方，正如国内学者王欣所说，在新南方社会中"人与人之间的关系更类似于北方的资本主义，是一种现金关系"。⑤ 美国北方的文化以及价值观已经不可避免地浸入了南方的伊甸园世

---

① Francis Pendleton Gaines. The Southern Plantation：A Study in the Development and the Accuracy of a Tradition ［M］. Gloncester, Mass：Peter Smith, 1962：184.

② James C. Cobb. Redefining Southern Culture：Mind and Identity in the Modern South ［M］. Athens and London：The University of Georgia Press, 1999：151.

③ Paul M. Gaston. The New Creed：A Study in Southern Mythmaking ［M］. New York：Baton Rouge, 1971：152.

④ Paul M. Gaston. The New Creed：A Study in Southern Mythmaking ［M］. New York：Baton Rouge, 1971：8.

⑤ 王欣. 创伤、记忆和历史——美国南方创伤小说研究 ［M］. 成都：四川大学出版社, 2013：71.

界。在波特的一些小说里，例如，《老人》（*The Old Morality*）、《旧秩序》、《绳》（*Rope*）、《一天的工作》（*A Day's Work*）等，不同价值观之间的冲突所导致的创伤体验已清晰可见。面对这种无法回避的价值冲突、意识形态的对立以及北方价值文化的强势入侵，回到过去，回到工业化时代之前，成了当时南方社会以及南方文学创伤叙事和时代语境的一个重要主题。

　　然而，一味地躲到虚幻的南方光影中毕竟无法回避南方社会的真实困境。进入 20 世纪后，随着美国南北文化的不断交融，美国北方所代表的工业价值理念无论在经济、文化还是政治方面都已逐渐获得了主导性的话语权。南方所拥有的以种植园经济为核心的经济模式已经开始消失，新南方主义所鼓吹的"老南方"的记忆受到了巨大的冲击。如同詹姆斯·科博所说的那样，"我的一个新南方的定义就是一个不再有人念叨新南方的南方"①，"每一次迅猛的社会转变都会削弱甚至毁灭老传统曾经所设计好的社会格局"。② 在一个新旧交替的时代，南方社会和整个南方文学不得不再次面对创伤现实，从原本自欺欺人的"向后看"转向充满矛盾和困惑的"向前看"。于是，南方文学中的"逃逸者"形象出现了。艾伦·泰特（Allen Tate）、罗伯特·佩恩·沃伦（Robert Penn Warren）等组成了美国南方文学最早的"逃逸派"。逃逸派的宗旨就是要从虚幻的南方荣光中逃出来，"他们捕捉到那些死死抓住过去不放的南方人的自欺欺人的态度"。③ 逃逸派的作家们清楚地看到了南方神话不可避免的衰落，他们小心翼翼地避开所有关于怀念南方的话题，正如艾伦·泰特所宣称的那样："没有普世的真理、天堂、地域、责任、永恒等这些神圣的主题"④，"我们非常不愿意在文学中加上一丁点儿南方传统的压力；我们这些南方人了解这样做的下场——旧的创伤总会重新返回，总是一触即发"。⑤ 逃逸派就这样夹在了"向后看"与"向前看"构成的夹缝之中。南方荣耀历史所带来的重负和现实南方所带来的创伤使得南方作家以一种矛盾的

---

① James C. Cobb. Redefining Southern Culture：Mind and Identity in the Modern South ［M］. Athens &London：The University of Georgia Press，1999：150.

② James C. Cobb. Redefining Southern Culture：Mind and Identity in the Modern South ［M］. Athens &London：The University of Georgia Press，1999：154.

③ 罗德·霍顿，赫伯特·爱德华兹. 美国文学思想背景 ［M］. 房烨，等，译. 北京：人民文学出版社，1991：411.

④ Allen Tate. Whose Ox ［J］. The Fugitive，1922（1）：99.

⑤ Daniel Joseph Signal. The War Within：From Victoria to Modernist Thought in the South，1919 – 1945 ［M］. Chapel Hill：The University of North Carolina Press，1982：199.

心态看待过去的历史和现在的事实。这种历史与现实所构成的叙事视角成为美国南方文学的双重视角。文学评论家阿伦·弗雷西曼（Arrom Fleishman）认为："（小说家）扎根在历史中，既在他自己的时代里，同时又能看到另一个时代。在回顾历史时他不仅看到了他自己所走来的道路，而且还发现了他在历史中的存在即历史性。"① 可以这么说，由"向后看"和"向前看"所交织成的双重视角将南方由于战争而断裂的过去和现在连接在了一起，丰富了南方作家的文学创作。

从 20 世纪二三十年代的"逃逸者"再到之后的重农主义运动，美国南方的作家们都始终同时审视着过去和现在、历史与现实。他们既意识到了南方已不再保留有老南方的荣耀，而现实中新老南方之间的冲突矛盾又不断唤起他们的历史记忆和对于南方人的身份认同。在"向后看"和"向前看"所构成的新的文学语境下，南方伊甸园的神话变成了南方文学抹不去的创伤痕迹，历史与现实的交织与碰撞产生出了一次次的创伤体验。北方对南方的同化以及南方和北方之间的差异使得南方作家重新认识自我和世界之间的关系。对于现代美国南方文学而言，从早期的作家，如艾伦·泰特（Allen Tate）、托马斯·沃尔夫（Thomas Wolfe），到南方文学第一次复兴时期的作家，如威廉姆·福克纳（William Faulkner）、威廉姆·史泰隆（William Styron），再到南方的女作家，如弗兰纳里·欧康纳（Flannery O'Conner）、凯瑟琳·安·波特（Katherine Anne Porter）、尤多拉·韦尔蒂（Eudora Welty）、卡森麦·卡勒斯（Carson McCullers）等，都同时审视历史与现实、过去与现在。在他们的小说中，双重视角叙事比比皆是。在他们的作品中历史不仅只存在于过去，也存在于现在。历史的创伤会代代遗传并对现在的人产生潜移默化的影响。国内学者王欣认为：

> 南方作家对于历史的探索集中在历史的本质和个人心理发展过程中。创伤在种族、集体、代与代之间的传递使创伤记忆可以重复生产，融入一个民族或集体的文化记忆中……由作者或一群相同经历的人物，按照集体创伤的成规，回顾过去，并创造出和其他话语交流沟通的叙事，文学文本成为创伤的见证。见证过程被视作个人经验在集体范围内传播的

---

① Arrom Fleishman. The English Historical Novel [M]. Baltimore：Johns Hopkins University Press，1977：15.

途径，同样，个人经历也受到地区文化力量的影响。①

对于每一个南方作家而言，南方就是他们文学创作的源头与母体。无论南方作家以怎样的态度和视角来讲诉他们心目中的南方，南方伊甸园的神话以及南方现实的创伤早已融入他们的创伤叙事之中。个体的记忆成为创伤的源头，而个体对于老南方神话的反抗又催生了个体被放逐即具有创伤性质的人物形象。作为与弗兰纳里·欧康纳、威廉姆·福克纳、罗伯特·佩恩·沃伦同时代的美国南方作家，南方文学的创伤传统以及对于历史和现实进行审视的双重视角也同样深深影响着凯瑟琳·安·波特的小说创作。

## 第二节　新旧南方间的摇摆
### ——凯瑟琳·安·波特的双重南方情结

波特曾经称呼自己是"一场打败了的战争的孙女儿，我对于在一个战败的国度上所经历的生活有着血淋淋的了解。我家族中的长者常常会向我讲述相关的小故事"。② 战争的创伤并未随着历史的远去而远去，反而随着创伤的代代相传遗留在了现实生活当中。过去仍存在于现在并在现实中发挥着它的影响。如同历史学家爱德华·阿尔斯（Edward Ayers）和布莱德利·米顿朵夫（Bradley Mittendorf）在他们的著作《美国南方：区域，记忆和小说》（*The Oxford Book of The American South：Testimony，Memory，and Fiction*）所说的那样："从战争（指南北战争）开始的那一片刻，它发泄出来的改变很少有人能想象到。实际上让每个人感到吃惊的是，战争结束了奴隶制，并剥夺了南方四分之一的适合军龄的男性生命。它给那些受过伤的幸存老兵，或者那些寡妇们和孤儿们带来了一生的痛苦。"③ 作为南北战争后出生的第二代，凯瑟琳·安·波特尽管没有直接经历过南北战争，但她从祖辈们口头相传的叙述

---

① 王欣. 创伤、记忆和历史——美国南方创伤小说研究［M］. 成都：四川大学出版社，2013：93.

② Katherine Anne Porter. Collected Stories and Other Writings［M］. New York：The Library of America，2008：745.

③ Edward L. Ayers and Bradley C. Mittendorf. The Oxford Book of The American South：Testimony，Memory，and Fiction［M］. New York and Oxford：Oxford University Press，1997：111.

中传承了南北战争的创伤体验。老南方家族罗曼蒂克的景象与真实南方保守封闭的现实交织出现在波特的小说中。美国南方文学中"向后看"与"向前看"的双重视角与波特自身的成长经历在相当大的程度上构成了重叠，并最终幻化成为波特对于故乡南方的特殊情结以及其小说创作中所呈现的对于南方的双重叙事视角。

### 一、老南方的虚幻光芒——老祖母的创伤叙述

1936 年凯瑟琳·安·波特曾在一家杂志的采访中说到自己的文学创作是一种"记忆的练习，这（指记忆）是我的意识主要关注的事情，我所有的经历似乎都只是纯粹的记忆。这些记忆是连贯的，还带有注脚，我不断进行修改，不断拿这些记忆与其他记忆进行比较。时不时的，数千条记忆汇合在一起。以一种连贯的顺序围绕一个中心思想，彼此融合、彼此排列。就这样我写出了一个故事"。① 对于波特而言，记忆是其小说创作的重要组成部分，波特的写作甚至到了没有记忆就无法进行的地步。如果读者仔细阅读波特的许多短篇小说，就会发现有一个记忆模式经常出现在她的作品中，那就是对于老南方的记忆。波特在南方生活的时间并不长，只有 1892 年—1901 年在南方其祖母凯特（全名是 Catherine Anne Skaggs Porter）的农场上生活了一段时间，除了 55 岁时回过一次家乡德克萨斯之外，其余时间波特都漂泊在外，或是居住在美国北方，但是南方的所有事物一直萦绕在她心头。1956 年在旅居欧洲期间，她就开始对其以德克萨斯州为背景的小说不断进行修改。她自己曾说道："我几乎本能地处于一种稳定的思想和情感状态之中，我悄悄地，神神秘秘地将一件事物与另一件事物进行比较。我总会记得所有事物的样子，它们呈现出自然的形状与颜色，并且十分清晰地不断重回我的视野——这对于我作为一名艺术家来说是很好的事情，我就想说这些。"② 南方的往事总是以回闪的方式出现在波特的脑海里。这些回忆往往与老南方的意象有关，带有明显的"向后看"的叙事特征。20 世纪初当小波特在南方度过其童年时，南方昔日璀璨的光辉已经远去。新南方主义尽管不断鼓吹回到老南方时代，但南方败落的预势已不可避免。波特的家族在经历了南北战争之后也不可避免地

---

① Katherine Anne Porter. "Notes on Writing", The Collected Essays and Occasional Writings of Katherine Anne Porter [M]. New York：Delacorte Press，1970：449.

② George Hendrick. Katherine Anne Porter [M]. New York：Twayne Publisher，1965：38.

走向衰败。这种时代与家族相互交织的创伤记忆通过祖辈们的口口相传深深地印刻在了波特幼小的心灵中，使其对于自己并未经历过的事件也产生了创伤的体验。对于波特而言，老祖母凯特无疑是其人生中最重要的人之一，是其文学创作的启蒙者。波特在其散文《肖像：老南方》（Portrait：Old South）中曾绘声绘色地描写其祖父母在老南方时代结婚时的场景："他们（指波特的祖父母）是在1850年于肯塔基州结的婚，那是一个盛大的家庭仪式。老妇人（指凯特）还记得婚礼上漂亮的银质蜡烛台、巨大的蛋糕、用掉了至少十磅黄油做成的花朵形状的点心，还有盛大的婚礼晚宴。当年参加婚礼的花童到现在还在夸耀着当年婚礼的气派。"①

老祖母凯特出生在南方一个蓄奴的大家庭中。她于1849年与阿斯博雷·波特（Asbury Porter）结识并很快结婚，婚后他们便前往德克萨斯州定居。在德克萨斯他们购置了大片土地，并拥有好几个黑奴，俨然就是一个典型的南北战争前的南方家族。凯瑟琳·安·波特的家族曾是美国南方的世家。尽管波特并未正面描绘当时波特家族的境况，但通过上述对于祖母凯特结婚仪式与场面的描写就能从一个侧面反映出波特家族当年的富有与繁盛。但是就在凯特和丈夫在德克萨斯定居后不久，南北战争就爆发了。如同南方许多家庭一样，波特家族也开始不可避免地经历了家园被毁和家族衰落的创伤经历。就像南北战争摧毁了富庶的南方伊甸园一样，波特家族的伊甸园也在南北战争中灰飞烟灭，家族的财产也荡然无存。亲身经历过南北战争以及亲眼看见了家族败落的老祖母凯特从一个曾经锦衣玉食的南方淑女变成一个每天只能吃上玉米面包的老妇人。波特在《肖像：老南方》一文中写道："作弄的命运使祖母变成了一个真正的女英雄。"② 祖母一直坚韧地维持着整个家庭，她一直认为贫困只是暂时的，波特家族昔日的繁荣还会再现。家族败落和南方失落的双重创伤感在一定程度上使得祖母凯特变得脾气暴躁，甚至有些歇斯底里。波特曾回忆道：

她（凯特）有时对于那些不能跟上她思绪活动的人会表现出生气、尖刻、极不耐烦的说话方式。她觉得充当一个有手段的严于管教的角色

---

① George Hendrick. Katherine Anne Porter [M]. New York：Twayne Publisher，1965：39.

② Katherine Anne Porter. Collected Stories and Other Writings [M]. New York：The Library of America，2008：748 – 749.

是自己的责任。她会像她自己以前被管教的那样，管教我们不可以盘腿，或是当我们坐着的时候不可以背部触碰到椅子的靠背，或是在别人问我们之前不可以先说话等等……她能像闪电一样疾飞而来，用她长长的手臂在令人最意想不到的时刻给你一耳光。她有时会用自己仅剩的优雅风度和孩子们玩闹，宠爱自己的孩子和孙女们，但有时又会无缘无故地体罚他们。①

祖母凯特完全按照老南方的礼仪规矩来教导自己的孙女，尽管老南方的时代已经一去不返，但凯特仍沉浸在昔日南方的优雅举止的荣光之中。弗洛伊德（Sigmond Freud）在其著作《抑制、症状和焦虑》（*Inhibitions，Symptoms，and Anxiety*）提出了创伤抑制的概念，他认为："患者思想结构中关于兴奋经历和想象内容的认知性的接触会被遗忘，并且会阻止它在记忆中重新产生。因此可以得出结论，歇斯底里症中压抑的主要症状与意识的分割有关。"② 祖母凯特的行为明显带有创伤抑制的症状，她感到焦虑，而焦虑意味着个体不断在重复过去的创伤。弗洛伊德认为："一个人重新产生创伤，不是作为一个记忆，而是一个行为；他重复它，不自知地重复它，最后我们明白了这就是他的记忆方式。"③ 祖母凯特的行为模式正是创伤患者的记忆行为模式。这种行为方式在无形中也将创伤带给了她周围其他的人。

创伤患者除了通过行为表现来舒缓创伤所造成的伤痛外，还会以创伤证言的方式来缓解创伤。在《证词：文学、心理学和历史中的见证危机》（*Testimony：Crises of Witnessing in Literature，Psychoanalysis，and History*）一书中，心理学家肖夏那·费尔曼（Shoshana Felman）认为："作为与创伤事件的联系，证词似乎是由一些散碎的记忆组成，这些记忆没能落实到理解或回忆层面的事情。"④ 据波特回忆，祖母凯特在闲暇时经常会向自己的孩子们讲述有

---

① Katherine Anne Porter. Collected Stories and Other Writings [M]. New York：The Library of America，2008：748 - 749.

② Sigmund Freud. Inhibition，Symptoms，and Anxiety [M] //The Standard Edition of The Complete Psychological Works of Sigmund Freud，Vol. 20，trans. And ed.. James Strachey. London：Hogarth，1974：163.

③ Sigmund Freud. Inhibition，Symptoms，and Anxiety [M] //The Standard Edition of The Complete Psychological Works of Sigmund Freud，Vol. 20，trans. And ed.. James Strachey. London：Hogarth，1974：150.

④ Shoshana Felman and Dori Laub. Testimony：Crises of Witnessing in Literature，Psychoanalysis，and History [M]. New York：Routledge，1992：5.

关南方的往事，回忆波特家族昔日的富有与优雅以及今日的衰败，"我们曾是拥有殷实家产的老家族，在肯塔基州、路易斯安那州以及弗吉尼亚州都有财产，我们现在在德克萨斯州，即使由于某些值得纪念的原因，家族出现了短暂的败落，但一切从表面看来已经完全是另一回事了。"① 也正是祖母的这些回忆老南方生活的叙述激发了波特的写作激情，波特在自己的一些小说中绘声绘色地描写着南方小孩倾听祖辈追忆老南方的场景："这当儿，那些亲戚东一堆、西一堆地站在一起，手里拿着一杯咖啡或是酒，低声谈着，神情敬畏而快活。两个小姑娘感到这是件了不起的事情，情绪也受到感染，穿着睡袍，赖在那儿不走，注意地听他们说话，直等到有人发觉她们，把她们撵走，使她们对这件光荣的事情连边儿都沾不上。"② 但倾听的结果并非使倾听者和创伤"连边儿都沾不上"。德国语言学家哈拉尔德·韦尔策（Halawerd Welze）认为："倾听者不仅充当一个有经验地坐在叙述者对面的角色，这位叙述者同时也是一个模式叙述者。因为他是作为一个较为广泛的社会化和回忆集体的成员来叙述故事的。"③ 倾听者并不是被动地倾听对方的叙述，而是会有意识或无意识地参与到创伤记忆的重建过程中去。创伤理论认为，受到创伤的个体讲述往事会起到一种移情作用。语言学家安·韦伯（Ann Weber）在其著作《关于破裂关系叙述的本质和动机》（*The Nature and Motivation of Accounts for Failed Relationships*）对讲述的原因进行了分析。韦伯认为受到创伤的人不断重复或叙述创伤之前的事情主要有六种原因：保护自尊；情感宣泄；掌握过去；寻找结束；不断进行的贡献行为；故事在自己之中结束。④ 其中，韦伯对于第六种原因——故事在自己之中结束——的解释是：从记忆和欲望之中重新建构故事。重新建构故事对于讲述者来说很重要，它们也可以有其他的形式：解释、推理、通俗小说等。⑤ 通过建立在创伤之上的叙述，创伤个体使创

① Katherine Anne Porter. Collected Stories and Other Writings [M]. New York：The Library of America，2008：748.

② 凯·安·波特. 波特短篇小说集［M］. 鹿金，等，译. 上海：上海译文出版社，1984：29.

③ 哈拉尔德·韦尔策. 社会记忆：历史、回忆、传承［M］. 季斌，王立君，等，译. 北京：北京大学出版社，2001：112.

④ 转引自 Kali Tal. Worlds of Hurt：Reading the Literature of Trauma［M］. Cambridge：Cambridge University Press，1996：132.

⑤ Kali Tal. Worlds of Hurt：Reading the Literature of Trauma［M］. Cambridge：Cambridge University Press，1996：132.

伤事件客体化和原型化，使自己与过去的创伤经历保持距离，将痛苦抛在身外。但对于创伤叙述的倾听者而言，创伤叙述会产生一种潜移默化的作用，使倾听者自身也参与到创伤体验之中，仿佛自己也经历了这种创伤。正如集体的创伤体验会影响个体一样，个体的创伤也会影响另一个个体。创伤可以通过经历过创伤的人传递给其他人，而传递的方式正是叙述即面对面的讲述。多里·罗伯（Dori Laub）将创伤叙述分为三个层次：一个是创伤经历者或创伤幸存者本人的证词；二是创伤事件倾听者见证别人的证词；三是对见证过程本身的见证。① 在第二种关系中，倾听者可以成为创伤事件的非真实的见证者或是秘密的分享者，跟随创伤叙述者一起重新经历该事件。"讲述创伤是创伤记忆中重复的一部分，但如果听众没有反应，讲述者会感到孤独，再经历一次创伤。在见证创伤的过程中，讲述者和听众之间存在着秘密的分享和传递的关系。"② 当一个经历或目睹过创伤的当事人向他人讲述一段创伤往事的时候，后者便会记住甚至感染这种创伤。心理学家凯西·凯鲁斯认为："创伤的历史，在其内在的延迟性中，只能通过倾听才能发生。"③ 倾听实现了创伤的传递，使得创伤体验以直接或间接的方式传递给了下一代。正如波特在小说《老人》中描写小玛丽亚与小米兰达的莫名创伤感那样，"玛丽亚和米兰达，一个十二岁，另一个八岁，都知道自己年纪很轻，可是她们觉得自己活得很久了。她们不但活了自己的那些岁月，而且在她们想来，她们的回忆好像在她们出生以前多少年，就已经在她们周围的成年人，大多数是四十岁以上的老人的生活中开始的"。④

　　创伤记忆通过各种方式在上一代和下一代人之间进行着传承。在传承过程中，创伤叙述者和创伤倾听者之间建立起具有差异性的记忆，而在这个体差异性的记忆里也存在着集体记忆的参与。当年的小波特就像小说中的玛丽亚和米兰达，小小年纪就已经背负上了南方厚重的创伤历史。就像小说《老

---

① Cathy Caruth. Trauma：Explorations in Memory ［M］. Baltimore：The Johns Hopkins University Press，1995：61.

② Cathy Caruth. Trauma：Explorations in Memory ［M］. Baltimore：The Johns Hopkins University Press，1995：67.

③ Cathy Caruth. Trauma：Explorations in Memory ［M］. Baltimore：The Johns Hopkins University Press，1995：11.

④ 凯·安·波特. 波特短篇小说集 ［M］. 鹿金，等，译. 上海：上海译文出版社，1984：20.

人》中的主人公米兰达问的那样："为什么任何人都非回忆过去不可呢？"①
老南方的失落是南方人耿耿于怀的心结，必须通过回忆过去甚至幻化历史的
方式来得到心理上的宽慰。南方文学将老南方失落的创伤通过口述、文字、
倾听等方式感染了一代又一代的南方作家。老祖母凯特关于老南方的叙述也
将老南方的神话深深印刻在倾听者凯瑟琳·安·波特的心上。在倾听的过程
中，倾听者也有意或无意地参与到了对于过去的重新构建当中。对于倾听者
而言，对于创伤历史的倾听将过去又一次拉回到了现实之中。在很大程度上，
创伤的倾听巩固和强化了创伤的记忆。国内学者王欣认为，南方的记忆在内
容上可分为三种，即个人记忆、家庭记忆和文化记忆。"个人记忆侧重于对创
伤的见证；家庭记忆提供了理解个人经历的集体框架；文化记忆则通过不断
地摹写，创造老南方的神话来形成记忆的经典话语。"② 在老祖母凯特身上可
以说同时并存着这三种记忆模式。一方面，祖母凯特见证了家族衰败的过程，
为了忘记战争和家族衰败的创伤记忆，这些创伤的记忆被强行压制进入潜意
识中。其结果是被强行压制的记忆导致了和意识的分离，使得想要忘记创伤
的个体通过某些歇斯底里的症状得到发泄。另一方面，南方家庭衰败的创伤
记忆通过凯特等波特父辈们的不断叙述逐渐从个人和家庭记忆转变为南方集
体记忆，其结果就是创造出了一个虚幻的老南方意象。国内学者王欣在分析
福克纳的小说《押沙龙，押沙龙!》时提出了创伤记忆代际传递的模式：

历史创伤事件→幸存者→见证者→倾听者→文化记忆③

这一创伤记忆传递模式同样也适用于老祖母凯特的创伤叙述对波特的影
响。祖母凯特既是南北战争的幸存者，同时又是波特家族和老南方社会衰落
的见证者；而波特作为战后出生的倾听者接受了上一辈的叙述。但传递的过
程并非不偏不倚，作为倾听者一方，在倾听的过程中，叙述的内容可能出现
修改和变动。当历史创伤事件按照这一传递模式完成传递之后，该事件就被
重建成集体的文化记忆，成为每一个南方人的创伤事件。当一个创伤事件被

---

① 凯·安·波特. 波特短篇小说集［M］. 鹿金，等，译. 上海：上海译文出版社，1984：
30.
② 王欣. 创伤、记忆和历史——美国南方创伤小说研究［M］. 成都：四川大学出版社，
2003：178 – 179.
③ 王欣. 创伤、记忆和历史——美国南方创伤小说研究［M］. 成都：四川大学出版社，
2013：180. 本文所引模式图例与原文略有差异。

重塑成为集体的创伤记忆之后，创伤事件的真实性便会蒙上一层虚幻的光影。老南方的鬼魂于是在倾听者波特身上"借尸还魂"了。

在凯瑟琳·安·波特的短篇小说中有不少是以南方德克萨斯州为背景。波特出生时，整个波特家族早已败落。波特的父亲甚至都养不起自己的五个孩子，波特并未亲眼见过家族昔日的风光。此外，20世纪的南方也早已不是波特家族鼎盛时的老南方了。北方的工业文明已开始侵蚀和破坏南方原有的风貌，老南方的身影已经渐行渐远。但在那些以南方德克萨斯为故事背景的作品中，波特却时常以追忆甚至怀念的笔调描写老南方的故事，仿佛她自己曾真正地目睹过真实的老南方一样。1956年波特写了一篇名为《〈中午酒〉：故事来源》（‘Noon Wine’：The Source）的文章。在这篇文章中波特讲述了自己为短篇小说《中午酒》收集写作素材的经历和创作该小说时的感受。在该文中波特这样描写自己所怀念的南方：

> 我童年的夏日乡村，这个让人回忆的地方充满了闪烁着光亮与色彩的风景。我难以描绘它们不断改变的声音和形状，在我的故事中我也无法用许多字来形容。它们构成了我想要诉说的故事的背景，它们与我的性格相得益彰，连我自己都未曾真正注意过。橡木林中的鸽子在忧伤地啼鸣；小镇每家每户的后门廊上的鹦鹉发出孩子般的声音，它们像在闲聊着什么；鹞鹰在高高的蓝天上盘旋——这就是有着松软的黑土地的乡村生活。在那里一切色彩和味道都有属于自己的气味，就像一切声音都有属于自己的回音……玫瑰和西瓜的风味和香气、辣树花令人陶醉的甜味、散发着奶香的绿色谷物，还有经过调味的谷物面包伴着温热的甜牛奶。①

色彩斑斓的树林、安逸的小镇、芬芳的花朵、流着牛奶和食物香气的土地，这种恬静宜人的氛围不禁使人想起了《圣经》中的伊甸园。南方的美人"一定要个儿高；不管眼睛是什么颜色，头发的颜色一定要深，越深越好；皮肤一定要是乳白色而且光滑"。② 一切的审美标准都是老南方式的，复原了老

---

① Katherine Anne Porter. The Collected Essays and Occasional Writings of Katherine Anne Porter [M]. New York：Delacorte Press，1970：39.

② 凯·安·波特. 波特短篇小说集 [M]. 鹿金，等，译. 上海：上海译文出版社，1984：24.

南方的神话。就像廷德尔（George B. Tindall）所说的那样，老南方"保留了我们过去的社会牧歌，是一种田园诗般的存在模式"。① 波特如此深情地描绘童年南方的笔调几乎与南方文学中"向前看"的叙述模式如出一辙。即使在那些不是以美国南方为背景的小说中，读者也仍能感受到波特对于老南方的情怀。例如，在以墨西哥为背景的小说《庄园》（*Hacienda*）中，波特这样描写一个酿造麦斯克尔酒的庄园：

> 那是一座真正的老式封建庄园，建筑风格一点也没有走样，没有改进的现代设备，庄园里有最典型的雇农，不用说，一个酿麦斯克尔酒的庄园就该是这样一个地方。从第一个印第安人用生牛皮把流汁发酵，刺穿和挖空葫芦，把暗绿色龙舌兰中心的汁用嘴吸出来以后，麦斯克尔酒的酿造方法跟一开始一样，并无改变。从那以后，没有发生什么事，也不可能发生什么事情……一个西班牙老绅士离开那座庄园五十年，就地重来，到处转悠，高兴地看着一切。"没有改变，"他说，"一点没有改变！"②

旧时古典的建筑风格、勤劳工作的雇农、始终拒绝改变的封建庄园，这俨然构成了一座典型的老南方种植园的画面。波特本人其实从未经历过真正的老南方种植园生活。她所做的"不仅是简单地以一个新的结尾来重复过去，而且乞求或改变已有的时间，去创造以及膜拜一个理想的、没有变化的世界，从而安全地避免坠入真实的历史之中"。③ 文学评论家哈瑞·穆尼（Harry John Mooney）认为波特的小说中的南方大都是关于过去的，在其著作《凯瑟琳·安·波特的小说与批评》（*The Fiction and Criticism of Katherine Anne Porter*）中，哈瑞说道："她的小说极其浪漫，总是让人联想到现在似乎永远不能实现的美景。"④ 将老南方罗曼蒂克化是"向前看"的一大特征。老南方社会

---

① George Tindall. Mythology：A New Frontier in South History［M］. Chicago：University of Chicago Press，1964：5.

② 凯·安·波特. 波特短篇小说集［M］. 鹿金，等，译. 上海：上海译文出版社，1984：354－355.

③ Herbert Schneidau. Waking Giants：The Presence of the Past in Modernism［M］. New York：Oxford University Press，1991：181.

④ Harry John Mooney. The Fiction and Criticism of Katherine Anne Porter［M］. Pittsburgh：University of Pittsburgh Press，1963：31.

的规则、礼仪、风度等在波特的许多小说中被反复描写，而创伤叙述往往就暴露在重新经历过去的事件之中。约翰·布莱尔（John Blair）在其文章《西南偏南：凯瑟琳·安·波特小说中的德克萨斯和南方》（South by Southwest：Texas and the Deep South in the Stories of Katherine Anne Porter）中明确指出波特小说的老南方是幻想出来的，并非其童年时生活的老南方。① 《凯瑟琳·安·波特传》（Katherine Anne Porter：A Life）的作者约拿·戈维纳（Joan Givner）也认为波特的老南方社会充满她自己个人的幻想，"她（波特）对于琐碎平凡生活的厌恶在其童年时便已产生。她甚至无法接受自己是五个没妈的孩子中的一个。她是由爱施舍的老祖母抚养长大的……后来关于波特家族的幻想成就了她最成功的小说。那些小说唤起了她自己从来未曾了解的老南方的神话"。② 虚幻的老南方形象来自老祖母凯特的创伤叙述，老祖母在叙述中不断经历家族败落和老南方失落等创伤事件。通过创伤记忆的传递，这种重新经历创伤以及摆脱创伤的体验的叙述模式影响并传递给了波特这一代人。其结果就是一个似乎永远不变的老南方意象重复地出现在波特的小说中。正如波特自己在其散文《肖像：老南方》中所说的一样："我的祖辈们一直到他们生命的最后一刻仍保持一种旧有的高贵品质，而我的双脚牢牢地踩着这块凝聚着他们力量的岩石一直到今天。"③ 父辈们对于老南方失落的创伤感深深地感染了波特，她转过脸去，逃进了已经消失的繁荣的美梦之中，但这繁荣是想象的，是从来不曾存在过的。作为南北战争之后出生的第二代，波特对于老南方意象的重复并不是真实的重复，而是与真实带有一定的差异性的重复，因为这种重复需要不断增添新的内容、补充和重建初始的南方。这种虚幻的老南方意象体现了个体对于创伤记忆的规避。老祖母凯特对于老南方的叙述在波特的心中结出了虚幻的果实。戈维纳在《凯瑟琳·安·波特传》中写道："即使对于最要好的朋友，波特也会诉说自己在南方种植园的一间房间里享用晚餐的场景。在这间房间中，墙壁的镶板复制还原了老欧洲的墙壁镶板样式。

① John Blair. "Texas and the Deep South in the Stories of Katherine Anne Porter" [J]. Journal of the Southwest, 1995 (3)：495 – 502.

② Joan Givner. Katherine Anne Porter：A Life [M]. New York：Simon and Schuster, 1982：18.

③ Katherine Anne Porter. The Days Before [M]. New York：Harcourt, Brac and Co., 1926：156.

她还向她的朋友们展示着她家族的传家宝。"① 这间镶嵌着欧洲旧式样式镶板的房间正是波特心目中的家族和老南方社会的象征。事实上，她的家族已经败落，并没有什么传家宝贝，这使得波特感到深深痛苦。就像波特的短篇小说《坟》（The Grave）中所写的那样，"她心中模模糊糊地骚动着奢侈的欲望，想过一种阔绰的日子，可是这在她的想象中并没能具体成形，而只是那家庭里传说的过去的那种富有和闲逸作依据罢了"。② 这种对于家族和老南方虚幻的想象以真实的原始状态进入她的小说创作之中。文学评论家米契尔·巴雷物（Michelle Balaev）在其著作《文学创伤理论的趋势》（Trends in Literary Trauma Theory）中认为，过去历史中的某次大规模创伤可以为许多世纪后的某一个体所经历感知。"创伤叙事可能重新创造和消散那些不在场的经历，让读者、听者或者见证者第一手经历这种历史经验。因此历史创伤经历是标志和定义当前个人身份、种族或文化身份的来源。"③ 从本质上来说，波特在其小说和人生中真正寻求的是与其家族神话乃至整个老南方神话相适应的身份认同。她需要虚幻的老南方意象来支撑这一身份，而老祖母凯特的创伤叙述正好提供了一个闪耀着虚幻光芒的老南方意象。就像波特自己所说的，那是一个"如同好莱坞构想出来的已经颓败的古罗马帝国"。④

从心理机制上而言，老祖母的创伤叙述在潜意识里是用来抑制自己的记忆、忘记曾经的创伤体验，而在波特小说的语境中老祖母的叙述则构成了虚幻的老南方这一文化意象，这一意象变成了恢复原有秩序的记忆模式与记忆策略。波特在《肖像：老南方》中说过，"米兰达"系列小说中的祖母索菲亚（Sophia Jane Rhea）的原型正是自己的老祖母凯特。在小说中索菲亚祖母代表着老南方原有的礼仪、规则、风范和社会秩序，而在现实生活中老祖母凯特的创伤叙述提供了恢复老南方社会秩序的途径，虽然这条途径通向一个波特并未真正了解的虚幻的南方。

---

① Joan Givner. Katherine Anne Porter：A Life ［M］. New York：Simon and Schuster，1982：20.

② 凯·安·波特. 波特短篇小说集 ［M］. 鹿金，等，译. 上海：上海译文出版社，1984：412.

③ Michelle Balaev. Trends in Literary Trauma Theory ［M］. Manchester：Manchester University Press，2000：150.

④ Katherine Anne Porter. The Days Before ［M］. New York：Harcourt，Brac and Co.，1926：157.

### 二、新南方的真实困境——现实的迷茫与焦虑

作为南北战争之后出生的第二代，凯瑟琳·安·波特并未真正感受过老南方的气息。当波特小的时候即 20 世纪初期，用来安抚南方社会成员的老南方形象已经无法再起到安慰人心的作用。南方社会中的种种问题和现象，例如，种族问题、农业经济的萧条、南方人身份问题等，都已在虚构的老南方温情脉脉的面具之下暴露出来。美国北方的工业资本主义以及功利主义信条不断侵蚀着南方以家族制或以家长制为主体的社会结构。尽管新南方主义的鼓吹者们在大张旗鼓地呼吁南方人回到过去，通过经济的振兴发展重新建造一个老南方式的伊甸园。但在北部强南部衰弱的时代大背景下，即使是新南方主义也不可避免地沾染上了北方的实用主义价值理念。"他们（指新南方主义教条下富起来的地主们）并不赞同一边旧家长制拥有权力的同时，一边又要履行照顾弱者的义务以及贵族的行为方式。"① 老南方原有的仁慈、博爱、勇气、家族荣誉等价值信念在北方功利实用主义的影响下开始暗淡并逐渐瓦解。新南方变得更像是一种资本主义的金钱关系。在这一形势下，老南方社会的光辉荣耀势必会与新南方的功利主义产生冲突和矛盾。这种冲突和矛盾在战前和战后不同的两代南方人身上体现得尤为明显。

作为一位有着深邃观察力和感悟力的作家，凯瑟琳·安·波特不可能没有察觉到新老南方之间的这些冲突和矛盾。在《〈中午酒〉：故事来源》一文中波特说道，她家族中的老人们拒绝接受和承认任何的变化，"有关礼仪、道德、宗教，甚至宗教的最后那些只言片语早已消失殆尽：有没任何东西发生变化，他们总是这么说，但当他们说这句话的时候，一切都在改变、在转移、在消失"。② 时代的车轮已经在不断向前行进，而老一代的南方人却还像福克纳笔下的艾米丽小姐那样拒绝接受南方社会的一切变化，把自己封锁在僵死的"老南方"幻象之中。波特并非一味地将自己沉浸在老南方虚幻的荣耀之中，她清醒地看到了老南方不可避免的颓势与虚幻。就像她自己所说的那样，

---

① Kevin Railey. Natural Aristocracy：History, Ideology, and the Production of William Faulkner [M]. Tuscaloosa and London：The University of Alabama Press, 1999：14.

② George Hendrick. Katherine Anne Porter [M]. New York：Twayne Publisher, 1965：39.

老南方是一个"如同好莱坞构想出来的已经颓败的古罗马帝国"。① 老祖母关于家族和昔日南方的叙述尽管可以让人暂时忘却创伤，在远去的光影里逗留，但现实的真实性却会更为长久地摆在波特等新一代南方人的面前，使人们清楚地看到了老南方的死亡，就像波特在其小说《老人》中所写到的那样："米兰达发现自己悠闲地看着一长队有生命的尸体、在溃烂的女人，欢乐地向尸骨存放所走去，她们的腐烂被薄纱衣服和鲜花遮盖着，她们的死人似的脸抬起着，在微笑，她心里相当冷静地想：'情况当然不是这样的。这不比我以前听到的更真实，同样是完全染上了浪漫的色彩。'"② 昔日南方的美人在化身为米兰达的波特眼里只是一具具毫无生命气息的枯骨。尽管她们仍然活着，仍然遵循着老南方的生活方式，仍然用薄纱和鲜花装点着自己，但死亡已不可避免，活着的人也只是自欺欺人地躲进虚幻的浪漫色彩之中，成了"有生命的尸体"而已。这些形同行尸走肉的南方美女无疑是整个老南方的象征与预兆。这种已经死亡但却仍然企图借尸还魂的老南方形象必然会引起南北战争之后出生的那代年轻人的抵触与反感。1919年当时十分具有影响力的文艺刊物《逃逸者》就在其创刊号上呼吁年轻人从"感伤的、浪漫主义的老南方上层婆罗门逃离出来"③，他们厌恶这种由僵死的创伤记忆所塑造出来的老南方形象。南方新一代的年轻人渴望追求新的记忆模式和新的社会价值理念。于是，在这新老交替的时代，新老南方的冲突就变得无法避免了。老南方创伤记忆的失败从记忆传承的角度揭示了南方社会所面临的记忆模式的危机。一方面，老的记忆已变成了一种自我欺骗和自我麻痹的模式，老南方的神话已无法被复制；而另一方面，新的记忆又使年轻一代南方人陷入过去和现在、历史与现实的冲突之中。这种冲突的核心是南方价值的再次失落，尽管年轻一代南方人想从令人感伤的老南方浪漫色彩中逃离出来，但真实的社会语境又无法使他们真正地逃离。这样的结果就是催生了新的创伤体验。这种新的创伤体验不同于波特父辈们因战争失败而败落的老南方的创伤体验，新的创伤是夹杂着历史和现实的双重创伤打击，它向着年

---

① Katherine Anne Porter. The Days Before [M]. New York：Harcourt, Brac and Co., 1926：157.

② 凯·安·波特. 波特短篇小说集 [M]. 鹿金，等，译. 上海：上海译文出版社，1984：90.

③ James C. Cobb. Redefining Southern Culture：Mind and Identity in the Modern South [M]. Athens and London：The University of Georgia Press，1999：163.

轻一代南方人凶猛袭来。在新老南方创伤记忆所构成的双重创伤模式之下，许多个人成了被驱逐或是自我放逐的个体。这种新的创伤记忆在波特那些描写南方大家族生活的小说中显得尤为明显，例如，"米兰达"系列小说。在这些小说中，家族中的老一代固执地坚持着老南方那些已经僵化的传统和审美标准：

> 爸爸一想到他年轻时亲戚中的那些姑娘，就斩钉截铁地说，她们不管属于哪一辈，毫无例外地都苗条得像芦苇，优雅得像仙女，他的记忆力好像出了毛病。①

> 首先，一个美人一定要个儿高；不管眼睛是什么颜色，头发的颜色一定要深，越深越好；皮肤一定要是乳白色而且光滑。动作轻灵和麻利是重要的标准。一个美人一定要舞跳得好，是个出色的骑手，任何时刻都神态安详，脸带亲切的喜悦而不失庄严的身份。②

家族中的年轻一代则对代表老南方的一切表示怀疑，他们渴望摆脱被已经死去的历史所束缚的命运。就像《老人》中的米兰达和玛丽亚看到代表着昔日南方的照片时的感受一样，"这张照片是整个儿同死去的东西联系在一起的"。③ 年轻一代的南方人不愿再重复生活在父辈们所编织的南方伊甸园的美梦之中，他们要大胆地活着，追求属于自己的新生活，"我自己的现在和未来的生活。我不要任何诺言，我不会有虚假的希望，我不会对自己采取浪漫的态度的。我不能再在他们的世界上住下去了"。④ 于是，小说中的艾米大胆追求爱情和刺激，米兰达在成年后逃出大家族与自己所爱的人私奔，并在发现自己被婚姻束缚后毅然决然地再次选择逃离。可以说，在价值理念上新老两代南方人在不同的历史结点上发生了碰撞与冲突。在《老人》中这种冲突的结局便是艾米最终屈服于老南方的世俗，与自己并不相配的人结婚，最后过

---

① 凯·安·波特. 波特短篇小说集［M］. 鹿金，等，译. 上海：上海译文出版社，1984：21.

② 凯·安·波特. 波特短篇小说集［M］. 鹿金，等，译. 上海：上海译文出版社，1984：24.

③ 凯·安·波特. 波特短篇小说集［M］. 鹿金，等，译. 上海：上海译文出版社，1984：20.

④ 凯·安·波特. 波特短篇小说集［M］. 鹿金，等，译. 上海：上海译文出版社，1984：97.

早离世。而米兰达倔强地与老南方世家反抗，但最后受到的是整个家族——包括自己的父亲在内——对自己的冷漠与不理解。艾米和米兰达都自觉或不自觉地成为了南方世界中的自我放逐者和被放逐者。

新老南方的冲突对新一代的南方人造成了创伤，使得他们不得不重新审视父辈们一切"向后看"的视角，他们的视角开始不自觉地转向前方，转向一个更加真实、更加和自己有着活生生联系的南方社会。米兰达心中的呐喊——"我不能再在他们的世界上住下去了"——正是表达了新一代南方人的心声。只有冲出虚构僵死的过去，南方社会才能真正重获新生。在《老人》中米兰达长大后最渴望的职业是做一名骑师。骑师这一职业意味着可以自由驰骋，可以摆脱束缚，就像米兰达自己所设想的那样："这个打算的细节是模糊不清的，但是隔开了恰当的距离看去，却前景灿烂。"① 冲出老南方这个牢笼，奔向灿烂的远方，正是米兰达这一代年轻南方人渴望做的事。新老南方的这种矛盾冲突从实质上来说反映出的是记忆和现实的巨大反差。老南方的旧时社会标准、礼仪、家族等价值观念已经日薄西山，传统的南方家庭纽带变得越来越支离破碎，人与人之间的传统人际关系也开始变得分裂。查理斯·阿伦（Charles Allen）在《凯瑟琳·安·波特：心理艺术》（*Katherine Anne Porter：Psychology as Art*）一文中指出波特短篇小说中的许多女性人物更像是生活中"孤独的女英雄"②。这些女性人物的孤独感很大程度上来自新老南方的变化带给这些人物的创伤体验。新老南方的冲突使得现在与过去变得不再和谐统一。罗伯特·佩恩·沃伦在《洪水：我们时代的罗曼史》（*Flood：A Romance of Our Time*）一书中说道："整个南方都是孤单的，南方联邦建立在孤单上，'南方人'全是孤单的。"③ 老南方已经逝去，而面对强势的北方工业资本主义和冷冰冰的金钱关系，新南方的未来又在哪里呢？这些疑问和困惑使得包括波特在内的每一个南方人都感到孤独。这份孤独感正是年轻一代的南方人在创伤体验中感受到的疏离感和焦虑感的结合，它源于老南方原有的人际关系的分崩离析。就像《老人》中的伊娃表姐所说的那样："你没法想

---

① 凯·安·波特. 波特短篇小说集［M］. 鹿金，等，译. 上海：上海译文出版社，1984：58.

② Charles Allen. "Katherine Anne Porter：Psychology as Art"［J］. Southwest Review，1956（9）：223 – 230.

③ Robert Penn Warren. Flood：A Romance of Our Time［M］. New York：Random House，1964：147.

象那竞争是怎样的。看那些姑娘勾心斗角的方式啊——真是什么卑鄙的手段，什么弄虚作假的伎俩都耍得出来……"① "她们一脑门都是这玩意儿，别的什么也不想。她们不这么叫它就是了，她们用种种美丽的名字把它掩盖起来，不过，说穿了，那无非是，情欲。"② 老南方社会所要求的淑女形象，例如端庄、优雅、贤德等等，在新一代南方人的头脑里已经日益式微。她们满脑子想着的只有老南方社会曾经极其忌讳的情欲和性。人和人之间的关系也不再温情脉脉，取而代之的则是功利主义的"勾心斗角""卑鄙的手段"和"弄虚作假的伎俩"。这种今昔对比所产生的疏离感与焦虑感正是历史发展过程中人类所处的困境。根据创伤理论，在旧有的生活方式或是传统开始消失、文明开始经历由盛到衰的转变、新的生活方式尚未完全建立起来时，处于其中的个体会对自身的身份产生焦虑。犹如《圣经》中犹太人不断询问："我的上帝在哪里？"波特这一代年轻的南方人也在询问："我的南方在哪里？"老祖母对于老南方的叙述在潜意识里使波特认同或向往那样的"老南方"生活，而在现实生活中"老南方已死"的真相又一次次清楚地摆在波特面前。这种反差和冲突幻化在波特笔下便是一个个对自我身份产生焦虑和疑惑的人物。短篇小说《他》（He）中那个没有名字、没有身份，始终处于"想诉说"和"无法诉说"之间的南方男孩；《中午酒》（The Noon Wine）中始终与现实保持距离、自我封闭、被他人认为疯癫的赫尔顿先生；《老人》中困于过去记忆中的加布里埃尔；《斜塔》中陷于记忆和现实冲突中的查尔斯等。这些人物中有些沉浸在过去的回忆之中无法自拔，自愿做一个与现实相疏离的流浪者；而有些则主动地想要摆脱过去，融入现实，但却始终无法真正地被现实接受或认可，他们被动地成了被现实所放逐的对象。无论是自愿也好，还是被动也好，在波特的这些作品中人物都处于一种分裂的状态，过去和现在在这些人物身上得不到和谐与统一。

　　文学作品中人物的心理状态往往反映出的是作者自身的真实心理。对于现实南方的焦虑正是波特潜意识中创作这些人物的动机。波特曾在为一部未完成的小说的笔记里这样说道："我属于被剥夺的无家可归的一代

---

① 凯·安·波特. 波特短篇小说集［M］. 鹿金，等，译. 上海：上海译文出版社，1984：89.
② 凯·安·波特. 波特短篇小说集［M］. 鹿金，等，译. 上海：上海译文出版社，1984：89.

人……我不属于我的父辈……因为他们曾经还拥有土地，曾经还拥有传统……我这一代人停留在生命悬崖的边缘，面对着我们所面对的一切。"①从中不难看出波特对自己所属的新一代南方人面对现实困境时的焦虑之情。心理学家鲁斯·雷斯（Ruth Leys）认为焦虑来源于联系历史与现实的纽带之间的断裂，焦虑也可以引起创伤体验，"这段创伤因而被固定或凝固在时间里，拒绝作为过去被再现，而是永远地在一种痛苦、分裂、创伤的当前现实中被重新经历"。② 通过老祖母的叙述所形成的"向后看"的老南方意象在年轻一代"向前看"的新南方面前显得那样遥不可及。年轻一代南方人虽然意识到"老南方"的封闭与固执，但他们更清楚地看到新南方在北方文明的攻势之下显得如此满目疮痍和不堪一击。波特曾在名为《我记忆中的德克萨斯州》（*Notes on the Texas I Remember*）一文中这样描写在北方文化影响下的新一代南方人：

> 他们（指波特的侄子和侄女）直到二十一二岁才听到过真正的交响乐，见过到真正的女演员，因为他们之前只从电台或是后来从电视上听到过或看到过。他们到任何地方去都得驾驶自己的汽车，他们从未见过真正的芭蕾舞表演，我可以告诉你这是一件奇怪的事。我对他们的无知感到震惊；当他们第一次见到活人或是听到从活人胸腔中发出的声音时会感到极度兴奋，我对此毫不夸张，仿佛一种新的生命和一个新的世界在他们眼前展现出来一样……你无法使年轻人理解我们曾经看过和知晓的音乐和戏剧，因为你如今到德克萨斯州去，即便是中产阶级，他们除了从电视里知道的东西之外，对于其他一概不知。③

在波特看来，老南方昔日的光辉传统和优雅的生活方式在北方工业文明和消费文化的影响下已经堕落，年轻一代南方人已经被北方的物质文化腐蚀了，对此波特感到痛心疾首。从本质上而言，新老南方的冲突所形成的创伤是南方伊甸园神话的双重失落。父辈们叙述中的南方已随着历史的远去而消

① Mary Titus. The Ambivalent Art of Katherine Anne Porter［M］. Athens：The University of Georgia Press，2005：183.

② Ruth Leys. Trauma：A Genealogy［M］. Chicago and London：The University of Chicago Press，2000：2.

③ Katherine Anne Porter. Collected Stories and Other Writings［M］. New York：The Library of America，2008：741.

散，年轻人所期待的南方又显得那样屡弱不堪。在这种双重失落之中，南方人的身份也经历了双重失落。失去了老南方价值理念的新一代南方人既不被父辈们所认同，也不被当时正处于新旧交替的社会所接受。如同《老人》中不愿循规蹈矩的米兰达，她虽然认识到了南方的保守封闭，并勇敢地予以反抗和逃离，但她也失去了与南方的联系，独自一人在外漂流并且处处碰壁。小说结尾处从小疼爱米兰达的父亲对米兰达冷漠相待，"米兰达又受到了冷淡，她挣开自己被抓住的胳膊，她的心又感到同样的隐隐作痛的抽搐"。① 父亲的冷淡象征着米兰达与整个家族乃至整个南方的纽带断裂了。失去了家族的纽带，南方人这个始终与土地、家族联系在一起的身份符号也便随之失落。波特在创作《老人》即"米兰达"系列最后一篇小说时，无疑已意识到了这一点。

　　新一代南方人身份的失落使得波特以及其小说中的众多人物在"向前看"和"向后看"这两个视角之间不断游离与徘徊。当"向后看"时，波特看到的是祖母诉说中的充满荣耀的家族与老南方，而当"向前看"时，她看到的则是充满困惑与焦虑的新南方。在波特的许多小说里，"向前看"和"向后看"如同创伤叙事的两个极点，波特在叙述故事时有时偏向于其中的某一极，而有时又偏向于另一极。这种来回的叙事摆动所传达出的正是波特对于南方、新一代南方人乃至现代人类社会的焦虑。在美国南北战争结束后的半个多世纪，人类世界又先后经历了两次世界大战。如同南北战争使得南方人失去了老南方的神话一样，两次世界大战也使西方世界失去了昔日的荣耀。二战后科学技术的高速发展又使得战前的传统社会结构发生了翻天覆地的变化。人类在现代社会中也变得更为疏离和焦虑。对于见证和经历过两次世界大战的波特而言，她的创伤体验无疑与其祖母当年经历南北战争后的体验是相似的。就这一点而言，波特小说中那些自我放逐或被社会放逐的人物形象不仅是新一代美国南方人的写照，也是处于新旧交替的现代社会中的人类的自我写照。倾听过老祖母对于南北战争的叙述，同时又亲眼见证过两次世界大战对人类社会造成的巨大创伤，波特始终在用"向前看"和"向后看"的叙事视角审视着整个人类社会。美国南方作家阿伦·泰特（Allen Tate）曾说过："第一次世界大战让战后（指美

① 凯·安·波特. 波特短篇小说集［M］. 鹿金，等，译. 上海：上海译文出版社，1984：92.

国南北战争）的南方再次了解了这个世界，但它却发现还有另一场战争的记忆，它没有抹掉过去，反而加强了对过去的意识。所以我们有着双重聚焦，有着两种审视的方式。"①

综上所述，老祖母对于"老南方"的创伤叙述为凯瑟琳·安·波特构建起了一个荣耀而令人骄傲的南方世家，而作为生活在战后现实生活中的年轻一代，波特又不得不面对身边真实的新南方。在波特的许多作品里过去与现在糅杂在了一起，前者以记忆的延迟和传递等方式影响着后者，而后者又会以回闪、噩梦、潜意识等形式重新经历前者。无论是回顾过去还是审视现在，这都是一种创伤的体验。"向后看"和"向前看"所构成的双重视角形成了波特对于南方的双重情结。一方面，波特向往老祖母叙述中的"老南方"，并在文本中企图恢复老南方过去的光芒；另一方面，新老南方的巨大冲突又在相当大的程度上解构了虚构出来的"老南方"的意象，这使得新一代南方人不得不对记忆再次进行调整和改变，这最终导致了他们对于南方的疏离感和自我身份认同的焦虑感。此外，波特的双重南方情结也使其作品中表现出双重的叙事层面。在社会层面上，波特的小说塑造了南方社会乃至整个人类社会的创伤叙事框架；在个人层面上，波特小说通过各种具体的创伤类型——童年的创伤、家庭的创伤、婚姻的创伤、战争的创伤、时代的创伤等——塑造了众多的创伤个体。这些创伤个体不仅属于南方社会，也属于整个人类社会。他们的创伤记忆既是个人的、家庭的，同时也是全人类的。

---

① Allen Tate. Memoirs and Opinions：1926 – 1974 ［M］. Chicago：The Swallow Press，1974：32 – 33.

# 第三章

## 丰富的创伤主题

### ——凯瑟琳·安·波特短篇小说的创伤叙事

　　短篇小说是凯瑟琳·安·波特文学创作的一个重要组成部分。与波特褒贬不一的长篇小说《愚人船》（*Ship of Fools*）不同，文学界对于波特的短篇小说几乎给予了一致的褒奖和称赞。波特也因此被认为是美国现当代一位杰出的短篇小说作家。早在1958年，美国著名作家和文学评论家罗伯特·佩恩·沃伦（Robert Penn Warren）就高度称赞波特的短篇小说，认为它们在"现代文学中是无与伦比的"。① 沃伦还把波特与其他以短篇小说闻名的作家例如詹姆斯·乔伊斯（James Joyce）、厄涅斯特·海明威（Ernest Hemingway）、凯瑟琳·曼斯菲尔德（Katherine Mansfield）以及舍伍德·安德逊（Sherwood Anderson）等相提并论②，由此可见沃伦这位前辈作家对于波特的极力推崇。根据笔者的不完全统计，从20世纪50年代到80年代即国外波特研究的黄金时期，有关波特短篇小说的专著就有将近三十部③，其中不乏像罗伯特·佩恩·沃伦（Robert Penn Warren）、詹姆斯·威廉·约翰逊（James William Johnson）、乔治·亨德瑞克（George Hendrick）这样知名的作家或专门研究波特的评论家。他们的著作从艺术特色、创作主题、小说人物塑造等多方面探讨了波特在短篇小说方面的创作成就，这些都为后人对于波特小说的研究打开了无限法门。然而，这些评论性专著往往将波特的短篇小说割裂开来进行分析，而没有以一个相对统一的尺度对波特的主要作品进行解读和

---

① Robert Penn Warren. "Irony with a Center: Katherine Anne Porter." In Selected Essays [M]. New York: Random House, 1958: 24.

② George Hendrik. Katherine Anne Porter [M]. New York: Twayne, 1965: 12.

③ George Hendrik 的专著 *Katherine Anne Porter*（New York: Twayne, 1965）在附录部分提供了20世纪50年代至80年代有关波特小说研究专著较为详细的书目，为笔者寻找资料提供了便利。

剖析。波特自己曾在介绍其短篇小说的一篇文章《关于〈开花的犹大树〉》（On "Flowering Judas"）里写到，她的短篇小说是其庞大的写作计划中的一部分，"它们是当这个世界在千年变化中步入膏肓，全社会处于怪异的混乱之际，我以秩序、形式和叙述的方式所能实现的成就"。① 可见，波特的短篇小说并非一个个孤立的作品，而是波特有计划性的写作产物，它们具有贯穿始终的中心思想，从而构成了一个有机的整体。对于它们的任何割裂解读都无法从整体上全面了解波特的创作思想和作品的主题。

笔者认为，波特的短篇小说中的人物身份虽然各不相同，他们所处的环境和时代背景也有所差异，但这些人物身上都体现了一种创伤感。这种创伤感或来自生活经历，或来自家庭和婚姻的矛盾，或来自生与死的体验，或来自不同两代人之间的价值观差异，或来自时代的大背景等。小说中的众多人物也明显表现出各种创伤症状，例如，噩梦、惊恐、闪回、精神恍惚、感情迟钝、心理癔症等。可以说波特的短篇小说容纳了十分丰富的创伤叙事类型与创伤书写特征。从波特短篇小说的创作时间上来看，其短篇小说的叙事主题由早期的南方世家小说向着描写更为深邃广阔的人性、社会、战争等重大主题的方向发展推进。其小说的创伤叙事类型也从童年创伤、爱情婚姻创伤向着人性、社会制度、战争等创伤叙事类型发展。这表明波特小说中的创伤叙事类型经历了一个不断深化的过程。波特本人对于西方世界存在的各种创伤的思考也变得越来越细致与深刻，她以女性作家特有的细腻、精致的笔触写下自己对于现代社会的所感所想。其小说作品中形形色色的创伤个体构成了一个 20 世纪饱受创伤之苦的现代社会的缩影。正如波特自己所说的那样："从我有意识和有记忆的年纪起，直到今天，这一生始终处在世界性灾难的威胁之下，而我的绝大部分智力和精力一直用在努力领会这些威胁的意义，追溯它们的根源上，用在努力了解西方世界人的生活中这个巨大而可怕的缺陷逻辑上。"② 波特一生的努力都用来寻找创伤的源头以及探究人们受到创伤侵扰的原因。其中既有作者自身的创伤经历和创伤体验的折射，同时也有作者对于人性、善恶和现代社会对于人们心理影响的思索。对于波特小说中众多的创伤个体以及创伤书写主题进行分析和分类，可以更好地了解作者的创作

---

① George Hendrik. Katherine Anne Porter [M]. New York：Twayne，1965：12 - 13.

② Katherine Anne Porter. Collected Stories and Other Writings [M]. New York：The Library of America，2008：718.

动机和创作主旨。此外，以创伤理论视角为切入点也为波特小说的研究提供了一个新的解读视角。

## 第一节　童真的失落

　　童年是人生的开端，一个创伤的童年也是一生创伤的开始。根据创伤理论的相关研究，童年时所经历的创伤往往会影响一个人一生的轨迹，会对一个人的一生都产生阴影。凯瑟琳·安·波特的童年尽管有老祖母凯特的关爱和照顾，但由于母亲的早逝所导致的母爱缺失以及父亲对子女不太负责的态度，波特从小就一直在一个缺少双亲抚爱的环境中成长。波特自己曾在一篇名为《无名之地》（*The Land That Is Nowhere*）的文章中这样写道："我不相信童年是一段幸福的时光。相反，童年是充满绝望的、无法治愈的、苦涩的悲伤与痛苦的岁月；是充满着支离破碎的破灭了的幻想。在童年，一切善与恶都是第一次出现，对于任何问题都不会有答案。我的思想过早成熟，但我成长的环境却不允许我拥有一个对于成长中的孩子而言非常适合的思想发展。我们身边的父辈们所做的努力就是让我们忽视我们所生活的真实世界。"① 如同父辈们叙述中的破灭的"老南方"幻想一样，在波特眼中童年也是一段幻想的泯灭，是一段充满创伤记忆的时光。父辈们沉浸在对于南方昔日的幻想和幻想破灭的失落之中，而忽视了身边最真实的生活和孩子。这段童年时的成长经历在波特的一些小说中都有所反映。波特的短篇小说中有好几篇的主人公是孩子。如果细看这些描写孩子童年的作品，我们就会发现这些孩子往往没有母亲，例如，"米兰达"系列小说中童年时的米兰达；或是即使有父母亲，但却缺少来自父母亲的关爱，例如，小说《他》中的那个男孩子以及小说《下沉通往智慧之路》（*The Downward Path to Wisdom*）中的男孩子史蒂芬。有些孩子在面对外部世界的种种罪恶时显得不知所措和异常惊恐，例如，《马戏》和《坟》中的小米兰达以及《处女维勒塔》（*Virgin Violeta*）中的维勒塔。这些孩子大都表现出惊吓、迷茫、噩梦等明显的创伤症候。乔治·亨德瑞克在为波特写的传记中认为，波特小说中的儿童形象"包含了许多波特对

---

　　① Katherine Anne Porter. Collected Stories and Other Writings［M］. New York：The Library of America，2008：1016.

于自己童年的指涉，她对于祖母含混的感情，她相信自己被父亲以及母亲（由于母亲过早去世）抛弃"。① 在这些儿童形象身上我们可以看到波特童年时的影子。这些孩子所经历的事件——被父母亲抛弃、对于生死的感悟以及对于性的懵懂等——也都是波特自身的经历与感悟。这些经历在孩子的幼小心灵上留下了不同层次的创伤体验："我清晰地记得并用爱来叙述我正在讲述的一切；它们是我真实的记忆，那些书本中、音乐中以及戏剧中出现的经历是我人生中真实的事件。对于这一切的记忆是一种淡淡的意识，通过这意识我追寻自我。无论世事怎样变化，我都把自己等同于我小说中的人物。"② 如同老祖母通过叙述"老南方"的方式来缓解创伤的苦痛一样，波特将这些童年时的创伤感悟以小说的形式记录下来，用来向读者进行叙述。在这些故事中，波特用"向后看"的视角审视童年这段"充满绝望的、无法治愈的、苦涩的悲伤与痛苦的岁月"。

### 一、无名的孩子：历史与现实的双重缺失

写于 1927 年后收录于凯瑟琳·安·波特的第一本短篇小说集《开花的犹大树和其他故事》（*Flowering Judas and Other Stories*）中的《他》（*He*）描写了一个缺少家庭温暖、失去身份并最后被家人抛弃的南方小男孩，其中包含着波特本人对于新一代南方人的身份焦虑与迷茫。

惠普尔一家是一户普通的南方家庭。他们的生活过得清贫而拮据。惠普尔先生是一个务实主义者，他常抱怨生活的艰辛，并会向邻居家吐苦水。但惠普尔太太则秉承了南方好面子的传统，不愿让周围人看出自己窘迫的生活。好面子以及虚荣的幻想使她渴望自己的家庭能变得富有，但阻碍他们发家致富的障碍却是他们那个似乎智障的儿子"他"。尽管惠普尔太太表面上极力表现出对于"他"的关爱和表扬，"'他'是这么结实，欢蹦乱跳，'他'什么事情都要插上一手；打他会走路起，'他'就是这个样"③，但这些虚幻的关爱就如同她对于财富虚幻的渴望一样充满了憎恨和厌恶。"要是'他'死了的话，那倒是老天爷做了一件大好事了。"（283）为了摆脱'他'这个发家致

① George Hendrik. Katherine Anne Porter [M]. New York：Twayne, 1965：77.
② George Hendrik. Katherine Anne Porter [M]. New York：Twayne, 1965：77.
③ 凯·安·波特. 波特短篇小说集 [M]. 鹿金，等，译. 上海：上海译文出版社，1984：283. 本节所有译文皆出自鹿金，译本，只在引文后的（）中标明页码，不另外加注。

富的累赘，惠普尔太太允许他爬很高的树、要求他做许多超出他年龄所能承受的重活，例如，让他去对付蜜蜂因为他似乎不怕被蜇、叫他去牵凶狠的公牛，并让他从一头凶残的母猪身边去偷一头小猪仔。总之，惠普尔太太想尽了各种办法想要"除掉"这个智障的儿子。为了能让另外两个孩子艾德纳利和艾米丽在冬天穿着得体，睡得暖和，不会感冒，他们竟然将"他"床上的被子抽去一条给艾米丽，因为他们觉得"他似乎从来不在乎冷"（284）。对于一个孩子而言，这样的家庭环境可以说是极度缺少关爱。父母与兄弟姐妹只把"他"当作一个不说话的劳动力和妨碍致富的累赘来看待。南方家庭原本十分重视的家庭亲情在惠普尔一家显然已经荡然无存。

正如在第二章节中所论述的，20世纪初随着重农主义在美国南方抬头，变得富有等功利主义思潮在南方开始流行开来。老南方原本温情脉脉的人际关系开始被功利主义和金钱关系所替代。随着北方实用的功利主义价值观不断渗透南方，南方人对于财富的渴望在心中变得愈发强烈。小说《他》中的惠普尔夫妇，尤其是惠普尔太太，就是这样的典型人物。他们渴望摆脱窘迫的生活处境，渴望获得财富。老南方曾经所崇尚的荣誉、仁慈、博爱等优秀品质，在他们的头脑中已经像虚幻的"老南方"一样随着南北战争的远去而消失了。他们所想要的只有实实在在的财富，对于财富的渴求迷失了他们为人父母的心智。这也是北方功利主义在南北战争之后对南方文化同化的结果。然而，过去的历史不会立即消失。在惠普尔太太以及周围人的身上仍有一点保持了老南方的传统，那就是对于血统纯正的讲究。小说中有这样一段描写："邻居们背着惠普尔两口子谈论这件事的时候，这两口子就没法不让他们说心里话。'要是"他"死了的话，那倒是老天爷做了一件大好事，'他们说。'那是他们祖上作的孽，'他们背地里这么说。'准是祖上做人缺德，干了坏事，包管你错不了。'背着惠普尔两口子，他们说的就是这一套。"（283）在邻居们看来，"他"的弱智状态并非是因为生理的缺陷，而是因为祖上的关系，或更确切地说，是因为血统不纯的关系。由于不纯的血统玷污了老南方社会所强调的纯正血统观，惠普尔一家遭到了周围人的鄙视。凯文·雷瑞（Kevin Railey）在《天生的贵族：历史理想和威廉姆福克纳的作品》（*Natural Aristocracy: History Ideology and the Production of William Faulkner*）一书中评论老南方的血统观。他认为，在南方社会"种族纯洁或是血统纯正是判断是否属于上流阶层的决定性特点"。① 而血统纯正与否又往往和家庭的名誉联系在一起。惠普尔太太是极其要面子并且十分看重家庭名誉的一个人,这在小说中有多次表现。例如,她不愿让人可怜自己,即使是自己的弟弟,惠普尔太太也不愿放低姿态,"我家的亲戚偶然来看咱们一回,咱们竟然拿不出一餐像样的饭菜来,那才叫丢人现眼哪,多寒碜啊""我不愿让他的妻子回去说,在我家没有一点儿吃的"。(286)作为一名不愿让别人觉得可怜的南方女性,周围人对于"他"的血统不纯的质疑恰恰是惠普尔太太最难忍受的事情。惠普尔一家尤其是惠普尔太太似乎也赞同邻居们的看法,认为"他"是惠普尔家族祖上做的孽,尽管她极力表示"这个天真的孩子在老天爷的保护下活动——所以'他'不会受伤"(284),但在她内心深处,她仍会因为觉得"他"玷污了家庭的名誉而感到伤心,"她总是觉得胸口有一个暖乎乎的池塘在漫出水来,眼眶里会全是眼泪"(284)。惠普尔太太和周围邻居们的态度实质上反映出了新老南方交替之际南方人复杂的心理变化。一方面,对于财富的追求等功利主义思想已经深入南方人的意识里,原本老南方温馨的家族血缘关系开始逐步瓦解;另一方面,老南方的某些观念,例如,对于纯正血统的讲究和家庭名誉的重视,仍然残存在许多南方人的意识中。当这种新旧交替的冲突集中在一个弱智的孩子身上时,他所受到的创伤也就变得不可避免了。

　　在小说中,"他"的创伤来自两个方面:身体上的创伤与心理上的创伤。外在身体上的创伤显而易见,文中多次描写"他"的身体上的创伤,例如养鸡室的木板给风吹下来,砸在"他"的脑袋上;被蜜蜂蜇;被惠普尔太太狠狠地掴耳刮子等。但隐藏在这些身体创伤之下的是"他"心理上的创伤。小说并未直接描写"他"的心理活动,但通过波特精细的叙述和文本分析我们可以感受到"他"的创伤体验。在整篇作品中"他"始终都没有自己的姓名。邻居、父母以及兄弟姐妹都一直以"他"这个人称代词来称呼"他"。米兰·昆德拉(Milan Kundera)认为:"一个人的名字意味着他对于过去的延续,没有过去的人是没有名字的人。"② 名字是一个人身份的象征和符号,名

---

① Kevin Railey. Natural Aristocracy: History Ideology and the Production of William Faulkner [M]. Tuscaloosa and London: The University of Alabama Press, 1999: 56.

② Milan Kundera. The Book of Laughter and Forgetting [M]. trans., Micheal Henry Heim. New York: Knopf, 1980: 3.

字的缺失意味着"他"失去了自己在家庭中的位置，也意味着与过去历史的缺失。名字使一个人从小能从语言和家庭的角度认识自己在家庭中的地位以及自己的身份。但在惠普尔家庭中，"他"名字的缺失意味着一种创伤——"他"和整个家庭关系的割裂。"他"不属于父母亲任何一方的家族血统，而是一个被放逐的"他者"。"他"尽管在父母和周围人眼中是个傻子，但"他"并非没有察觉自己在惠普尔家庭中失去位置的真实现状。"他"极力地想挽回家人尤其是母亲对自己的爱。于是"他"有意无意地承担起惠普尔一家的大部分体力活，终于在一个大冬天，"他"病倒了，生病的原因竟是因为"他"冬天没有暖和的衣服穿。即使在生病期间，"他"仍被打发出去放牛。直到"他"的病变得越来越重，惠普尔两口子才没有办法，决定只有将"他"送去县救济院里治疗。如果说失去名字意味着"他"失去了自己在家庭中的位置，成了一个被家庭放逐的"他者"，这构成了对"他"的第一次创伤；那么被送去县救济院意味着"他"彻底被家庭乃至整个社会抛弃，失去了与现实世界的联系，这构成了"他"的第二次创伤。对于第一次创伤所造成的家庭地位的缺失，"他"还能试图用自己的力量来挽回，而第二次创伤对于"他"的冲击是巨大的。这个在惠普尔一家人的眼中看起来不知冷暖、没有感情、"会把一头猪一股脑儿吃下去"（287）的傻子竟然"抽抽搭搭地哭起来，发出一阵抑制的哭声"。（196）"他"虽然是个傻子，但从他的哭泣的行为举止中我们可以看到"他"对于被剥夺了家庭中的位置并被强行割断与家庭乃至现实纽带的恐惧。被送去县救济院代表着被母亲拒绝、代表着被家庭和现实世界拒绝、代表着陷于一个既没有过去又没有未来的状态。这种状态其实正是当时新旧交替背景下南方人的心理写照。"他"的沉默和身份的缺失折射的是新一代南方人对于自我南方身份焦虑的体现。南北战争割断了南方的历史进程，从而也割断了战后南方与战前南方的历史联系。此外，战后北方文明的不断"入侵"使得南方社会的意识形态变得更加混乱，惠普尔太太身上同时存在着北方功利主义和南方纯正血统的观念，这正是这种混乱形态最为形象化的表现。作为惠普尔太太的儿子，"他"的缄默和名字的缺失象征着新一代南方人在历史与现实的交集中究竟该何去何从的焦虑感。

除了看重名誉和纯正血统等"老南方"特质之外，惠普尔太太的家庭意识形态在相当程度上也属于"老南方"。小说中有一段描写惠普尔太太意识到"他"即将被送去县救济院时的心理描写："她一下子又看到盛夏光景了，园子里景色迷人，房子上尽是崭新的遮阳光的包窗帘，埃德纳和埃姆莉都在家里，处处是兴旺的气派，他们都快活地生活在一起。啊，这可能会成为事实，他们的光景会好起来的。"（296）明媚的阳光、崭新的窗帘、兴旺的园子、父母与子女其乐融融生活在一起，惠普尔太太所憧憬的是一派典型的老南方式的家庭氛围和"老南方"式的宁静与和谐。但我们可以发现，在这老南方式的家庭氛围中有惠普尔太太的另外两个孩子埃德纳和埃姆莉，唯独没有"他"的存在，因为"他"与"老南方"意象是格格不入的，所以"他"不属于过去。但"他"在现实生活中又被剥夺了身份，因为"他"血统不纯正，所以"他"也不属于现在。"他"遭到了过去和现实、历史与现在的双重抛弃，这正是波特这一代新南方人面对父辈们的历史和新南方现实时所处的困境。正如研究福克纳的评论家安德尔·布雷凯斯顿（Andre Bleikasten）所指出的那样："他们（指南方人）坠入历史的同时也被排挤出了历史，使他们多年来一直生活于一种震惊、困惑、麻木，和消亡的过去对峙的状态之中。"① 对于新一代南方人而言，过去虽然已经逝去，但其痕迹仍在影响着现在，现实并未真正摆脱过去的纠缠，一个既不属于过去，又不被现在所接受的"他"代表着每一个新南方人对于自身身份的焦虑。无名的"他"所遭受的创伤也正是每一个新南方人所切身感受的创伤体验。

**二、童真不再：初识真实世界**

波特一直认为自己是一个思想早熟的孩子。② 在波特看来，自己的童年之所以不幸福正是由于自己早熟的思想与当时环境显得格格不入。在波特的短篇小说中有两篇小说描写了"思想萌动"的女孩子在初识真实世界之后的反应。这些反应是对于死亡的思考以及对于性的懵懂，主要表现为噩梦、恐惧、迷茫、闪回等。可以说，这些反应从本质上而言是创伤体验的反应。这两篇小说就是《马戏》（*The Circus*）和《坟》（*The Grave*）。作为"米兰达"系列中描写米兰达童年生活的最后两部小说，《马戏》和《坟》描写了米兰达天

---

① Andre Bleikasten. A Furious Beating of Hollow Drums toward Nowhere ［M］// Faulkner, Time and History in Faulkner and History ed. , Javier Coy, et al. Salamanca：Ediciones Universidad de Salamanca, 1986：80.

② Katherine Anne Porter. Collected Stories and Other Writings ［M］. New York：The Library of America, 2008：1016.

真童年的结束，开启了《老人》和《灰色马、灰色的骑手》中成年后的米兰达更为深刻的创伤体验。国内外许多研究者往往忽略了这两部小说对于整个"米兰达"系列小说的影响以及所占的分量。在后续的"米兰达"系列小说中反复出现的死亡意象、噩梦、回闪等创伤体验都可以追溯到这两部小说。它们奠定了"米兰达"系列的整体创伤基调。

　　小说《马戏》讲述了小米兰达跟随家人、亲戚以及黑人女仆迪西一起在一个搭建起来的马戏帐篷中看马戏的故事。米兰达一家看马戏，但马戏团中小丑的丑陋怪异的装扮让小米兰达感到十分恐惧，她吵闹不停。最后只能由仆人迪西带她回家，迪西因为没能看到精彩的马戏表演而显得十分扫兴。这天夜里小米兰达做起了噩梦，她梦到了那个小丑，并哭醒了。迪西通过软硬兼施的办法终于让受了惊吓的小米兰达安静了下来。故事的情节虽然简单，但它所包含的创伤内容与创伤意象却十分丰富。现代心理学认为，噩梦是创伤的一个延迟反应，受到创伤的个体在噩梦中会再次经历相同或相似的创伤体验。很显然，从小说结尾部分有关小米兰达做噩梦等相关细节来看，米兰达经历了创伤体验。那么米兰达的创伤来自哪里？如果细读文本便会发现，她的创伤来自观看马戏的过程中所经历的三件小事。在小说写到米兰达和家人坐在马戏团帐篷中的看台上向四周好奇地观望时，有这样一段描写：

　　　　她（指米兰达）惊奇地发现一伙神情古怪、衣着简陋的小男孩从下面尽是尘土的地方往上望。他们蹲着小小的身子，悄没声地往上盯着看。她直瞪瞪地望着其中一个的眼睛，他回看了她一眼，神情非常奇怪，使她盯着他看了又看，想要弄明白他的眼光中到底包含着什么意思。这是一种冒失的、嬉皮笑脸的凝视，不带任何友好的表情。①

　　　　她拉拉迪西的袖子。"迪西，那些小男孩在下面那儿干什么？""下面哪儿？"迪西问，不过她看上去好像明白了，因为她弯下身去，沉着脸说："你少管闲事，别把两条退叉得这么开。别去看他们。待会儿的演出里面多的是猴子，你用不着去研究他们。"（400－401）

　　小米兰似乎已经从那个小男孩古怪的眼神中意识到了什么，所以她才问迪西，而迪西的那句话"别把两条退叉得这么开"很明显带有性的暗示。米

---

　　① 凯·安·波特. 波特短篇小说集［M］. 鹿金，等，译. 上海：上海译文出版社，1984：400.

兰达年纪虽小，但她似乎有些明白了迪西话中的暗示。这一暗示对小米兰达所造成的影响可以说是震撼性的，异性带有性欲的目光窥视使生活在传统南方大家族中的米兰达第一次意识到这个世界并非是由她的家人亲戚所代表的"穿着波纹绸裙""浑身芳香扑鼻"（399）的优雅世界，而是一个充满邪恶偷窥的场所。这个对于真实世界的初步认知尽管只是一瞬间的事，但对于孩子幼小的心灵而言却留下了巨大的创伤体验，这从小米兰达随后的反应中便可感受到，她感到"声音、色彩和气味一股脑儿冲来，穿透她的皮肤，在她的脑袋、手脚和胃里折腾，她跳起身来，只打哆嗦，莫名其妙地心惊胆战，几乎连呼吸都忘了"（401）。紧接着偷窥小男孩出现的是一个马戏团小丑。小说中对于这个小丑的描写集中在其怪异甚至带有几分恐怖的外表上："一个家伙穿着一件领口和袖口打着褶裥的邋遢的白罩衣，脑壳白得像骨头，脸白得像白土，额头中间两簇眉毛分得很开，黑眼睑形成锐角，一张长长的猩红的嘴一直延伸到两边洼下去的脸颊上，嘴角向上翘起，永远露出一种痛苦、惊奇、心酸的龇牙咧嘴的表情，不是微笑"（401）；白得像骨头一样的脑壳、白色的脸、猩红的嘴以及脸上露出的痛苦表情，很显然这个小丑令小米兰达感到害怕和恐惧，因为他使人联想到了骷髅即死亡。查理斯·开普兰（Charles Kaplan）认为波特在描写这个小丑的动作时，运用了许多昆虫的形象，例如，"他站住脚，滑了一跤，那只垂下去的雪白的脚在空中摇晃；他打趔趄，摇摆，斜滑出去，猛地向下摔，死命地用腿弯勾住钢索，头下脚上地挂在那儿，另一条腿象触须似的在头顶上摆动"（401）；查理斯认为这一段描写将小丑在钢丝上做杂耍的动作与昆虫的动作联系在了一起，两者之间具有高度的相似性。① 他们都象征着一个充满怪异外在行为的怪异世界。对于小米兰达而言，小丑死尸般的外表打扮如同那个小男孩带有性欲的偷窥眼神一样让她意识到了一个她之前从未认识过的世界。真实的世界充满性欲、丑陋和死亡。米兰达对此的反应也比第一次创伤体验来得更为剧烈，当其他观众对小丑的表演发出阵阵笑声的同时，"米兰达也尖叫，带着真正的痛苦，蜷起膝盖，双手紧紧捂住肚子……接着，米兰达捂住眼睛尖叫，眼泪淌满脸颊和下巴"。（402）在米兰达的眼中，这个小丑不是娱乐观众的丑角，而是折磨人的"人不像人，鬼不像鬼的家伙"（401）。小丑在某种程度上开启了小米兰达的死亡意识，而

---

① Charles Kaplan. True Witness：Katherine Anne Porter ［J］. Colorado Quarterly，1959（7）：319－327.

对于死亡的认识意味着她不再生活在自己原本充满童真的世界里，她的童真注定要开始失落。在哭个不停的小米兰达被迪西带出马戏团帐篷之后，米兰达遇到了一个"留着毛茸茸的络腮胡子，戴一顶尖角帽，穿着一条红紧身裤，蹬着一双脚趾朝上的长筒靴"的矮子（402）。前两次的创伤事件使得小米兰达对于这个跟自己一般高的矮子感到恐惧，但在这个矮子的脸上，小米兰达看到了迥别于小男孩的窥视和小丑死亡面具的表情，"突然看到他的脸上显出一种傲慢、冷漠的生气的神情，一种真正的成年人的神情。她对这种神情很熟悉。一种新的恐惧使她不寒而栗，她原来以为他不是真的人"（402—403）。在孩子的思维中，这种小矮人只会出现在童话故事里，但在现实生活中矮子却具有成年人的表情，矮子孩子般娇小的身材与他脸上"真正成年人的神情"形成了鲜明对比，凸显出了一种掩盖不住的虚伪，这让小米兰达感到了新的恐惧。如果说前两次的事件是让米兰达意识到了真实的世界并非那样干净美好的话，那么带有成人表情的小矮子的出现则彻底击碎了小米兰达的童真世界。米兰达对这个矮子脸上看到的表情之所以感到熟悉，是因为那是她在周围成人世界中经常看到的表情——傲慢、冷漠和愤怒。波特自己曾说："我认为这是一个文明社会，但在这个社会底下存在着潜藏的、永恒的、普遍的暴力；这些潜藏的暴力对于孩子而言几乎是毫无警告就从平坦的地面冒出来，而孩子只有在事后才能了解。"① 小矮子所代表的成人世界就是以这种不期而遇的方式一下子出现在小米兰达面前。

在这短短的观看马戏的过程中，小米兰达目睹了三起事件：小男孩的窥视、小丑的怪异表演和矮子的成人表情，它们分别代表了真实世界中的性欲、死亡和虚伪。小米兰达对这三起事件的反应从最初的好奇，到后来的恐惧尖叫，再到最后的不知所措，完整演绎了一个创伤体验的全过程。创伤体验并不是只停留在创伤事件发生的当下，它会重复自己，它能"准确地、不间断地、通过幸存者不自知的行为，违背了个人的意愿"。② 创伤体验的重复方式有许多种，其中之一便是梦，"她（指米兰达）睡熟了……她在睡梦中尖叫，坐起来，哭喊着要求把她从痛苦中搭救出来"（405）。尽管米兰达在醒着的时

---

① Katherine Anne Porter. Collected Stories and Other Writings［M］. New York：The Library of America，2008：724.

② Cathy Caruth. Unclaimed Experience：Trauma，Narrative，and History［M］. Baltimore，MD：Johns Hopkins University Press，1996：69.

候极力让自己去想象马戏中那些美丽的"白缎、红缎和装饰着亮晶晶的金属片的衣服""毛茸茸的小马驹和穿着滑稽衣服的、可爱的、逗笑的猴子"（405），但在她的梦中所出现的却只有穿白罩衣的小丑和可怕鬼脸的矮子。创伤理论认为，"梦境中创伤经验的回归是试图掌握在第一次遭遇中没有充分掌握的东西"。① 对于年幼的米兰达，窥视、死亡和成人世界的虚伪是她难以理解的东西即"在第一次遭遇中没有充分掌握的东西"，它们以具体的形象在梦境中出现，使米兰达被迫不断重新面对它们。她害怕这些东西，因为它们与她原本童真的世界截然相反。弗洛伊德在《超越快乐原则》中说道："创伤患者总是梦见事情发生时的情景，这种情景使患者一次又一次从恐惧中醒来……创伤经历出现在患者的梦里说明了创伤经历的影响之大，正如人们所说的，患者被定格在其创伤之上。"② 看马戏的经历以梦的形式让米兰达再次经历了白天的恐惧，她从梦中醒来死死抱住迪西，让她不要关掉灯，不要把她"撇在深不可测的恐怖的黑暗中，在那儿她又可能陷入梦中"。（406）拉康认为，噩梦是一种打破精神均衡状态的过度情绪，它不是一种令人愉悦的经验。"噩梦是遭遇真实情况时的主观掩饰，是自我向外界打开，是对自我代偿机制的破坏。"③ 通过观看马戏表演，米兰达接触到了一个充满性欲、死亡和虚伪的成人世界，尽管米兰达周围的人，包括她的父亲、祖母、迪西，甚至米兰达自己都未意识到这一点，但她的童真已经变质了。小说开头那个"三根同中心保持均等的距离的支柱，支撑着往下垂、不断晃动的巨大白帆布帐篷"（399）寓意着成人的世界。在这个成人世界里小米兰达目睹了性、死亡和虚伪，她自己的小小世界已经被打开了一个缺口。

《坟》中的米兰达比《马戏》中的小米兰达大了几岁。这时的米兰达面对创伤的突然出现不再是《马戏》中那样的尖叫和不知所措，而是更带有一种理性的感悟。小说《坟》描写了九岁的米兰达和十二岁的哥哥保罗一起去自己家族的墓地去"挖坟"的一段经历。家族原来墓地中的棺材早就已经被移到新的家族墓地中，墓地的土地也已经归他人所有。米兰达和哥哥在一个

---

① Cathy Caruth. Unclaimed Experience：Trauma, Narrative, and History ［M］. Baltimore, MD：Johns Hopkins University Press, 1996：43.

② Sigmund Freud. Beyond the Pleasure Principle, Group Psychology and other Works ［M］. The Hogarth Press, London：1995：12 – 13.

③ Simon Critichley. Ethics, Politics, Subjectivity ［M］. London：Verso, 1999：191.

个空荡的墓坑中挖着自己感兴趣的东西。米兰达在墓坑里挖出了一个曾经用作棺材螺丝钉帽的银鸽子，保罗挖出了"一枚宽而薄的金戒指"（409）。兄妹两人随后又交换了彼此发现的宝贝。在从墓地回家的路上，保罗开枪打死了一只野兔，在剥皮的时候发现这是一只已经怀孕的母兔，腹中的小兔崽已几乎发育成形。保罗将母兔连同腹中的兔崽一同埋在了艾灌丛里。二十年后这一幕场景又以回闪的方式出现在米兰达的脑海中。

在整篇小说中，银鸽子、金戒指和怀孕的母兔这几个意象贯穿全文。米兰达在得到金戒指后，小说中这样写道：

> 现在那枚赤金戒指在她那相当邋遢的拇指上闪烁发光，引起她对自己的工作裤、没穿袜子的脚、从宽条凉鞋缝里露出来的脚趾头，都产生了反感。她要立刻返回农场里的住房，好好洗个凉水澡，厚厚抹上一层玛丽亚的紫罗兰爽身粉……然后穿上她那件最薄最漂亮的衣服，再配上一条宽腰带，坐在树荫下一把柳条椅上乘凉……（412）

赤金的戒指使原本穿戴"深蓝色工装裤""浅蓝色衬衫"和"雇工戴的草帽"的米兰达产生了对于身体美的关注。"紫罗兰爽身粉""最漂亮的衣服""宽腰带"等都意味着米兰达开始关注自己的身体，在金戒指的陪衬下米兰达希望自己的身体能变得美丽而性感。"性感就是要引发观看，性感的意义在于身体的公共品质"①，而这种具有公共品质的身体意识与米兰达所生活的南方大家族对于女性身体的理念是相违背的。对于身体性感的关注意味着米兰达潜意识中性的萌动。这种萌动的性意识在哥哥保罗剖开被他打死的母兔的肚子时得到了进一步的强化，"他（指保罗）又小心谨慎地从肋骨中部到侧腹切开一个口子，一个鲜红的囊袋就露了出来。他再切个口子，把囊袋打开，里面是一堆兔崽儿，每只身上裹着一层红色薄胎膜。哥哥把胎膜揪下来，它们那深灰色的身躯就呈现在眼前，光滑湿润的绒毛上还有滑溜溜的卷纹，很像婴儿刚洗过的鬈发"（413）。母兔腹中的兔崽有着与人类胎儿惊人的相似之处。保罗剖开母兔腹腔的整个过程与人类女性剖腹产的过程也极为相似。母兔腹中的兔崽子寓意着性，同时它们在未出生时就已死亡，又寓意着生死的交替。如同《马戏》中小米兰达对于小男孩性欲窥视充满好奇一样，这时的

---

① 汪民安. 身体、空间与后现代性 [M]. 南京：江苏人民出版社，2006：44.

米兰达对于这一切充满懵懂，也充满好奇：

> 它们可真漂亮。她十分小心地抚摸其中的一只："哎呀，它们浑身全
> 是血啊！"她一边说，一边不知怎的直打哆嗦。可是她又非常想看个明
> 白。看过之后，她倏地觉得自己好像对这本来就很理解似的……这项秘
> 密她略微懂得一点，身心内那种混沌的直觉一直在那样逐步稳定地明朗、
> 成形，连她都没意识到自己正在学习应该知道的事物呢。（414）

上述引文表明米兰达从好奇转向懵懂。未出生就已死亡的兔崽集中了性、
生和死的寓意，这三者倏地冲击着米兰达的意识。弗洛伊德在其著作《抑制、
症状和焦虑》中通过列举相应的病例，认为大多数与母体发生分离的过程，
例如出生和分娩等，都属于加速创伤性情境的危险。① 兔崽从死去的母兔腹中
露出来正是一个与母体发生分离的过程，它也象征着米兰达的童真与自己身
体的分离过程。米兰达之前对于身体性感的关注已经预示着这种分离初见端
倪，而目睹兔崽离开母兔腹腔加速了这种分离的过程，创伤体验也就变得不
可避免了。这从米兰达接下来的反应中可以看出："我知道，"米兰达答道，
"就跟生猫咪一样。我知道就跟生小孩一样。"她心情十分激动，默默地站起
来，腋下夹着猎枪，瞧着那堆血淋淋的玩意儿。"我不要这张皮啦，"她说，
"我不要啦。"（414）米兰达意识到身体与生育是相联系的，而生育代表性、
生存与死亡。"我不要啦"的重复袒露了她内心对这一意识的恐惧。保罗虽然
"又把那几只兔崽儿塞进母兔的肚子，连皮带肉裹起来，把它抱到艾灌丛里埋
掉"（414），但米兰达的童真再也回不去了，这段童年时的创伤触动像一座坟
一样深深掩埋在心里。尽管后来这件事在米兰达的脑海中渐渐被淡忘，但创
伤并未就此停止。现代心理的研究表明，创伤的记忆具有潜伏的特征，"创伤
的潜伏期并不意味着忘记现实，并永远不可能完全理解它；而是在于经验自
身的内在潜伏期中"。② 二十年后的某一天，这段经历又以闪回的方式重新出
现于米兰达的意识中，而创伤体验在闪回中的重复本身就是对于创伤个体的
再次创伤。

---

① 西格蒙德·弗洛伊德. 抑制、症状和焦虑［M］. 杨韶刚，高申春，译，长春：长春出
　版社，2009：193-194.
② Cathy Caruth. Trauma：Exploration in Memory［M］. Baltimore：The Johns Hopkins Universi-
　ty Press，1995：7.

　　她莫名其妙地吓了一跳，蓦地张大眼睛站住，一阵幻觉把眼前的景象搞模糊了。一个印第安小贩正在她眼前举起一盘各种小动物形状的染色糖块，小鸟啦，小鸡啦，兔崽儿啦，小绵羊啦，猪仔啦。它们都染着鲜艳的色彩，散发着香草味儿，莫非……这天天气酷热，集市上一堆堆生肉和发蔫的花朵散发出的气味，就跟她那天在家乡空荡荡的墓地里所闻到的那股腐烂的芬芳掺混的气味完全一样。(415)

　　相似的场景勾起了往昔的记忆，二十年前的创伤体验又与现在联系在了一起，历史与现实在创伤闪回的刹那相互交融。上述引文表明了过去的创伤体验仍然会对创伤个体产生影响。现实中的气味与创伤记忆里的气味一样，但现在的米兰达与二十年前的米兰达已经不一样了，曾经的天真回不来了。小说在结尾处写到米兰达在回忆中"清晰地看见哥哥，他那童年的脸盘儿她早已忘记，如今他又站在灼热的阳光下，还是十二岁那副模样，两眼流露出得意而从容的微笑，一再在他手心里翻弄这那只银鸽子"(415)。米兰达闪回记忆里出现了那只银鸽子，表明银鸽子这一意象始终盘踞在她的潜意识里。"受到创伤其实意味着被某个意象或是事件所占据。"① 鸽子代表着天真烂漫，但这只银鸽子却原是棺材上的装饰物，它象征着已经逝去的童真。保罗或许早就失去了自己的天真，因为他能娴熟地剥去母兔的毛皮，从母兔的肚子里取出兔崽。在二十年前米兰达就认为"她哥哥一谈起来就仿佛什么都知道似的。他也许过去全都见识过，可他一句话也没跟她提起过"(414)。保罗童真的丧失在二十年前间接导致了米兰达童真的丧失。一个失去了童真的人在这个充满腐烂气味的世界上必将遭遇更多的创伤。

　　小说《马戏》和《坟》中米兰达所经历的创伤体验表明孩子已经处在了童年的禁忌——性和死亡——的边缘，并正在失去童真。作为描写米兰达童年生活的最后两部作品，《马戏》和《坟》奠定了"米兰达"系列小说整体的创伤基调。在这一系列之后的小说如《老人》和《灰色马，灰色的骑手》中多次出现的死亡、幻象、噩梦、身体性欲等创伤意象都可以在这两篇小说中找到源头。在长篇小说《愚人船》中，我们也能在年仅六岁的双胞胎拉克和力克身上看到童真的丧失会给孩子的天性发展带来怎样巨大的创伤影响。

---

① Cathy Caruth. "Introduction：Psychoanalysis, Culture, and Trauma." [J] American Imago, 1991 (1)：1 - 12.

由于过早失去童真，拉克和力克变成了人人闻之色变的"小恶魔"。在波特看来，童年之所以变得不快乐，是因为孩子会意识到成人世界中的邪恶、性与死亡，而从意识到的那一刻起，孩子原有的天真便会一去不复返。这会对孩子的成长产生创伤，而这种创伤的体验会在许多年之后仍然影响着他们的生活。他们中的有些人从此会在爱情和生活中处处碰壁，例如，成年后的米兰达；而有些则会彻底变成恶魔，例如，《愚人船》中的双胞胎拉克和力克。正如波特自己所说："童年是充满绝望的、无法治愈的、苦涩的悲伤与痛苦的岁月；充满着支离破碎的破灭了的幻想。在童年，一切善与恶都是第一次出现，对于任何问题都不会有答案。"① 以失去童真为特征的童年创伤作为人生创伤的开始，会让创伤个体在爱情、婚姻、家庭等方面都笼罩上一层创伤的阴影。

## 第二节　背叛的爱情与冲突的家庭

凯瑟琳·安·波特一生共有四次婚姻，其中第一次婚姻断断续续地维持了九年，而最后一次婚姻则只维持了两个月。在一次离婚起诉书中波特曾称自己的丈夫库茨对自己有肉体上的虐待行为。② 尽管法院最终并未认定库茨的虐待行为属实，但第一次婚姻对于波特的影响是巨大的，它所造成的创伤影响了波特以后的婚姻和家庭生活。戈维纳（Joan Givner）甚至认为，正是第一次婚姻加剧了波特对于性和婚姻的困惑。③ 波特在婚姻以及婚后家庭生活中所遭受的创伤体验必然也会在其小说创作中有所反映。波特的短篇小说中有好几篇描写婚姻和婚后家庭生活的作品。在这些作品中，婚姻中的某一方往往给另一方带来了创伤，并最终通过背叛、争吵，或是肢体冲突等方式使婚姻家庭中的双方都变得遍体鳞伤。这些婚姻和家庭中的创伤书写浓缩了波特自身的经历，同时也寄寓了她自己对于婚姻家庭的看法。家庭作为构成社会的细胞，它所承载的创伤某种程度上也是整个社会的创伤。这些婚姻和家庭

---

① Katherine Anne Porter. Collected Stories and Other Writings [M]. New York：The Library of America，2008：1016.

② Joan Givner. Katherine Anne Porter：A Life [M]. New York：Simon & Schuster，1982：91.

③ Joan Givner. Katherine Anne Porter：A Life [M]. New York：Simon & Schuster，1982：92.

创伤中所反映出来的问题也从一个侧面揭示了现代人心理和生活上的困境。从这一点上而言，波特小说的各类创伤人物正是现代人类的缩影。

**一、爱情与婚姻的背叛："复仇"还是"宽恕"**

凯瑟琳·安·波特小说中的爱情往往表现为背叛与不忠，这对于小说中的女主人公以及周围的人造成了巨大的心理创伤。《玛丽亚·孔塞浦西翁》（*Maria Concepcion*）和《被遗弃的韦瑟罗尔奶奶》（*The Jilting of Granny Weatherall*）就是这方面的代表作品。

《玛丽亚·孔塞浦西翁》（以下简称《玛丽亚》）是波特的处女作，它虽取材于真实的故事，但也可看作是波特对于自身不幸婚姻生活的反思和感悟。《玛丽亚》以墨西哥为故事背景，讲述了一位名叫玛丽亚·孔塞浦西翁的墨西哥印第安女子不惜以杀人的方式来夺回属于自己的爱情，维护自己的家庭。小说在一开始就为读者刻画了一个坚韧、朴实、干练的印第安女性："玛丽亚·孔塞浦西翁小心翼翼地在满是尘土的白色道路中间走着，那里龙舌兰的尖刺和仙人掌弯曲易折的针叶聚集得不太茂密。她本想停下来在路边的浓荫下歇歇脚，但她可不能浪费时间，连脚上的仙人掌尖刺都来不及拔掉。胡安和他的主管这会儿一定在埋入地下的城市中潮湿的壕沟里等她送饭。"① 玛丽亚右肩上挂着十一二只鸡，左臂上挎着食物篮子匆匆为自己在考古挖掘现场工作的丈夫胡安去送饭。龙舌兰的尖刺和仙人掌的针叶象征着玛丽亚生活的艰辛和即将出现的创伤体验，而这创伤体验来自丈夫胡安对于爱情的背叛。玛丽亚在自家的茅草屋后听到了"一阵欢快的笑声"（246），那正是自己的丈夫胡安与一个名叫玛丽亚·罗莎的十五岁少女打情骂俏的笑声。在小说中，这一突如其来的遭遇令玛丽亚受到了第一次创伤的打击："一瞬间，玛丽亚·孔塞浦西翁屏住气木然地站立在那里。她觉得额头冰凉，又好像滚烫的水从背脊上浇下来。她的双膝说不出的疼痛，好像折断了似的。她害怕胡安和罗莎会感到她的一双眼睛在盯着他们，会发觉她呆呆地站在那里窥探他们。"（247—248）玛丽亚对于爱情和婚姻的忠贞是十分坚信的，因为她和胡安是在复活节前一星期在教堂里结的婚。在朴实的玛丽亚看来，"在教堂里结的婚，而不是教堂的后面，而后者是村里惯常的做法，因为这样可以省钱而且也和

---

① 凯·安·波特. 波特短篇小说集［M］. 鹿金，等，译. 上海：上海译文出版社，1984：244. 本节所有译文皆出自鹿金翻译版本，只在引文后（）中标明页码，不另外加注。

其他意识一样有效"（246）。教堂里举行的婚礼对玛丽亚而言是神圣而忠贞的，所以尽管生活艰苦，但她"总是很高傲，好像自己是一个大庄园主一样"（246）。但眼前丈夫对于爱情以及婚姻的背叛却使玛丽亚产生了巨大的心理创伤体验。现代创伤心理学的研究认为，突如其来的意外创伤会对创伤个体产生各种创伤症候，其中之一便是癔症。① 创伤心理学家赫尔曼（Judith Lewis Herman）对癔症的定义是：极度的感觉性疼痛，即非真实性的但患者却能强烈感觉到的疼痛。② 癔症是某种短暂但却十分强烈的心理创伤，它能使创伤受害者形成一种持续的、非真实的但却能强烈感受到的感觉。引文中"好像滚烫的水从背脊上浇下来""说不出的疼痛，好像折断了似的"等感受明显是一种非真实的但却极其强烈的疼痛感即癔症。这表明玛丽亚此刻正经历一次剧烈的创伤体验。强烈的创伤感会影响常人所具有的心智功能和情感功能，它会以愤怒或复仇心的方式表现出来，从而摆脱恐惧、羞耻或是痛苦的感受。于是，在周围人眼中一直是"一个虔诚的基督徒"（245）和"一个性情温和的女人"（268）的玛丽亚产生了复仇心：

> 胡安和玛丽亚·罗莎！她不觉怒火中烧，似乎有一层仙人掌的小刺，像玻璃丝一样锐利，在她的皮肤下面钻动着。她真想坐下来静静地等死，但这还得在把她的男人和那个姑娘的喉管割断以后。（248）

> "对，她是一个婊子！她没有权利活下去。"她听到自己对罗莎骂出了这句粗鲁而真心的话，她大声地说着，似乎希望有人会表示赞同。（249）

在当天夜里玛丽亚的丈夫胡安和罗莎便一起私奔去了前线，玛丽亚和胡安的孩子在出生四天后便夭折了，这一连串的背叛和不幸无疑增强了玛丽亚的创伤体验，继而又强化了她的复仇心，就像小说中的老卢佩所说的："她简直是铁石心肠。"（252）但复仇心从本质上而言是创伤记忆仍然处于凝固状态

---

① Judith Lewis Herman. Trauma and Recovery：From Domestic Ability to Political Terror ［M］. London：Pandora，2001：156.

② Judith Lewis Herman. Trauma and Recovery：From Domestic Ability to Political Terror ［M］. London：Pandora，2001：156.

的一种表现①，它表明受到创伤的个体无法从恐惧和无助的状态中解脱出来，它也预示着创伤个体将会让自己以及其他人受到更多创伤。在胡安和罗莎对私奔的生活感到厌倦、回到家乡后，玛丽亚的复仇心使更多的人卷入了创伤的漩涡之中。

如果说胡安和罗莎的私奔和玛丽亚的孩子的夭折对于玛丽亚·孔塞浦西翁构成了第一次创伤体验，那么玛丽亚决定以杀死罗莎的方式夺回自己的爱情和家庭的方式则构成了她的第二次创伤体验，而这次创伤不仅仅局限在玛丽亚个人身上，而是影响了更多的个体。小说真实生动地刻画玛丽亚在杀死罗莎前内心剧烈的创伤感：

> 有一样东西长期以来把她的全身压挤成坚实、痛苦，而又默不作声的一块，现在它突然以惊人的力量迸发出来了。她像一个受了猛烈一击的人，浑身肌肉不自觉地痉挛收缩；她全身汗流浃浃，好像她一生的创伤都在排出咸汁一样……她不时抬起头来，因为很快满头都是大汗，并且顺着脸往下直流，浸湿了她衬衫的前部，而她的嘴张着似乎想哭，但是既无眼泪也没有声音。她的整个生命不过是一团隐蔽着的、混乱不堪的回忆。（259）

多年来精神上的创伤已使玛丽亚的情绪变得极不稳定，意识也变得极为混乱。创伤理论认为，当个体在受到创伤打击之后，如果能够有人引导使创伤个体进行创伤叙事，则创伤所造成的影响会被削弱。心理学家墩尔克（Bessel A. Van Der Kolk）与哈特（Onno Van Der Hart）就认为，"创伤痊愈的标志之一就是患者能讲述他们的创伤故事，回顾所发生的一切，使其在自己的人生故事中占有一席之地"。② "但玛丽亚·孔塞浦西翁孤孤单单地过着日子。她消瘦憔悴，好像有什么东西在她身内腐蚀，她两眼深陷，除非不得已，她从不开口。"（254）玛丽亚选择以沉默的方式应对创伤，被丈夫抛弃后的孤独以及孩子的夭折使得由创伤记忆所导致的仇恨意识变得越来越强烈，

---

① 相关观点在国内学者李桂荣的著作《创伤叙事——安东尼·伯吉斯创伤文学作品研究》中也有相似观点。可参见李桂荣. 创伤叙事——安东尼·伯吉斯创伤文学作品研究 [M]. 北京：知识产权出版社，2010：38.

② Bessel A. Der Kolk and Onno Van Der Hart. The Intrusive Past: The Flexibility of Memory and the Engraving of Trauma [M] //CARUTH C Trauma: Explorations in Memory. Baltimore: The Johns Hopkins University Press, 1995: 168.

"血债血偿"成了她摆脱创伤痛苦、挽回婚姻家庭的唯一解决方法。小说没有正面描写玛丽亚杀死罗莎的场面，而是从胡安的视角描写了玛丽亚杀死罗莎之后受到剧烈创伤的场景："'天啊！'胡安惊叫了一声，凉到骨髓里，'我在这里是面对死亡啊！'因为她通常挎在皮带上的那把长刀现在正在她手上。但是她却把刀扔掉，跪下来，向他慢慢爬过来，就像他看见她多次爬向瓜达卢柏别墅的神龛一样。他看见她逐渐靠近，他恐怖得头发都竖起来要飞掉似的。她全身挤成一团扑在他身上，嘴里发出可怕的喃喃细语。"（260）引文不仅描写了胡安在看到和意识到妻子的作为时所受到的创伤体验，也从动作的相关描写中反映了玛丽亚在复仇之后的心理创伤。现代心理学认为，创伤个体的复仇心理本质上是一种索偿心理。① 创伤受害人认为自己应该为自己所受到的创伤得到补偿，但等待或取得补偿的过程实际上是创伤受害者在创伤中继续进行等待或挣扎的过程。创伤并没有因为获得补偿而消失，创伤个体也不会因为复仇的成功而从此摆脱创伤的纠缠。这从玛丽亚成功复仇即杀死罗莎之后的举动就可以看出，她仍然精神恍惚，表现出强烈的无助感，这表明她的复仇只不过是把她从一个创伤带入另一个更深的创伤而已。不过，这次创伤的受害者不仅仅局限在玛丽亚自己而已，胡安和罗莎也同样遭受了创伤。罗莎为此失去了生命，而胡安也变得茫然和麻木。弗洛伊德认为，人这种动物总是处于无意识追求快乐的本能冲动即本我和社会道德准则的自我约束即超我的矛盾之中。胡安对于罗莎的调情和私奔从本质上是出于本我对于快乐的冲动性的追求，正如他自己所说的，"我也不会离开罗莎，因为没有别的女人使我更快乐"（257），"对这两个称心的女人扮演一个英雄角色对他来说是非常愉快的事"（257）。但胡安并没有意识到，他对于快乐的追求违背了对于爱情和婚姻的忠诚，他的行为对玛丽亚造成了巨大的心理创伤。当他意识到由于自己对于爱情婚姻的背叛所导致的后果时，超我的良心谴责使胡安产生了自我抑制和茫然无知的情绪："他想公开表示忏悔，像一个小孩那样而不是像一个大人那样。他无法了解她，无法了解自己，也无法了解人生神秘的命运，本来一切看起来都是如此欢乐、如此单纯，而突然变得如此混乱不堪。"（262）引文中反复使用"无法了解"一词来表现胡安在受到心理创伤之后的

---

① 李桂荣. 创伤叙事——安东尼·伯吉斯创伤文学作品研究［M］. 北京：知识产权出版社，2010：39.

茫然情绪。弗洛伊德认为，本我与超我之间的冲突会使个体产生压抑。① 压抑会将创伤的景象或体验压制到无意识中去，使创伤个体不再有机会接触到创伤，而这种强行压制的过程便是麻木。麻木是头脑和心理的一种割裂形式，它意味着突然的情感断裂。麻木本身就是心理创伤的一种症状，它表现为"对周围人、物或事反应迟钝或毫无反应，感情淡漠和情感消失"②。胡安之所以会产生如此剧烈的创伤感是因为他内心充满了自责、惭愧和恐惧。这是因为他并没有尽到自己作为丈夫的责任，他自认为他亏欠自己的妻子以及被自己妻子杀死的情人。胡安对于爱情的不忠导致了两个女人的创伤，并且最终也使自己受到了巨大的创伤，他最终只能以麻木消极的昏睡状态使自己与创伤隔绝开来：

> 眼前他只想睡觉。他昏昏欲睡，以至于脚都不听使唤了。有时他女人轻轻碰到他的胳臂，他也觉得像是幻觉，就像一片树叶擦到他的脸上那样若有若无。他不明白他为什么要为救她一命而奋斗，而现在他把她给忘了。他心头只有一大片隐蔽的伤痛，像包扎了的伤口，除此以外，就什么也没有了。

> 他走进茅屋，不等点燃蜡烛，就脱掉衣服，在门边坐下。他那迟钝而没有多少知觉的双手把身上华丽的装饰品脱下来了。他长叹一声，如释重负，就倒在地上，伸开双臂，几乎马上睡着了。（270）

胡安选择用睡眠的方式来使自己忘记创伤的痛苦。玛丽亚虽然通过复仇的方式清除了自己的"敌人"，挽回了自己的丈夫胡安、自己的婚姻，并占有了胡安和罗莎所生的孩子，但胡安已经成为一具"行尸走肉"，正如小说中所说的，"胡安的兴奋已化为灰烬。现在连一点激动的余火都没有了"（269）。玛丽亚以暴力复仇的方式使原本混乱的生活又恢复了秩序，但在所有人都经过一番创伤之后，原来的一切还能恢复吗？玛丽亚似乎自己也对此隐隐产生怀疑。小说最后写道："她仍然感到一种奇异的、尚未入睡的幸福。"（271）"尚未入睡"表明幸福并未真正被巩固，幸福随时可能会再次消失。

① Sigmund Freud. The Uncanny［M］//Literary Theory：An Anthology, ed., Julie Rivkin. New York：Blackwell Publishing Ltd., 2004：425.
② 李桂荣. 创伤叙事——安东尼·伯吉斯创伤文学作品研究［M］. 北京：知识产权出版社, 2010：29.

　　这一结局从一个侧面反映了波特自己对于面对婚姻背叛的思考：以暴力复仇的方式挽回爱情和婚姻是否能真正长久呢？在面对婚姻或爱情的背叛时，该用怎样的态度才能把对自己以及对他人的创伤降到最低限度呢？波特在其另一篇小说《被遗弃的韦瑟罗尔奶奶》（以下简称《韦瑟罗尔》）中似乎给出了答案。

　　《韦瑟罗尔》从一个全知者的角度通过意识流的手法描写了韦瑟罗尔奶奶临终前的意识活动。韦瑟罗尔奶奶年近八十，如同波特笔下许多女性人物一样，韦瑟罗尔奶奶性格坚韧、做事勤快。由于丈夫较早去世，她凭借自己的力量将一大家子孩子抚养长大。"过去的生活得费很大的劲儿，可是她对付得了。她想到那会儿她煮多少人的饭，裁缝多少人的衣服，还得种多少菜地——嘿，孩子们就是活证据。"（313）如今她病入膏肓，躺在床上，孩子们陆陆续续地从各地赶来见她最后一面。随着小说叙事的发展，小说的描写也逐渐从韦瑟罗尔奶奶的意识转向她的潜意识活动，过去与现在在她的潜意识里混合在了一起，从而在她临终前的混乱思绪中揭示出一个困扰她一生的创伤："一个女人披着白面纱，摆出了雪白的蛋糕等一个男人来，可是他不来，那她该怎么办呢？她设法回忆。不，我敢起誓，除了这件事以外，他从来没有伤害过我的心。除了这件事以外，他从来没有伤害过我的心……要是他伤害了，怎么办呢？"（315）新婚之夜被丈夫抛弃这一事件对韦瑟罗尔奶奶产生了巨大的心理创伤，她对自己反复询问"该这么办"证明了这一事件对她所产生的创伤体验。新婚之夜丈夫乔治对于爱情的背叛虽然时隔六十年，但它所造成的创伤仍然在创伤受害者的心里留下阴影。但是与玛丽亚·孔塞浦西翁不同，韦瑟罗尔奶奶并没有因为创伤而产生仇恨。虽然想到乔治，创伤的体验还会蔓延，正如韦瑟罗尔奶奶自己所想的："对他的想念变成从地狱里冒出来的一片烟云，它在她的脑子里移动、蔓延。"（315）但面对乔治对于爱情和婚姻的背叛，韦瑟罗尔奶奶选择了宽恕："我要你去找到乔治。找到他，一定要告诉他，我不记他恨了。我要他知道我还是有了丈夫，有了孩子和家，跟任何别的女人一样。而且还是一个美满的家庭，我有心爱的好丈夫和跟他生的乖孩子。甚至比我向往的更好。告诉他，他拿走的一切我都又有了，而且更多。"（317）尽管在语气中仍带有对于乔治的些许微词，但韦瑟罗尔奶奶已不再记恨抛弃自己的乔治了。她甚至还将自己和第二任丈夫所生的儿子取名乔治，以示对于乔治的怀念之情。根据创伤理论，受到创伤的个体能够直面自己的创伤经历，并能通过意识或语言的形式进行追忆，这意味着创伤个体开始整合创伤记忆、"把创伤经历变成了自己的人生阅历、变成对人生价值体验的素材从而更好地管理人生"。① 韦瑟罗尔奶奶勇敢地面对自己的创伤，"有许多姑娘被抛弃。你被抛弃了，对不对？那么，坚强地忍受吧"（315）。面对创伤是为了尽快从创伤种走出来，开始全新的生活。弗洛伊德在其著作《追忆、复述与克服》（*Remembering，Repeating and Working‒Through*）中就说过："创伤患者必须有勇气集中注意力面对自己的病……坚强的毅力必须成为其性格的组成部分，成为其未来有价值的生活赖以存在的基础。"② 可以说，韦瑟罗尔奶奶做到了，她不再仅仅纠缠于过去，而是以宽容和坚毅的态度将创伤记忆予以释怀。她结婚生子，建立起一个快乐的大家庭，她并没有以报复的手段挽回自己的爱情，而是通过宽恕恢复对自己生活的爱。能够理性地看待自己的创伤事件，能够正常地理解自己的心理感受和想法，它标志着创伤受害者能够从创伤中走出来，开始自己的新生活。予以宽恕，这本身就是一种高贵的品格，正因为宽恕，韦瑟罗尔奶奶在生命终结的那一刹那以一种坦然的心态面对死亡。"她深深地叹了一口气，深伸直自己的身子，吹熄了灯。"（322）她为之叹气是因为生命中还留有遗憾，她没能在临终前见到大儿子乔治和小儿子哈普西。但从她主动吹熄自己的生命之灯的举动来看，韦瑟罗尔奶奶的心情是坦然的。

　　《玛丽亚》和《韦瑟罗尔》分别创作于1922年和1929年。或许是波特有意而为之，1930年波特将这两篇小说一同收录在她的第一本短篇小说集《开花的犹大树和其他故事》（*Flowering Judas and Other Stories*）中。同样是面对丈夫对于爱情和婚姻的背叛，《玛丽亚》中的玛丽亚·孔塞浦西翁和《韦瑟罗尔》中的韦瑟罗尔奶奶构成了鲜明的对比。玛丽亚以复仇的方式挽回了自己的爱情婚姻，但却使更多的人受到了创伤，丈夫胡安最后变成了一个情感麻木的"行尸走肉"，经历创伤后的爱情婚姻，伤痕已变得难以弥补；而韦瑟罗尔奶奶则以宽容的态度原谅了丈夫乔治对于爱情与婚姻的背叛，从而走出了创伤的阴影，建立起新的生活、爱情和家庭。这一对比其实也折射出波特本

---

① 李桂荣. 创伤叙事——安东尼·伯吉斯创伤文学作品研究［M］. 北京：知识产权出版社，2010：35.

② Sigmund Freud. Remembering，Repeating and Working‒Through［M］. London：Hogarth Press，1985：145.

人对于自己的爱情和婚姻的感悟和思考。波特曾在她的一篇名为《婚姻是所属》（*Marriage Is Belonging*）的文章中这样说道："就拿忠诚而言，很难做到对于所爱的事物、思想，尤其是人的绝对忠诚。没有所谓完美的忠诚，就像没有完美的爱情或是完美的美丽一样……他们（指夫妻）首先需要爱，没有了爱，一切夫妻之间值得拯救的东西都会丧失和被破坏；他们还要被教导爱、同情心、良知以及勇气。"① 在波特看来，婚姻没有绝对的忠诚，任何对于婚姻浮夸的誓言都是虚假的。正如她自己所说："我认为婚姻的主题就是一种归属感的艺术……它通常是一种艺术，或者说可能只是一种策略，或是一种有风险的艺术。"② 对于经历过四次失败婚姻的波特而言，爱情与婚姻是有风险的，最终婚姻因为没有了爱情而变得破裂也是正常的事，关键是婚姻在没有了爱情之后，受到伤害的个体如何面对创伤的态度。波特认为要有同情心和勇气，同情意味着宽容，而勇气意味着克服爱情破裂所带来的创伤。只有走过创伤，人才会变得更加坚强，只有以宽容之心面对创伤记忆，人才会更有承受力，更积极地珍惜现在和规划未来。这或许就是波特通过这两个故事的对比想要告诉读者的道理。

### 二、冲突的家庭：时代变革中的夫妻关系

爱情婚姻往往与家庭生活紧密联系在一起，波特有几篇小说描写了夫妻之间的家庭生活。在这些小说中，主人公常常为了一些家庭琐事而争吵，使得家庭生活蒙上一层创伤的阴影。波特笔下的家庭生活已没有了传统南方家庭的温情脉脉和高尚的家庭使命感，取而代之的则是脆弱的家庭纽带，随时可能因为一些琐碎的小事而断裂。这些家庭从一个侧面折射出正处于转型中的美国社会以及快速变化中的社会对于成千上万普通家庭和人们心理所造成的影响。波特以她细腻的女性笔调将家庭琐事背后所隐藏的创伤体验揭露出来，从中读者可以体验和感受作者自己对于如何经营夫妻生活的一些建议和感悟。

收录于波特第一本小说集《开花的犹大树和其他故事》中的短篇小说

---

① Katherine Anne Porter. Collected Stories and Other Writings [M]. New York：The Library of America，2008：795 – 796.

② Katherine Anne Porter. Collected Stories and Other Writings [M]. New York：The Library of America，2008：792.

《绳》（Rope）就是一篇描写夫妻相处之道的佳作。《绳》篇幅很短，但却包容了丰富的讯息。如同波特其他短篇小说一样，《绳》在开篇就为读者勾画出了男女主人公的肖像画："她的头发乱蓬蓬，鼻子给太阳晒得通红；他跟她说，她看起来已经像个土生土长的乡下女人了。他的灰色法兰绒衬衫紧紧地粘在身上，沉重的皮鞋上尽是尘土。她完全有把握地告诉他，他看上去好像戏剧中的乡巴佬角色。"① 从外貌描写就能看出他们夫妻二人的生活并不富裕，而且刚搬到乡下来不久。拮据的生活往往是家庭矛盾的导火索，一个小小的火星便能撕开已经结疤的伤痕，从而露出更深的创伤。丈夫因为买回来在妻子看来毫无用处的一卷二十四码长的绳子，而受到了妻子的责备，"眼下每个子儿都得掂着花，又去买绳儿似乎有点怪"（273）。生活的拮据暴露了夫妻二人不同的价值观念，在妻子看来"每个子儿都得掂着花"，而丈夫则认为"他买绳儿，就是因为他要买，事情就是这么样，没有别的理由"（273）。观念的冲突往往是家庭里的一个定时炸弹，那二十四码长的绳子只不过是一根引爆的导火线，丈夫多年来对于妻子积压的怨愤借此爆发了："他想要知道，她到底怎么啦？……跟她在一起生活，麻烦就麻烦在她需要一个比她软弱的男人，能听凭她数落和作威作福。老天在上，他真希望他们有两个孩子，她可以拿他们出气。他也许能耳根清净些。"（275—276）"只要她愿意，他就离开，要多久就多久。主啊，可不是，他没有比离家出走、永不回来更欢喜的事情了。"（276）丈夫渴望摆脱这个使他充满创伤感的家庭，而妻子对于这种枯燥乏味的生活其实也早已经心生倦意，"她在这儿，离开铁路几英里，有一所半空的房子要拾掇，兜里一个子儿也没有，事情多得干不完（276）"；一根无用的绳子就这样作为家庭矛盾和创伤的导火线引出了夫妻双方各自的心事。从丈夫的话语中，我们可以得知妻子是"一个没有希望的忧郁症患者"（278），"她可以平白无故地大发脾气……一点儿不讲道理。那个女人一打开话匣子，就没完没了，别人一句话也插不上"（280）。心情的忧郁或抑郁是创伤症候之一，这表明妻子长期以来一直处于创伤体验之中。长期精神上的压力会使人为了一点小事就闹得不可开交，"她猛地一扭，挣开他的手，接着高声喊叫，吩咐他拿着他的绳见鬼去吧，她已经干脆不要他了"（280）。夫妻二人彼此的"怨恨"已经开始升级。她和他的矛盾实质上是两种价值观念之间

---

① 凯·安·波特. 波特短篇小说集［M］. 鹿金，等，译. 上海：上海译文出版社，1984：272.

的矛盾，妻子希望所有的钱都用在恰当的地方，没有任何浪费，而丈夫则是典型的自我主义者。妻子代表着财富的实用价值观，每一分钱都要用在刀刃上；而丈夫则是财富的消费价值观，财富是为人所支配的，财富就是用来享乐的。这个家庭在争吵背后所隐藏的创伤和矛盾从一个侧面反映出当时处于转型变化中的美国社会。《绳》创作并发表于 20 世纪 20 年代，美国文学评论家布莱德伯里（Malcom Brandbury）论述道，在 20 世纪 20 年代"这个国家正从一个以生产为主体的社会向以消费为主体的社会转型……所有这一切都伴随着一种'现代意识'的突然增强，性观念的突然开放，人与人之间的代沟突然加宽，生活节奏突然加快，以及道德观念方面的巨大改变。也就是说，这是一个过去与现在急剧摩擦的时代，一个失去方向的时代"。① 现代的消费意识挑战着传统的以节俭为美德的价值观念。此外，整个 20 世纪 20 年代也正是美国南方重农主义最为活跃的时期。重农主义引进了美国北方的经济实用主义以图重振南方凋零的经济，而这也给整个南方的传统价值观和南方人的心理带来了巨大的改变。正如重农主义曾经的支持者约翰·里德（John Shelton Reed）在《我们要表明的立场》（*The Sectionalism of I'll Take My Stand*）中所说的："南方话语在重建过去的文化价值时，北方工业资本主义实际上已经越过了迪克西线，他们（南方人）不得不面临南方日益被北方化这一现实以及传统在现实中的残留，因而（南方人）处于内心的冲突和观念的对立之中。"② 以迪克西传统为代表的南方传统价值观已经被北方的工业文明所替代。原本清教伦理所崇尚的勤俭节约的道德观也已让位给物质主义与消费主义为主的世俗观，如同小说中的丈夫所说的，"就因为我想要，这就是理由"（280）。观念上的对立冲突导致了这个美国南方小家庭的生活环境时刻处于紧绷状态，夫妻双方亦为此而时刻面对情感上的创伤。

在小说的结尾处，丈夫带回来妻子所要的咖啡，妻子煮好了晚饭等着丈夫归来，丈夫则"用一条胳膊一把搂住她，轻轻地拍拍她的肚子"（281）。一切矛盾和创伤体验似乎已经过去。但值得注意的是，原本妻子要求丈夫去

---

① Malcolm Bradbury. "Style of Life, Style of Art and the American Novelist in the 1920s", The American Novel and the Nineteen Twenties [M]. London：Edward Arnold, 1971：12.

② John Shelton Reed. For Dixieland：The Sectionalism of I'll Take My Stand [M] //A Band of Prophets：The Vanderbilt Agrarians after Fifty Years, eds., William C. Harvard, et al. Baton Rouge：Louisiana University Press, 1982：45.

换别的东西的那条绳子仍然没有被换掉："咖啡买来了。他向她摇摇咖啡。她望着他另一只手。他那只手里拿的是什么？嘿，那条绳又来了。他突然站住脚。他原打算把绳儿换别的东西，可是他忘了。"（281）在这里波特的双重叙事得到了体现。在表面文本中，丈夫和妻子似乎已经和好，不再有抱怨，但是潜文本却继续向着创伤的方向在进行，再次遭遇创伤的危险仍然存在。那根绳子——引发矛盾和内心创伤的导火线——仍然被带回了家中，这暗示着矛盾和创伤并未因为暂时的和解而真正被消除，在这个家庭中长期盘踞的创伤和抑郁还会因为某件琐碎的小事而再次爆发。正如在小说结尾处所说的："他知道她是个怎样的人。"（281）他知道妻子还是会因为各种琐碎的小事而向他大发脾气，家庭生活的伤痛对于丈夫来说仍然挥之不去。

　　波特以一个短小的生活片段作为切入点，展示了一户普通人家争吵背后所隐藏的创伤体验。小说《绳》完成于1926年，根据马乔瑞·莱恩（Marjorie Ryan）的研究，《绳》创作于波特第二次婚姻失败之后不久①，这次失败的婚姻为波特创作该小说提供了写作素材。波特的第二任丈夫厄涅斯特·斯托克（Ernest Stock）是一位室内设计师，比波特小十岁。波特和斯托克的婚姻只维持了一年左右的时间便宣告结束。关于离婚的原因不得而知，但从小说《绳》中关于夫妻家庭生活的描写来看，夫妻之间价值观念的差异所导致的琐碎摩擦常常会使家庭出现伤痕。《绳》中的妻子和丈夫都用"她"和"他"来指代，这也暗示小说中所描写的"她"和"他"可以是生活中任何的一对普通夫妻，由于价值理念的不同所导致的家庭矛盾和创伤体验也可以是任何一个普通家庭的遭遇。

　　如果说《绳》中夫妻家庭生活的创伤体验是由于对财富的价值观念的冲突所引起的，那么波特的另一篇小说《一天的工作》（A Day's Work）则更加详细地展现了在充满各种诱惑的现代社会中，夫妻之间不同的人生价值观所导致的家庭矛盾和创伤体验。

　　小说《一天的工作》写于1937年，其创作的时代背景正是美国经济大萧条时期，而波特的第三段婚姻也陷于危机之中。由于经济大萧条，波特的第三任丈夫尤金·普瑞斯力（Eugene Pressly）失去了工作，而他并没打算再去找工作，这使得波特很烦恼。她对普瑞斯力感到失望，认为他是一个无能且

---

① Marjorie Ryan. Dubliners and the Stories of Katherine Anne Porter [J]. American Literature 1960（1）：464 – 73.

优柔寡断的人。① 在 1938 年这一段婚姻宣告结束。小说《一天的工作》通过哈洛伦先生和哈洛伦太太两人的争吵和肢体上的冲突，反映了不同的人生价值观之间的冲突所造成的创伤体验，其中既有波特自身的人生感悟，同时也是 20 世纪 30 年代美国大萧条时期普通美国人所面临的时代创伤。

　　小说一开始就通过送货升降机沉闷的声音来表现整个家庭令人郁闷的氛围，"一阵沉闷的往上爬的声音，象墙里有一只巨大的老鼠"（416）。哈洛伦先生在经济大萧条之前曾是 G & I 大型食品杂货店的员工，他原本踌躇满志，想着能成为那家杂货店的经理，可是经济大萧条却无情地击碎了他的梦想，"没想到在他的工作年限还有两年要到期的时候，他们辞退了他，他们说，因为经济大萧条。他一下子给撵到了人行道上，没处可去，只得带着这个消息回家"（424）。梦想的落空和事业的窘境让原本踌躇满志的哈洛伦先生尝到了创伤的滋味，个体在受到创伤的打击之后将会对创伤产生一种直接而自动的反应，即将创伤的焦虑转移至其他对象。② 创伤叙事是转移创伤焦虑的一种方式，而把焦虑发泄或投射到其他对象身上也是一种转移方式。在小说中，哈洛伦先生把创伤导致的焦虑和怨恨投射转移到了自己妻子身上："（他）膝盖弯曲，一动也不动地站着，瞪出了眼，眼光恶狠狠地掠过那袋土豆，望着那个他从来没有喜欢过的、瘦的只剩一把骨头的、生疏的女人，那个女人站在那儿，在熨衣服，神情痛苦，好像一个受难的圣徒。"（417）引文部分明显表现出哈洛伦先生对于妻子的无端怨恨，他甚至迷信地认为："她天生就是这样一个女人，哪个男人碰上她都会倒霉。"（419）哈洛伦太太是一个坚持原则、恪守道德的传统女性。她从未抱怨生活的拮据，通过给别人熨烫衣服来维持家庭的开销。她对于女婿和丈夫希望通过结交像麦考克里这样的政客投机分子而发财的做法感到极为厌恶并强烈反对。她曾告诫自己的女儿："所以你该做的只是遵守你的结婚誓言，尽力争取情况好一点……现在听我的话吧，你要是要他行为正当，你就得先行为正当。女人得先行为正当；那么，要是男人不肯行为正当的话，那就不是她的错了。不管他的行为正当，还是不正当，你反正得行为正当，因为他的行为不正当不能成为你的借口。"（421）在哈洛

---

① Joan Givner. Katherine Anne Porter：A Life［M］. New York：Simon and Schuster, 1982：303.

② 西格蒙德·弗洛伊德. 抑制、症状与焦虑［M］. 杨韶刚，高申春，译. 长春：长春出版社，2009：193.

伦太太看来，一个人无论何时都应保持正直的品格，妻子有义务使丈夫也保持品格的正直和行为的正当。当丈夫哈洛伦先生将正蒸蒸日上的麦考克的情妇罗西介绍给她认识的时候，哈洛伦太太感到这是对自己巨大的侮辱，"她是个放荡、下流的女人，把她介绍给我是对我的侮辱"（421）。在一个经济萧条人们都想着投机倒把的时代，哈洛伦太太的人生价值观必然会遭到他人的嘲笑，就像麦考克里对哈洛伦先生所说的："你在把自己脑袋钻进一个圈套，它会把你勒得魂灵儿出窍。"（420）如同《绳》中的那条绳子成为了夫妻矛盾和创伤体验的导火线一样，哈洛伦先生和太太在经济大萧条特殊时期所拥有的不同人生价值观也像一条绳索一样死死勒住了家庭的脖颈，预示着家庭创伤的进一步扩大。在哈洛伦太太的眼里，丈夫和麦考克里这样通过干预选举从中谋利的投机政客混在一起是一件可耻的事情，当她知道丈夫从麦考克里那里赚到钱的时候，她大发雷霆。在哈洛伦太太看来，这简直是在出卖自己的灵魂，"不错，我有一颗灵魂……我当然有一颗灵魂，而且不管你怎么样，我还要拯救我的灵魂哪……"（441）小说中哈洛伦太太的价值观和麦考克里的价值观之间的剧烈冲突实质上反映出的是二十世纪二三十年代美国经济大萧条这一特殊时期对某些人所产生的剧烈的心理创伤体验。一方面，从爵士时代以来美国一直宣扬一切白手起家的美国人即"美国梦"的实现者，这使得人们相信只要通过自己的努力就能实现自己的财富梦想，而另一方面，经济大萧条所带来的客观情况却是大规模的失业、经济的凋敝、生活的拮据和窘迫。个人无论怎样努力，在经济大萧条时期都显得那样徒劳。反而通过某些捷径，例如，小说中麦考克里通过拉选票谋利，才能在这样一个经济大萧条的时代实现财富的梦想。正如美国著名文学史和宗教学者安·道格拉斯（Ann Douglas）在其著作《可怕的诚实：20 世纪 20 年代的混血曼哈顿》（*Terrible Honesty：Mongrel Manhattan in the* 1920s）中所说的，二十世纪二三十年代是美国传统道德分崩瓦解，现代人陷入"空虚的疑虑之中"的时期："他会感到他置身其中的文明索然无味。他或许会忙于很多事务，但有一天他发现他不再确定这些事值得去做。他一直以来心事重重，但他不再肯定他知道其中的缘由。他也参与日常的种种娱乐活动，但它们似乎不能给他带来快乐。他发现很难确定做某件事比做另一件事更好，或者，比根本什么都不做更好。"① 哈洛伦先生就夹在这样一个

---

① Ann Douglas. Terrible Honesty：Mongrel Manhattan in the 1920s［M］. New York：Farrar, Straus, and Giroux, 1995：54.

两难的处境之中。多年来他一直相信通过自己的努力能够成为他所工作的那家食品杂货店的经理，但经济大萧条终结了这个梦想，他失业将近七年；但是经济大萧条并没有影响麦考克里这样的人，正如哈洛伦先生所看到的，"他（指麦考克里）在生活中不断地越爬越高，请吃牛排，举行郊游宴会和啤酒舞会，犒赏比利酒馆里那帮小兄弟，总是跟走运的人混在一起，从不错过捞一把的机会"（424）。哈洛伦先生虽然认同妻子所说的"做一个有灵魂的人"，在麦考克里让他"找大批有选举权的人"（432）并给他经费时，他也曾迟疑，但在面对自己勤奋工作而最终换来被辞退的窘境与麦考克里通过政治投机而蒸蒸日上的前程所形成的鲜明对比时，哈洛伦先生迷茫了，"他清清楚楚地看到一个个他可以向不同的方向拐弯的十字路口；拐弯的方向不同，他的命运就会大不同了"（430）。但是在他通往可以给他的命运带来大不同的路上却遭到了自己妻子的强烈反对，哈洛伦先生陷入了更加迷茫的境况之中，这也是自他被辞退之后的第二次创伤体验，而这次创伤体验远比第一次来得更为强烈。之前对于妻子的创伤焦虑投射和这一次来自妻子对于自己"发迹"梦想的阻挠使得哈洛伦先生产生了创伤性质的幻觉：

> 她（指哈洛伦太太）站在他面前，像是裹在褪了色的方格花布裹尸布里，她死去了的双手高举着，她死去了的眼睛看不见，可是盯着他看，她说话的声音空洞洞，像是从幽深的坟墓里冒出来似的，她的嗓子沙哑仿佛带有墓穴里的潮气。莱西·马哈菲（哈洛伦太太的本名）的幽灵在威胁他，她越走越近，走得越近，个子越高，脸变成恶魔的脸，眼光呆滞，脸上显出不变的龇牙咧嘴的微笑。"全是空肚子喝了酒的缘故，"那个幽灵说，声音是沙哑的号叫。哈洛伦先生吓得魂灵出窍了……"啊，该死的东西，莱西·马哈菲，你这魔鬼，滚开，滚开。"（442）

上述引文表现了哈洛伦先生内心的创伤在酒精的影响下所幻化出的幻觉。在创伤理论看来，心理创伤在一些外界因素（如酒精）的刺激影响下会使创伤个体产生幻觉，幻觉是典型的创伤症候之一，会形成自我与现实的分离："不知原因地感到他说不清楚的东西。"[①] 幻觉经常出现于梦中或是醉酒状态中，在幻觉中一切情况都是真实情感的再现。对于妻子积蓄已久的怨恨以及

---

① Dominick LaCapra. Writing History，Writing Trauma［M］. Baltimore：The Johns Hopkins University Press，2001：42.

整个大萧条带给自身的迷茫的创伤体验把哈洛伦先生逼到了失去理智的绝望境地，以至于哈洛伦太太是以魔鬼的形象出现在哈洛伦先生的幻觉之中。在幻觉的作用下，他朝妻子扔熨斗的举动就明显表现出在强烈创伤冲击之下的反抗和挣扎，而这一举动不仅加深了哈洛伦先生原有的创伤，同时也将创伤移植给了妻子哈洛伦太太，使她遭受到了肉体和精神的双重创伤打击。小说中写到哈洛伦先生误以为自己用熨斗把妻子给砸死了，他好像从之前的创伤幻觉中清醒了过来，"哈洛伦先生突然变得平静，神态安详"（442），但没过多久哈洛伦太太抓着楼梯栏杆，出现在哈洛伦先生面前并把他带回了家，而哈洛伦先生又一次陷入创伤之中，他"深深地呻吟了一声，翻了个身，闭上眼睛"（443）。这次创伤的症候不是剧烈的恐惧和迷茫所导致的幻觉，而是类似创伤之后的麻木感，美国南方文学评论家罗伯特·利夫顿（Robert Lifton）认为，麻木是指创伤期间或创伤之后的一种降低或者缺席的经验，它是"头脑和自己心理格式的割裂，在象征过程自身出现的一个损阅"[1]。哈洛伦先生在之前强烈的创伤幻觉过去之后，精神从原本极度亢奋转变为平静，但亢奋所产生的思维和心理的分裂还没有立即恢复，从而形成了一种创伤割裂状态，这种分裂的状态在酒精的作用下持续的时间会更长。哈洛伦先生暂时的平静并不意味着创伤已经过去，而是意味着又一个创伤潜伏期的开始。由于哈洛伦先生将熨斗砸向自己的妻子，这次创伤的影响已经不止局限在哈洛伦先生自身了，而是扩散并影响到了哈洛伦太太。哈洛伦太太"额头上凸起一个肿块，青一片紫一片的"（443），可见她受到了肉体上的创伤，但更为严重的精神创伤则通过她具体的动作表现出来，"她把浴巾绞干，在一头打了几个很硬的结，试着在桌子边上啪地抽了一下。她走进卧房，站在床旁，使出全身劲儿把打结的浴巾劈头盖脸地向哈洛伦先生抽去"（444）。强烈的精神创伤通过暴力的形式予以发泄是创伤移情的一种极端形式。认识语言学家安·韦伯（Ann Weber）认为，创伤需要情感的宣泄，而宣泄的形式有多重，创伤叙述是一种较为温和的形式，而当创伤的程度已经达到心理所无法承受的地步时，宣泄的形式就会升级，暴力便是一种极端的情感宣泄形式。[2] 这也能够充分说

---

① Richard Gray. Robert Penn Warren：A Collection of Critical Essays［M］. Englewood Cliffs：Prentice-Hall, Inc., 1980：3.

② Kali Tal：Worlds of Hurt：Reading the Literatures of Trauma［M］. Cambridge：Cambridge University Press, 1996：132.

明哈洛伦太太所受到的创伤打击之大，而在面对妻子的抽打时，哈洛伦先生则陷入更深的麻木状态之中，"他把枕头拉过来盖在脸上，又平静地躺着，这一回干脆睡熟了"（444）。创伤使夫妻二人一个变得更为暴力，情绪极为激动，而另一个则变得沉默而麻木。

小说的结尾处写到哈洛伦太太默许哈洛伦先生和投机政客麦考克里这样的人在一起厮混，夫妻之间的情感创伤似乎已经缓解，但波特又暗示哈洛伦一家的创伤并没有消失，因为哈洛伦太太在对待丈夫的人际关系上仍坚持自己的观点，"这可不是说，我会不得不跟那些低三下四的人来往，永远不会"（445）。哈洛伦太太仍然坚持自己的道德理念即始终"做一个有灵魂的人"，对于丈夫所结交的那些"朋友"仍不屑一顾。可以想见，在今后的家庭生活中哈洛伦先生和太太之间仍会爆发激烈的冲突。

值得注意的是，波特在《绳》和《一天的工作》的小说叙事结构中都运用了双重叙事结构即表面文本和潜文本相结合的形式。如果我们分析这两篇小说的表面文本，可以得出如下的模式：创伤的环境（例如《绳》中夫妻拮据的生活、《一天的工作》中经济大萧条的环境）→引发创伤的事件（《绳》中他买来无用的绳子、《一天的工作》中哈洛伦先生和投机分子麦考克里厮混在一起）→创伤的升级（《绳》夫妻之间的争吵、《一天的工作》中哈洛伦先生将熨斗砸向妻子，妻子用浴巾抽打丈夫）→创伤的缓和（《绳》妻子等待丈夫回家吃饭、《一天的工作》中哈洛伦太太同意丈夫和麦考克里一起工作）。从表面文本来看，创伤似乎得到了缓和。但在这表面文本之下的潜文本却是：创伤的环境→创伤的事件→创伤的升级→创伤的继续。《绳》中象征家庭创伤导火线的绳子仍然没有被换掉，而在《一天的工作》中哈洛伦太太虽然默许了丈夫和麦考克里在一起，但在自己的道德理念上永远不可能真正接受这种做法，这都预示着在短暂的创伤缓和期过后，仍有可能会出现创伤，创伤仍会继续并在某个时刻再次出现。正如凯鲁斯（Cathy Caruth）所说："创伤事件最直接的经历者可能显得对其完全不知，但创伤事件对他的影响可能以滞后的方式显现出来。"① 已经产生的家庭创伤一旦形成，就很难完全得到补偿，家庭创伤的裂痕将一直印刻在家庭生活的表面之上。此外，这两篇小说中所体现出来的创伤还联系到一个更大的背景即转型中的美国社会。

---

① Cathy Caruth. Unclaimed Experience：Trauma，Narrative and History［M］. Baltimore：The Johns Hopkins University Press，1996：92.

《绳》中的创伤其本质是夫妻双方不同的价值观,而价值观的冲突正反映了当时处于转型时期的美国在传统和现代价值观念之间的冲突和碰撞,而《一天的工作》则以美国经济大萧条时期作为叙事背景,将这一特殊历史时期时不同人的谋生手段和人生价值观之间的矛盾与冲突通过家庭生活的创伤体验折射了出来。

波特通过揭露现代家庭中所存在的婚姻和家庭创伤,试图让读者思索这样的问题:夫妻在婚姻家庭生活中究竟是怎样一种关系? 当一方背叛了对于另一方的婚姻诺言,或当一方的价值观念与另一方发生冲突,或当一方在家庭中成为另一方的负累时,双方该做些什么? 既然由于时代或是家庭经济条件等客观原因使得夫妻双方的冲突所造成的创伤变得不可避免,那么怎样使这种创伤对于双方的伤害降到最小? 是选择玛丽亚·孔塞浦西翁复仇的方式或是哈洛伦一家的肢体暴力方式来减轻创伤感,还是像韦瑟罗尔奶奶那样以宽容的心态来审视自己的创伤? 这是作者波特留给读者自己去思考的问题。《绳》和《一天的工作》都创作于波特婚姻家庭生活出现危机的时候,两篇作品中不乏作者从自己的失败婚姻生活中所得出的一些经验教训。家庭作为人类社会最小的细胞,它的创伤必然会影响到整个社会的机体健康。同样,时代和社会的创伤也同样会影响到每个家庭。《绳》和《一天的工作》中的时代背景正是激化家庭创伤的因素之一。爱情婚姻与家庭的创伤体验不是封闭的,而是会扩散,影响到周围的人,乃至下一代。

## 第三节　南方世家的创伤史

波特的家族在南北战争前曾是美国南方的一个大家族。她在《肖像:老南方》(*Portrait*:*Old South*)、《我记忆中的德克萨斯州》(*Notes on the Texas I Remember*)、《〈中午酒〉:故事来源》("*Noon Wine*":*The Sources*) 等文章中曾多次谈到自己家族令人羡慕的历史以及如今不禁令人唏嘘的现实。家族今昔的巨大对比通过老祖母凯特的叙述,深深地印在了波特的心头,使得小波特在成年之后情不自禁地将这些从长辈那里听到的有关家族的过往历史融入自己的小说创作之中。于是,在波特的短篇小说创作中出现了"米兰达"系列小说,这些小说以一位美国南方大家族中的小女孩米兰达的生活成长经历为叙事主线来揭示整个家族的时代变迁以及家族中许多成员的人生起伏。不难发现，"米兰达"系列小说中渗透着作者凯瑟琳·安·波特对于自己家族命运的感慨。作为波特短篇小说创作的一个重要组成部分，"米兰达"系列小说已成为国内外凯瑟琳·安·波特研究的一个重点和热点，国内外已有不少与此相关的文章发表。但笔者认为，这些研究文章较多集中在主人公米兰达的性格分析，而往往忽略了其性格的发展与整个家族和社会因素的联系，同时这些文章也鲜有对家族中其他成员进行研究，这些都使得"米兰达"系列小说需要进一步被挖掘和剖析。笔者认为，"米兰达"系列小说中的家族是一个创伤的大家族，家族的创伤直接或间接地导致了其家族成员人生经历中不同程度的创伤体验。如果细看"米兰达"系列小说，我们可以发现整个系列小说可分为两大部分。第一部分包括《源头》（The Source）、《旅程》（The Journey）、《目击者》（The Witness）、《最后一叶》（The Last Leaf）等短篇小说。这些小说主要讲述米兰达父辈们尤其是米兰达祖母年轻时老南方的家族生活。第二部分则是由《马戏》（The Circus）、《坟》（The Grave）以及《老人》（Old Morality）等小说组成。这几部小说讲述了米兰达的童年以及成年后的生活。作者有意识将生活在不同时代的两代南方人以及处于人生不同阶段的米兰达联系起来，通过一个南方世家的创伤兴亡史串联起家族中不同的创伤个体。

## 一、家族的记忆：逝去的荣光与种族的伤痛

《源头》（The Source）、《旅程》（The Journey）、《目击者》（The Witness）等短篇小说构成了"米兰达"系列的第一部分。在 1944 年出版自己的第三部短篇小说集《斜塔和其他故事》（The Leaning Tower and Other Stories）时，波特将这几篇创作和发表于 30 年代的作品收录其中，并给它们安置了一个大标题《旧秩序》（The Old Order）。所谓"旧秩序"就小说内容而言指的是米兰达祖母索菲亚·瑞亚的老南方生活。波特以米兰达父辈们的创伤生活为引子，从这个南方世家最初的源头入手探究米兰达以及家族中其他成员产生创伤的真正根源。

《源头》作为《旧秩序》的第一篇，讲述了祖母瑞亚前往南方农场，视察农场经营状况和在那里生活的一些片段。从小说的叙述中，我们可以了解，祖母瑞亚是一个控制欲很强的女性，对于家庭以及农场上的方方面面都要亲

力亲为。小说中写道："她时不时会说：'我开始觉得有必要改变和放松一下了，'话语带着微弱的肯定语气，好像是在说，这并不意味着她打算会有片刻放松对于家族事务的牢牢掌控。她最喜欢的理念就是改变支配的对象是放松的一种方式，也许是最好的方式。"① 祖母的控制欲使得儿子哈利对于自己掌控和管理家族事务和农场的信心大打折扣，他对于母亲短暂的离开而导致的暂时的权力真空感到有点不知所措。哈利表面虽然显得很有耐心，但内心"对于农场上即将出现的不得不忍受的困扰和不便显得极为烦躁"（333）。他知道他无法独自面对农场上的各种事物。母亲暂时的缺席对于哈利而言意味着生活的彻底混乱。从这一点上看，祖母瑞亚作为家族核心的绝对权威是不容任何人挑战的。对于祖母瑞亚而言，农场的生活应该是老南方式的，"她总是想象着自己在休闲时漫步在果园的树荫之下，看着梨子变得成熟；她期望采摘玫瑰的花蕾，或是用手捋齐攀缘的金银花……"（333）但是小说中有一个细节描写引出了祖母瑞亚内心的创伤："她会带上她在夏日里穿的黑裙子，薄薄的黑白相间的巴斯克衫，外出时带上一顶宽边，但却破旧的牧羊草帽，那是她在战争刚结束时为自己编织的。她戴着那顶帽子，在镜子前这样或那样地扭转着头，她觉得它遮阳很好，她总是会随身带着那顶草帽，但却从来不戴上它。"（333）祖母瑞亚喜爱这顶草帽，总是喜欢随身带着它，因为它是"她在战争刚结束时为自己编织的"，它是老南方昔日田园生活的象征；但是她从来不戴它，因为它同时又会提醒人们被战争所毁灭的老南方的生活。正如第二章中所分析的那样，南北战争是老南方人心中永远的伤痛，"它给那些受过伤的幸存的老兵，或者那些寡妇们、孤儿们带来了一生的痛苦。战争还给农业经济带来了毁灭性的打击，给南方白人的政治权力带来了一个充满屈辱的结束"。② 小说中的祖母瑞亚是个寡妇，独自一人支撑着家族的事业。其丈夫的死因我们不得而知，但有理由推测祖母瑞亚的丈夫可能就死于南北战争。战争的威力瞬间毁灭了浪漫的老南方生活和自己的亲人，以草帽为载体的创伤记忆是祖母瑞亚始终珍藏但却又不敢轻易触碰的东西。战争所导致的

① Katherine Anne Porter. Collected Stories and Other Writings [M]. New York：The Library of America，2008：333. 本章节所引用的《源头》《旅程》《目击者》等文本引文均为笔者自译，均引自该书。本章节小说引文只在引文后（）中标明页码，不另外加注。
② 王欣. 创伤、记忆和历史——美国南方创伤小说研究 [M]. 成都：四川大学出版社，2013：64.

昔日老南方生活的转瞬即逝使得祖母瑞亚对于眼前的一切都充满危机感，她想要尽可能控制家族一切事物的动机也就有了合理的解释。

小说中描写祖母瑞亚到达农场之后对于混乱的农场经营状况进行了革新，使农场上每个黑奴的生活都焕然一新："每张床罩上的玉米壳都被清理干净并被沸煮……每一间屋子都被粉刷，锅碗瓢盆全都被擦洗一遍，每张椅子和床柜都被刷上新漆，每一个肮脏的枕头都被拿出来暴晒，所有人都发出一年才有一次的欢呼声。"（335）由于祖母瑞亚的到来，混乱的农场又归于有序的状态。值得注意的是，祖母瑞亚虽然对于农场上黑奴的生活很关心，但她仍把他们视为奴隶，而他们也仍将祖母瑞亚视为自己的主子。例如，农场上的黑奴恒瑞（Hinry）① 在看到祖母瑞亚来到农场时，"他炭黑的脸忽然露出微笑，声音也飞扬起来：'您好啊，索菲亚小姐！'压根就不注意车上还载着家族中的其他成员"（334）。美国著名文学评论家乔治·廷德尔在《神话：美国历史的新前沿》（*Mythology：A New Frontier in Southern History*）中这样写道："欢快的黑奴在白人的田地里唱着丰收的歌儿……老式的黑奴不是喜剧角色就是'忠诚'一词最贴切的表现。"② 廷德尔在书中为读者描绘了老南方人想象中的黑奴与自己主子之间的关系，而祖母瑞亚也极力在自己的农场上维持着一种虚幻的老南方的生活方式。尽管南北战争已经结束，老南方已经一去不返，但是祖母瑞亚和农场上少数一些人仍然不愿面对改变的事实。祖母瑞亚虽然在物质上对自己的黑奴表现出关心和照顾，但是对于他们在精神上的渴望却熟视无睹，也不愿接受任何不同于老南方的生活方式。她虽然有能力将农场上的混乱变得有序又有条理，但她却无力使自己混乱的历史意识归顺于历史的发展和巨变。她在自己的农场上建立起一种老南方纪念碑式的历史意识，但这只是给她和少数一些人提供了感情上的暂时寄托而已。祖母瑞亚并非没有意识到时代的改变，她总是随身带着为自己编织的草帽，但却从来不愿戴上它，这正象征着她内心混乱的伤痛即沉沦在历史与现实的夹缝之间。她强烈的占有欲和控制欲是这种伤痛在行为上的具体展现。她把自己封闭在一个没有时间变化的世界里，但现实却会时不时敲击她尘封起来的小世界。她感到恐惧，害怕失去。小说结尾处写到祖母瑞亚在农场上时总爱骑一会儿

---

① Hinry 是美国南方在南北战争前对"Henry"的方言拼写。

② George Tindall. Mythology：A New Frontier in Southern History［M］. Chicago：University of Chicago Press，1964：4 - 5.

一匹名叫费德勒的老马。她和这匹"优雅而纯种的老马"（336）曾经代表着优雅的老南方，但如今已经变成了"疲倦而又垂头丧气的老英雄"（336）。波特有意在结尾处将祖母瑞亚与老马费德勒联系在一起，表现出曾经高贵而优雅的他们面对现实的巨变时已经显得力不从心。

作为《旧秩序》的第一篇小说，《源头》为读者勾画了一个封闭保守的南方家族。作为这个家族的核心和创造者，祖母瑞亚陷于历史与现实夹缝中的创伤隐痛也成了整个家族创伤的源头。在表面的虚幻光荣之下，一些新问题已经开始暴露，例如，新一代南方人对于祖母瑞亚老旧管理方式的不满以及黑人对于身份自由的渴望等。这些问题预示着"旧秩序"的统治基础已经开始出现动摇，也成了下一部小说《旅程》的叙事核心。

在《旅程》中，祖母瑞亚和黑人女仆南希一直在谈论着过去、谈论着已经失去的老南方历史：

> 她们在谈论过去，真的——总是在谈论过去。甚至当她们在谈话的时候，将来也似乎变成了过去的终结的事情。将来似乎并不是他们过去历史的延伸，而只是过去的重复。她们俩一致同意，生活中一切她们熟悉的东西都没有保留下来，世界在迅速变化，但是由于她们拥有一种神秘的充满希望感的逻辑思维，她们两个坚持认为每一个变化都可能是最后一个；即使不是，一系列的变化也可能会十分幸运地将她们又重新带回她们熟识的旧秩序之中。（339）

祖母瑞亚和黑人女仆南希沉溺于对于过去的记忆之中，她们无法认清现实的改变，或者说，根本不愿意接受现实的改变。祖母瑞亚一直珍藏着自己的曾祖父——肯塔基州最著名的开拓者——生前的物品——一根擀面杖。祖母瑞亚"用极其繁复的装饰物点缀着它，在手把上添加上金黄色的流苏，并把它挂在房间里最醒目的位置上"（338）。对于祖母瑞亚而言，曾祖父留下的这根擀面杖是家族过去光荣岁月的象征物，是过去记忆的符号。她对于这根擀面杖的精心保护和装饰也体现着她对于家族历史的守护。但是在南北战争之后，随着南方的战败和老南方家长制度的衰弱，传统老南方已经一去不复返了，这对祖母瑞亚而言是难以承受的，但她仍然固守着老南方的家长制，甚至对自己儿子们选择配偶也要横加干涉，"祖母总是在自己的意识里选择自己每个儿子所需要的妻子类型，她试图给他们安排比他们自己所能安排的更好的婚姻。儿子们怨恨母亲对于在他们看来纯属自己私事的干涉"(344—345)。祖母瑞亚对于儿子婚姻的干涉使得她与自己儿子们的关系变得越来越疏远,这对于祖母而言又是一种无言的伤痛,她开始指责自己的孩子,"(祖母)指责着自己的第二代——她是真心指责他们,因为她在第二代身上发现了严重的错误。"(341)祖母瑞亚对于子女的指责,其本质是对于老南方家族家长制逝去的一种变相的创伤表现。她在第二代身上发现的严重错误,其实质就是与老南方传统相违背的错误。由于祖母与自己子女之间存在着历史与现实之间的巨大鸿沟,老南方的大家庭纽带开始断裂。小说结尾处写到,祖母瑞亚的孩子们在结婚后便四散而去,"似乎失去了所有对于祖母而言如此珍贵的家族团结感"(351—352)。老南方的家族成员间的脉脉温情开始变成了冷漠,但祖母却极力想通过自己在家族中的地位维持老南方家族的家长权威制,但结果却是她在努力让儿子按照自己的意见打理花园后,"她倒在门槛上,死了"(352)。祖母瑞亚的创伤结局在于她对于历史记忆过于顽固的坚持,她陷于历史和现实交替的尴尬处境之中。她只往后看,沉溺于不可恢复的过去,却不愿正视变化中的现实,这样的结果便是历史与现实在祖母瑞亚的意识里无法得到和谐的统一,她始终对现实生活充满抱怨和不理解,与新一代南方人即自己的子女在心理上产生了隔阂,最终在孤独中死去,成了下一代创伤记忆中的一部分。

在整个家族中唯一能与祖母瑞亚共同分享过去记忆的人只有从小就跟在瑞亚身边的黑人女仆南希。她和祖母瑞亚一样始终在谈论着过去的时光,并对南北战争后的新一代南方人充满着不满,如她自己所说:"当他们(指战后出生的那一代南方人)小的时候,他们会踩你的脚。当他们长大后,他们会踩你的心。"(341)但是"她们(指祖母瑞亚和南希)总是会很有趣地发现,她们俩对一些重要事情的记忆却完全不同"(340)。与祖母瑞亚对于老南方家族光荣历史的记忆不同,南希对于这个老南方世家的记忆却充满着创伤感。从文本叙述中可以得知,南希和自己的父母是由祖母瑞亚的父亲在 1832 年买来当作奴隶在农场上干活的,当时年纪尚小的祖母瑞亚一看见南希就叫道:"我要那个小猴子。"(342)在祖母瑞亚的眼里,南希不过是和自己骑的矮种马费德勒一样心爱的玩物而已。虽然在今后的生活中她们两个一直形影不离,但南希对于祖母瑞亚来说就像自己曾祖父留下的擀面杖,是象征过去记忆的符号。祖母瑞亚需要南希来提醒自己有关老南方的记忆,因为南希是家族中少数几个从战前老南方世界遗留下的人，而南希也需要祖母瑞亚作为自己的生活依靠，但如同小说中所说的："与其说她们两个之间有感情，倒不如说她们俩无法想象没有对方的生活。"（342）在南希对于老南方的记忆里，有一个场景是她一直清晰记得的，那就是小时候随父母一起在一个狭窄的平台上被奴隶贩子贩卖的经历。对于南希而言，那是一段创伤的记忆，"南希能够闭起眼，再次看到他（指奴隶贩子），看得如此清楚，就像那天他清楚地看着自己一样"（343）。在经过这么多年后，南希仍能清楚地记得当时的情景，这是创伤记忆的延迟性在起作用，凯鲁斯曾指出："创伤的历史力量不仅是这种经历（指创伤经历）的一再重复，而且在其内在的忘却之中，或通过忘记，这个事件每次都像第一次经历。"① 著名历史学家哈拉·尔德韦尔策也说过："在幸存者的记忆中，既保留着历史体验，也保留着回忆。"② 体验幼年时与父母一起作为奴隶被贩卖的经历成为南希一生挥之不去的创伤记忆。当她后来听说自己幼年被贩卖时身价只值二十美元，仅仅是作为送给瑞亚小姐的礼物时，她更感到无比的惊讶。作为经历过被贩卖之类的创伤事件的黑人女性，南希对于黑人种族的创伤命运有着切肤之痛。残酷的黑奴制度是老南方伊甸园式生活中抹不去的历史伤痛。当祖母瑞亚沉浸在老南方虚幻的历史荣光之中的时候，像南希这样的黑人却生活在老南方社会给他们所带来的永久创伤之中。在小说中，与祖母瑞亚作为代表老南方文化和道德意象的白人不同，以南希为代表的黑人则对老南方怀着一种矛盾而又困惑的心态，如同小说中所描写的那样：

> 解放对于她（指南希）而言是个甜美的词汇。这个词汇并没有改变她的生活方式，她能很骄傲地对自己的女主人说，"你要我跟你多久，我就跟你多久。"然而，解放这个词似乎矫正了一个长久以来像根刺一样扎着自己心脏的念头。她一直不明白，为什么她所热爱的上帝会认为一个种族的苦难是合情合理的，仅仅因为这个种族的人们拥有某种肤色。她和自己的女主人索菲亚小姐（即祖母瑞亚）讨论过这个问题很多次。索菲亚小姐总是语气轻快，固执己见地说："别胡说！我告诉你。上帝是看

---

① Cathy Caruth. Trauma：Explorations in Memory［M］. Baltimore：The Johns Hopkins University Press，1995：7.

② 哈拉尔德·韦尔策. 社会记忆：历史、回忆、传承［M］. 季斌，王立君，等，译. 北京：北京大学出版社，2007：27.

不见肤色是黑还是白的，上帝只看见人的灵魂。别去寻找答案，南希——当然，你一定能进入天堂。"（348—349）

南希对于上帝对自己种族所遭受的苦难置若罔闻表示质疑，甚至隐隐有表示上帝是否真实存在的怀疑，而祖母瑞亚当然站在南方白人和主子的立场上对于这种质疑不屑一顾。上述引文反映出南方黑人对于老南方历史和老南方白人的一种复杂情绪。一方面，他们对像祖母瑞亚这样的南方白人家族对于自己在物质上的照顾表示感激甚至满足，但另一方面，又对自己和自己的种族在历史上受到的创伤进行反省和思考，因为逝去的老南方并非像祖母瑞亚描述的那样美好，对一些人而言，它总是带着创伤的印记，并对真实的现在产生伤害。

紧接着《旅程》的下一篇小说《目击者》则重点描写了过去的创伤对于现在的影响。小说中的"目击者"是南希的丈夫金伯利叔叔。金伯利叔叔是老南方奴隶制度的见证者，虽然奴隶制已经被废除，金伯利叔叔也获得了自由，可以在祖母瑞亚的农场上自由生活，但昔日的创伤苦难却并未因为老南方和奴隶制度的消失而消失，相反，这些创伤仍对现在的生活发挥着影响。小说中描写到金伯利叔叔唯一喜欢做的事情就是雕刻木质墓碑和向小米兰达等新一代南方人诉说老南方奴隶制的残酷。在小米兰达看来，"金伯利叔叔常用断断续续很轻的声音出神地说着话，好像是自言自语一样；但是他又真的在说一些希望对方倾听的话。有时这些话是让人无法理解的鬼故事。如果你仔细聆听，最后你将无法区分到底是金伯利叔叔曾亲眼见过鬼魂呢，还是真的有鬼，或是只是另一个人扮成的鬼。他的故事相当程度上依靠来自黑奴时代的恐惧"。（353）正如第二章中所分析的那样，对于过去的创伤叙述是创伤的再现，是创伤个体对于某个创伤事件的再次认识和创伤个体的情感反映。作为南方残酷奴隶制的目击者和见证人，金伯利叔叔正是通过诉说过去的方式来排解集聚在记忆里的创伤。从本质上而言，金伯利叔叔的叙述与祖母瑞亚以及真实生活中波特的祖母凯特对老南方的叙述是一样的性质，即起到缓解创伤的痛苦感的作用。不同的是，小说中的祖母瑞亚和真实生活中的凯特祖母所追忆和叙述的是充满荣耀和辉煌的老南方，而金伯利叔叔所叙述的则是一个对黑人横加暴虐和压迫的老南方。这两种截然不同的对于老南方的叙述反映出的正是作者波特对于自己家族和老南方社会的辩证反思。对于小说中年幼的米兰达而言，金伯利叔叔关于白人抽打黑奴，在黑奴的伤口上撒酸醋等相关叙述让她有一种"隐隐的尴尬与刺痛感"（353）。对于白人小孩子而言，他们知道"黑人曾经一度是奴隶，但他们早就被解放了，他们现在只是仆人"（353）。这反映出的是新一代南方人对待老南方过去历史尴尬的困惑感。美国著名文学评论家柯林斯·布鲁克斯（Cleanth Brooks）曾这样论述新南方人心中的老南方："老南方存在于现代南方人的头脑中，恰恰因为老南方在当前的缺失。"① 在南北战争失败后，老南方社会迅速瓦解，对于战后一代出生的新南方而言，老南方是一段缺失的历史，只有通过上一辈人的解释才能补全他们的南方意识。小米兰达之所以感到"隐隐的尴尬与刺痛感"是因为金伯利叔叔对于老南方的回忆与祖母瑞亚的完全不同，光荣的老南方历史与残酷的黑人奴隶制使得幼小的米兰达感到无所适从，她不知道谁的叙述才是真实的老南方。对于米兰达，她的南方意识仍然是缺失和不完整的。尽管祖母瑞亚和金伯利叔叔都从自己的角度来讲述心中的老南方，但这种阐述的努力却使米兰达这些新一代南方人对于当前缺失的老南方产生了困惑和焦虑。对于米兰达而言，祖母瑞亚、南希以及金伯利叔叔代表着截然不同的老南方意象。他们所叙述的有关家族和老南方的记忆是矛盾的，是当时年幼的米兰达所无法完全理解和辩证思考的，这有待于米兰达心理和年龄的成长。正如小说《目击者》结尾处所说的，"某一天，某个人将会大吃一惊，每个人最好都要当心"（355）。在后续的"米兰达"系列小说《老人》中，米兰达对于家族的创伤记忆有了更为深刻的亲身经历。

可以说，《源头》《旅程》和《目击者》构成了小说中一个没落的南方大家族创伤叙事的开端。它们从祖母瑞亚、黑人女仆南希、曾经的黑奴金伯利叔叔以及新一代南方人小米兰达的视角讲述了他们心目中的老南方。他们中有的人陷于历史与现实的夹缝之中，只一味地怀念逝去的荣耀而不愿接受现实的真相；有的则对过去充满困惑和矛盾；而有的则承受着过去的创伤对于现在的影响。他们各自的困境展现的是一个处于变革中的南方世家和南方社会。变革中的时代意味着思想的新旧交替，这必然会对家族的年轻一代产生巨大的影响，从而引发创伤体验在两代人之间的传递。

---

① Cleanth Brooks. Modern Poetry and the Tradition［M］. Chapel Hill：University of North Carolina Press，1967：75.

### 二、创伤的代际传递：两代女性的创伤叙事

小说《老人》（*Old Morality*）作为"米兰达"系列小说中最长的一篇，在波特短篇小说创作中具有十分重要的意义。它是波特对于自己的童年、成年以及整个波特家族命运发展的一次沉思和概括，正如戈维纳对于该小说的评论："波特将从祖母和姑妈艾欧娜（Aunt Ione）那里听到的关于家族的故事都融入了这部作品中。"① 正如本文第二章节所论述的那样，《老人》中对于南方世家的描写基本来自波特从祖母和其他长辈们那里听到的关于波特家族的叙述，"老南方"精致但却保守窒息的大家族生活构成了《老人》第一部中对于艾米姑妈的创伤叙事书写，而"老南方"的逝去与现实南方所形成的对比构成了《老人》第二部和第三部中对于逐渐长大的米兰达的创伤叙事书写。这部交织着现实和幻想、叛逆和死亡意象的作品深刻挖掘了家族的创伤记忆对于不同的两代人的命运影响。查理斯·艾伦（Charles A. Allen）在《凯瑟琳·安·波特的短篇小说》（*The Nouvelles of Katherine Anne Porter*）一文中认为，小说《老人》这个题目很有可能来自英国诗人托马斯·布朗（Thomas Browne）的诗歌《孢葬》（*Urne - Burial*）。② 《孢葬》描写了植物孢子就像老人一样，无论在腐烂的地底被埋葬了多久，它们仍会焕发生命力，因为"它们身体上有一些部分是不会腐烂的"。③ 《老人》这个题目正象征了创伤的本质，创伤从未过去，它"存在于经验自身固有的延迟性之中。"④

《老人》共分三个部分，第一部分作者有明确的叙事时间即 1885 年—1902 年，这一时间正是南北战争之后美国南方最为萧条的时期。人们对于旧有的"老南方"还依依不舍，经历了南北战争的老一代南方人仍然按照老南方的传统来看待周围的世界。小说从当时年仅八岁的米兰达和比她大四岁的姐姐玛丽亚的视角开始叙述她们对于艾米姑妈的记忆。米兰达和玛丽亚从未

---

① Joan Givner. Katherine Anne Porter：A Life［M］. New York：Simon and Schuster，1982：55.

② Charles Allen. "The Nouvelles of Katherine Anne Porter"［J］. University of Kansas City Review，1962（12）：88 - 90.

③ Charles Allen. The Nouvelles of Katherine Anne Porter［J］. University of Kansas City Review，1962（12）：88 - 90.

④ Cathy Caruth. Unclaimed Experience：Trauma，Narrative and History［M］. Baltimore：The Johns Hopkins University Press，1996：92.

见过艾米姑妈，因为艾米姑妈在她们出生之前就已经去世。她们面对艾米姑妈留存于世的唯一一张照片不禁发出感慨："背景是一瓶鲜花和悬挂着的天鹅绒帷幕，带着一种褪了色的欢乐色彩；那样的花瓶和帷幕没有人再会有了。衣服连富有浪漫色彩也说不上，而只是老式得叫人受不了。在那两个小姑娘的心目中，这张相片是整个儿同死去的东西联系在一起的……她只是一个幽灵，一个往昔的悲伤而美丽的故事。"① 在米兰达和玛丽亚的心目中，艾米姑妈是同死去的东西联系在一起的，她代表着已经逝去的岁月。艾米姑妈照片里所体现的"老南方"意象似乎与现实并没有什么关联，但历史的创伤记忆"可以理解为一种特别的输出并收回的循环方式"②，历史与现实可以通过历史创伤的传递勾连起原初的创伤和后来的创伤，从而构成了一种实质上的对话交流，这从米兰达和玛丽亚注视着艾米姑妈照片时的心理描写就可以看出历史创伤对于后代人的影响：

> 玛丽亚和米兰达，一个十二岁，另一个八岁，都知道自己年纪很轻，可是她们觉得自己活得很久了。她们不但活了自己的那些岁月，而且在她们想来，她们的回忆好像在她们出生以前多少年，就已经在她们周围的成年人，大多数是四十岁以上的老人的生活中开始的，他们往往硬是说自己从前也是年轻的，这简直叫人没法相信。（20）

历史的重负通过对于过去的注视转移到了孩子的身上，使得她们小小年纪便背负了老南方历史的重压。正如她们的祖母所摆放在的盒子里的"一绺头发或是干枯了的花朵"（22），历史虽已过去，但其干枯的躯壳还真实地存在于现实之中。萨特（Jean Paul Sartre）认为，"他人的注视和这注视终端的我本身，使我有了生命……在我能拥有的一切意识之外，我是别人认识着的我"。③ 米兰达和玛丽亚看着艾米姑妈照片的举动本身就是一种"注视"行为，她们注视着艾米姑妈，艾米姑妈也透过照片注视着她们。相互的注视是一种对话交流方式，对方的意识通过注视的方式内化为自我的意识，"我被他

---

① 凯·安·波特. 波特短篇小说集［M］. 鹿金，等，译. 上海：上海译文出版社，1984：20. 本节所有译文皆出自鹿金翻译版本，只在引文后（ ）中标明页码，不另外加注。

② 王欣. 创伤、记忆和历史：美国南方创伤小说研究［M］. 成都：四川大学出版社，2013：291.

③ 让·保尔·萨特. 存在与虚无［M］. 陈宣良，等，译，生活·读书·新知三联书店，1987：346.

人占有；他人的注视对我赤裸裸的身体进行加工，它使我的身体诞生，它雕琢我的身体，把我的身体制造为如其所是的东西……"① 通过注视，艾米姑妈身上所象征凝聚的老南方传统转移到了米兰达和玛丽亚身上，使得她们会感到自己好像已经活了很久，而艾米姑妈所受到的创伤也在相互的注视中转移到了米兰达的无意识中。《老人》的开篇就这样通过"注视"的方式使过去和现在结合在了一起，米兰达通过双重的视角叙述着艾米姑妈和自己的创伤故事。

　　1885 年—1902 年正是整个美国南方转型的时期，一方面，"老南方"虽然经过南北战争已经不复存在，但它所代表的许多老南方的价值理念仍然盘踞于许多南方人的头脑中，就像小说中米兰达的父亲斩钉截铁地认为"她们（美国南方少女）不管属于哪一类，毫无例外地都苗条得像芦苇，优雅得像仙女"（21），但在米兰达看来，父亲的记忆力"好像出了毛病"（21），而她的祖母则喜欢"在地上铺开一张张床单，把那些东西摆在床单上，对着有几件东西哭起来，几乎总是哪几件东西……她轻轻地、舒适地哭着，好像眼泪是她剩下的唯一乐趣"（22）。正如波特在《"中午酒"：故事来源》（"Noon Wine"：The Sources）一文中写到的那样："一切都在改变、转移、消失，这是自他们（指波特的祖父母）出生起就事实上已经发生的事情……但祖父母仍然统治着日常生活，并且在言谈举止甚至外貌打扮上都会表现出一个完美世界的存在，这个世界完全建立在传统的基督教信仰之上。"② 年长一辈的南方白人，例如，波特的小说《源头》和《旅程》中的祖母瑞亚，仍然沉浸在"老南方"的虚幻光影之中，仍然缅怀着失去的过去；而另一方面，在南北战争战败之后，北方的工业资本主义文化开始进入南方社会，并逐步开始影响许多南方新生代，艾米姑妈和成年后的米兰达可以说就是受新文化影响的新南方人，她们热爱自由、性情奔放、敢爱敢恨，对于"老南方"僵化死板的生活模式极度反感，正如米兰达自己认为的那样，她"不可能对那些相当尴尬地坐在照相机前面、老式得不像话的年轻人有好感"（23）。米兰达从奶奶的叙述中得知，在四旬斋前的狂欢节期间艾米姑妈由于穿着性感而受到了自

---

① 让·保尔·萨特. 存在与虚无［M］. 陈宣良，等，译，生活·读书·新知三联书店，1987：470 – 471.

② Katherine Anne Porter. Collected Stories and Other Writings［M］. New York：The Library of America，2008：723.

己父亲的训斥甚至侮辱，"艾米的爸爸……只见她雪白的脚踝闪闪发光，胸脯露出一大片，两边脸颊上抹了两个红晕，顿时气得不顾面子，发疯似的破口大骂起来。'真丢脸，'他大声说。'我的女儿决不能穿着这种怪里怪气的服装抛头露面。这是下流，'他吼叫起来，'真下流。'"（39）从父亲对于女儿穿着方面的辱骂可以看到"老南方"在面对社会变化时的反应是多么的强烈。处在一个新旧交替但南方旧有的家长制仍然占主导地位的时期，艾米姑妈和米兰达一类的新生南方人必然会面临巨大的心理和文化上的冲突，这势必会导致她们的创伤体验。在狂欢节的舞会上，一位名叫雷蒙德的年轻人来邀请艾米跳舞，雷蒙德在两年前同艾米曾谈过恋爱，这引发了艾米现任男友加布里埃尔和艾米的哥哥哈里的嫉妒与不满，结果是加布里埃尔以老南方特有的方式去找雷蒙德决斗，而哈里则更加冲动地向雷蒙德开了枪。维护家族的荣誉，尤其是家族女性的荣誉，是老南方的传统价值观。在老南方的观念里，女性是家族的财产，是一个家族荣誉的象征，一旦女性被其他的男性玷污，这对于一个家族来说是莫大的耻辱。所以加布里埃尔在回家的路上一直询问艾米："他（指雷蒙德）亲过你吗，艾米?"（43）身体的任何接触在老南方的传统意识里都是对于家族的一种玷污行为。但如果我们深入探寻哈里向雷蒙德开枪的原因，就会发现一个更加根深蒂固的老南方观念即血统观念。小说中写道，雷蒙德是"一个年轻的克里奥尔绅士"（40），"克里奥尔"一词是指"美国墨西哥湾沿岸各州早期法国或西班牙殖民者的后裔，以及上述两种人与黑人或印第安人所生的混血儿"。① 雷蒙德的这一身份出生才是艾米一家无法允许艾米和他交往的真正原因，雷蒙德身上可能带有的黑人或印第安人血统是老南方社会无论如何也不能接受的，哈里向克里奥尔开枪与其说是维护妹妹的名誉，倒不如说是维护整个南方世家的血统纯正，正如小说中所写道的："他们的神经都是从一个共同的神经中枢开始的，这个神经中枢受到了一次打击，整个家族的神经都打了个冷颤。"（46）南方世家个人的名誉与整个家族的名誉紧密联系在一起，正如美国南方文学评论家布隆丹吉（W. Fitzhugh Brundage）所说的："南方白人所依附的道德准则总结起来就是荣誉的法则。"② 哥哥、父亲和加布里埃尔都是维护这种"老南方"观念的卫士，

---

① 凯·安·波特. 波特短篇小说集［M］. 鹿金，等，译. 上海：上海译文出版社，1984：41.

② W. Fitzhugh Brundage. The Fable of the Southern Writer［M］. Baton Rouge and London：Louisiana University Press，1994：77.

他们"去创造以及膜拜一个理想的、没有变化的世界,从而安全地避免坠入真实的历史"。① 父亲,哥哥对于老南方观念模式的极力尊崇与正在剧烈变化中的新南方社会形成了冲突与压抑的家庭氛围,而这种压抑的家庭氛围对于天性活泼浪漫的艾米来说是难以承受的。艾米曾对她的母亲说:"妈妈,我讨厌这个世界。我不喜欢世界上的一切。多么沉闷啊。"(44)生活环境的极度压抑使得艾米产生了厌世的创伤感,而这种创伤感又引发了艾米身体的创伤症状——她开始高烧不退,然后不久又开始吐血。最后在加布里埃尔的一再要求下,艾米最终答应与加布里埃尔结婚,可就在结婚后的第六周,艾米便撒手人寰。小说中将艾米的死亡原因归结于疾病以及医护人员的粗心大意,但根据照顾艾米的护士所写的信件的内容,波特似乎想留给读者一个巨大的想象和猜测的空间,"她不知道自己要服多少,她时常对我说,这些小胶囊多服一个对她没有一点害处,所以我告诉她要小心,不要自己乱服,一定要我拿给她,她有时要我给她服药,但是我完全遵照医生的嘱咐,一点也不多给。那天夜里。我睡着了,因为她看上去并不病得很厉害,再说医生也没有吩咐我坐着陪她"(52)。护士忙着将艾米的死与自己撇清关系,但护士的这番自我辩护却给艾米死因的解读留下了遐想的空间,读者从中可以推断艾米的死亡与她自己在那天夜里乱服药物有关。最有可能的一种解释就是艾米想结束自己的生命,正如她在出嫁前对母亲说的话,"我讨厌这个世界。我不喜欢世界上的一切。多么沉闷啊"(44),已经隐约地传达出了她对于这个世界的厌恶,那么以乱用药物的方式自杀,摆脱这个沉闷令人厌恶的世界也可以成为艾米之死的一个合理解释。艾米的死亡是其心灵创伤表现的一种形式,同时死亡也成为她摆脱创伤的一种手段,艾米正是通过结束自己的生命来摆脱这个令她感到无比压抑和伤痛的家庭环境,她的死从根本上来说是源于老南方与现实之间的冲突。

值得注意的是,小说《老人》第一部虽然将叙述重心放在艾米身上,但有关艾米的所有历史都是通过艾米的母亲即米兰达的祖母的叙述而为米兰达所知。此外,小说中对于艾米姑妈各种心理活动的描写也是通过米兰达自己的想象和猜测来展现的。正如本书第二章中的相关论述,创伤事件的叙述具有移情的功能,祖母在叙述艾米的创伤往事的同时,作为叙述聆听者的米兰

---

① Herbert Schneidau. Waking Giants:The Presence of the Past in Modernism [M]. New York: Oxford University Press, 1991:181.

达也加入了创伤叙事的构建当中，艾米姑妈的创伤通过祖母的叙述也传递给了米兰达。小说开头部分有关米兰达和玛丽亚"注视"艾米姑妈的照片也具有这种移情的功能。通过相互的"注视"和祖母的叙述，上一代的创伤体验传递给了下一代。

《老人》的第二部和第三部的叙述重点转向米兰达。第二部所设定的时间是 1904 年，即离第一部相隔两年之后。第二部一开始描写了米兰达和姐姐玛丽亚在祖母的农场上阅读插画故事书："书中的故事都是讲一些美丽而不幸的姑娘，她们都是由于莫名其妙的理由，落进了那些阴谋勾结、伤天害理的修女和修士的圈套；于是，她们被'禁闭'在女修道院里，在那里她们被迫出家当修女……并且被规定从此以后一直要过着最不愉快和最不正常的生活。"（53）书中所描述的"被禁闭"的修道院生活使米兰达和玛丽亚产生了强烈的共鸣，因为在现实生活中她们也同样过着这种"被囚禁"的生活。她们的父亲哈里将她们送进女修道院学习，因为那是一个"穷苦、贞洁和服从的世界，早起早睡的世界，充满苛刻、琐碎的规则和闲谈的世界"（73）。这种"被禁闭"的生活在父亲哈里看来，对于老南方世家的女儿是有好处的。小说第二部开始时所设定的生活环境仍是一个压抑的、充满各种老南方式的清规戒律的世界，与艾米姑妈生前的生活环境极其相似，甚至有过之而无不及。时代的车轮不断在向前行进，但南方世家压抑的生活环境对于女性的钳制却没有放松。在这样的生活环境中，米兰达今生的命运与艾米姑妈前世的命运在无形中联系了起来，上一代的创伤也与下一代联系在了一起。在这种"被禁闭"的生活中，米兰达和玛丽亚唯一的乐趣就是每个礼拜六和父亲哈里一起去看赛马比赛，"这使她们会觉得她们在享受人世间的欢乐"（57）。在米兰达的心里最近已经打定了主意，"长大后，要当个骑师"（57）。米兰达并没有意识到，她想要成为一名骑师的梦想其实是她潜意识里对于艾米姑妈创伤记忆的一种背离或否定，这种状态在创伤心理学上被称之为解离，即"对压倒性和难以逃避的威胁或是创伤的一种应激性的反应"①。解离表现为一种与过去历史的断裂，它有多种表现方式，例如，生理和心理上的痛苦、麻木、

---

① Laurence J. Kirmayer. Landscape of Memory: Trauma, Narrative, and Dissociation [M] // Tense Past: Cultural Essays in Trauma and Memory, eds., Paul Antze et al. New York and London: Routledge, 1996: 179.

自虐或是剧烈的性格改变等症候①，其中的一个典型表现就是联想，即幻想与现实创伤体验相反的情景。小说第二部分开篇写道，米兰达和姐姐玛丽亚在看插图书时意识到自己的生活与书中所描写的修女"被禁闭"的生活之间有高度的相似性，而艾米姑妈死于这种"被禁闭"的生活的创伤记忆使得米兰达的潜意识对于这种现实生活表现出抵触情绪，而这种无意识的抵触情绪通过联想自己成为骑师的方式来消减可能出现的创伤感，因为在米兰达看来，骑师这项职业意味着自由、意味着"身子在马背上一上一下，赢一场大比赛，使人人大吃一惊，尤其是她家里的人"（57）、意味着能够摆脱现实的"禁闭"，从而过上"我自己的现在和未来的生活"（97）。米兰达这一创伤的解离过程为她在小说第三部分成年后的"叛逆"行为预设了前提因素。国内外有一些学者已经注意到了波特小说中的女性人物，尤其是米兰达，具有叛逆的性格，但是他们都忽略了导致叛逆性格的一个关键性的原因即对于创伤感的解离因素。

小说的第二部分除了着重描写米兰达之外，还刻画了另一个人物加布里埃尔。加布里埃尔的出场让米兰达大为吃惊，因为这与她想象当中的艾米姑妈的丈夫形象截然不同："那是个大胖子，一张红脸，嘴唇上那两大撇乱蓬蓬的棕褐色胡子已经泛灰白了。"（59）"他是个衣着寒酸的胖子，有一双充血的蓝眼睛，神情悲伤和沮丧的眼睛，发出响亮而忧郁的笑声，像在呻吟似的。"（59）现实中的加布里埃尔与《老人》第一部中有关加布里埃尔的描写大相径庭，这使得米兰达不禁问道："难道这就是艾米姑妈的漂亮而浪漫的情人？难道这就是写那首纪念艾米姑妈的诗的那个人吗？"（59）真实的现实与虚幻的过去集中在加布里埃尔的身上，他既是米兰达祖母叙述中那个优雅的"老南方"的象征，同时又是现实南方的体现。小说第一部分即米兰达想象中的艾米姑妈的往事和第二部分即现实生活中的米兰达，在加布里埃尔这个人物身上纠结在了一起。如同波特笔下其他陷于过去与现实交集中的创伤人物一样，加布里埃尔也迷失于对于过去的留恋和对于现实的无奈之中。当他见到米兰达和玛丽亚的时候，他首先想到的是已经去世许多年的艾米，"把她们（指米兰达和玛丽亚）合成一个，她们也赶不上艾米，对不对？"（60）艾米和加布里埃尔结婚后不久就郁郁而终（很有可能死于自杀），这使得加布里埃

---

① Lenore Terr. Unchained Memories：True Stories of Traumatic Memories，Lost and Found [M]. New York：Basic Books，1994：272.

尔一直无法释怀，他将自己养的赛马取名为露西小姐，因为那是艾米生前最爱的那匹马的名字。从小说对于现实中的加布里埃尔的描写来看，他现在的生活并不幸福，文中多次用"悲伤""沮丧""忧郁"等词汇来描写他的神情，而这些神情常常是内心创伤的外在显露。加布里埃尔的创伤来自他对于艾米短暂的获得，但却永远失去的伤痛感，从而沉溺于对于过去的依恋而无法自拔。个体的创伤往往不会只局限在个体的范围内，它会对周围的其他个体也产生创伤影响，加布里埃尔的个人创伤直接影响到了他的第二任妻子霍尼：

> "霍尼，"加布里埃尔姑父装出一副虚假的非常热情的模样，说，"你再怎么也猜不出谁来看你啦。"他笨手笨脚地拥抱了她一下。她的脸色没有变化；她的眼光始终盯在三个陌生人身上。"艾米的哥哥哈里，霍尼，你还记得吧，对不？"
>
> "当然喽，"霍尼小姐一边说，一边笔直地伸出手去，像一把桨，"当然喽，我记得，哈里。"她没有笑。
>
> ……
>
> 霍尼小姐把她那张长脸转向客人，一脸绝望的神情。（67）

从上述引文可以看出，加布里埃尔对霍尼之间的感情是冷淡和虚假的，而导致丈夫对自己冷漠的根源在霍尼看来是因为艾米，所以当她看到艾米的哥哥哈里带着艾米的侄女米兰达和玛丽亚来家做客的时候，她表现出一种绝望的神情，因为自己的丈夫仍然和已经亡故的艾米以某种方式保持着联系，这对于霍尼而言是痛苦的，这无疑对她的心灵造成了创伤。从霍尼的叙述中，我们可以了解到他们之前一直在搬家，"我以前在圣查尔斯住过，我以前也在这儿住过……这一回，我就待在现在的地方，谢谢你。我不情愿再搬了，免得三个月以后再搬到这儿来"（68）。我们可以推测，霍尼之所以不断搬家是想换一个环境，好让丈夫忘记艾米，使他从过去的回忆中走出来，但不断地搬家却并未起到什么效果。霍尼的心已经冷了，"我不情愿再搬了，免得三个月以后再搬到这儿来"反映出她内心的绝望和痛苦。她的生活里没有夫妻间的真实爱情，正如加布里埃尔自己所说："她的生活里只有儿子。"（66）过去的回忆显然对于今天的加布里埃尔和霍尼产生了创伤性质的困扰，使得他们两人都无法或不愿面对真实的现实婚姻与家庭，就像作为旁观者的米兰达所形容的那样，"她（指霍尼）看上去好像随时会向加布里埃尔扑过去，而他（指加布里埃尔）坐在那儿，像一条有人在向他晃动鞭子的猎狗"（69）。加布里埃尔和霍尼的生活已经失去了夫妻的实质，变成了充满冷漠、愤怒甚至相互敌视的创伤生活。

《老人》的第三部发生的时间是 1912 年，米兰达已经 18 岁。小说第三部中出现了另一个人物即伊娃表姐，从她的叙述中读者得知加布里埃尔已经去世，而根据他的要求，死后要和艾米姑妈葬在一起。伊娃表姐不无讽刺地说道："霍尼小姐要是能够知道的话，可怜的亲人啊，她会感到喜欢的。听了二十五年关于艾米的故事，她不得不独自个儿躺在列克星敦的坟墓里，而加布里埃尔却偷偷摸摸地溜到德克萨斯，又去跟艾米睡在一起了。这原来有点像是一种终生不忠实的行为，米兰达，而如今变本加厉地变成永远不忠实的行为了。"（81）从伊娃表姐的这段话中，不难看出加布里埃尔在无意中对于两位女性——艾米和霍尼——所造成的精神创伤。由于加布里埃尔对于艾米的"忠实"以及老南方家族的固执，艾米不得不嫁给了他，而最终香消玉殒；而加布里埃尔对于艾米的念念不忘后来又导致了对于第二任妻子霍尼的"不忠实"，使得霍尼陷于婚姻家庭不和谐的痛苦之中。可以说，加布里埃尔的"忠实"与"不忠实"对于艾米和霍尼而言都是一种精神上的创伤，而深究导致这种创伤背后的根源则是老南方家族不肯接受社会变化的固执和傲慢。作为老南方家族的一位重要见证者，伊娃表姐自己也是老南方家族的一位创伤受害者。由于伊娃长得不好看，不符合南方美女的标准，她的相貌一直是家族中其他成员的笑柄：

> "我这一辈子，咱们的亲戚都拿我的下巴折磨我。我的整个少女时期就这样给毁掉了。你能想象吗？"她问，显出一副凶相，为了这样一个原因，显出这样恶狠狠的神情看上去实在太过分了，"自称为文明的人们只因为一个年轻的姑娘的脸相有一处毛病，就毁掉了她的生活。当然喽，你完全知道，完全是高高兴兴地这样说的，人人都是拿这逗笑儿，没有恶意——啊，一点恶意也没有，没有。这是最叫人憎恨的地方。这是我最不能原谅的"。（91）

在伊娃的这段话中，我们可以感受到家族对于她所造成的巨大心理创伤。在《老人》的第一部里，米兰达的父亲哈里说出了"老南方"心目中的美女模样："一个美人一定要个儿高；不管眼睛是什么颜色，头发的颜色一定要深，越深越好；皮肤一定要是乳白色而且光滑。"（24）伊娃表姐显然不属于这一类南方标准的美人，所以她受到了嘲笑与讥讽，让她最受不了的是这种嘲笑是以"没有恶意"的形式表现出来的，但在伊娃表姐看来，它却充满伤人的恶意。从小说的描写中，我们知道伊娃表姐已经是一个老妇人，但却一直没有结婚。尽管小说中对于伊娃始终未婚的原因始终没有说明，但根据小说文本我们有理由推断，伊娃在少女时期由于相貌问题所受到的嘲讽对她造成了终生的心灵创伤，正如她自己所说的，这"毁掉了她的生活"，而探究造成这种创伤的根源则也是老南方家族，正如伊娃表姐自己所总结的那样："啊，家族……这个可恨的组织应该从地球上消灭。这是人的一切坏事的根源。"（91）"老南方"家族"吃人"的本质在此彰显无疑，它"吃掉了"艾米姑妈和伊娃表姐，也间接"吃掉了"加布里埃尔和霍尼，而如今可能会再次"吃掉"米兰达这一代新南方人。面对这个"吃人"的家族，米兰达选择了出逃。在小说第三部的描写中，我们知道米兰达独自一个人坐在开往家乡的列车上去参加加布里埃尔姑父的葬礼，这表明她成年后已经离开了自己的家族，挣脱了家族对于个体尤其是对于女性的束缚，这其实是小说第二部中米兰达小时候想要成为一名骑师梦想的延续，也是她从艾米姑妈等人的创伤经历中所吸取的教训，正如她自己所想的，"我不会再在他们的世界上住下去了"（97），她选择出逃与他人结婚。但离开家族后的米兰达真的能够幸福吗？小说描写了米兰达在回家后与父亲哈里相见的情景，米兰达原本满怀希望地认为，父亲会像以前小时候一样亲热地对她，"他说：'唷，我的大闺女回来啦，'好像她仍然只有七岁似的"（92），可是事实恰恰相反，哈里对久别归来的女儿表现出的却是冷漠：

> 他（指哈里）抓住她两条胳膊的双手不让她的身子挨近，他说话的声调是勉强的。她并不受欢迎，自从她逃走以来，她一直不受欢迎。她没法使自己记住她回家来会是怎样的局面……她的爸爸从她头上望过去，毫不惊奇地说："嗨，你好，伊娃，有人给你发电报，我真高兴。"米兰达又受到了冷淡，她又挣开了自己被抓住的胳膊，她的心又开始感到同样的隐隐作痛的抽搐。（92）

父亲哈里对于米兰达表现出故意的冷漠，而父亲之所以有这种表现的原因米兰达心里是清楚的，因为她知道自己在父亲的心目中是一个"逃走"的南方女性，一个南方大家族的"逃兵"和由此所代表的南方社会道德价值观的"叛徒"。父亲的冷漠对于米兰达无疑造成了感觉性疼痛的创伤癔症，引文中"隐隐作痛的抽搐"便是创伤癔症的具体表现。老南方社会所重视的家族血缘以及亲情纽带在父亲哈里和女儿米兰达之间已经不复存在，米兰达对于家族的"反叛"对于父亲哈里而言又何尝不是一种创伤的打击。作为自己最宠爱的小女儿，米兰达曾是哈里的掌上明珠，而如今她却公然从自己身边"逃走"与别人私奔，尽管小说中对哈里的内心活动没有作具体的描写，但从他故意冷落米兰达的举动可以看出他内心的怨恨、痛苦和无奈，归根结底，这是一种创伤的体验，而导致父女双方创伤体验的根源来自父女两代人所各自代表的人生价值观。从小说第一部中有关哈里因为妹妹艾米和雷蒙德跳舞就向雷蒙德开枪以及他对于南方美女的标准评判等描写来看，哈里无疑是"老南方"传统道德的坚定护卫者，而米兰达则从祖母有关艾米姑妈的叙述中感受到了"老南方"对于女性的压制和束缚，她从小决定要做一名骑师，不愿受到任何的束缚。这对父女身上所体现的正是新老两代南方人之间的冲突。在文中伊娃表姐已经明确指出了新一代南方人和老一代之间的不同之处：

> 当时年轻的姑娘中间关于这有一种迷信。她们想象小伙子们只要碰碰她们的手，或是甚至只要对她们看看，就能说出她们哪儿不舒服。好像这有什么关系似的？可是，在那个年代，她们都怕羞得要命，而且对男人的处世的本领无比崇敬。（89）

"你没法想象那竞争是怎样的。看那些姑娘勾心斗角的方式啊——真是什么卑鄙的手段，什么弄虚作假的伎俩都耍得出来……"（89）

从伊娃表姐的话中明显可以看出，新老两代南方女性有着完全不同的人生价值观。老一代的南方女性保守而害羞，她们注重自己和整个家族的名誉，而新一代的南方女性则更多地受到了北方实用主义价值的影响，她们注重个人的价值满足感，看重个人的幸福。如同伊娃表姐自己所评价的那样："什么卑鄙的手段，什么弄虚作假的伎俩都耍得出来"，"老南方"社会所看重的家族荣誉、女性的美德和淑女修养在新一代南方女性身上已经悄然退出了历史的舞台，这是南方在南北战争战败后所付出的代价，同时也是历史发展的必然。南北战争之后的半个多世纪是美国资本主义快速发展时期，北方高度发达的工业和物质经济发展让新一代南方的年轻人感受到了北方文明的魅力，以工业资本主义和个人实用主义为代表的北方价值观已经侵入了南方社会。艾米姑妈和米兰达所遇到的创伤其本质正是这种新旧思想和价值观交替之际所出现的矛盾。艾米选择了"屈从"旧思想，结果英年离世，而米兰达选择"背叛"旧思想，结果是虽然获得了个人自由，但却失去了亲情和家族的联系，无论"屈从"还是"背叛"都导致了个体的创伤体验。"老南方"家族对于米兰达的创伤是长远的，尽管米兰达以叛逆的方式选择了逃离这个家族，但是她已不再对美好的事物怀有期待，正如小说中所写："她现在知道她为什么逃出去结婚，她还知道她将来会从婚姻的约束下逃出来，而且将来也不会在任何限制她有所发现的地方，同对她说'不'的人一起待下去。"（96）对米兰达而言，连婚姻都成了一种对于人身自由的束缚，这是童年时期封闭和约束的生活对她的心理所产生的创伤体验的延续，而在现实生活中，波特也的确不断想从婚姻中解脱出来，两者之间存在着相似的反应，即童年受到过度束缚的创伤体验使得受到创伤的个体对于包括婚姻在内的任何束缚都表现一种抵触和反感的情绪，这或许是波特四次婚姻都以失败告终的真正原因。

从小说的叙事手法来分析，《老人》运用了"外视角"和"内视角"相结合的叙事手法将小说的三个部分有机地结合在了一起。所谓"外视角"是指"故事外的叙事者用旁观者的眼光来观察"，而"内视角"是指"叙事者采用故事内人物的眼光来观察。前者往往较为冷静可靠，后者则往往较为主观，带有偏见和感情色彩"。① 在《老人》的第二部和第三部，波特使用了"内视角"即主人公米兰达的视角来叙述故事情节，反映出了米兰达从"禁闭"到"出逃"的思想变化过程，而小说的第一部则使用了内外叙事视角相结合的手法，其中既有米兰达以旁观者的身份叙述艾米姑妈的伤感往事，又有米兰达自己以故事内人物的视角来观察他人和想象艾米姑妈往事的情感活动，这种内外视角并用的叙事手法使得艾米姑妈的故事与米兰达自己的所感所想融合在了一起，形成了"你中有我，我中有你"的特点，也将艾米和米兰达这两位不同代际的女性联系在了一起。她们虽然属于不同的两代人，从未谋面，但却共同讲述着同一个创伤的故事模式，即从自我个性受到压抑到从家族出逃的过程，艾米选择了死亡的方式来"逃离"这个家族和整个南方

---

① 申丹. 叙事、文本与潜文本——重读英美经典短篇小说［M］. 北京：北京大学出版社，2009：100.

社会，而米兰达选择了真正的出逃。故事中其他的人物，例如，加布里埃尔、霍尼、哈里和伊娃，也都是一个个直接或间接受到创伤的个体，而造成他们创伤的根源都来自那个"一切坏事的根源"的老南方家族和社会。从《灰色马，灰色的骑手》中对于米兰达后续生活的描写来看，米兰达在彻底离开南方家族之后并没有真正获得她想要的自由和幸福，她独自一个人生活在陌生的纽约，渴望着爱情同时又体验着死亡，这也正是波特自己成年后的真实写照。

童年是人生中最为重要的一个阶段，从《马戏》中小米兰达对于成人世界之恶的恐惧，到《坟》中米兰达对于性、生育和死亡的懵懂，再到《老人》中米兰达对于老南方家族禁锢人性的本质的感悟，波特完成了对于一个充满创伤的童年历程的描写，而这些创伤一直影响着《灰色马，灰色的骑手》中成年之后的米兰达。[1]

## 第四节　善与恶的思辨

童年、婚姻以及家庭对于个体所造成的创伤往往来自外部世界，但不是所有的创伤都是由于外部因素所引起的，有的来自内部即个体自身。这些个体由于自身的某些原因（如良知的谴责或是赎罪意识等）出现了创伤症候，导致这种创伤的原因来源于自身的某些过失对于他人的伤害，创伤个体受到人性良知的谴责从而产生创伤感。作为一名善于刻画人物内心世界的作家，波特对于人性中的种种缺点所导致的创伤是十分清楚的。作为 20 世纪这个人类创伤世纪中一系列重大创伤事件（如第一次世界大战和第二次世界大战）的见证者，波特深知人性中所隐藏的缺陷和邪恶，而这些隐秘的东西在某些条件下会被释放出来，对自己以及他人造成不可逆转的创伤体验。波特最为人称道的两篇短篇小说《开花的犹大树》（*Flowering Judas*）和《中午酒》（*Noon Wine*）就揭示了人性中隐秘的缺点或邪恶所引发的创伤，这些创伤有时只局限于受到创伤的个体自身，而有时则会扩大创伤的波及面，使更多无辜的个体受到牵连和伤害。在这两部作品中，波特试图揭示人性与创伤之间

---

[1]　见本章第五节的分析。

的联系和因果关系，波特的写作意图很明显，"用在努力了解西方世界人的生活中这个巨大而可怕的逻辑缺陷上"。①

### 一、良知的谴责：创伤的梦境

《开花的犹大树》是波特最为著名的作品之一，正是通过这篇小说凯瑟琳·安·波特这个名字开始受到西方文坛的关注。《开花的犹大树》的背景是墨西哥资产阶级革命时期。由于迪亚斯 30 余年的独裁统治引起墨西哥民众的普遍不满，自由派领袖马德罗提出反对独裁、保护民族工业和建立宪政国家等纲领并得到人民的广泛支持，他号召墨西哥人民推翻迪亚斯的独裁统治。迪亚斯以煽动罪逮捕马德罗，并于 1910 年 7 月举行假选举，宣布自己获胜。马德罗在大选结束后获释，于 10 月 3 日在圣安东尼奥发表演说，要求迪亚斯辞职下台，并要求分配土地和改革选举制度同时号召人民武装起义，1910 年 10 月 5 日墨西哥资产阶级革命全面爆发。在北方，奥罗斯科和比利亚率领农民军袭击政府军队；在南方，萨巴塔领导农民进行武装斗争。1911 年春，起义军攻克胡亚雷斯城。同年 5 月迪亚斯被迫辞职，随后逃亡国外。11 月 6 日马德罗就任墨西哥总统，但他却未兑现其土地归还农民的诺言，反而解除农民游击队武装，宽大旧政权的支持者，从而引起人民的不满。1913 年 2 月，迪亚斯的部将韦尔塔利用人民对马德罗的不满情绪，依仗美国的支持，发动政变暗杀马德罗并窃取了政权。墨西哥人民又开始掀起了反对韦尔塔独裁统治的斗争。1914 年在萨巴培和比利亚农民军的打击以及工人罢工和宪政主义者的配合下，同年 7 月韦尔塔下台逃亡。8 月宪政主义者卡兰萨夺取政权，就任墨西哥总统。同年 11 月美国干涉军撤出墨西哥。1916 年卡兰萨政府击败农民军，并于当年 12 月在人民群众压力下召开了全国立宪会议。1917 年 2 月 5 日通过并颁布新宪法，就此标志墨西哥 1910—1917 年资产阶级民主革命的完成。根据波特的叙述，她曾于 1911 年前往墨西哥看望亲戚的时候，在华瑞兹市亲眼看见革命军与旧政权军队之间的战斗。② 1919 年—1920 年波特前往墨西哥担任当地一家杂志的编辑工作，尽管此时墨西哥革命已经结束，但革命的余波犹存，来自不同阶层的各派势力都在为了分配革命的成果而闹得不可

---

① Katherine Anne Porter. Collected Stories and Other Writings [M]. New York：The Library of America，2008：718.

② George Hendrick. Katherine Anne Porter [M]. Boston：Twayne Publishers，1988：14.

开交。1920 年 4 月，阿尔瓦罗·奥布雷贡看到卡兰萨日趋反动的政策和扶植傀儡继承人的企图，于是发动并领导起义，很快推翻卡兰萨政府。1920 年 12 月 1 日奥布雷贡正式当选总统，努力使经过 10 年内战的国家出现相对的和平和繁荣。他宣布工人和农民的组织为合法组织，任命巴斯孔塞洛斯为教育部长，开始对学校教育进行改革。波特在刚来墨西哥的时候对于新政府十分乐观，对于当时墨西哥出现的在社会、政治以及教育等方面的改革也是抱着极大的激情，她与当时在墨西哥的一些欧洲和美国侨民保持着密切的联系。然而，到了旅居墨西哥的后期，波特逐渐对革命和新政府失去了兴趣和激情，正如波特后来所说，在墨西哥她看到了"像希特勒一样的小丑"①，她意识到，所谓的革命者无非是"利用一次强大的运动为自己谋取政权，并打算让自己成为一个新政府的首领，而这个新政府很有可能比上一个政府更加令人难以忍受。"② 在后来的一次采访中，波特在评论自己的长篇小说《愚人船》时也说道："如果我没有在墨西哥首先看到过这些东西（指《愚人船》中所描写的人性的各种丑陋）的话，我将不可能（在旅途中）前瞻性地发现这些东西。"③ 可见，在墨西哥的那段经历使波特更为深入地了解了特殊状态下人性所展露出来的某些缺陷与丑恶。革命和战争往往是人性的试金石，人性中隐藏的各种缺陷、矛盾和邪恶都会在这一特殊的条件下展现出来。

《开花的犹大树》描写了在墨西哥资产阶级革命的大背景下复杂的人性纠葛。女主人公劳拉是一位侨居在墨西哥的美国人，她跟随着当时革命的领导者布拉焦尼，甚至从小说开头部分的描写中可以看出两人之间的暧昧关系。例如，布拉焦尼总是油滑地对劳拉说："我总是原谅你，因为你是一个外国姑娘。外国小姑娘！"④ 而劳拉也"知道布拉焦尼会向自己提出什么，而她一定要顽强地抵制，而且不显出抵制的痕迹，要是她能阻止的话，她甚至会不让他慢腾腾地向她表明意图"（325）。布拉焦尼对劳拉的意图明显是想让劳拉做自己的情妇。在这种情况下，劳拉对于自己以及整个革命的未来抱着一种莫

① George Hendrick. Katherine Anne Porter [M]. Boston：Twayne Publishers，1988：37.

② Katherine Anne Porter. Collected Stories and Other Writings [M]. New York：The Library of America，2008：959.

③ James Ruoff and Del Smith. Katherine Anne Porter on Ship of Fools [J]. College English，1963（5）：396—397.

④ 凯·安·波特. 波特短篇小说集 [M]. 鹿金，等，译. 上海：上海译文出版社，1984：324. 本节所有译文皆出自鹿金翻译版本，只在引文后（）中标明页码，不另外加注。

名的恐惧感，正如小说中所写道的："布拉焦尼的歌唱的形象和歌声越来越跟她记得的一切苦恼混在一起，她原来对未来就有一种不安的预感，而布拉焦尼的行为加重了这种预感的压力。"（325）劳拉之所以对未来感到不安，一方面源于她对于布拉焦尼领导革命能力的不信任，小说始终从劳拉的视角来描绘布拉焦尼这个人物。在劳拉眼中，"一个革命者既然有崇高的信仰，就应该长得消瘦、生气勃勃，是一切抽象美德的化身"（325），但"布拉焦尼这个贪吃的大胖子已经变成她许多幻灭的象征"（325）。此外，布拉焦尼又极度敏感并且十分狠心，"不管对谁，布拉焦尼都狠心，显出一种特殊的蛮狠态度，不过他对自己的才能却非常自以为了不起，对轻蔑也非常敏感，所以需要比他更狠心和更自以为了不起的人，才会去捅他那个治不好的巨大的自高自大的伤口"（324）。一个自高自大、自以为是的革命领导者注定着革命的失败和许多盲目追随者的无辜牺牲。劳拉其实已经预感到了自己跟错了人，布拉焦尼不可能真正成功地领导一场革命，"她恨不得逃走"（325），但是她人性中的某些缺点却又使她"心满意足地安息在这种痛苦的感觉中，认为那是她个人获得安慰的所在"（325）。如果我们仔细分析文本，便会发现劳拉这种介于逃走和留恋之间的迟疑心态源于她人性中的一个缺陷即对于物质生活的虚荣与迷恋，如同小说中所说的："她跟其他许多人一样全靠他（指布拉焦尼）才有舒适的职位和工资。"（324）尽管劳拉自以为"已经抛弃了一切虚荣"（326）来投奔革命，但是她"（仍然）喜爱精致的花边，就在她这个衣领上有一道象蝉翼一样薄的细花边，她的衣柜上面的抽屉里，蓝纱纸包着二十来条几乎跟这一模一样的领子"（326—327）。亨德瑞克（George Hendrick）在评论这一段描写时就指出，劳拉对于精致花边的小资般的喜爱"很清楚地表明她自己也是一个假革命者"。① 她自己也清楚"这是她暗地里违反革命原则的行为"（326）。正是劳拉天性中对于精致物质生活的眷恋和虚荣使得她在明知布拉焦尼不配担任革命领导者的情况下仍然愿意跟随着他，甚至甘愿为他充当刽子手。这也为她之后剧烈的创伤体验埋下了伏笔。

劳拉在革命中的任务是"把总部的一些信偷偷地捎给那些为了躲避行刑队、藏在冷僻的街道上霉迹斑斑的房子里的人"（330），此外就是为关在监狱中的革命者"传递用暧昧的词句伪装过的消息"（329）并提供给他们麻醉

---

① George Hendrick. Katherine Anne Porter [M]. Boston：Twayne Publisher，1988：27.

剂。关在监狱中的革命者都是布拉焦尼的盲目追随者，尽管成天抱怨"他们的朋友迟迟不运用金钱和权势把他们营救出去"（329），但却仍然对布拉焦尼充满信任，期待着他能想办法把他们救出去。对于这样一个革命任务，劳拉很清楚那是一种罪恶，她深知布拉焦尼是不会在乎这些人的生死，给他们麻醉剂无非只是让他们暂时忘却关在地狱般的监狱中"分不出白天黑夜"（329）的痛苦。从小说的描写中，我们可以看到，劳拉在每次执行这一革命任务前都会出现明显的创伤症候："劳拉隐隐约约地感到一种寒冷，一种完全是肉体的危机感，内心里有一个预兆：暴力、肢体残缺、惨死越来越不耐烦地等待着她。她已经把这种恐惧转化成近在眼前、即将发生的事情"（328）；引文强烈地传达出创伤的表征，"肉体的危机感"属于创伤癔症，即一种非真实的但创伤患者却能强烈感受到的生理感觉。那么劳拉的创伤来自哪里？如果我们结合前文分析，便可发现劳拉之所以会出现创伤症候，是由于她的良知与其人性缺点之间的斗争所引发的结果。正如前文所提到的，劳拉一方面深知布拉焦尼的虚伪和狠心，但另一方面又满足于他所提供的物质生活享受，劳拉所表现出的"逃离"还是"留恋"的纠结心态已经使其良知和贪恋之间的冲突初露端倪；欺骗自己的革命同志，用麻醉剂的方式使他们"苦中作乐"则是对于革命精神的巨大背叛。在潜意识里，劳拉已经将自己与布拉焦尼画上了等号，正如她自己心里所想的那样："也许我在另一方面真的跟布拉焦尼一样腐败……一样冷酷，一样有许多缺点。"（328）在劳拉的意识中，她对于革命同志充满怜悯和关爱，而在其潜意识中，自己又充当着布拉焦尼的"刽子手"的角色。这种意识与潜意识的矛盾和分裂导致了上述引文中所出现的强烈的创伤癔症，正如弗洛伊德所认为的那样，创伤代表了意识被困扰、混乱和分裂的情况。① 劳拉的意识分裂状态在被关在监狱中的革命者欧亨尼奥使用过量的麻醉剂自杀后达到了一个顶点。面对欧亨尼奥的死亡，劳拉和布拉焦尼的反应各不相同。在布拉焦尼看来，欧亨尼奥"是个蠢货，他要死，那是他自己的事"（340），而劳拉则认为欧亨尼奥本不会自杀，因为她认为"只要他等得长久一点，（布拉焦尼）会设法让他被释放的"（340）。劳拉对于布拉焦尼这位革命领袖还存在着虚幻的期待，但当意识到布拉焦尼根本不关心其他革命者的死活时，她感到彻底绝望了，正如她的意识告诉她的那样：

---

① Anne Whitehead. Introduction of "Trauma"［M］//Theories of Memory：A Reader，eds.，Michael Rossington，et al. Baltimore：The Johns Hopkins University Press，2007：187.

"把爱情和革命、白天和黑夜、生和死混淆起来，真是荒唐可笑——啊，欧亨尼奥！"（341）这不仅是对欧亨尼奥盲目追随布拉焦尼之流的假革命者而最终落得自杀下场的叹息和嘲讽，同时也是劳拉对于自身命运的自叹自怜。意识的分裂导致了小说结尾处那个著名的具有强烈创伤性质的梦境——开花的犹大树：

> 劳拉，跟我走；离开睡乡，离开床，离开这所陌生的房子。你在这所房子里干什么？没有一句话，没有害怕，她站起来，伸出手去握欧亨尼奥的手，可是他带着机灵、淘气的微笑避开她，飘开去。事情还没有完哪，你一定要看到——杀人犯，他说，跟我走……那么，吃这些花，可怜的囚徒，欧亨尼奥用怜悯的声音说，拿着吃吧；从那棵犹大树上，他摘下暖乎乎、淌着鲜血似的汁水的花，递到她的嘴旁。她看到他的手是没有肉的，几根又小又白的木化石似的枝条，他的眼窝里没有光，可是她狼吞虎咽地吃花，因为那些花既消饥又解渴。杀人犯！欧亨尼奥说，又是吃人肉的！这是我的肉体和鲜血！劳拉嚷叫着不！听着她叫嚷的声音，她醒了，直打哆嗦，害怕再睡熟。（341—342）

在前面的章节中提到，梦境是创伤再现的一种方式。受到创伤的个体会在梦境中重新经历创伤体验。正如国内学者王欣所说："创伤之梦的回归不能被理解为任何愿景的实现或无意识的释放，而是一种纯粹无法说明的、一种事件的本义的回归。"[1] 那么，劳拉的这个创伤梦境的本义是什么呢？波特在一次有关文学象征主义的访谈中曾说道："在我的故事中有许多宗教性的象征，因为我有十分强烈的宗教感，并且也受过宗教方面的训练。假设你没有创造象征意象，你不会说，'我打算用开花的犹大树来象征背叛'，但事实上，它的确如此。"[2] 梦境中的犹大树据说原是一种南欧紫荆属树木，犹大由于背叛耶稣而感到羞愧，于是在这种树上上吊自杀。树由于犹大而感到羞耻，于是所有的白色花朵全部变成了紫红色。[3] 如果说创伤之梦代表的"是一种纯粹无法说明的、一种事件的本义的回归"，那么，劳拉的创伤梦境所代表的一

---

① 王欣. 创伤、记忆和历史——美国南方创伤小说研究［M］. 成都：四川大学出版社，2013：39.

② Southern Fiction：A Panel Discussion ［J］. Bulletin of Wesleyan College, 1961（1）：12.

③ George Hendrick. Katherine Anne Porter ［M］. Boston：Twayne Publisher, 1988：26.

个重要的创伤本义就是背叛。正如前面所提到的，劳拉早就意识到自己的某些行为是"违反革命原则的行为"（326）。梦境中的欧亨尼奥把劳拉称为杀人犯，梦境既然是人无意识的产物，那就意味着劳拉在无意识中将自己认定为是一名杀人犯，是她杀死了欧亨尼奥，因为欧亨尼奥用来自杀的麻醉剂是她提供的。欧亨尼奥不断叫劳拉来食用自己的肉体正是劳拉杀死革命同志这一行为在无意识的梦境中形象化的表现。在这一刻，劳拉才真正意识到了自己在这场由布拉焦尼领导的革命中所扮演的角色——杀人犯。正如《圣经》中的犹大背叛了耶稣，导致耶稣被处死一样，劳拉也背叛了革命和欧亨尼奥，最终造成了革命者的死亡。但这一创伤梦境还包含着另一个重要的本义——赎罪。"（创伤）有时是对于死者的一种忠诚，它出于罪恶感、忏悔，或是渴望铭记死者，但这样做也将使自己陷于创伤的积郁之中。"① 正如犹大吊死在犹大树上为自己背叛耶稣的行为赎罪一样，劳拉在梦境中被欧亨尼奥的亡魂反复纠缠，以至于醒来之后"直打哆嗦，害怕再睡熟"（342），这明显是创伤症候的反应，从本质上而言这也是一种赎罪，是创伤个体对自己的惩罚和折磨。劳拉原本完全可以像布拉焦尼一样，对于欧亨尼奥的自杀无动于衷，正如布拉焦尼说的那样："他（指欧亨尼奥）是个蠢货，咱们还是没有他好。"（340）但是劳拉没有，她在得知欧亨尼奥自杀的消息后始终受到自己良知的谴责。深究其自责的根源，我们可以在小说文本中找到两个原因。一个原因是劳拉自身的宗教情怀。小说中写道："她生在一个信仰天主教的家庭里，尽管她害怕被人看见到教堂里去，那可能引起流言蜚语，她还是一再不自主地悄悄地溜进一座快要倒塌的小教堂，跪在冷冰冰的石头上……念一段'万福马里亚'。"（326）对于宗教的虔诚使得劳拉对于自己的背叛行为无法原谅，尽管拥有宗教信仰本身就是对于革命的一种背叛。另一个重要原因则是劳拉自己人性中的缺点——对于物质的虚荣和贪恋。她对于布拉焦尼的为人其实早已了解，她清楚地知道布拉焦尼不是真正为了革命，"她想，趁有的是时间，她一定要逃走。可是，她没有"（340）。她之所以没有从布拉焦尼身边"逃走"很重要的原因就是她自身对于布拉焦尼的贪恋，而贪恋的真正动机是物质财富，正如布拉焦尼对劳拉亲口说的那样："他钱倒不多，可是权很大，而这种权使他能毫无过错地占有很多东西，而且还能满足他对小小的奢

---

① Laurie Vickroy. Trauma and Survival in Contemporary Fiction ［M］. Charlottesville and London：University of Virginia Press，2002：223.

侈品的爱好。"（327）从本质上而言，布拉焦尼和劳拉对于革命的态度是一样的，他们看中的并不是革命的成功，而是参与革命所能获得的权力以及这种权力所带来的物质利益，而这种动机注定是对于革命的最终背叛。但和布拉焦尼不同的是，劳拉有着虔诚的宗教信仰，这一信仰使得她对于其人性中的缺陷产生了深深的谴责，而这种良知的谴责在她的无意识中幻化为宗教意味强烈的创伤梦境，梦中滴着鲜血的犹大树之花以及不断呻吟的欧亨尼奥的鬼魂其实正是劳拉自我良知的形象化投射。开花的犹大树这一梦境是背叛与赎罪的双重象征，是劳拉的良知与人性缺点之间博弈和挣扎的产物，也是劳拉心灵创伤最集中的爆发。

作为现代短篇小说中的名篇，在《开花的犹大树》中波特用女性作家特有的细腻深邃的笔触描绘和揭示了人性中的缺陷和创伤之间的关系。劳拉的创伤源于其自身人性的弱点——对物质财富的贪恋——与良知之间的冲突。尽管波特在该小说中将人类的良知理解为宗教信仰的产物，但是她深刻意识到在一个充满动荡和诱惑的世界中良知是把持人心正确方向的船舵。墨西哥革命的亲身经历给了波特难得的机会深入观察人性中存在的种种问题。正如她自己所说："我们时代的悲剧不是一场意外，而是一场彻底的意外。"① 人类悲剧的意外性就在于许多关键事件被掌握或控制在像布拉焦尼这类唯利是图的人手中，最后的结果就像《开花的犹大树》中所描写的那样，对有良知的个体造成无尽的创伤。波特在《关于〈开花的犹大树〉》（On "Flowering Judas"）一文中写到，劳拉的原型是自己的一位名字也叫劳拉的朋友，"我看到她坐着，膝盖上放着一本打开的书，但是她并没有在阅读，僵硬的脸上流露出痛苦、悲伤和困惑"。② 然而，劳拉身上很明显有波特自己的影子，劳拉内心所经历的创伤历程也是波特在墨西哥革命期间所经历过的心灵苦痛。乔治·亨德瑞克（George Hendrick）在《凯瑟琳·安·波特传》（Katherine Anne Porter）中这样写道："在《愚人船》第一章中，作者以极为厌恶和反感的笔调来描写墨西哥。"③ 波特《愚人船》中的墨西哥是一个充满邪恶、肮脏和暴虐的满目疮痍之地。亨德瑞克注意到，波特对于墨西哥的态度在革命期间发

① George Hendrick. Katherine Anne Porter [M]. Boston：Twayne Publisher, 1988：63.
② Katherine Anne Porter. Collected Stories and Other Writings [M]. New York：The Library of America, 2008：716.
③ George Hendrick. Katherine Anne Porter [M]. Boston：Twayne Publishers, 1988：37.

生了明显的变化。在墨西哥革命中波特注意到，"革命者中最激进的那帮人以及那些理想主义者都是悲剧性的人，因为他们的革命事业是毫无希望的；一些人企图通过纠正旧政权来开始革命，但许多革命者却跟随着一位只想为自己谋权而并不想真正革命的领导者"。① 波特在《无尽的错误》（*The Never – ending Wrong*）一文中曾这样说道：

> 我曾在墨西哥目睹过一次革命，并且在一定程度上自己也参与了这场革命。这场革命与历史上其他所有经典革命一样。除了道德和许多无可指责的革命动机之外，我还看到了双方的阴暗与邪恶以及并不纯粹的动机——喜欢制造伤害、喜欢不负责任地滥用权力以及许多不愿停止杀戮——只要杀戮能给他们的革命生涯带来哪怕一点点好处——的革命者厚颜无耻的野心。②

像布拉焦尼这样"厚颜无耻"的领导者和革命者在墨西哥革命中比比皆是，而像劳拉与欧亨尼奥这样的理想主义者盲目追随布拉焦尼的结局也必然是悲剧性的。作为波特有关墨西哥题材的最后一篇小说，《开花的犹大树》中的墨西哥无疑是《愚人船》中作为创伤背景的墨西哥的意象源头。在《愚人船》中，各种人物的创伤体验很大程度上源于良知的丧失或是由良知的谴责所引发的创伤感，这些在《开花的犹大树》中都可以找到线索，由良知的谴责所导致的创伤在波特的后期小说创作中得到了不同程度的体现。

## 二、人性之恶：创伤的制造与扩散

不同于《开花的犹大树》中由于个体良知的谴责所造成的创伤，《中午酒》（*Noon Wine*）体现的是人性中恶的一面所造成的创伤扩散，即人性中的恶制造并扩散了创伤。收录于小说集《灰色马，灰色的骑手》（*Pale Horse, Pale Rider*）中的《中午酒》是波特本人最喜欢的作品之一。她曾于1956年为这篇短篇小说写了一篇很长的介绍性的文章《〈中午酒〉：故事来源》（"*Noon Wine*"：*The Sources*）。在该文中，波特诉说了自己创作这篇小说的缘由：

> 我当时一个人在一个开阔的草地上——这片草地位于我家的东边——

---

① George Hendrick. Katherine Anne Porter [M]. Boston：Twayne Publishers, 1988：15.
② Katherine Anne Porter. Collected Stories and Other Writings [M]. New York：The Library of America, 2008：862.

当一个声音像雷鸣般从碧绿的天空传来时，我以一个孩子才有的本能意识到那是一支短枪射击的声音，它就在不远处，因为空气都为之震动。然后立刻传来一声轻薄而又拖沓的尖叫声，我从未听到过这种叫声，但我知道那是什么——那是一个男子发出的死亡的声音……所有的证据都指向这样一个事实即当时我的身体还未来得及做出反应，在一刹那之间我有生以来第一次一个人听到了谋杀的声音。当时谁跟我在一起？她说了些什么——当时肯定有一个照看我们的妇女就在屋子旁边。当时我是否本能地明白（现在我肯定明白了）或者当时有没有人跟我说过究竟发生了什么？我现在已经记不清了，没什么可说的了，所有思考都回忆不起来；这个记忆就像黑暗地平线上一点充满亮光、色彩和声音的光点，带着强烈而神秘的感情的光亮。①

从波特自己的叙述中，我们可以看出《中午酒》的故事本身就起源于作者童年时的一次突如其来的记忆。从小波特当时不知所措的神情来看，她显然是受到了意外的创伤体验。正如凯鲁斯所说："从事件的发生到压抑，再到回归，最震撼的不是事件发生之后的遗忘阶段，而是事故受害者在事故中完全没有意识到到底发生了什么。"② 波特的上述描写完全符合受到意外创伤后的反应。可见，《中午酒》是建立在一次创伤记忆的基础之上创作出来的，里面的人物也大都来自波特童年时对于周围人家的记忆。

《中午酒》描写了一户典型的美国南方农家。在小说的开篇，波特就明确地指出了故事发生的时间是 1896 年—1905 年之间（这也正是波特在南方祖母家的农场上度过童年的时间段），故事发生地是德克萨斯州南部的一个小农场。故事描写了一位名叫赫尔顿的瑞士人来到汤普森先生的农场找活干，汤普森先生雇用了他，在汤普森先生的农场从事在汤普森先生看来是女人干的搅牛乳的活。赫尔顿干活勤勤恳恳，有条不紊，受到了汤普森先生一家的喜爱，原本萧条的汤普森农场也在赫尔顿的打理之下逐步变得繁荣起来。赫尔顿是一个沉默寡言的人，他唯一的乐趣就是用口琴吹着一支名为《中午酒》的歌曲。汤普森一家与赫尔顿相处得很和谐，直到一个名叫霍默·哈奇的人

---

① Katherine Anne Porter. Collected Stories and Other Writings [M]. New York：The Library of America，2008：726 – 727.

② Cathy Caruth. "Trauma and Experience：Introduction"，Trauma：Exploration in Memory [M]. Baltimore：The Johns Hopkins University Press，1995：7.

来到汤普森农场。从哈奇的口中,汤普森先生了解到赫尔顿是一个精神病病人,他曾为了和自己的哥哥抢夺一把口琴而将哥哥杀死,然后一直潜逃在外。哈奇是为了把赫尔顿带回精神病院关起来而来到汤普森农场的。出于某些原因,汤普森先生想要阻止哈奇将赫尔顿带走,双方发生了争执,结果汤普森先生意外将哈奇杀死。这场意外给汤普森一家带来了无尽的创伤。尽管法院最终判定汤普森先生属于正当防卫而判无罪,但在周围人甚至在汤普森太太和儿子们的眼里,他却是一个不折不扣的杀人犯。在巨大的精神压力之下,汤普森先生最终选择饮弹自尽。小说《中午酒》以一个突如其来的意外事件折射出一个充满邪恶的外部世界对于原本安宁的汤普森农场的侵扰,而小说中的所有人物也都为此而经历了剧烈的创伤体验。

汤普森一家创伤的源头源于赫尔顿的出现。赫尔顿原本就是一个受到创伤打击的人,小说中对于他的诸多描写都反映出创伤症候的特征,例如,他沉默寡言、拒绝与他人进行交流,感情淡漠迟钝,"汤普森一家已经完全习惯了赫尔顿先生的沉默习惯,他那灰白的眉毛与头发,他那长长的阴郁的下巴,以及他那拒绝看一切,甚至是他手里的活儿的眼睛……'就像跟一个没有肉身的幽灵在一张餐桌上吃饭似的'"(118),"赫尔顿先生弓着背,伸出两条长腿,脊背弯曲着,大拇指在口琴木格上滑来滑去;要不是他的手在动,你真要以为他睡着了呢"(106)。赫尔顿大部分时候都处于这种迟钝甚至麻木的情感状态之中。但当赫尔顿太太提醒他,她的两个儿子可能会拆坏他的口琴时,赫尔顿则一下子表现得极为警觉和恐惧:"赫尔顿先生颇为突然地站起来,以至椅子在他起身时发出嘎拉拉的声音。他伸直了膝盖,肩膀却仍然伛着,他瞪着地板,仿佛在专心致志地倾听着什么……赫尔顿先生两只长胳膊做了个大动作,把口琴都揽到自己的胸前,然后把它们整齐地放在屋顶下墙犄角的旮旯里。他把它们往尽里面推,几乎都看不见。"(107)赫尔顿前后截然不同的情感状态显然属于创伤症候的表现。除了在汤普森农场的本职工作外,赫尔顿唯一做的事情就是用心爱的口琴吹奏《中午酒》这支曲子,"可是每天晚上吹的总是那支重复不变的曲子……后来有一个时期他们(指汤普森一家)腻烦透了,每一个人都希望他能学会一支新的曲子"(119)。赫尔顿反复吹奏同一支曲子的行为其实是一种创伤不断闪回的表现。现代心理学表明,不停地重复性地做一件与创伤事件相关的事情是一种创伤体验,创伤受害者没有办法控制或理解自己所面对的创伤,从而只能是被迫地、反复地、有时甚至是无意识地重复某些话语或者行为，这种现象在创伤理论中被称为"创伤的展演"。凯西·凯鲁斯在《不言的经历：创伤、叙事和历史》（*Unclaimed Experience*：*Trauma*，*Narrative and History*）一书中说道："创伤事件的一再重复出现——尽管是无意识的却不断出现在眼前——意味着有比单纯见到的和感觉到的更多的东西，这种现象与对创伤事件的滞后反应和对创伤事件的不断闪回的不理解有着千真万确的无法避开的联系。"① 那么，赫尔顿吹口琴是怎么与创伤事件联系在一起的呢？根据哈奇的叙述，赫尔顿吹口琴与他杀死自己的哥哥有关：

> "他兄弟那时候快要结婚了，"哈奇先生说；"晚上总向他的姑娘求爱。有一天晚上，他借了赫尔顿先生的口琴去给她奏小夜曲，把口琴弄丢了。那是一支崭新的口琴。"
>
> ……
>
> "他兄弟不肯赔他一个新的，"哈奇先生说，"赫尔顿先生火了，我不是说了吗，就用他的叉子在他的兄弟身上刺了个大窟窿。……"（141）

如果哈奇的叙述属实，那么赫尔顿正是为了口琴而杀死了自己的哥哥，口琴于是成了创伤事件的提醒物。《中午酒》是赫尔顿用口琴唯一会吹奏的曲子，也很有可能是他在杀死自己哥哥之前唯一会吹的曲子，他不断用口琴吹奏《中午酒》正是"对创伤事件的滞后反应和对创伤事件的不断闪回的不理解"。他逃到汤普森一家的农场上是为了逃离这个创伤事件所留下的创伤记忆，这就可以解释为什么当汤普森先生的两个儿子阿瑟和赫伯特偷偷玩弄口琴被赫尔顿发现时，一向看来沉默老实的赫尔顿反应会如此激烈，他先抓住阿瑟，猛烈摇晃他，然后"放开阿瑟，又抓住赫伯特，同样一本正经地恶狠狠地摇晃他，脸上也是那么充满了恨"（121）。阿瑟和赫伯特触碰了口琴，其本质等同于触碰了赫尔顿的创伤记忆，原本滞后的创伤体验被阿瑟和赫伯特一下子带到了眼前。赫尔顿的创伤与他杀死自己的兄弟有着直接的关系，小说文本并未对赫尔顿杀死自己兄弟的行为给予具体的解释，如果结合文本进行分析，或许我们可以认为那是一次意外。赫尔顿反复吹奏的曲子《中午酒》是一支饮酒歌，"歌词的大意是，你一清早起来，心情好极了，你欣喜欲狂，

---

① Cathy Caruth. Unclaimed Experience：Trauma，Narrative and History［M］. Baltimore：The Johns Hopkins University Press，1996：62.

因此不到中午就把酒全部喝光了"（133）。或许是在大量酒精的作用下赫尔顿因为口琴而意外杀死了自己的哥哥；另一种解释是赫尔顿有可能是在忍无可忍之下杀死了自己的哥哥，这从赫尔顿的母亲对此事件的反应中可以得到某种证实。根据哈奇的叙述，赫尔顿的母亲在收到逃亡在外的赫尔顿寄给她的信件时，"老太婆简直乐得忘乎所以。她变得像个孩子，好像已经忘了她唯一活着的孩子杀死过自己的兄弟，变成了疯子"（144）。如果赫尔顿是一个杀人不眨眼的疯子，杀死了自己的兄弟，他的母亲不会对他的来信"乐得忘乎所以"，从赫尔顿"把自己的一小笔积蓄寄给她，也许她需要买些什么"（144）等描述来看，赫尔顿并不是一个精神不正常的疯子，即使是阿瑟和赫伯特弄坏了他的口琴，他也是极力地控制住了自己的愤怒。所以，赫尔顿杀死自己的兄弟极有可能是在忍无可忍的情况下爆发的，就像汤普森先生说的，"他的兄弟没准就是那样一个胡搅蛮缠的下流家伙"（141）。但无论是什么理由，杀死自己的兄弟这一事件给赫尔顿带来了巨大的心理创伤，他在汤普森农场上任劳任怨地做体力活，把自己的工资寄给母亲是对自己杀兄行为的"忏悔"，而不断吹奏《中午酒》则是对于这一创伤事件的反复闪回。他始终沉浸在自己的创伤记忆之中，对于周围的人和事则缺少关注。赫尔顿显然是一个创伤个体，他的创伤原本只属于自己，"他是他自己的受害者同时也是他人的受害者"①。但因为一个人的出现，创伤的范围被扩大了，从而使小说中的所有人物都陷于创伤的痛苦之中。那个人就是霍默·哈奇。

波特在《中午酒：故事来源》一文中这样评论霍默·哈奇这一人物角色："哈奇是一个命中注定天性邪恶以及喜欢邪恶和制造邪恶的人。他不为任何人做好事，从长远来看，甚至不为自己做好事。"② 哈奇的邪恶在一出场的时候就已经被汤普森先生本能地感受到了，"他的快活使汤普森先生不安，因为这个人眼睛里的神情与他声音里的感情并不一致"（129）。"好一只卑鄙下流的猎狗，竟如此鬼鬼祟祟地刺探别人的隐私，然后去领取血腥的犒赏，真是卑鄙透了。"（144）哈奇的邪恶使得汤普森先生在弄清楚他的意图之前就已经对他产生了反感。当他得知哈奇此行的目的是把赫尔顿抓回精神病院的时候，

---

① Katherine Anne Porter. Collected Stories and Other Writings [M]. New York：The Library of America，2008：733.

② Katherine Anne Porter. Collected Stories and Other Writings [M]. New York：The Library of America，2008：732 - 733.

他对于哈奇的恐惧和厌恶达到了顶点。"你（指哈奇）才是疯子哩……在我们当中，疯的是你，你比他疯得还厉害！"（146）在极力保护赫尔顿的过程中汤普森先生杀死了哈奇。汤普森先生杀死哈奇的动机是复杂的，正如波特自己所分析的那样："他回报某个帮助他过的人；同时也在捍卫在他看来给自己生活带来好处的东西，那是值得为之付出几乎任何代价的东西。"① 赫尔顿是汤普森农场的经济支柱，正是在赫尔顿来到农场之后，汤普森农场才逐渐有了起色，在汤普森先生看来，赫尔顿是给他们家带来好运的人。此外，九年的相处也使得汤普森先生把赫尔顿看成了自己家庭中的一员。所以，无论从经济利益还是情感角度，他都不会允许哈奇将赫尔顿带走。哈奇的死亡或许罪有应得，但他的死却给原本快乐的汤普森一家带来了无尽的创伤。汤普森先生在这一事件之后，整个人从原本的开朗乐观变成了沉默抑郁："他的脸除了刚剃过的下巴与腮帮是铁青的以外，也是灰蒙蒙的，灰中带青，凹陷了下来，但是显得很沉抑，像一张死人的脸。"（148）他的精神处于恍惚之中，他拒绝和别人进行交流，他唯一做的就是"到处去说事情的经过"（150）。汤普森先生每天出门拜访乡邻，讲述杀死哈奇的经过，这可以理解为是在为自己的过失杀人开脱罪名，以获得他人的谅解，但从创伤理论的视角来解读，汤普森先生反复诉说这一行为的本质与赫尔顿反复用口琴吹奏同一支曲子是同样性质的创伤症候——"创伤的展演"即"对创伤事件的滞后反应和对创伤事件的不断闪回的不理解"。通过反复的诉说，汤普森先生不断将他当时所不理解的创伤事件进行闪回，其目的是对创伤事件进行规避，但不断的闪回无法使他真正了解当时的真相，反而每次的诉说增强了创伤的力度和创伤的体验。小说这样描述汤普森先生在每次向邻居诉说之后的心理活动：

> 可是，可是——正是在这儿，汤普森先生的念头给卡住了，像一只戳在鱼钩上的蚯蚓那样蠕动不已：杀死哈奇先生的是他，他是一个杀人者。正是发生在他身上的这件事的真相他不能理会，尽管他嘴里可以对自己这样或那样说……他明明看见哈奇先生拿了刀扑向赫尔顿先生的，他看见刀刃朝上，刀尖刺进了赫尔顿先生的肚子，然后向上切，就像宰猪那样，可是他们终于逮住赫尔顿先生时，他身上连一点刀伤也没有。

---

① Katherine Anne Porter. Collected Stories and Other Writings [M]. New York: The Library of America, 2008: 732.

汤普森先生知道自己双手握住了斧子把，也记得自己曾把斧子举起来，可是他不记得他是把斧子往哈奇先生脑袋上砸下去了。他不记得有这回事。他回忆不起来。他只记得他当时决心不让哈奇先生杀死赫尔顿先生。（155—156）

从上述的描写中明显能看出，汤普森先生对于杀死哈奇的创伤事件出现了记忆上的模糊或是偏差。弗洛伊德认为，创伤记忆要转换成可以叙述的记忆是非常困难的事情，与创伤事件有关的记忆会"长时期地以惊人的鲜明程度，而且带着全部的感情色彩保持下去"，但是这种记忆并不受到创伤个体主观意志的控制，"相反地，当患者处于正常心理状态时，这些经历完全不在他们的记忆中，或者只是以非常简略的形式储存于记忆中"。① 上述引文清楚地表明创伤事件对于汤普森先生意识活动的影响，引文中多处的"不记得"表明汤普森先生无法理解这一事件的意义，也无法清晰完整地叙述整个事件的过程以及这一事件所导致的创伤体验。他所能做的只有不断重复自己杀死哈奇的动机——"不让哈奇先生杀死赫尔顿先生"。美国著名精神病学家朱迪斯·赫曼（Judith Herman）在其著作《创伤与康复》（*Trauma and Recovery*）中说道："心理创伤是一种自己感觉毫无力量的痛苦。在创伤中，创伤受害人受到强大力量的冲击，却处于无助的状态……创伤事件的破坏性超出了受害人正常的自我心理防御机制，使受害人失去正常的自我控制、与人相处和理解事物的能力……心理创伤的普遍特征是极度的恐惧、无助、失控和灭亡感。"② 创伤事件后的灭亡感使汤普森先生"觉得自己已经是个死人了"（160）。巨大的创伤冲击使得他的意识强制性地与创伤事件隔离，使他觉得"这似乎不是他的事。他不觉得他将会与它有什么关系"（160）。汤普森先生和赫尔顿一样面对着杀死他人的创伤事件所留下的后果，他们采取的规避创伤的方法也一样，即反复重复某些话语或行为，两者都沉浸在自己是不是杀人犯的创伤困扰之中。面对这一创伤困扰，赫尔顿选择将自己流放，在偏远的农场上不断咀嚼创伤和忏悔"罪行"；而汤普森先生则选择了用结束自己生命的方式来结束创伤的困扰。从本质上来讲，两者的创伤体验是一致的，波

---

① 西格蒙德·弗洛伊德. 癔症研究［M］. 金明星，译，长春：长春出版社，2010：21.
② Judith Lewis Herman. Trauma and Recovery：From Domestic Ability to Political Terror［M］. London：Pandora，2001：33.

特巧妙地将两个性格截然不同的人所感受的创伤体验连接在了一起。汤普森先生并非是以自杀的方式来证明自己的清白，他的自杀是在巨大的创伤冲击压力下不堪重负的结果，正如他在给其妻子的遗言中所说的那样："霍默·T·哈奇先生前来加害于一个忠厚善良的人，种种灾难，均由哈奇引起。哈奇固死有余辜，然结束其生命者竟为我，实为我一大憾事。"（166）成为一名杀人犯是汤普森先生无法承受的创伤事实。

　　小说中另一个创伤受害者是汤普森太太，与汤普森先生重复的"创伤展示"相比，她的创伤表现在强烈的创伤症候方面。在目睹了丈夫杀死哈奇的创伤事件之后，创伤冲击对于她的精神产生了巨大的影响，而这种影响通过强烈的生理反应表现了出来：

> 汤普森太太却无力地尖叫了一声，几乎跟那天他拿着斧子时她拐过屋角出来喊的那声一模一样。在黑暗中，他看不清她，可是她是在床上乱翻乱滚……她在自己扯自己的头发呢，她脖子往后仰着，她的尖叫声使她透不过气来……汤普森先生借助灯光看见汤普森太太眼睛睁得大大的，怪怕人地瞪着他看，泪水汨汨地涌流出来。一看见孩子们，她便坐了起来，向他们伸去一只胳膊，那手狂乱地扭动着，接着她又倒了下去，突然瘫痪似的。（163）

　　上述引文完全符合个体在受到创伤打击之后所出现的反应即创伤症候。汤普森太太强烈的创伤症候源于她对于创伤事件的目击，在意识层面她相信自己的丈夫杀死哈奇是正当的行为，但在潜意识里她却认为自己的丈夫是一个杀人犯，"仿佛他是一头危险的野兽"（163）。这种意识与无意识的强烈冲突使得汤普森太太的创伤症候显得格外明显，也格外强烈。就根源上而言，汤普森一家的创伤悲剧源于汤普森先生杀死哈奇这一事件，而这一事件之所以会发生又源于哈奇人性中的邪恶。哈奇对于赫尔顿有一种莫名的仇恨感，仇恨的原因在小说中并未有明确的交代，但从小说的一些细节描写来看，哈奇和赫尔顿之前应该是认识的。例如，小说中写到赫尔顿看见哈奇时的情景："赫尔顿先生插到他们（指汤普森和哈奇）中间，紧握着双拳，可是他突然停住了，呆呆地等着胖子（指哈奇），巨大的身躯瘫了似的，浑身打颤，像一匹受惊的马"（147）。哈奇曾经对于赫尔顿的伤害在九年之后仍在赫尔顿身上产生创伤症候，而哈奇对于赫尔顿的仇恨也是强烈的，他"向他（指赫尔顿）

冲过去,一只手攥着刀,另一只手里拿着手铐"(147)。无论他们两个人之前有过怎么样的恩怨,创伤原本只局限于他们两个个体,但哈奇对于赫尔顿莫名且持久的仇恨使得创伤的波及面扩大到了汤普森一家,使得汤普森先生和太太都深受其害。

哈奇的仇恨来自他人性中的邪恶,他要把赫尔顿抓回去的目的并非是把一个杀人的精神病人送回疯人院减少其对社会的伤害,而是利用了所谓正当的理由以发泄自己对于赫尔顿的莫名憎恨,从而揭示出更为隐秘的人性之恶。正如波特自己所分析的那样:

> 他(指哈奇)谨慎地在法律的框架内执行任务,使自己相信自己的动机即使不是善意的,至少也不比别人来得邪恶:因为他简单而自然地认为,别人的动机也不会比他善良到哪里去;他将有关善良的一切胡扯都抛在一边,他永远站在习俗、常识和法律条文一边。当受到挑战时,他有了自己的防护垫,这没什么特别不对的地方——这只是缺少人类的良知,而这是他毫无概念的东西。①

波特在这段话中将批判的矛头直指整个社会中所存在的邪恶。习俗、常识和法律并不一定能确保正义和善良,相反,有时它们会被某些心地邪恶的人所利用,从而变成伤害他人的冠冕堂皇的借口。就像汤普森先生所说的那样:"世界上有些事,有些人,真能活活把谁逼疯。在这样的世道里,居然没有更多的人变成疯子,这倒真是一个奇迹。"(138)哈奇就是这"能把人活活逼疯"的世界中的邪恶一员,他对于赫尔顿的仇恨和近乎要置其于死地的邪恶念头不仅使赫尔顿再度受到创伤,同时也毁了自己和汤普森一家。我们可以设想,如果哈奇没有出现在农场,没有要逮捕赫尔顿的举动,赫尔顿与汤普森一家在九年的磨合中已经相处得十分融洽,双方都把彼此看成是不可缺少的一分子,但哈奇的出现彻底打破了这种建立起来的和谐关系,汤普森先生和太太所表现出的创伤症候很显然是由哈奇的邪念所致。波特曾说道,我们"不仅要避免错误地滥用法律工具,避免仅仅由于人类的弱点或是误解所导致的不公正审判;也要避免不受任何感化的盲目自大和自以为是的决定

---

① Katherine Anne Porter. Collected Stories and Other Writings [M]. New York:The Library of America,2008:733.

以及一小撮权欲熏心、妄自尊大的人对于自身正义性的固执偏激"。① 哈奇人性中的邪恶制造了汤普森先生和太太的创伤体验，而制造创伤的邪恶之人往往打着法律、正义或是公正的幌子来实施自己的罪恶。人们应该对此产生警惕，这或许是波特通过《中午酒》这篇小说想要告诫读者的道理。

综上所述，《开花的犹大树》和《中午酒》都揭示了人性中隐藏的缺点和邪恶对于自身和他人所造成的创伤。这些缺点和邪恶在一些意外事件的刺激下会导致强烈的创伤体验。虽然它们的导火索来自外部，但是它们的源头却深藏于深邃而神秘的人性之中。同时我们应看到，尽管两篇小说都描写了人性所催生的创伤，但创伤的性质并不相同。《开花的犹大树》中劳拉的创伤源于自我良知的谴责，这表明劳拉尽管有贪图享受、爱慕虚荣等缺点，但她仍是一个良知未泯的善良者，而《中午酒》中汤普森一家的创伤则完全源于哈奇的人性之恶。哈奇的邪恶不仅毁了自己和赫尔顿，也毁了无辜的汤普森一家。创伤既能源于人性中未泯的善，也能源于人性中潜伏的恶。善所引发的创伤或许能使人反思自己的缺点，迷途知返、重新做人，而恶所引发的创伤只会扩大创伤的波及面，最终吞噬自己，也吞噬他人。这是波特对于善恶的思辨，也是对于人性与创伤之间关系的思辨。人性与创伤的关联在波特后期的小说创作尤其是她的长篇小说《愚人船》中有着更为深刻的刻画与揭示。这意味着波特对于人类心灵进行了更深入的开挖，也意味着波特的小说创作进入了一个更为精深的境界。

## 第五节　灰色的时代与倾斜的世界

20 世纪被称之为人类的创伤世纪，其中一个重要原因是因为人类在 20 世纪上半叶经历了给全世界造成强烈创伤感的两次世界大战。这两次席卷全球的大战使西方的旧秩序面临崩溃，使西方人的精神和心灵充满痛苦与绝望。作为一名亲眼见证并经历过两次世界大战的作家，凯瑟琳·安·波特用严肃的艺术态度与精细的文风记录下了处于世界性灾难下的西方世界。正如波特自己所说："从我有意识和有记忆的年纪起，直到今天，这一生始终处在世界

---

① Katherine Anne Porter. Collected Stories and Other Writings [M]. New York: The Library of America, 2008: 854.

性的灾难的威胁之下，而我的绝大部分智力和精力都用在努力领会这些威胁的意义。"① 在波特的一些作品中，两次世界大战所产生的时代创伤常常通过一个个创伤个体的感受被表现出来。在紧张而压抑的叙事气氛之中，个体的创伤与时代的创伤紧密结合在一起。创作于 1938 年的《灰色马，灰色的骑手》(*Pale Horse，Pale Rider*) 与创作于 1943 年的《斜塔》(*The Leaning Tower*) 分别以第一次世界大战和第二次世界大战作为故事的时代背景。在这两部作品中，人物的个体创伤与时代背景的大创伤融合在一起，从中可以窥探到波特对于西方世界中那些"威胁的意义"的思索。

## 一、灰色的时代：战争与死亡的纠缠

《灰色马，灰色的骑手》是波特著名的短篇小说之一。波特将这篇小说的标题命名为自己的第二部小说集的书名，可见波特本人对这篇小说的钟爱。波特曾于 1956 年在一次采访中谈到创作这篇小说的初衷。在一战时波特是《落基山时报》的一名记者，她被派往丹佛进行新闻采访：

> "（在丹佛）我遇到了一个男孩，他是陆军中尉……我们在一起的时光很短暂，可我们彼此相爱。但我们俩都太害羞了，总是近一步退两步……我（后来）染上了流感，生了病。他们都放弃了对我的治疗，连报纸上都印好了我的讣告。我看到我父亲和我妹妹在商量有关我葬礼的一些计划……我知道我快要死了。"
>
> "那么那个男孩呢？波特小姐？"
>
> "就是这个故事（指《灰色马，灰色的骑手》）……他死了。这是真实的故事……对我来说，我当时似乎真的死了，我死过一次，所以在那之后我再也不害怕死亡了。"②

从波特自己的讲述中，我们可以知道《灰色马，灰色的骑手》源于作者自己的一段与死亡擦肩而过，最后痛失爱人的创伤经历。死亡是解读这篇小说的关键词，但这篇小说中的死亡意象不仅仅与个体的命运相关，同时也与

---

① Katherine Anne Porter. Collected Stories and Other Writings [M]. New York：The Library of America，2008：718.

② Kathryn Adams Sexton. Katherine Anne Porter's Years in Denver [D]. Denver：University of Colorado，1961：84 – 85.

生灵涂炭的一战大背景紧密联系在一起。

波特善于创造创伤性质的梦境。如同《开花的犹大树》结尾处劳拉所做的创伤噩梦一样，在《灰色马，灰色的骑手》的开篇波特也同样营造了一个充满死亡意味的创伤噩梦：

> 在睡眠中，她知道自己睡在床上，不过不是几个钟头以前躺下的那张床，房间也不是原来那一间，而是她在什么地方见到过的一个房间。她的心成了一块石头，在她身体外面，压在她的胸脯上；她的脉搏迟缓而间歇；她知道，快要出什么奇怪的的事情了……太多的人在这里出生；太多的人在这儿哭得太多，笑得太多，在这儿太多地相互发火和强横霸道。已经有太多的人死在这张床上了，有太多太多的祖传的骨制品在壁炉架上；房子里有多得数不清的椅背套，她大声说，啊，历史尘埃的堆积真是始终得不到一刹那的安定。①

主人公米兰达在梦中所看到的房子和床承载着太多人世间的悲欢离合，这显然是整个人类社会的缩影和象征意象。人类生与死的历史积淀始终得不到安定，最重要的一个原因就是在这世间有太多的"发火和强横霸道"。米兰达的这个创伤之梦传达出其内心的不安与伤痛，而这种不安与伤痛也构成了整篇小说的创伤基调。当米兰达从梦中醒来，她所面对的现实世界正是其梦的折射。惨烈的第一次世界大战已经爆发，把整个世界堆积的历史尘埃都搅动了起来，整个美国社会都在为这场战争摩拳擦掌。作为一名报社记者，米兰达也不得不被卷入这场世界大战之中。她经常被要求加班，从下午一直工作到夜里九点，报道各种有关战争的新闻。此外，还有"彻头彻尾的爱国分子"（172）要求米兰达从原本就不多的工资中克扣一部分用来买自由公债。这些人的理由很简单："你知道在打战吗？难道你不知道？"（172）"任何人都能攒五十块钱来为打败德国佬出一把力。"（173）战争使得像米兰达这样收入微薄的人的日子变得越发窘困，来自政府的盘剥总会借着某种借口向公众敛财，"战争，战争，结束战争的战争，为了民主，为了人道的战争，一个永远、永远安全的世界……为了互相向对方证明，并且向全世界证明我们对民

---

① 凯·安·波特. 波特短篇小说集［M］. 鹿金，等，译. 上海：上海译文出版社，1984：167-168. 本节所有译文皆出自鹿金翻译版本，只在引文后（）中标明页码，不另外加注。

主的信念，让大伙儿一起来买自由公债吧"（206），对于那些"爱国分子"，国外的战争成了他们发财的大好机会，正如一位发放自由公债的经理人对米兰达所说的那样："不用说，人人都在受苦。人人都得尽一份力。不过，说到自由公债，这可是你能办到的最安全的投资。这就像把钱存在银行里。当然啦。由政府做后台，还有什么投资比这更好的呢？"（174）造成生灵涂炭的世界大战在这些人眼里成为了一种商业性的投资。亲身经历过战争、目睹过战争对社会破坏的波特在这里用讽刺的笔调揭示了某些人"爱国举动"背后的真相，含蓄地将矛头指向当时通过发放自由公债来发战争横财的美国政府。

战争所导致的工作量的急剧增加以及自由公债的盘剥使得米兰达的精神和物质生活都已变得不堪重负，她出现了创伤症候："她的头火辣辣地、隐隐约约地发痛，现在她注意到了，记得自己一醒过来就头痛，事实上昨天黄昏就开始头痛了。她一边穿衣服，一边试着追溯她那不知不觉中越来越厉害的痛病，头痛是随着战争开始的，这样料想看来好像合乎情理。"头确实一向是痛的，可是跟这不一样。"（175）战争成了米兰达的梦魇，也成为了她创伤癔症的根源。从上述引文能明显看出战争的阴影对于米兰达精神世界造成的影响。在这个充满战争阴影与恐惧的创伤时代，工兵部队的少尉亚当的出现给米兰达的生活投射进一缕温暖的阳光。两个年纪相同的年轻人很快坠入了爱河。但是在这样一个创伤的时代，以战争为意象的死亡始终纠缠着这对恋人。波特在描写米兰达和亚当的对话和相处的情景时，常使用一些象征死亡的暗示，例如，亚当向米兰达讲述战场上疾病带来的死亡，"'没什么理由。反正那儿人像苍蝇似的死去。这种古怪的新疾病。就是要你的命'"（186）。当他们俩在一起散步时，"一支送葬的队伍经过，他们站住脚；这一回，他们默不作声地望着这支队伍"（186）。这些暗指死亡的描写预示着在这样一个时代，这对恋人的恋爱结局必然会以悲剧收场。细读文本可以发现，亚当其实与米兰达一样也是一个深受战争影响的创伤个体。一方面，他对战争的局势显得充满信心，"（我）再不会让战争偷偷摸摸地来到我身边，害得我措手不及"（187）。"我们这一回要把战争彻底消灭，而战争是早晚会被消灭的，这就是将来的情况。"（187）然而，另一方面，他对战争的血腥与残酷感到质疑和困惑。他在战场上看到战争和疾病夺去无数人的生命，坑道工兵在战场上的平均寿命只有九分钟，"'一秒钟也不能多，'亚当说，'恰恰九分钟，不能讨价还价'"（190）。即使战前的爱国主义训练也令他感到反感和困扰，正如他自己所说：

> "我在头一个训练营学习使用刺刀的时候，"亚当说，"我从沙袋和干草袋里挖出的五脏六腑多得没法记录。他们老是对我吆喝：'捅他，捅那个德国鬼子，刺中他，免得他刺中你！'——我们就像闪电似的向那些沙袋进攻，老实说，有时候，我看到沙子慢慢地流出来，感到自己这么激动，是个十足的傻瓜。我时常深夜里醒来，有时候觉得干这种事真蠢。"（189）

战争对于敌我双方的士兵而言都是一种心灵上的创伤。尽管美国打着正义的旗帜参加欧洲大陆的第一次世界大战，但是政府对于鼓动年轻人参战的理由与战争是一样的野蛮和残忍。亚当在训练营里所接受的训练恰恰揭示了亚当对于美国参战正义性的困惑，就像米兰达听到亚当这番话后的反应一样，"啊呀，这是一场古怪的战争"（190）。在亚当看来，战争无论站在哪一方都是一场屠杀，而屠杀的结果便是大规模的创伤。在如何看待这场战阵方面，亚当的意识无疑是分裂的，他既看到战争中正义终将战胜邪恶，也看到战争的创伤本质。在这里作者波特借亚当之口颠覆了当时美国政府声称的所谓正义战争的理由和所谓的爱国主义宣传。米兰达与亚当一样，对于战争本质有着十分清醒的认识，她曾对亚当说过："战争最糟糕的是使你在遇到的一切人的眼睛里看到恐惧、猜疑和可怕的表情……我也生活在恐惧中，可没有人应该生活在恐惧中。尽是欺骗，撒谎。这就是战争对头脑和心灵造成的危害，亚当，你可不能撇开这两样东西啊——战争对它们的影响比对肉体的危害更糟。"（207）人类善良的本性会在战争中被淹没，战争对于人们心灵的伤害远大于对于肉体的伤害，因为战争使人们相互欺骗，就像发放自由公债的推销员以种种冠冕堂皇的理由为政府敛财一样，战争使许多善良的人生活在恐惧与无助之中。这是米兰达对于战争的看法，当然也是经历过不少战争的波特的个人观点。

作为两个生活在不安中的创伤个体，米兰达和亚当对当时的社会和时代有着相似的看法和理解，"向他们共同有份的地狱望进去，不管那是哪一种地狱吧，那是他们的，他们是在一起的。"（210）这是他们两个能够相互吸引的重要因素。但就像波特在他们两人的对话中所暗示的那样，死亡也像战争一样在这个时代无所不在，由于流行性感冒，米兰达体验了与死亡擦肩而过的经历。米兰达的这次经历与其说是一次生病的经历，倒不如说更像一次噩梦性质的创伤经历，这是她这段时间以来被各种有关战争的消息所折磨的创伤体验的集中爆发；从小说叙事结构上而言，也是对小说开头那个充满死亡意象梦境的进一步展开。在米兰达恍惚的精神状态中，反复出现的形象就是战争对于一切美好事物的毁灭以及由此带来的死亡恐惧：

> 这片丛林刚在她眼前出现的时候，她就知道这是她从书上看到的、听人讲的、感觉到的或是想到的一切丛林的综合；一个危机四伏、神秘莫测、充满死亡的场所……所有的尖叫声和嘶哑的吼叫一起响起来，把空气都震得颤抖了，在她头上翻滚和猛撞，好像响声刺耳的暴风云，后来，那许多声音变得只剩两个词儿，一起一伏，在她耳朵旁叫嚷。危险，危险，危险，一切声音都在说，打仗，打仗，打仗。（214）

米兰达在恍惚中所梦见的景象带有典型的创伤体验的特征，梦境中反复出现的两个词就是"危险"和"打仗"。创伤理论认为，"创伤经历反复出现在患者的睡梦中说明了创伤经历的影响巨大：正如人们所说，患者被定格在其创伤上。"① 米兰达被定格在了对于战争和死亡的恐惧的创伤之上，这种创伤的体验使她有一种朝不保夕的危机感，而且这种危机感是如此之强，使得她的意识与无意识都被关于死亡和战争的创伤体验所占据。例如，当为米兰达治疗的希尔德谢姆医生走过来时，米兰达感到"希尔德谢姆医生越过田野来了，他的脸变成一个戴着德国钢盔的骷髅，一只手里拿着一把刺刀，刀尖上挑着一个在扭动的赤身裸体的婴孩，另一只手里提着一个大石罐，罐上用黑体字表明有毒……希尔德谢姆医生是个德国佬，奸细，德国兵，杀死他，杀死他，免得他杀死你们"（229—230）。米兰达在生病恍惚中所出现的意识流活动正是其创伤根源的真实反映，显然她的创伤根源就是以德国兵形象出现的战争。与亚当一样，米兰达在意识里对于政府所宣传的"为了民主，为了人道"的战争口号感到厌恶和虚假，但这些有关战争的宣传却在她的无意识里播种下了对于战争和死亡的极度恐惧。人脑无意识的活动往往是其心理活动的真实表露。身体上的病理特征只是心理上创伤癔症的外在体现。战争所导致的意识与无意识的分裂才是米兰达致病的真正原因。正如米兰达自己

---

① Sigmund Freud. Beyond the Pleasure Principle, Group Psychology and other Workers [M]. London：The Hogarth Press, 1955：13.

感到的那样："她的脑子已经分裂成两个，同时承认和否认她看到的东西，因为在越过疾病这个黑暗的深渊的过程中，她那有条有理的、理性的自我冷冷地望着另一个自我的莫名其妙的、疯狂的举动，不愿承认它的视觉、它的无法排除的悔恨和绝望是真实的。（231）理性的自我即意识否认政府所宣传的战争的正当性和合理性，但非理性的自我即无意识又承认战争的恐怖和其所导致的死亡。米兰达就是在这两极端中自我分裂，最终导致生理上的病症。其实，希尔德谢姆医生已经意识到米兰达的病因并非由于流行性感冒，而是在于其心理上的压抑与创伤，所以他建议米兰达"至少你用喊叫把病发出来"（230）。大声喊叫是缓解创伤影响的重要方法，也是走出创伤的第一步，这预示着米兰达最终可以从战争创伤的阴影中走出来。

波特在小说中用相当长的篇幅来描写米兰达的意识挣扎着摆脱创伤纠缠的过程。整个过程用米兰达自己的话来表达就是"这就是死亡，压根没什么可怕的"（232）。创伤个体能够面对自己的创伤是摆脱创伤阴影的预兆，"患者必须有勇气集中注意力面对自己的创伤疾病。不能再把自己的病看成是让人抬不起头的东西，而是要把它看成是值得自己以坚强的毅力去克服的敌人……既要有力量来揭开创伤中那些被抑制的东西以便克服病症，又要有力量来承受自己在生病这样一个事实"。① 在小说结尾处，米兰达最终战胜病魔，从一直困扰自己的死亡恐惧中解脱了出来，这与其说是身体对于疾病的抗争与胜利，不如更确切地说，是精神对于心理创伤的抗争与最终的胜利，因为米兰达真正的病因来其内心深处战争与死亡相互交织的创伤体验。米兰达战胜了流感也象征着她战胜了内心的创伤，而且巧合的是，波特安排米兰达从创伤梦境苏醒后听到的第一个消息是战争结束了。战争与米兰达的创伤体验几乎同时结束，这也正说明了两者之间的联系，米兰达痛苦的真正元凶就是战争。

与米兰达一样，亚当的心灵也深受战争和死亡的创伤困扰；但与米兰达不同的是亚当最终没能战胜自己的创伤，"亚当在兵营里死于流行性感冒"（240）。与米兰达得流感的表征相似，亚当身体上的病理特征只是其心理上创伤癔症的外在表现，他真正的死因是其内心的创伤体验。在米兰达和亚当彼此聊天，痛斥战争的荒唐和美国政府战争宣传的虚伪之后，小说中有这样一

---

① Sigmund Freud. Remembering, Repeating and Working Through [M]. London: Hogarth Press, 1958: 145.

段描写："他坐在邋遢的大玻璃橱窗后面，脸朝着街，但是眼睛向下看。这是一张不寻常的脸，光滑、漂亮，在暗淡的灯光下是金色的，但是这会儿笼罩在隐蔽的忧愁中，脸上流露出痛苦的担心和幻灭的神情。就在这一刹那，她看了年纪比较老的亚当一眼，他活不到那个岁数了，有那样一张脸。"（209）作者波特在这一段描写中已经预示了亚当的生命不会长久，而生命不长久的原因是"忧愁""担心"和"幻灭"的情绪。这些情绪与米兰达在昏迷中所见到战争与死亡的景象时的情绪一模一样。波特在这里的暗示很明显是要告诉读者，亚当的死并非仅仅由于身体所感染的流感疾病，而更多是由于心理上一直积聚的创伤所导致的负面情绪。面对亚当的去世，刚从创伤痛苦中恢复过来的米兰达似乎要面对痛失爱人的又一次创伤打击，但是从文本的描写来看，她面对失去亚当的伤痛不再像之前的创伤体验那么强烈，她告诉自己："啊，不行，这样可不对头，我再怎么也不能这样失魂落魄了。"（242—243）这表明米兰达已经完全从创伤中走了出来，尽管亚当的死令她感到难过，但是挺过战争与死亡的创伤所带来的痛苦，米兰达已经有足够的勇气和毅力面对任何创伤。正如心理学家赫尔曼（J. L. Herman）在其著作《创伤与恢复》（*Trauma and Recovery*）中所写的那样："如果你活下来，战争就成了有意义的战争，危险使你活跃，使你机警，逼着你去经历，去体验，去学习。现在我知道生命的代价，知道我为之付出的实际牺牲。尝过内心的痛苦，使我对大多数的伤害具有了免疫力。"① 战争所带来的死亡创伤使得米兰达变得比以前更为坚强，对创伤的打击也更加具有免疫力。这并不意味着米兰达对于亚当的死无动于衷，而是意味着她不再以狭隘的、患得患失的心态来看待世界，经历过创伤的个体开始探寻新的生活意义，建立起更为持久的信念，从而构建起新的生活。正如小说结尾处所描写的那样："不再有战争，不再有瘟疫，只有大炮声停止后茫然的静寂；拉上了窗帘的没有闹声的房子、空荡荡的街道、严寒彻骨的明天的光明。现在是干一切事情的时候了。"（243）创伤受害者对于过去创伤的释怀以及对于未来的憧憬都表明创伤个体已经走出创伤的阴霾，开始重新塑造自我。

从《马戏》《坟》和《老人》中的小米兰达，再到《灰色马，灰色的骑手》中成年的米兰达，尽管不同阶段导致米兰达创伤的具体原因各不相同，

---

① J. L. Herman. Trauma and Recovery：from Domestic Abuse to Political Terror ［M］. London：Pandora，2001：212.

但是死亡意识所带来的创伤感始终笼罩着米兰达的内心世界。在"米兰达"系列最后一部作品《灰色马，灰色的骑手》中，米兰达终于走出了死亡所带来的创伤纠缠，面向一个新的人生和世界，"米兰达"系列小说也圆满地画上了一个休止符。"米兰达"系列小说是波特对于自己人生的记录与写照。从对于成人世界的初次认识、对于性的懵懂，到对于自由的渴望，再到对于爱情以及战争的感悟，这些是作者波特对于自己生活的不同阶段的感受与思考的结晶。这一系列中的作品真实反映出一个处于19世纪末至20世纪初这个世界大变革时代中的女性感受。这一系列中的主人公米兰达的成长变化以及在每个阶段所经历的创伤体验也是那个时代每一个普通女性可能面对的真实状况。"米兰达"系列完整地演绎了一位女性的人生经历以及艰难地从创伤中重塑自我的努力与过程。

## 二、斜塔：摇摇欲坠的西方世界

许多描写战争的文学作品往往集中描写战争对于人类世界的有形伤害，例如财产的损失、城市的破坏以及人员的伤亡等，但波特的战争创伤叙事并非揭露战争所造成的有形伤害，而是在控诉战争对于人们精神信仰的摧毁和由此造成的无形的创伤体验。波特很少直接描写血雨腥风的战争场面，而是通过精细的细节描写，用女性作家特有的曲折细腻的笔触来书写和刻画战争理由的荒诞以及现代社会普世价值的堕落。在波特的作品中没有炮弹纷飞的战争场面的宏大描写，有的只是作者对于个体创伤根源的深入探寻。如同在《灰色马，灰色的骑手》中作者将叙事场景放在远离一战战场的美国一样，在《斜塔》中作者也将叙述的视角集中在二战爆发前的德国。作者虽未直接描写战争，但战争的阴影已随处可见。波特以冷静的笔触刻画着二战之前的德国社会，尽管战争尚未爆发，但如同《愚人船》中"真理号"上的乘客们一样，人心已变得满目疮痍且充满仇恨。波特有意选择这一个特殊的时间段来思考和解释二战爆发的原因。

《斜塔》这部短篇小说创作于二战打得最为激烈的1941年。1931—1932年波特曾短暂居住在德国首都柏林。柏林的这段时间使波特有机会近距离观察和了解当时已经蠢蠢欲动的德国社会，这段经历成了《斜塔》的创作来源。《斜塔》的叙事时间是1931年即二战爆发前夕，小说集中描写了生活在德国底层的年轻人的生活与精神状态。主人公查尔斯·厄普顿来自美国德克萨斯州，他来德国的目的是学习绘画。但除了绘画之外，查尔斯来德国还有另一个重要原因——他要来看看自己童年时的伙伴库诺口中一直为人称道的祖国。小说第一部分以意识流的形式将库诺所说的德国与查尔斯眼前所呈现的德国社会的现实联系在了一起。在查尔斯的记忆里，库诺所称赞的德国是一个"寂静、幽深、蓝色的欧洲世界""条条街道都擦得像桌面那样亮晃晃""至于建筑呢——全都是石头和大理石的，还有雕刻，那上面简直都雕满了，到处是柱子和雕像，楼梯比房子更阔，弯弯曲曲的……"（450－451）。在查尔斯的童年记忆里，库诺向自己描绘的德国是一个美丽安详的国家。除了美丽安详，库诺口中的德国还十分富有，查尔斯记得有一次库诺对自己说："在德国，只有下三滥才种地。"（449）正是童年时对于德国的向往使得查尔斯借学习绘画之名来到德国柏林，正如他自己所想的，"库诺当年对这个城市的感受和传染给他的感觉，把他带到了这儿"（452）。但是到了柏林之后，查尔斯发现如今的德国完全不是自己童年时从库诺那里听到的那个德国。在圣诞节期间查尔斯发现："他们（指德国人）尽量利用节日允许乞讨的规定。他们有些人成群结队，排得整整齐齐地乞讨，唱着他熟悉的圣诞颂歌……他们站在那儿，破皮鞋踩在烂糊糊的雪地里，饿着肚子，鼻子冻得发青，声调悲伤地唱着，接受硬币的时候庄重地点点头，一边用手轻轻地打拍子，一边眼睛相互盯着看。"（453—454）波特用查尔斯记忆中和现实中的柏林进行对比，从而揭示出作为一战战败国的德国普通民众的艰难生活，以及20世纪30年代世界经济大萧条对于整个欧洲的深重打击。普通百姓的生活拮据甚至赤贫；那些曾经为国家的利益去参加第一次世界大战而导致终生伤残的士兵在"袖口上围着一条带子，表明他们比别人更有权力乞讨，格外应该得到施舍"（454）；还有稀稀拉拉的妓女在人行道中走来走去。通过查尔斯的观察，作者已隐隐揭示出当时德国社会的隐忧，即德国在一战失败和经济大萧条双重打击之下人民的穷困。社会的穷困往往是战争爆发的重要原因之一。但是德国社会的问题并不仅仅是民众生活潦倒，还有更为严重的原因。小说借查尔斯的观察继续写道：

> 这儿，查尔斯能看到，苦难被承认是现实的，受苦的人看上去好像知道他们没有理由存什么希望。没有卖苹果的人那种低声下气的态度，只有彻头彻尾的绝望和死心塌地的忍受……可是，在他们背后，库菲斯滕丹大街和菩提树下大街上的橱窗里摆满了高级的毛衣、皮衣、大衣，

还有闪闪发亮的大汽车。查尔斯一边走，一边盯着看，拿这儿的橱窗跟纽约那些卖苹果的和要饭的人背后的橱窗进行比较。（455）

引文的这段描写揭示了德国社会中存在的严重的贫富差距，大部分民众贫困的生活处境和一小部分人奢侈高档的生活形成了鲜明对比。在查尔斯眼里，柏林的普通民众是"眼光呆滞，神情忧伤的人，脸上显出以前受苦受难的痕迹"（459），穷人们只能在圣诞节凛冽的寒风中乞讨过活，而富人们"胖得像一大堆一大堆肥肉的人，抱着他们的胆小的、呜呜乱叫的狗，站在那儿，陶醉在猪的崇拜里，神情恍惚，眼睛湿润润的，显出一副赞美和嘴馋的模样"（457）。小说在开篇部分通过柏林对于当时整个德国社会进行了一个全景式的描写。通过主人公查尔斯的眼睛，作者勾勒出一个贫富两极分化、处于隐隐动荡之中的创伤社会。底层的民众在肉体和精神上都是带着伤痕的，而这些创伤的情绪将很有可能被某些政客所利用，正如查尔斯在柏林的一家理发店内所经历的那样："他（指理发师）要把查尔斯的头发理成这样的样式：头顶上的头发留得很长，头后面的头发都剃光，耳朵上面露出挺阔的一片头发茬。"（469）这很明显就是希特勒的头发样式。为了招揽生意，不仅理发师本人理了这样的发式，据查尔斯的观察，"街上也尽是剃成这种样式的脑袋"（469）。希特勒发式的流行意味着纳粹思想已开始在德国社会被人们广泛接受。德国纳粹思想所利用的正是查尔斯所观察到的社会现象即普通民众的创伤感，这种创伤感来自德国一战战败后社会的贫困和经济收入分配的不平衡。作者波特在这里通过主人公细致的观察描写了一个正在被一小撮政客所操控并正一步步走向战争的德国社会。

随着查尔斯搬入一家价格更为便宜的私人旅店，小说叙事的空间从柏林社会的大环境转入由不同租客所组成的小环境。通过对于个体的具体描写，波特将德国社会所存在的问题暴露无遗。女房东赖希尔太太是一个寡妇，靠出租自己住宅的房间为生。正是在赖希尔太太的客厅里查尔斯看到了小说中最重要的一个象征意象——斜塔，"台灯旁，丝光毯上摆着一个小小的比萨斜塔的石膏复制品，约莫有五英寸高……他（指查尔斯）一碰，所有的肋拱干脆就塌下来了；他赶快把手缩回来，碎片纷纷落在加重的座子周围"（462—463）。查尔斯将赖希尔太太的斜塔弄坏显然激起了赖希尔太太的创伤记忆，因为这个斜塔是她死去的丈夫赠送给她的礼物。斜塔这个意象在这里成了赖希尔太太创伤回忆的关联物，它使她想到了自己去世的丈夫，由此又想到了丈夫去世后自己窘困的处境。据赖希尔太太自己的讲述，她在第一次世界大战以前"有五个佣人，管花园的和开汽车的还没算在内呢"，"上衣是从巴黎买来的；家具呢，是向英国买的"（497），另外还有三条金刚钻项链。战前优越的生活与现在靠出租房间为生的困境形成了鲜明的对比，正如她自己所说："我有时候弄不懂自己怎么会落到这个地步"。（497）强烈的生活落差使得赖希尔太太变得紧张而脆弱，摆在她客厅里的斜塔"不堪一击"也正象征着赖希尔太太脆弱的物质生活以及精神世界。如同小说中查尔斯所遇到的其他几位女房东一样，那些死去丈夫的寡妇往往只能依靠廉价的租金过活，对于房客的去留表现得异常激动。例如，当查尔斯告知原来的女房东自己要搬到其他地方时，之前还和颜悦色的旅馆女主人"顿时看上去好像要愤怒和绝望地哭出来"（465），随后便是近乎歇斯底里地向查尔斯漫天要价。情绪的突然变化固然有房客的流失所造成的经济损失，但与当时德国社会低迷压抑的氛围对于普通民众造成的创伤感也不无关系。德国底层民众朝不保夕的生活使得他们时常生活在生死线上。在心理学上，这种愤怒与绝望的情绪表现是一种"不顾一切地持续地求生、求助倾向和行为"[①]，而这正是创伤症候的一种外在表现。女房东的创伤症候的爆发也使得查尔斯在离开旅店时受到了创伤的影响，他感到"他会遇到没完没了的监视的烦恼"，并且"觉得自己像一个假释的罪犯"（467）。波特通过女房东剧烈的情绪变化来表现底层民众积郁已久的创伤感。作为底层众多靠出租房间为生的女房东中的一员，赖希尔太太的处境和内心的创伤积郁也应大致相同。

随着查尔斯搬进赖希尔太太的公寓，他遇到了其他的租客，波特有意识地将这些租客所组成的小环境比喻成整个德国社会的一个缩影。租客汉斯·冯·格林是一位德国年轻人，他租房的原因是在柏林请医生治疗，因为他在和别人的一次决斗中受了伤，脸上留下了一道疤痕。在查尔斯看来，德国现在的年轻人以决斗的方式在脸上留上伤痕是一种不可理解的行径，"在任何其他地方，这样做看来是奇怪的，是不幸的，或者说，是丢脸的……他（指查尔斯）陷在一连串解决不了问题的循环论证中苦苦思索，想方设法地要摆脱出来"（491），而对于汉斯来说，伤疤和制造伤疤的方法是他自我炫耀的资本，"'会永远留下伤疤，'汉斯说。他脸上的表情查尔斯是永远没法理解的。

---

① 李桂荣. 创伤叙事——安东尼·伯吉斯创伤文学作品研究［M］. 北京：知识产权出版社，2010：31.

这表情在他脸上像是光线的变化，冷漠和深沉，看不到丝毫眼睑和脸上的肌肉的扭动。这是从汉斯内心深处那个神秘的所在，他的生命真正的居住地点，涌上来的表情；这是惊人的骄横、喜悦、无法说明的虚荣心和自我满足"（490）。现代心理学表明，肉体的创伤不会只停留在肉体层面，肉体创伤的治愈并不意味着心灵创伤的弥合。就像引文中汉斯自己说的，"会永远留下伤疤"，很明显这伤疤不只是身体上的，而更有其心理伤疤的寓意。波特曾在1962 年的一次访谈中谈道："德国人反对任何人，讨厌所有人。他们是一点都不会变的。"① 在波特看来，自我优越感和虚荣心是当时德国人的普遍心态。在汉斯这个人物身上集中体现了作者的这一观点。汉斯对于德国柏林曾经的一切感到无比的自豪，如他所说："这是一座伟大的城市，柏林人倒不为它骄傲，要不，就是假装不为它骄傲。"（486）但同时汉斯对于眼前的德国现实又感到无比的愤懑，他通过以血腥决斗留下伤疤的方式来释放内心的不满，这是一种创伤抑郁的表现。作为激进的青年人，汉斯心中的抑郁愤懑需要通过暴力予以纾解，而这种创伤情绪很容易为某些同样激进的政客所操控。如果联系上文中希特勒发型在年轻人中的广泛流行，我们便可看到两者之间的关联。希特勒之流的政客正是抓住和利用了当时德国青年人中普遍存在的创伤情绪而获得年轻人的支持和效仿。查尔斯对于汉斯的这种情绪本能地表示反感：

> 哪一种人会只是为了好玩，就冷酷地看着，让另一个人当面在他脸上留下一道口子呢？而且从此以后，尽管人人都知道他是怎么受伤的，还对伤口显出一副扬扬自得的神情呢？而你还应该赞赏他这样做……查尔斯在当时当地反对那个伤口，反对伤口存在的原因，反对一切允许制造伤口的说法，只是因为他的脑子接受不了这种行为。（492—493）

查尔斯反对和"接受不了这种行为"是因为他意识到了德国社会所存在的创伤将会成为制造更大创伤——战争——的理由和借口。从汉斯在酒吧里与朋友的对话中，可以看出汉斯受到了种族主义和集权主义的侵蚀，正如他所言："权力，不折不扣的权力，才对一个民族或者一个种族有价值。你一定要能吩咐别人干些什么，最重要的是，要能吩咐他们，什么事情不能做；你

---

① George Hendrick. Katherine Anne Porter [M]. Boston: Twayne Publisher, 1988: 95.

一定要能强制执行你发布的每一条命令，不管遇到什么反抗；当你要求什么东西的时候，别人一定要毫不迟疑地奉上。这就是独一无二的权力，而世界上只有权力才算得上有价值和重要的东西。"（524—525）汉斯的这些观点很明显已经与纳粹法西斯如出一辙，纳粹的思想已经侵染了德国的年轻一代。汉斯的心灵伤痕是一战战败后整个德国社会的青年人心中普遍存在的伤痕。他们这一代的创伤来自德意志帝国昔日的荣耀与今日窘困现实之间强烈的冲突与反差。在汉斯这样的年轻一代德国人看来，"我们原应该打赢那场战争的……只是一道命令被耽搁了，只是一支部队出动的时间不对头，就是那次越过比利时的进军时机"（526）。对于一战战败的不甘心使得年轻一代德国人相信，只有通过武力才能洗刷战败的耻辱，如同汉斯所说："向敌人进攻，借此保全自己，而不是等着挨打。"（524）这也给了年轻一代的德国人"所需要的借口去憎恨当地的其他一切他们憎恨的东西"（479）。汉斯的言行预示着一个正在摩拳擦掌、准备再干一仗的德国，波特也通过这个人物隐隐揭示了德国会再度成为战争策源地的原因。

除了汉斯，赖希尔太太的房子里还有另外两名租客：奥托·布森先生和塔德乌什。布森先生虽然是德国人，但却处处受到赖希尔太太的鄙视甚至侮辱。他见到查尔斯的第一句话就是"她每次跟你说话，都侮辱你吗？"（499）赖希尔太太对于布森先生的鄙视并非出于种族原因，而是由于布森先生和整个德国社会窘困的经济状况。赖希尔太太认为，布森先生的贫穷"会给咱们大伙儿带来坏运气，他会把咱们大伙儿一起拖垮的"（512），更重要的一点是，布森先生所交的微薄房租在严重的通货膨胀之下变得一文不值：

> "你有看到过一张五百万马克的纸币吗？这儿有一百张，你再怎么也看不到了——啊，"她一阵悲痛，突然哭起来，双手紧紧抓着这些骗人的玩意儿，"现在去试试看，把这些一股脑儿拿去买一个面包，去试试看，试试看嘛！"
>
> 她的声音提高了，她毫无顾忌地哭着，不遮掩她的脸，两条胳膊无力地垂着，那些一钱不值的纸币掉到地板上。（511）

微薄的收入和严重的通货膨胀已经使赖希尔太太变得不堪一击，而这种极度的创伤感使得布森先生变成了出气筒，赖希尔太太把她"对世界上的一切苦恼的责备强加在他身上，把他逼得走投无路"（512），这也必然加深了布森先生自己的创伤体验。小说中提到布森先生曾企图在食物里下毒从而结束自己的生命，这就是创伤体验达到无法承受之重时的具体表现。另一位租客塔德乌什则是一名波兰人。与查尔斯一样，作为一名外来者，塔德乌什对于德国目前的状况也有着清晰的认识。他虽然和汉斯在酒吧里大谈欧洲的种族问题，但作为一名波兰移民，他自己的民族创伤记忆成了他始终隐隐作痛的伤疤，就像他自己所说："至于受到排挤的感觉，哈，你得变成一个波兰人才能懂得这到底是什么滋味。那些又大又肥的丑东西……老天在上，他们应该做一阵子波兰人，才知道肚子饿是什么滋味。"（506）塔德乌什显然觉得自己在德国是一个受到排挤的外来民族，他意识到德国社会和德国人内心存在的各种种族问题，但他选择隐忍，如他所说："一个人的痛苦是他自己的。"（506）

在查尔斯居住的这所公寓内，被贫困折磨得快要崩溃的赖希尔太太，受到纳粹思想侵蚀的激进青年汉斯，饱受鄙视、自杀未遂的布森先生，以及隐忍种族伤痛的塔德乌什构成了一个微缩版的二战爆发前的德国社会。正如查尔斯所想的："他们都是好人，都困难得要命，一起挤在这套小公寓房间里，没有足够的空气、足够的空间、足够的钱，什么足够的都没有，没有地方可去，没有事情可做，只是相互折磨。"（500—501）赖希尔太太的出租公寓就是当时德国人生存状态的写照。在整个德国经济凋敝、贫富不均、严重通货膨胀的大叙事背景下，个体的种种创伤与整个时代紧密结合在一起。他们在心理和肉体上的创伤反映出的正是二战爆发前德国社会从经济民生到种族问题的创伤体验。作为一名外来的旁观者，查尔斯已经预感到这个满目疮痍的国家即将发生的危机。波特运用了她最擅长的创伤梦境来表现查尔斯对于这个国家前景的忧虑："查尔斯朦朦胧胧地睡着了，梦见这所房子快要烧光，处处都是无声无息地在颤动和跳跃的火焰……他走到一个安全的地方，望着那所像塔一样高的房子的黑沉沉的骨架屹立在熊熊烈火中。"（483）梦境中燃烧的房子寓意着即将爆发战争的德国，它不仅将把周围的一切拖入火焰之中，也将把自己烧得只剩下创伤的躯壳。这是查尔斯先前的所见所闻在梦境中的形象再现，是其创伤体验的集中释放，同时也是与前文中斜塔这个蕴含着创伤的意象的呼应。小说中斜塔共出现过两次。第一次是查尔斯刚搬入赖希尔太太的公寓，不小心把它弄坏，这时的斜塔象征着赖希尔太太脆弱的心理世界。第二次出现是在小说结尾处，查尔斯略带醉意地凝视着斜塔：

> 他绕了个圈子，终于走到房间的另一头，斜塔跟前。斜塔就在那儿，
> 一点不错。而且很明显地看得出是修补过的，它再怎么也没法复原了
> ……倾斜，悬在半空中，永远好像要倒下，可是始终没有真的倒下来，
> 这件危险的小东西……这东西寿命不长，可是咄咄逼人，叫人心神不定，
> 悬在他的头顶上，要不，就是愤怒而危险地在他背后活动。要是他现在
> 不能当场找出是什么在折磨他，也许他永远不会知道了。他站在那儿，
> 觉得他的醉意像痛苦，又像负担，压在他的身上，他没法清晰地思索，
> 只是感到一种他以前从来没有体验过的感觉，一种铭心刻骨的凄凉情绪，
> 心里发冷和想到死亡。（539—540）

在经过查尔斯对于整个德国社会和赖希尔太太公寓中各色人物的观察之后，此时的斜塔已经具有了满目疮痍的德国社会的寓意。根据上述引文部分，查尔斯清楚地意识到德国社会的创伤已经变得不可挽救，尽管这种情况维持的时间不会很长，但是它所造成的创伤冲击却是巨大的。从引文中"痛苦""没有体验过的感觉""凄凉情绪""死亡"等词汇可以看出，查尔斯在凝视斜塔时整个人处于创伤情绪的状态之中。他意识到了整个社会已经摇摇欲坠，即将出现剧烈的动荡，而这又会导致更大规模的创伤。

查尔斯所表现出的绝望心态也是作者波特自己绝望情绪的反映。波特于1930—1932年所进行的欧洲之旅让她深入了解到一战后的欧洲民众内心普遍存在的创伤感，而这种创伤感在德国民众中间显得尤为明显。在小说《斜塔》中，波特通过外来者查尔斯的眼睛探寻了德国民众的创伤根源以及德国会再次成为世界大战策源地的原因。在波特看来，德国在一战战败后的经济窘境是德国民众心理创伤的主要根源，这在赖希尔太太和布森先生身上表现得最为明显，他们常因为经济问题而表现出诸如绝望、悲伤、痛哭甚至自杀等创伤情绪或举动。对于希特勒之流的政客而言，民众的创伤却可以成为他们发迹的基础，同时民众的创伤感也是各种极端思想滋生的土壤。纳粹思想可以在当时大行其道的一个重要原因便是民众对于国家前途的普遍创伤体验，他们急需一位领导人带领他们走出创伤的阴霾。汉斯便是当时德国众多深受纳粹思想毒化的年轻人之一，在他看来摆脱自身创伤的办法就是通过暴力让别人留下创伤的记忆。历史证明，希特勒并未能使德国民众摆脱一战以来的创

伤感，相反，他把德国人和其他欧洲人拖入一个更大更深的创伤漩涡之中。对于即将身处于这一漩涡，赖希尔太太、布森先生以及汉斯等人却毫无察觉。但作为旁观者，查尔斯则清晰地意识到了这一危机，他眼中的斜塔石膏像正是这一危机的化身。斜塔的倾颓预示着人心的倾颓和德国社会的毁灭，也预示着一个摇摇欲坠、岌岌可危的西方世界。与许多描写二战的文学作品不同，波特在《斜塔》中并没有描写战火纷飞的二战战场，而是将视角集中在二战前德国民众在生活、经济、思想和心理方面的状态。作者以女性特有的细腻笔触从大环境和小环境两方面刻画了当时社会上和民众中所弥漫的创伤感。《斜塔》中没有描写战争的硝烟，但读者已经能在作者的描写中感受到战争正在一步步逼近。

在波特后期的短篇小说中，战争前后人们的心理创伤和生存状态成了重点描写的内容，这也是波特的小说创作逐渐从个人家庭和南方世家小说向更为广阔的人类社会过渡的重要阶段。在《灰色马，灰色的骑手》和《斜塔》中所描写的社会创伤、人性伤痛、种族创伤以及战争爆发前后的躁动不安等因素在波特创伤叙事集大成之作的《愚人船》中得到了进一步的表现。可以说，以《灰色马，灰色的骑手》和《斜塔》为代表的战争创伤小说开启了长篇小说《愚人船》的序幕。

# 第四章

## 创伤世界之隐喻

### ——长篇小说《愚人船》的创伤叙事

　　1962 年 4 月 1 日,凯瑟琳·安·波特在辍笔十八年之后,以惊人的毅力在七十二岁高龄时完成了她小说创作生涯中最重要、同时也是最具分量的作品——《愚人船》(*Ship of Fools*)。

　　在《愚人船》出版之前,波特已被公认为美国当代最优秀的短篇小说家之一。《开花的犹大树》和《灰色马,灰色的骑手》两部短篇小说集已经奠定了波特在美国现代文坛中的地位。但作为一位将写作视为生命,并一直"在努力了解西方世界人的生活中这个巨大而可怕的缺陷的逻辑上"的作家,波特并不满足于只创作短篇小说,能够创作出一部大部头的长篇小说一直是她的梦想。根据波特与其好友葛伦伟·韦斯特(Glenway Wescott)的通信,我们可以得知,早在 20 世纪 40 年代波特就已经有计划写作一部以自己 1931年德国之旅为题材的小说。最初这篇小说的初稿已经收录于短篇小说集《灰色马,灰色的骑手》之中,但那次前往德国的航程以及在航程途中的所见所闻给波特留下了极深刻的印象,她不断对该作品进行加工和扩大,使其篇幅变得越来越长。一开始波特将航行途中的见闻以书信的形式寄给好友卡洛琳·高登(Caroline Gordon),随后波特又对这些随笔不断进行润色和修改,原本期待将其写成一部短篇小说,但随着写作规模不断扩大,波特意识到短篇小说的形式已无法满足于自己的写作期望。于是在保留原有部分情节的基础上,波特不断增加新的情节和场景。这篇不断被加工处理的作品就成了后来《愚人船》的雏形。波特创作《愚人船》的过程是艰辛的,写作过程断断续续,始终停留在写作计划阶段。波特在写给韦斯特的信中曾多次抱怨道:"因为这个计划得要完成,除了不断打字无事可做。上帝啊!我每天早上都得

敲敲自己的头才能开始写东西。"① 1961 年春波特的《愚人船》中的部分章节
陆续在 *Harper's*, *Atlantic Monthly* 以及 *the Texas Quarterly* 等杂志上刊载。有些
出版商甚至集资五万美元在《纽约时报》（*New York Times*）和美国其他一些
主流杂志上为波特的长篇小说《愚人船》打广告，可见公众对于波特的这部
新作充满了期待。波特也不负众望，于 1962 年 4 月 1 日出版了《愚人船》的
完整版，从而打破了一些人对于她不会写长篇小说的质疑。作为波特本人漫
长创作生涯中唯一的长篇小说，同时也是她最后一部完整的作品，《愚人船》
的出版无疑给当年的美国文坛丢下了一颗重磅炸弹。在该小说出版前后，关
于它的各种评论便纷纷出现，凯瑟琳·安·波特这个原本只出现在文人圈子
里的名字也开始为许多普通读者所熟知，波特本人也因为这部小说而获得了
丰厚的版税。《愚人船》后于 1965 年被搬上荧幕，成为当年年度热卖影片之
一。可以说，《愚人船》成为波特小说创作的完美的收官之作。

　　任何一部杰作在其诞生之初往往会受到许多非议。与波特为人们众口称
赞的短篇小说不同，长篇小说《愚人船》从它出版之日起就使文学评论界对
其持有截然不同的看法。称赞者有之，批评者亦有之。前者如马克·肖瑞
（Mark Schorer），他认为《愚人船》这部小说"将经得起许多代人的考验"，
并认为这部小说可以与"过去数百年间最伟大的小说相媲美。方便起见，可
以将它视为当代的《米德玛契》（*Middlemarch*）"②；后者如格兰维尔·希克
斯（Granville Hicks），他在《愚人船》出版前一天就曾撰文指出这部小说
"要么实现了作者伟大的抱负，要么就是让人颇感失望的东西"，"它谈不上是
一部杰作"。③ 在欧洲，尤其在德国，《愚人船》更是遭到异口同声的讨伐。
德国众多文学评论者认为，小说中对于德国人和犹太人的描写不符合当时的
历史事实，并认为作者波特有意故意歪曲了德国人的形象，并过于简单地将
纳粹思想视为人类堕落的象征。④ 更有甚者认为，《愚人船》中的人物描写已
经完全过时，"那些都是一些放弃高贵品行而肯定原罪的类型化人物——不可

① Joan Givner. Katherine Anne Porter［J］. Newsweek（International Edition），1961（7）: 39 – 42.
② Mark Scholer. We're All on the Passenger List［J］. New York Times Book Review, 1962 (4): 1 – 5.
③ George Hendrick. Katherine Anne Porter［M］. Boston: Twayne Publisher, 1988: 99.
④ Heinz Paechter. Miss Porters neue Kleider/Missverstaednisse um einen amerikanischen Best-seller［J］. Deutsche Zeitung, October 13 – 14 1962.

避免被贴上‘迂腐酸儒’的标签。这些人物对世界的看法不是光明的，而是阴暗的”。① 诚然，作为一部长达五十余万字的长篇小说，《愚人船》不可能尽善尽美，但作为波特的一部创作过程长达十多年的呕心沥血之作，《愚人船》在波特的小说创作生涯中所占的地位以及对于波特小说创作的研究而言都有着举足轻重的价值。正如美国文学评论家卡尔·伯德（Carl Bode）对于《愚人船》的中肯评价所说的那样：

> 《愚人船》是一部诚实的小说，读后会使人心情沮丧。它并没有写过头，也没有过分吹嘘。恰恰相反：这部小说被人们低估了。它所使用的愚人船虽是一个古老的意象，但随着作者不断的加工，这个意象变得具有现代性，同时也变得更加丰富。我并不认为《愚人船》这部小说达到了波特小姐早期作品的高度，但是我确信，它将在我们的文学史中占有一席之地，即使它所占的地位并不那么崇高。②

　　《愚人船》以波特1931年的一次欧洲游历经历原型，“真理号”客轮的海上航程构成了故事的主要框架。《愚人船》这一书名取自德国中世纪讽刺诗人萨巴斯蒂安·布伦特（Sebastian Brant）的同名诗作。根据波特自己的叙述，“一九三二年夏天，我在巴塞尔阅读那部著作（指布伦特的《愚人船》），当时我的首次欧洲航行的印象在我的脑子里仍然栩栩如生。当我开始构思长篇小说的时候，我采用了这艘从这个世界上正在驶向永恒的船，这个简单而几乎具有普遍性的形象，作为我自己作品中的形象，这个形象一点也不新——在布伦特使用它的时候，它已经是很古老和经历了漫长的岁月的，而且是极熟悉的；这完全符合我的意图”。③ 正是因为受到了布伦特《愚人船》的影响，波特将原本拟定的书名《应许之地》改成了后来的《愚人船》。波特之所以对于布伦特的《愚人船》如此倾心，很大程度上是由于她在布伦特的作品中看到了自己的经历。布伦特的“愚人船”上的乘客所表现出的各种人性的丑态和愚状与波特1931年游历欧洲时所乘船只上的乘客有着惊人的相似之处：欧洲中世纪的愚昧与无知在20世纪现代社会仍然根深蒂固，难以根除。波特曾在一

---

① Norbert Muhlen. Deutsche, wie sie im Buche stehen［J］. Der Monat, 1962（12）：38 –45.

② Carl Bode. Katherine Anne Porter, Ship of Fools［J］. Wisconsin Studies in Contemporary Literature, 1962（9）：90 –92.

③ 凯·安·波特. 愚人船［M］. 鹿金，译. 上海：上海译文出版社，2000：1.

次访谈中说到自己所认为的《愚人船》的主题：

这是一个善良的人——那些不会伤害他人的人——与罪恶相互勾结的故事。这之所以会发生是由于人性的懒惰，缺乏能力明视眼前所发生的一切。我曾在德国和西班牙目睹过这种情形，也曾在墨索里尼身上看到过这种情况。我想把处于这种困境中的人们写下来，用相对新的政治和宗教观点来描写这一长久以来一直存在的困境。①

但与布伦特不同的是，波特作为一名现代作家运用了更为细腻的心理剖析方法来塑造作品中的各色人物，使其更为丰满和复杂。她摒弃了布伦特作品中的道德说教和宗教布道，而使用了全知外视角来展现作品的主题。作者以旁观者的身份，冷静观察而宏观把握愚人船上的各色人物，如同作者自己所说："我慎重地向自己发誓：在这部作品中，我不会站在任何一个人物的立场上……我决定，我要让每一个人物说他自己想说的话。我不会选边站，我站在每一个人物的立场上。"② 正是波特这种"不选边站"的客观叙事视角使得船上乘客存在的各种问题毫无保留地被揭露出来，从而也增加了作品挖掘的深度。

《愚人船》常被人看作是"漂流在水面上的小社会"，是"一幅现实主义的世态画"。③ 对于这部小说，国内外的研究者大都是从现实主义的角度来分析人物身上的问题，剖析人物心理的缺陷，将解读的视角集中在"愚"的层面上，从而将《愚人船》解读为一部现实主义讽刺性的作品。尽管评论家对于波特《愚人船》的评价褒贬不一，但有一点他们基本达成了共识即《愚人船》是一部阴郁的作品。④ 作品中的"阴郁"既来自全书的叙事氛围，也来自于船上各色人物人性中的"阴郁"。目前少有研究者追根溯源、探寻和剖析导致这些人物心理阴郁的根源。笔者认为，船上各色人物表现出的"愚"只

---

① George Hendrick. Katherine Anne Porter [M]. Boston：Twayne Publisher，1988：100.
② George Hendrick. Katherine Anne Porter [M]. Boston：Twayne Publisher，1988：103.
③ 凯·安·波特. 愚人船 [M]. 鹿金，译. 上海：上海译文出版社，2000：6.
④ 国内外对波特《愚人船》中的"阴郁"成分的分析早有论述：例如，Granville Hicks 在 1962 年 3 月 31 日的《星期六评论》（*Saturday Review*）撰文，认为"这部小说由于其冷峻的洞察力，使读者感到一丝寒意。就我所读到的而言，我没有看到人性的可能"。1962 年 4 月 2 日的《新闻周刊》（*Newsweek*）对《愚人船》的评述是："凯瑟琳·安·波特创作出一部充满意志和各种视角的著作。这部作品与当代文明的苦涩阴郁和分裂瓦解最紧密地联系在一起。"

是其表面特征，在表层的"愚"之下隐藏着的是更为深层的创伤。创伤是导致愚人船上的那些愚人们之所以"愚"的重要因素。这些创伤既是当时时代的真实反映，同时也是个体自身性格与经历的产物。这些怀着创伤体验的个体在 1931 年 8 月 22 日从墨西哥维拉凯鲁斯市启程，他们在一艘名叫"真理号"的德国客船上共同构成了一个创伤的世界。

## 第一节　宏大的创伤叙事互文

如同凯瑟琳·安·波特在《愚人船》的序言中所陈述的那样："我在巴塞尔阅读那部著作（指布伦特的《愚人船》），当时我的首次欧洲航行的印象在我的脑子里仍然栩栩如生。当我开始构思长篇小说的时候，我采用了这艘从这个世界上正在驶向永恒的船。"[1] 无论是小说的书名、小说框架的构思、船上的各色人物还是人物身上所存在的各种"愚"，波特的《愚人船》都明显受到萨巴斯蒂安·布伦特同名诗作的影响。波特从布伦特的《愚人船》中获得借鉴、吸取创作的养料，同时又对创作于欧洲中世纪的《愚人船》予以改写与一定程度上的颠覆。可以说，波特的《愚人船》是对布伦特的《愚人船》乃至整个西方愚人文学的继承与发展，并与它们构成了一个宏大的互文指涉关系。此外，作为波特一生创作的总结，《愚人船》中所蕴藏的创伤以及作者对于这些创伤的思考都是一个长期发展的过程。《愚人船》中的诸多创伤在波特之前的短篇小说中都有所反映，例如，儿童的心理创伤、死亡的创伤体验、良知与邪念的冲突、爱情的创伤、噩梦与妄想等。这些之前散见于波特短篇小说中的创伤书写在长篇小说《愚人船》中汇集在了一起并得到了进一步的升华，从而使长篇小说《愚人船》与波特的短篇小说构成了一个宏大而翔实的创伤叙事互文关系。这些都意味着波特的创伤书写达到了一个更高、更复杂的思想境界。

**一、继承与发展——《愚人船》与西方愚人文学的指涉关系**

凯瑟琳·安·波特的《愚人船》无论是书名、以船为喻体象征人类社会，

---

① 凯·安·波特. 愚人船 [M]. 鹿金，译. 上海：上海译文出版社，2000：1.

还是小说的整体框架构思，无疑都借鉴了西方愚人文学中的"愚人船"这一意象，尤其深受德国中世纪诗人萨巴斯蒂安・布伦特的讽刺长诗《愚人船》的影响，两者之间存在着密切的指涉关系。

　　法国著名哲学家米歇尔・福柯（Michel Foucault）在其著作《疯癫与文明》（Histoire de la Folie à L'âge Classique）中认为，西方的"愚人"来自患有麻风病的病人。这些病人被正常人视为疯癫者，他们被周围的人排斥、遗弃甚至流放，"他们是罪恶的神圣证明。他们在自己受到的排斥中并透过这种排斥实现自己的拯救"。① 而最初的"愚人船"正是用来承载这些疯癫者远离正常人群的工具，"疯人乘上愚人船是为了到另一个世界去。当他下船时，他是另一个世界来的人。因此，疯人远航既是一种严格的社会区分，又是一种绝对的过渡"。② 如果我们认同福柯对于西方"愚人"以及"愚人船"起源的解释，那么从一开始愚人船以及船上的愚人形象便打上了深深的创伤烙印。它们意味着与正常人的对立、意味着受到周围世界的排斥与隔离、意味着"是与明快和成熟稳定的精神相对立的"③、意味着"被送交给脱离尘世的、不可捉摸的命运"④。在"愚"的背面隐藏着被他人排斥隔离以及被放逐的创伤体验。这些代表着"愚"的意象"既是威胁又是嘲弄对象，既是尘世无理性的晕狂，又是人们可怜的笑柄"。⑤ 它们意味着自身是与智者二元对立的产物，正如英国戏剧史专家茅瑞斯・查尼（Maurice Charney）所论述的那样："智者制定规则、定义标准，按照这些规则与定义，别人往往要么被判定为愚者，要么就被完全排除在外……"⑥

　　西方愚人文学的第一次高潮始于文艺复兴。随着文艺复兴带来的人文主义的兴起以及之后的启蒙思想运动和工业化的初步建立，西方人对于人类个

① 米歇尔・福柯. 疯癫与文明［M］. 刘北成，杨远婴，译. 北京：生活・读书・新知三联书店，2013：9.
② 米歇尔・福柯. 疯癫与文明［M］. 刘北成，杨远婴，译. 北京：生活・读书・新知三联书店，2013：13.
③ 米歇尔・福柯. 疯癫与文明［M］. 刘北成，杨远婴，译. 北京：生活・读书・新知三联书店，2013：15.
④ 米歇尔・福柯. 疯癫与文明［M］. 刘北成，杨远婴，译. 北京：生活・读书・新知三联书店，2013：13.
⑤ 米歇尔・福柯. 疯癫与文明［M］. 刘北成，杨远婴，译. 北京：生活・读书・新知三联书店，2013：15.
⑥ Maurice Charney. Comedy High and Low：An Introduction to the Experience of Comedy［M］. New York：Oxford University Press，1978：121 – 122.

体价值的认识和自信得到了很大程度上的提升。人们开始用理性去思考,认为人类未必在智慧方面输于上帝。人类的自我意识不断膨胀,同时人类本性中的傲慢、自私、狡诈、贪婪等缺陷也逐渐清晰地暴露出来。这一时期的愚人文学开始从中世纪讽刺君王贵族、僧侣或平民的低下智商转向讽刺人性的缺陷和社会中一切腐朽丑恶的现象,最经典的例子就是德国作家萨巴斯蒂安·布伦特的传世之作《愚人船》。作家站在一个全知视角的叙事角度对人性的丑恶和人世间的种种不道德行为进行批评与抨击。值得注意的是,这一时期的愚人文学作品中还出现了一种特殊的愚人形象——"大智若愚"的愚人即表面愚蠢但实则智慧的人物形象。从伊拉斯谟《愚人颂》中以戏谑口吻揭示和讽刺世人痴愚的愚夫人,到莎士比亚笔下外表滑稽、但嘴上却说着"警世恒言"的宫廷小丑,再到莫里哀《伪君子》中外表泼辣,语言粗俗,但却将达尔丢夫的邪恶贪婪和主人奥尔贡的愚蠢自大都看得一清二楚的侍女桃丽娜等。这些外表看似丑陋、滑稽或是地位卑微的小人物人却以极为智慧的眼光洞察着大人物们灵魂和人性中的愚昧与荒诞,"他们此时的角色是对故事和讽刺作品中的疯癫角色的补充和颠倒。当所有的人都因愚蠢而忘乎所以、茫然不知时,疯人则会提醒每一个人"。① 他们以愚蠢或卑微的外表向世人诉说着理智的格言,而那些看似高大体面的"正面人物"恰恰是作者所要讽刺的愚蠢对象。从 19 世纪中叶起,欧洲的工业文明取得了巨大的成就。财富的集聚积累、科学技术的迅速发展以及海外殖民地的不断扩张都使得西方人开始相信"上帝已死",在工具理性主义和科学大发展的刺激下,原有宗教对于西方人灵魂的束缚被进一步削弱,人类的愚昧狂妄达到了无以复加的地步。从文艺复兴以来以世俗物质追求为导向的西方文明在促发人类物质生活不断丰富的同时,也加速了人类被物化的过程。在被物化的过程中,人的主观能动性丧失殆尽并遭受到异己的物质力量或是精神力量的控制与奴役,从而产生了人性的片面甚至是畸形的发展。物欲崇拜、种族歧视、白人优越论甚至种族大屠杀等在现在看来极其荒谬愚蠢的观点和做法,在资本主义快速发展的19 世纪和 20 世纪初,被许多西方人认为是天经地义的事情。直到两次世界大战的爆发,整个建立在工具理性和物质文明基础之上的西方社会被毁于一旦,西方人才开始真正反思自己的"愚蠢无知"所导致的毁灭性后果。在两次世

---

① 米歇尔·福柯. 疯癫与文明 [M]. 刘北成, 杨远婴, 译. 北京: 生活·读书·新知三联书店, 2013: 15.

界大战后的西方社会，战争的后遗症以及战后的混乱秩序给西方人的精神与肉体都带来了巨大的创伤，人们对于以前一贯尊崇的理性和价值观念产生了本质上的质疑。他们发现崇尚理性也并不能真正消除人类的愚昧与无知。于是西方的愚人文学又再一次将视角聚焦在人性的愚昧上，只是这一次与以前批判人类不理性的愚人文学不同，20世纪的西方愚人文学着重于质疑工具理性以及理性被抽离之后人的无意义感和不协调感。正如法国著名荒诞派戏剧家尤内斯库所说："人垮了，人的所有行为都变得毫无意义，毫无用处，毫不协调。"① 20世纪西方愚人文学在愚人形象、表现手法、作品主题等方面都发生了重大变化。原本被挖苦和嘲笑的傻瓜式愚人形象消失了，取而代之的是充满恐惧、焦虑和绝望之情的现代愚人，他们表现为心理扭曲变态、精神崩溃错乱、意志软弱疯癫。此外，西方愚人文学传统中的那些大智若愚的愚人形象也消失不见了，因为在20世纪这个失去信仰和理性的时代，没有人是真正的智者，所有人都处于理性被抽离的丧失根基的状态之中。正如法国荒诞戏剧作家阿尔贝·加缪（Albert Camus）在《西叙福斯神话》（*Le Mythe de Sisyphe*）一文中所说的那样："对于人们来说，这个世界成了一个无可挽回的流放之地，因为就像人们已经丧失了对未来的天堂所抱的任何希望一样，他们又被剥夺了对已经失去的家园的任何美好的回忆。"② 可以说，进入20世纪的现代西方愚人文学对于人类的智慧、理性以及传统的道德价值理念表现出强烈的质疑和讽刺。作家们通过揭露现代人身上裹挟着绝望和焦虑的愚蠢言行来探寻导致现代性"愚蠢"的时代与现实根源。如同波特自己在《开花的犹大树》序言中所说的那样："我的绝大部分智力和精力一直用在努力领会这些威胁的意义，追溯它们的根源上，用在努力了解西方世界人的生活中这个巨大而可怕的缺陷逻辑上。"③ 波特说所的西方世界"巨大而可怕的缺陷逻辑"本质上反映的就是现代西方人身上存在的愚昧无知，这也是当代西方文学——无论是诗歌、戏剧还是小说——所着力刻画和描写的现代人类的精神状态。可以说，在揭露人类本性中的愚蠢方面，波特的小说创作与西方愚人文学传统一脉相承。波特的小说创作从美国现代社会的不同角度揭示和展现

---

① Martin Esslin. The Theater of the Absurd［M］. London：Penguin Press, 1980：232.

② 阿贝尔·加缪. 西叙福斯神话［M］. 郭宏安，译. 北京：新星出版社，2012：6.

③ Katherine Anne Porter. Collected Stories and Other Writings［M］. New York：The Library of America, 2008：718.

了人们信念上的迷失、精神上的空虚以及人生的荒诞和归属感的丧失。她的作品所关注的是现代人本性和其行为的愚蠢对于自身以及整个社会所造成的伤害。

作为美国现代愚人文学的一个重要组成部分，凯瑟琳·安·波特的《愚人船》可以说是现代愚人文学的一部集大成之作。尽管在《愚人船》的写作风格和艺术特色等方面，文学界还存在着较大的争议，但不可否认，这部作品在揭示现代人的"愚昧无知"和精神无归属感方面是不可替代的。《愚人船》在不少方面继承和发展了西方愚人文学的传统，其中尤以萨巴斯蒂安·布伦特的《愚人船》对波特的影响最大。作为西方文艺复兴时期最重要也是最知名的愚人文学作品，萨巴斯蒂安·布伦特的《愚人船》尽管是以诗歌的形式创作而成，但它给予波特的《愚人船》小说以巨大的启发。在布伦特的愚人船上共有111位乘客，他们中有神职人员、律师、医生、病人、声名狼藉的妇女以及乞丐等，几乎囊括了当时欧洲的各个社会阶层，他们身上所体现出的各种愚昧，例如欺诈贪婪、忘恩负义、浮夸骄傲、好色荒淫等，也正是当时整个欧洲社会罪恶的缩影。波特在创作自己的《愚人船》时，也有意识地借鉴了布伦特《愚人船》的创作构思。在波特的愚人船上有美国人、德国人、犹太人、瑞典人、瑞士人、西班牙人、墨西哥人、古巴人等；职业有大学教授、医生、天主教神父、船员、出版商、工程师、商人、画家、学生、革命家、无产阶级劳动者、舞女、乞丐甚至卖淫女等。可以说，波特在创作《愚人船》时尽可能囊括了当时西方世界的各个阶层和种族，这些人共同组成了波特眼中的"西方世界人的生活"。可以说，波特的《愚人船》在其表面即小说的书名、人物的设置以及场景布置等方面与布伦特的《愚人船》形成了鲜明的指涉关系。然而，当一部作品表面上指涉另一部作品时，前者的实质则可能将指涉推延到了另一层面或另一世界。在作品主题的处理上，凯瑟琳·安·波特与萨巴斯蒂安·布伦特存在着明显的不同。布伦特在《愚人船》中将拯救愚人的希望寄托于道德的信仰和对于宗教的虔诚，渴望能通过宗教和道德感来感化和拯救人类灵魂，从而去除人类本性中的愚昧无知。在1925年出版的布伦特《愚人船》的英译本序言中，奥里利乌斯·鲁彭（Aurelius Pompen）认为："这部作品的一个重要特点就是深沉的真挚的道德感胜过了戏谑与讽刺；人们得到忠告，永远不要无视对于自身的救赎，未来的生活代表着人们的努力所指向的目标。"① 1962 年埃德温・泽德（Edwin Zeydel）在《愚人船》的新版英译本序言中也认为："布伦特是一个极具宗教信任感和严肃道德感的人，甚至到了过分固执的地步。他的（创作）动机是最崇高的。他期望提升他这一代人的道德，也梦想着通过道德的重生来改善政治环境。"② 与布伦特不同，在波特的《愚人船》中戏谑与讽刺的风格依旧，但是我们却丝毫看不到布伦特作品中对于道德和宗教拯救人类灵魂的期望。如果说布伦特对于宗教和道德仍然抱有希望，多少表现出某种乐观精神的话，那么波特在《愚人船》中则对宗教和道德拯救人类愚昧堕落的灵魂表现出强烈的质疑和嘲讽。波特版《愚人船》中对于宗教充满狂热并始终以治愈他人为使命的威利巴尔德・格拉夫先生便是一个例子。格拉夫先生对宗教极为痴迷，甚至认为自己就是上帝派来拯救人类的使者，但他自身却是个肌肉萎缩、形似朽木的老吝啬鬼，连他自己的外甥都忍无可忍地骂他："你这个吝啬的老犹太。"③ 他深信上帝赋予了他根除人性邪恶、治愈疾病的神力，但那只不过是他自己一厢情愿的妄想而已。虚妄的宗教使命感与崇高的道德感给予他的只不过是一种自我满足的愚蠢。他甚至还借以充满爱的上帝之手来为哈巴狗贝贝祝福，波特在小说中无不嘲讽地写道："它（指贝贝）微微摇晃身子，算是对他的仁慈的语调的反应，但是摇摇头，把他手上的气味从它的鼻子眼里喷出来。"④ 在这愚蠢的信仰与举动之后隐藏的则是格拉夫先生遭受痛苦和孤独的畸形灵魂。⑤ 波特在格拉夫先生身上透露出自己对于宗教和道德拯救人类的极度不信任，她始终以冷静而又嘲讽的笔调刻画着格拉夫先生这个人物，完全抛弃了布伦特在《愚人船》中对于宗教道德可以救世的期待，这也是波特的《愚人船》全书始终笼罩着阴郁风格的一个重要原因。波特版的《愚人船》尽管在许多方面与布伦特版的《愚人船》存在许多相似甚至相同之处，但两者的精神实质却完全不同，构成了一种"貌合神离"的指涉关系。

波特对于宗教道德救世之举感到彻底的失望，这种绝望感与波特本人所

① Aurelius Pompen. Introduction to The Ship of Fools（The English Version）［M］. London：Longmans，Greece & Co，1925：1.

② Edwin H. Zeydel. Introduction to The Ship of Fools［M］. trans. Zeydel. New York：Dover Publications，1962：7.

③ 凯瑟琳・安・波特. 愚人船［M］. 鹿金，译. 上海：上海译文出版社，2000：249.

④ 凯瑟琳・安・波特. 愚人船［M］. 鹿金，译. 上海：上海译文出版社，2000：427.

⑤ 详见本章第三节的分析。

处的时代或许有着密不可分的联系。《愚人船》虽然以作者波特本人 1931 年的一次欧洲之旅作为其小说创作的蓝本，描写的是第二次大战前西方世界的种种荒诞与人性的愚昧和伤痛，但在整部小说从构思创作到 1962 年最终出版长达三十年的写作历程中，整个世界的局势发生着深刻而重大的变化。第二次世界大战的西方战场以德国法西斯的最终战败而宣告结束，但是人们却并没有盼来世界的永久和平。在二战中原为共同抵抗法西斯阵营的美苏两大国在二战后却成了彼此最大的敌人，以美苏意识形态为阵营的冷战使刚经历战争创伤之后不久的世界又一次面临核战的威胁。作为曾经担任过记者报道过墨西哥革命的波特来说，现代世界的时事变化不可能不引起她的关注。对于二战后的冷战时代波特表现出的是绝望、悲观与无奈。她本人曾在 1950 年发表的一篇名为《未来就是现在》（*The Future Is Now*）的文章中这样写道：

> 在西欧和美国，我们这个特殊时代的困境同时也是希望就是我们好几代人都曾相信，不管按照什么样的顺序，所有人类几乎都是无可非议地在向前进步，自然而然地向着更好的事物和更高的境界在发展……我们以不断尝试的精神使我们的人生变得更有意义，更有秩序，也是这同样的精神激励着艺术家整治身边的纷繁混乱，将它们纳入一个有秩序的框架之中；但是我们都有目共睹，我们必须得承认，在人类的本性中矛盾性总是难以被把控的……疯狂的原子弹成功地使世界各国人民达到了道德愤怒的最高点；许多以前从来没有理由感到恐惧的人现在变得极其恐惧。对于这个星球上绝大部分居民而言，这个世界已经变成了一个令人绝望的危险之地；然而，无论多么不情愿接受这一事实，我们都还得忍受它因为这就是事物本来的样子。①

如同现代主义研究者米切尔·莱文森（Micheal Levenson）所说："（现代）人类面临的是信仰的危机，价值的无本，战争的无情，还有一种莫名的、无形的焦虑"。② 对于波特而言，自己以前所被灌输的有关人类会不断进步、不断向着更高境界发展的信仰是一种欺骗。她并不否认人类在科学技术方面

---

① Katherine Anne Porter. Collected Stories and Other Writings [M]. New York：The Library of America，2008：826 – 828.

② Micheal Levenson. The Cambridge Companion to Modernism [M]. Shanghai：Shanghai Foreign Language Education Press，2000：5.

取得了惊人的成就，在物质生活方面的确在不断前进，但在精神道德方面人类与布伦特《愚人船》中描写的那些乘客一样仍然充满矛盾和愚昧。代表现代科学技术最高成就的原子弹并没有造福于人类，反而成为各个政府国家之间相互恫吓的武器和筹码。对于一直以"整治身边的纷繁混乱，将它们纳入一个有秩序的框架之中"为己任的凯瑟琳·安·波特而言，这样的世界仍然与两次世界大战前的世界一样满目疮痍和支离破碎。波特这些对当时世界的看法与观点在《愚人船》中也会有意无意地显露出来。《愚人船》的背景时代虽是二战爆发前夕的 20 世纪 30 年代，但作品中所透射出的人性的荒诞和心理的创伤又何尝不是二战后那个人人自危的冷战时代的写照呢？这个社会写照正是波特头脑中的那个创伤的西方世界，这与西方愚人文学揭露愚昧的精神是一脉相承的。

可以说，波特的《愚人船》展现的正是一个由可笑荒谬的人物和这些人物灵魂深处的创伤体验所组成的现代西方世界。作者以冷静而犀利的目光观察着这些可悲而又可笑的"愚者"，从而激发读者去思考和探寻隐藏在"愚"背后的致伤原因。

**二、碎片的整合——《愚人船》与波特短篇小说的创伤叙事互文**

正如前面章节中所说到的，凯瑟琳·安·波特的短篇小说是其庞大写作计划中的一部分。"它们是当这个世界在千年变化中步入膏肓，全社会处于怪异的混乱之际，我以秩序、形式和叙述的方式所能实现的成就。"① 波特一直试图"以秩序、形式和叙述的方式"将其短篇小说整合在一起，构成一个完整而宏大的整体。

在短篇小说创作的后期，波特小说中创伤叙事的内容与对象发生了明显的变化，从之前相对狭小的个人家庭琐事以及对于逝去的南方生活的追忆转向更加宏大的美国现实生活甚至整个西方世界所面临的各种问题。如果将波特的三部短篇小说集即《开花的犹大树和其他故事》（1930）、《灰色马、灰色的骑手》（1939）以及《斜塔和其他故事》（1944）按出版时间顺序进行排列，我们便会发现波特短篇小说所涉及的对象与内容变得越来越广博，所描

---

① George Hendrik. Katherine Anne Porter [M]. New York：Twayne，1965：12 – 13.

写的事件也越来越接近当下。① 于是读者看到了《开花的犹大树和其他故事》中关于童年往事和老南方的创伤书写变成了《灰色马、灰色的骑手》有关第一次世界大战以及《斜塔和其他故事》中关于第二次世界大战的创伤叙事。小说内容的不断丰富与广博既是一位作家创作经验不断丰富、创作技巧不断成熟的结果，同时也是一位作家观察力不断深入、思考层面不断深化的必然趋势。这显示了波特作为一位"努力了解西方世界人的生活中这个巨大而可怕的缺陷逻辑"的女作家不断发展的小说创作轨迹以及想要创作出内容更为广博的作品的跃跃欲试之情。毕竟，短篇小说由于篇幅的问题无法给予波特在小说内容方面进一步发展的空间。创作一部大部头的长篇小说成了波特将其所思所想包容集结整合起来的最佳方式，也是波特将短篇小说中的创伤叙事纳入一个有序框架之中的一次尝试。

《愚人船》从20世纪30年代开始构思写作直至60年代最终成形，从原计划的短篇逐步发展成为五十余万字的长篇，其中所蕴藏的创伤以及作者对于这些创伤的思考都经历了一个长期发展的过程。《愚人船》中的诸多创伤在波特之前的短篇小说中都有所反映，例如，儿童的心理创伤、死亡的创伤体验、良知与邪念的冲突所导致的创伤、情欲的创伤、噩梦与妄想等。这些之前散见于波特短篇小说中的创伤书写与长篇小说《愚人船》在一定程度上构成了一种互文性。在《愚人船》中读者可以找到不少波特短篇小说中相对应的互文关系。如双胞胎兄妹里克和拉克身上的邪恶是《马戏》《坟》等小说中儿童失去童真之后的结果；格拉夫先生与约翰所遭受的灵与肉分裂的创伤体验是《开花的犹大树》中劳拉创伤体验的男性对照；舒曼医生与女伯爵之间的爱情悲剧是《灰色马，灰色骑手》中米兰达与亚当的爱情悲剧在特殊历史时期的又一次重演，特雷德韦尔太太用鞋跟痛打丹尼与《一天的工作》中哈洛伦太太用毛巾抽打自己的丈夫何其相似，而载着众多愚人的"真理号"也是《斜塔》中那座汇集了众多创伤人物的公寓的进一步的阐释与形象化的延展，甚至《愚人船》中虽然远离欧洲大陆但却不断受到二战将近影响的航

---

① 这里需要说明的是《斜塔和其他故事》中收录了《旧秩序》等南方世家小说。但包括《源头》《旅程》《目击者》《马戏》《坟》在内的《旧秩序》南方世家小说是波特在20世纪50年代在旧就稿件中意外发现的，于是在出版自己的第三部短篇小说集时波特将它们收录在内。从创作时间上而言，《旧秩序》等小说创作于20世纪20年代，属于波特早期创作的作品。

程都与《灰色马，灰色骑手》中虽远离发生一战的欧洲但却仍摆脱不掉战争阴影的美国有颇多相似之处。可以说，波特短篇小说中所出现的众多创伤叙事类型在《愚人船》中汇集在了一起。

　　作为波特创作生涯的总结，《愚人船》中的创伤叙事并非是波特短篇小说的重复或照搬，而是波特有意识地将其头脑中支离破碎的西方世界进行整合深化的产物。与短篇小说相比较，长篇小说《愚人船》更为鲜明地凸显出了波特的政治倾向性以及对于现实社会危机的关注即作者的现实主义文风。这在波特后期的短篇小说如《灰色马、灰色的骑手》《斜塔》等小说中已初现端倪，但《愚人船》超大的篇幅以及数十年来的小说创作实践给了波特巨大的空间来表露自我的政治观与社会观。早在 1933 年波特就曾说道："从政治上而言，我是倾左的。从审美倾向上而言，我的目标就是直露地讲述故事，提供真实的证言。"① 比起短篇小说，"直露地讲述故事，提供真实的证言"这一点在《愚人船》中得到了更为充分的体现。就创伤叙事的内容而言，相较于短篇小说中侧重于创伤个体复杂深邃的心理描写，《愚人船》更侧重于直接揭露和讽刺导致人物心理创伤的现实因素。在《愚人船》中波特更像是一个冷静的旁观者，她用像摄像机一般的叙事文风客观而详细地观察着船上的每一位乘客，记录下船上发生的每一件事。波特的短篇小说偏重于超经验的感官世界（如梦境、闪回、癔症等）的描写，《愚人船》更偏重于揭露客观经验世界中的种种弊端与问题，例如，反犹主义、种族主义、阶级压迫、女性问题等，更为鲜明地展现了作者的政治立场与社会意识。就小说的结构而言，《愚人船》显示出波特对于后现代主义技巧的借鉴。《愚人船》的叙事结构与传统长篇小说不同，波特没有使用完整的叙事逻辑，而是使用了片段叙事的方法。各个叙事片段各自独立，上一个片段与下一个片段之间也并不一定存在逻辑上的联系，有时又从不同人物的视角来叙述同一个场景。每一个片段中的主角可能是下一个片段中的配角，全书没有真正意义上的主人公，每一个人物都是整部小说不可缺少的环节。小说的叙事视角频繁地在各个片段之间转换，正如波特自己所说的："我要让每一个人物说他自己想说的话。我不会选边站，我站在每一个人物的立场上。"② 波特试图以这样的叙事方式

---

① Katherine Anne Porter. Collected Stories and Other Writings [M]. New York：The Library of America，2008：1008.

② George Hendrick. Katherine Anne Porter [M]. New York：Twayne，1962：103.

向读者"提供真实的证言"。根据乔治·亨德瑞克的研究，波特最初是想把《愚人船》写成一篇短篇小说，但当发现短篇小说无法满足自己的写作意图时，她打算写成一部长篇，并在后来又放弃了原先的小说结构，并不断增加单个情节片段。①《愚人船》原先的小说结构是怎样的以及波特之所以放弃原先叙事结构的理由，我们如今不得而知。但除了受到二战后兴起的后现代主义叙事的影响之外，我们不妨大胆假设，波特采用这种碎片式的叙事形式也是其头脑中处于碎片状态的现代世界的一种反映，是其将分散在短篇小说中有关这个世界的种种创伤叙事类型进行整合与进一步深化的努力。正如波特在《未来就是现在》的结尾处所写的，这个世界"仍然处于无形的碎片之中，等待着被恰当合适地组合在一起"。② 而在《愚人船》中"被恰当合适地组合在一起"的正是波特短篇小说中的各种创伤叙事类型。比起短篇小说，这些被整合在一起的创伤叙事更直露而完整地揭露出现代人类的荒谬愚昧以及隐藏在这些荒谬愚昧之后的痛苦与创伤。美国文学评论家格伦韦·威斯科特（Glenway Wescott）认为，波特在《愚人船》中试图创造"一个巨大的活生生的多样化与具有代表性的社会写照。不同的阶级、人群、世代和种族相互对照；个体心理与集体心理互为因果；彼此相互影响——每个人在某种程度上都是另一个人命运的一部分——所有这些都在（人物）言行举止、行为方式和（小说）情节上展现出来"。③ 威斯科特的这番评论既说明《愚人船》是现代西方世界的一个缩影，同时又是一个宏大而翔实的互文叙事文本。它将波特长达近三十年的短篇小说中的创伤叙事包容在一起并恰当地予以整合，从不同的叙事层面和角度揭示现代西方社会这个千疮百孔的世界。这意味着波特的创伤叙事达到了一个更高、更系统的思想境界。

## 第二节　《愚人船》的创伤循环结构

波特的《愚人船》是一部五十多万字的长篇巨著，全书共分三个部分即

---

① George Hendrick. Katherine Anne Porter [M]. New York：Twayne, 1962：104.

② Katherine Anne Porter. Collected Stories and Other Writings [M]. New York：The Library of America, 2008：828.

③ Glenway Wescott. Katherine Anne Porter [J]. Book‐of‐the Month Club News, 1962 (4)：5‐7.

第一部"启程"、第二部"公海"与第三部"海港"。三个部分又分别以波特莱尔的诗句"我们何时向幸福出航?"、勃拉姆斯歌曲中的一句歌词"没有房子、没有家"以及《圣经》中圣保罗对希伯来人的训谕"因为在这儿我们没有延伸的城市……"作为副标题。作为波特断断续续创作了近三十年的长篇小说,《愚人船》在小说情节结构方面经过了精心设计。国内最早研究波特《愚人船》的学者黄铁池在其专著《当代美国小说研究》一书中认为,波特在安排这些标题题词上的用意是要让读者"看出波特转弯抹角的主题思想,这艘载满了人类化身的客轮出发去寻找'真理与幸福',但却发现人类缺少自己的安身之处,也没有精神的故乡,并且连前景也虚幻黯淡"①。可见,作者波特通过这三个部分的题词正是要传达现代人类的某种迷茫感与失去精神根基的无归属感,概括起来说,就是一种强烈的创伤体验。小说的三个部分既相互连接,又相互独立,完整且多角度地呈现了一个漂流在水面上的创伤世界。如果我们把《愚人船》的叙事结构分成表层结构与深层结构的话,我们可以发现在表层结构上这三个部分组合成一次完整的海上航行过程即登船、航行与靠岸,然而在深层结构上,从第一部分乘客们向着所谓的"幸福"出航,到在茫茫公海上乘客们彼此纠葛中伤的关系,再到航程结束后创伤感的延伸与继续,这三个部分又可以说是船上乘客愚昧举动和隐藏在愚昧之后的精神创伤的层层递进的过程,某种程度上演绎了一个完整的创伤产生机制即创伤的出现、发展、深化以及持续。正如亨德瑞克所评论的那样:"这部小说绝不是拼贴起来的图画,而经过了精心的计划,每一部分都与波特试图揭示的讽喻、政治、社会以及心理主题息息相关。"② 小说从启航那刻起就揭示了乘客内心隐秘的伤痛,而当"真理号"抵达陆地、完成自己的航程时,乘客们的创伤却还在深化与持续。

## 一、何时向幸福出航——变相的"逃亡"

米歇尔·福柯在《疯癫与文明》的第一章《愚人船》中认为:"在所有这些具有浪漫色彩或讽刺意味的舟船中,只有愚人船是唯一真实的,因为它们确实存在过。这种船载着那些神经错乱的乘客从一个城镇航行到另一个城

---

① 黄铁池. 当代美国小说研究 [M]. 上海:学林出版社,2000:268-269.
② George Hendrick. Katherine Anne Porter [M]. New York:Twayne, 1962:138.

镇。疯人因此便过着一种轻松自在的流浪生活。"① 根据福柯的考证，历史上的愚人船实质上是"疯人船"，正常人将这些患有疯癫或麻风病的病人驱赶到一条船上，"（他们）被送到千支百叉的江河上或茫茫无际的大海上，也就被送交给脱离尘世的、不可捉摸的命运。他成了最自由、最开放的地方的囚徒：被牢牢束缚在有无数去处的路口。他是最典型的人生旅客，是旅行的囚徒"。② 福柯对于愚人船历史起源的叙述道出了愚人船上乘客的一大特征即迷茫无助的创伤体验。他们由于自身身体上的疾病被他人驱逐、与他人隔离并被放逐在外自生自灭。这样，愚人船本身就成了一个由不同创伤个体所组成的创伤世界。

作为继承西方愚人船意象的经典之作，波特的《愚人船》也符合福柯对于愚人船的解读。对于波特而言，《愚人船》中的"真理号"也是"唯一真实的"和"确实存在过"的船只，那就是1931年波特前往德国时乘坐的那艘船。根据亨德瑞克的研究，小说中船上的乘客们大部分都是波特以航行途中的真实人物为原型，甚至连胡滕教授夫妇的宠物狗贝贝都是以波特自己妹妹养的宠物狗为原型塑造的。③ 他们带着各自的创伤缘由，例如失恋、丧偶、情欲、种族歧视等，从一个生活了多年的国家墨西哥前往二战爆发前夕的德国。与福柯描述的愚人船不同，波特版的"愚人船"上的乘客不再是生理缺陷的麻风病人或癫痫病人，而是精神和心理上出现缺陷的现代人。船上的乘客来自西方社会的各行各业，他们都普遍具有道德上的缺失、种族上的歧视、人际上的仇视、情欲上的饥渴以及爱情上的压抑等，这些都可以被视为是现代社会人们的通病。《愚人船》中真实事件与虚拟创作紧密结合在一起，或许对于波特而言，如此进行书写在于她想从真实的记忆中得到某种启示，就像著名历史哲学家和新历史主义批评家海登·怀特（Hayden White）在《作为文学虚构的历史文本》（*Historical Text as Literary Artifact*）一文中所说的那样："利用现有的事实和正确的问题探明'到底发生了什么'，以及事实中存在的

---

① 米歇尔·福柯. 疯癫与文明 [M]. 刘北成，杨远婴，译. 北京：生活·读书·新知三联书店，2013：10.
② 米歇尔·福柯. 疯癫与文明 [M]. 刘北成，杨远婴，译. 北京：生活·读书·新知三联书店，2013：13.
③ George Hendrick. Katherine Anne Porter [M]. New York：Twayne，1962：103 – 113.

'故事'或被隐藏在'明显的'故事里面或者下面的'真实的'故事。"① 波特所要挖掘的"真实的"故事下面的故事正是现代人致伤的原因。愚人船上的这些乘客在茫茫大西洋上驶向他们所未知的彼岸，整个航程也自然成了他们各自展现致伤原因的创伤揭露之旅。

　　波特在《愚人船》的开篇描写了她最熟悉的国家——墨西哥——的一个海港小城维拉凯鲁斯。波特之所以将墨西哥作为航程的起点是有着深意的。除了真实生活中 1931 年波特的欧洲之旅就是从墨西哥出发以外，波特在多篇文章中（如《在总统没有朋友的国度》（*Where Presidents Have No Friends*）、《墨西哥的一体三面》（*Mexican Trinity*）、《家长式统治与墨西哥的问题》（*Paternalism and The Mexican Problem*）等）表示她在墨西哥这个国家看到了人类本性的残忍、愚昧与伤痛，如她自己所说："如果我没有在墨西哥首先看到过这些东西的话，我将不可能（在旅途中）前瞻性地发现这些东西。"② 《愚人船》中的海港小城维拉凯鲁斯不仅是"真理号"旅程的起点，同时也为整部小说设定了一个大的叙事背景。小说中的维拉凯鲁斯是一个充满丑陋、怪异、危险和伤痛的创伤之地。那里有着"斜斜歪歪、慢条斯理地在爬过来"的乞丐："他的模样简直不像是人。哑巴，半瞎，他一路走近来，鼻子几乎碰到人行道，好像在跟踪一股气味似的，时不时地停下来休息；他的极丑的、长着乱蓬蓬的浓发的脑袋带着没法承受的痛苦，慢腾腾地左右摇摆。"③ 每天人们在报纸上看到的是"支离破碎、五脏六腑都流出来的尸体"（7）的照片以及外国领事馆遭到炸弹袭击的新闻报道。总之，这是一个充满暴力与死亡的小城，而该地暴力与死亡的根源来自愈演愈烈的社会阶级矛盾和分化。我们从"真理号"上的旅客那里知道，他们离开维拉凯鲁斯是由于一场革命大风暴即将到来："叫人心烦意乱的谣言已经迅速传到了他们的耳中……一场革命，或者是一次大罢工——到底是什么，必须由时间来判断——正以最快的速度在维拉凯鲁斯这儿蔓延开去哩。"（12）二十世纪二三十年代席卷整个西方世界的金融危机使得维拉凯鲁斯这个墨西哥小城也无法幸免，动荡的局势以及萧

---

① 海登·怀特. 作为文学虚构的历史文本［M］//张京媛. 新历史主义与文化批评. 北京：北京大学出版社，1993：163.

② James Ruoff and Del Smith. Katherine Anne Porter on Ship of Fools［J］. College English，1963（2）：397 – 408.

③ 凯瑟琳·安·波特. 愚人船［M］. 鹿金，译. 上海：上海译文出版社，2000：249. 本章所有译文皆出自鹿金翻译版本，只在引文后（　）中标明页码，不另外加注。

条的经济使当地原本被隐藏起来的社会阶级矛盾得到了激化，而那些侨居在维拉凯鲁斯的外国人自然也受到了影响与牵连。福柯在《疯癫与文明》一书中指出，欧洲中世纪疯人由于被强行驱逐或流放，从而产生了愚人船——"载着那些神经错乱的乘客从一个城镇航行到另一个城镇"。① 因此，愚人船航行的本质是一种流放或驱逐的过程即将那些"神经错乱"的异类与正常人隔离开的过程。从这一方面而言，这些外国侨民在"真理号"上的旅程就变成了一种变相的"逃亡"和"被驱逐"，因为在当地人眼里他们是异类，是"一个将要消失的种族"（11），是与当地人衣着打扮与行为举止完全不一样的"疯人"："一切这样的外国女人都是可憎和可笑的。维拉凯鲁斯的人们把嘲笑外国女人的容貌、她们的服装、她们的说话声音、她们的粗野的没有女人味的举止，当作是永远不会厌烦的娱乐。"（10）由于当地整体局势的恶化，当地人对于这些外国侨民的憎恶感不断攀升。"真理号"上的大部分乘客都是由于这种变相的"被驱逐"选择离开生活了多年的维拉凯鲁斯，如同弗赖塔格先生对于自己和家人未来的设想那样："他们不是出于自己自由而愉快的选择来到任何特定的地方，而是被驱逐到那里去的，他们是在逃跑，被撵得越过一道又一道国境线，没有权挑选他们落脚的地方，或者拒绝任何提供给他们的庇护的场所。"（184）"真理号"上的其他乘客也背负着同样的感受踏上了这场变相"逃亡"的旅程。逃亡和被驱逐的经历必然会带来某种不可磨灭的创伤体验，这在小说文本中有明显的揭示：

> 他们从那列把他们从内地载来的火车上艰难地下来，由于穿着一本正经的套装，坐在椅子上试着睡觉而浑身发硬，由于从他们的生活中被连根拔起，感到肚子疼痛，带着神秘的精神不济的感觉、被迫的离别感觉、没有家的感觉，不管这种没有家的感觉是多么短促、都有一点儿忧郁……疲倦和担心使他们眼圈发黑，眼睛里呈现出茫然若失的神情。（11）
>
> ……
>
> 他们整个儿人性已经被折磨得筋疲力尽了，他们各自的痛苦、记忆、意图和受到挫折的意志紧紧地锁在他们身子里……从旅馆到移民局，到

---

① 米歇尔·福柯. 疯癫与文明 [M]. 刘北成，杨远婴，译. 北京：生活·读书·新知三联书店，2013：10.

海关，到领事馆，到船边，然后又回到火车站，进行种种最后的尝试保住他们的处于危险状态中的生命和财产。（13）

上述引文表现的正是受到创伤打击之后的创伤癔症。一群"逃亡"的外国人拥挤在火车站和码头，驶向他们并不可预知的彼岸。如同福柯所说："疯人乘上愚人船是为了到另一个世界去。当他下船时，他是另一个世界来的人。因此，疯人远航既是一种严格的社会区分，又是一种绝对的过渡……他（们）被送到千支百叉的江河上或茫茫无际的大海上，也就被送交给脱离尘世的、不可捉摸的命运……被牢牢束缚在有无数去向的路口。他（们）是最典型的人生旅客，是旅行的囚徒。"① 原本的家园维拉凯鲁斯已经不可居住，在当地维拉凯鲁斯人眼里他们是"另一世界来的人"，而远在大西洋对岸的真正故乡——欧洲——对这些久居他乡的侨民而言是那样陌生并充满迷茫与恐惧，他们在那里也是"另一世界来的人"，正像珍妮在船靠岸的那一刹那所感受到的那样："就在那一刹那，我感到离家遥远，是在一片陌生的、陌生的土地上，而我不想待在那儿。"（539—540）为了逃避风云突变的现实环境，他们选择远行，选择抛掉这一世界的一切前往另一个世界，但另一个世界却未必真正接纳他们，因为那是"在一片陌生的、陌生的土地上"。他们就这样被尴尬地被遗弃在两个世界之间的茫茫无际的大海上。正像胡滕太太在航行途中向自己的丈夫胡滕教授哭诉的那样："墨西哥！我们干吗要离开呢？是什么事情儿打发我们来做这次糟糕透顶的航行的？我们在那儿是幸福的，我们一起在那儿是年轻的……我们干吗把一切都扔掉呢？"（441）"真理号"客轮的启程本身就带着一种强烈的创伤感，它将这些"旅行的囚徒"送往他们"不可捉摸的命运"。在这样一条船上，原本同病相怜的西方人应该团结一致、互帮互助、共同克服变相逃亡所带来的漂泊感与无助感，这才是缓解创伤负面影响的正确之道。但是讽刺的是，这条船上的人却彼此敌视、相互防备："共同的困境丝毫没有使他们承认大家都是受害者。恰恰相反，人人都愿意各自在内心保持着骄傲和与他人毫不相关的关系。在最初那段狂热的时间内，互相不理睬之后，他们的眼睛不情愿地相对第二十次后，渐渐出现一种不承认、怀着敌意的认识的神情。"（14）这种人与人之间的冷漠、歧视、对抗甚至敌视，构成了《愚人船》整部小说的重点描写内容，这也是作者波特一直努力

---

① 米歇尔·福柯. 疯癫与文明［M］. 刘北成，杨远婴，译. 北京：三联书店，2013：13.

领会、追溯和想要了解的东西。在波特看来，西方人在这种处境之下所表现出来的人际关系是一种愚蠢的关系，是她试图破解的"西方世界人的生活中这个巨大而可怕的缺陷逻辑"。①

在"真理号"的创伤之旅中，这种彼此冷漠、歧视、对抗和敌视的关系不但没有缓解"逃亡"所带来的创伤感受，反而随着航程的进行，原本的创伤感不断被强化。许多乘客都出现了诸如忧郁、沉默、迷茫、战栗、自卑、刺痛感等创伤癔症②，而且这些创伤癔症在整个航程的途中有不断加强的趋势，这表明船上的许多人从启航到航程结束都没有真正从创伤中走出来。

### 二、没有延伸的城市——创伤的升级与循环

"逃亡"的创伤大背景预示着整个航程的创伤基调，如同小说所描写的那样："从那艘船的正中心响起巨大的、深沉的、瓮声瓮气的像牛叫似的声音，像一条忧郁的海牛的回答。"（27）在这艘原本作为"逃亡者"避难所的"愚人船"上，"愚人们"开始了对彼此的伤害，对彼此都造成了难以言说的创伤体验。这种漂泊于大海、对于前方彼岸未知的不确定感和创伤感在小说第三部分《海港》中到达了一个高潮。《海港》的重头戏同时也是整部小说的尾声高潮便是孔查、佩佩、洛拉等一伙西班牙歌舞团的人为答谢船长而举办的一次舞会。舞会把船上大部分的人都调动了起来，使得这些原本尚可保持一定距离的"愚人们"有了近距离彼此接触的机会，也使得他们对彼此的伤害变得更深一层。波特以狂欢化的笔调描写着这场舞会：

> 鲍姆格特纳先生出现在他的游行队伍的最前面，像一个军乐队指挥那样转动着他的手杖，迈着鹅步，孩子们一边尖叫，一边迈着鹅步，凌乱地跟在他后面。餐厅人员分发了喇叭、鼓、响葫芦、哨子，由他们尽情地摇啊、打啊、敲啊、吹啊。汉斯走在他父亲身旁，那两个古巴小男孩和小女孩跟在后面，里克和拉克落在后头，一起敲葫芦和打鼓，脸上现出一种几乎是孩子气的喜悦的神情。（557）

游行队伍、滑稽的鹅步、小孩子的尖叫声、敲锣打鼓的喧闹声等烘托出

---

① Katherine Anne Porter. Collected Stories and Other Writings [M]. New York：The Library of America，2008：718.

② 详见本章第三节的分析。

的是一种狂欢化的氛围，连一向与鲍姆格特纳一家和里克、拉克保持距离的珍妮"一分钟也按捺不住，总是叫人难以相信地要冒出来出风头"（557）。"真理号"此时变成了一个狂欢的剧场，而作者将可笑的内容注入越来越强烈的悲剧性之中。舞会表面的狂欢展示的是愚人船上愚人的荒谬举止，难掩的是荒谬举止之后的创伤的升级和深化。通过文本分析，我们可以清楚地发现，愚人船上许多乘客之间的矛盾在舞会期间明显得到了升级或是深化。例如，阿尔纳·汉森作为里贝尔先生的死对头，由于看不上里贝尔先生和利齐小姐在舞会上扭捏作态的舞姿而彻底爆发了与里贝尔先生的正面冲突。他大打出手，举起啤酒瓶向里贝尔先生的头砸去。这次冲突不仅使里贝尔先生"更深地陷入幻想"（611），出现了更深的创伤体验，也使汉森受到了同样的肉体创伤，更使利齐小姐"跪在地上，一转身又站起来；她的五官都扭曲了；她语无伦次，泪流满面"（631）。可见，三个人都遭受了剧烈的创伤打击。此外，在舞会期间由于威廉·丹尼喝醉酒把特雷德韦尔太太错当成舞女帕拉斯托而遭到特雷德韦尔太太鞋跟的抽打。小说中这样写道：

> 她感觉到脚底下有一只鞋，把它脱下来，紧紧地抓着鞋底，用鞋跟打他的脸和头……她打他的时候感到的愉快是那么强烈，一阵敏感的痛感从她的右手腕开始，往上射去，直痛到她的肩膀和脖子。那尖尖的包着金属的高跟每打一下，他的脸上就会出现一个慢慢地呈现猩红色的、半圆形的小印子；……特雷德韦尔太太对她干的事儿害怕得浑身冰凉，然而无论如何也停不下手。丹尼动了动身子，痛苦地呻吟，睁开眼瞟了一下，然后惊讶地睁大眼睛，挣扎着坐到一半，又倒下去，在他的梦魇中用被闷住得声音喊叫："帕斯托拉，帕斯托拉！"（634—635）

这一段创伤描写将特雷德韦尔太太和丹尼双方所遭受的创伤症状进行了详尽的刻画。作为施暴方的特雷德韦尔太太在用高跟鞋鞋跟抽打丹尼以获得某种近似性虐的快感同时，她也正在遭受创伤体验，"害怕得浑身冰凉"正是其创伤癔症的具体表现。而对作为被施暴方的丹尼而言，他的创伤更是不言而喻，引文中的"痛苦呻吟""惊讶""挣扎""梦魇"等词明确地展现了丹尼在肉体和精神上的创伤体验。在酒精作用下，丹尼又错将施暴方误认为是帕斯托拉，这使雷德韦尔太太最后巧妙地逃脱了惩罚，使得丹尼继续困惑于创伤体验之中。汉森和里贝尔先生以及特雷德韦尔太太和丹尼的例子表明，在舞会期间"愚人们"的创伤已经从原先彼此之间的无形创伤——言语伤害、种族歧视、人际仇视等——升级为血腥的有形创伤——赤裸裸的肢体暴力。这意味着创伤的等级在提高、创伤的深度在深化。此外，在舞会期间德国姑娘埃尔莎由于遭到自己暗恋的对象——一个长相英俊的古巴学生——的嫌弃，而使原本的自卑感进一步加深，"埃尔莎感到她的心最后碎了"（593）。理性的舒曼医生在舞会期间对于女伯爵的思念也变得愈发强烈，甚至出现了创伤性质的梦境。① 卡尔·鲍姆格特纳先生由于在舞会期间打扮成小丑而受到自己妻子的嘲讽和责骂，以至于鲍姆格特纳先生心中长期积累的创伤感瞬间爆发，大声喊道："我已经活得太久了——再也不愿受一会儿折磨了。我要去自杀。"（618—619）他扬言要以跳海的方式结束自己的生命，这使得鲍姆格特纳一家濒临破裂的边缘。珍妮与戴维之间的爱情纠葛也因为舞会期间珍妮与弗赖塔格先生的暧昧关系而面临彻底分手的境地。甚至连船上的乘客们在舞会上跳舞时，作者都暗指他们内心被激化的创伤体验：

> 整个西班牙歌舞班子的人员脚一踩上甲板，就一对对分开，旋转着迈开舞步，一对又一对配合着节拍跳起来，他们都像苗条的瓷人那般般配，显示出训练有素的优雅的风姿，蛇一样柔软，细细的骨头，光滑瘦削的脑袋，细巧的手脚……有几对德国人跟着跳了——里特斯多尔夫太太和一个年轻的船员、鲍姆格特纳两口子，他们都苦着脸，埃尔莎和她的父亲、里贝尔先生和利齐——他们跟那些西班牙人一比，都显得土里土气、笨手笨脚和不相配——他们的身子、体形、身高、身宽和他们的脸全都难以形容，他们的面色没有生气。只有一个共同特征，笨重，说明他们是属于同一个民族的人员……这些歌舞班子的人员不再用他们飞鸟一样灵巧的姿态在跳纯正、古典的维也纳华尔兹舞；他们在——可不是、没错儿——模仿——带有侮辱意味地用模仿来嘲弄德国式的华尔兹舞。（590）

从引文可以看出，西班牙歌舞团人员舞姿的优雅、轻盈与船上德国籍乘客的笨重、迟钝形成鲜明对照。引文最后作者波特更是少见地以叙述者的身份直接出现，以"可不是、没错儿"这样的肯定语气点明了西班牙歌舞团是

---

① 详见本章第四节的分析。

在刻意模仿那些笨重的德国人以达到侮辱他们的效果。这种鲜明的对比与公开刻意的侮辱性模仿对于那些德国籍乘客的创伤打击也就变得显而易见了，就像旁观者珍妮所说的那样："这太过分了。那些人（指西班牙歌舞班子的人员）真叫人受不了……我不想再跳舞了。"（591）如此多的创伤集中出现在舞会期间并显示出不同程度的深化和升级的迹象，这显然并不是偶然的，而是作者精心设计的情节安排。狂欢的舞会氛围与舞会期间的创伤升级形成了巨大的张力与极大的反讽。狂欢舞会原本用以消除人与人之间的界限，而"真理号"上的这场舞会却成了创伤升级和深化的舞台。在创伤经历升级或深化之后，大部分乘客并没有从创伤体验中真正走出来。根据创伤理论，创伤者真正走出创伤体验的关键一步是重建自我，"在创伤中，受伤者的自我被毁灭，信念被动摇，人际环境被破坏。要开始新的生活。经历创伤者要探寻新的生活意义，建立更持久的信念，开发新的人际环境，构筑起新的世界……开始新的生活最重要的是创造力量、建立新的联系、学会与人相处、在合作中实现自己制定的目标"。① 然而，"建立新的联系、学会与人相处、在合作中实现自己制定的目标"恰恰是"真理号"上的这些现代西方人所学不会的技能。正如他们在"真理号"启航时彼此之间"渐渐出现一种不承认的、怀着敌意的认识的眼神"（14），在"真理号"靠岸即将结束航程时，他们仍然彼此疏远，"他们不再对别人要说的任何事儿感兴趣——他们的脑子都又包围和封闭着，只关心他们自己的事儿，他们共同的希望：离开船，结束航行，再一次处理他们的真正的、各自的生活"（673）。心灵的再次"包围和封闭"暗示着他们不可能走出创伤，因为他们无法重建自我，当然也不可能开始"真正的、各自的生活"，正如小说第三部《海港》的副标题——"因为在这儿我们没有延伸的城市……"——所暗示的那样，这些现代社会的"愚人们"在欧洲大陆仍然漂泊无依，仍然在"没有延伸的城市"中变相逃亡或是被放逐。在小说结尾处，戴维问珍妮："我们能到哪儿去呢？"珍妮回答："我们会想到一个地方的，让我们等吧。"（678）他们依旧没有真正的归宿，漂泊无依仍是他们的生存状态，这与他们当初从维拉凯鲁斯启航时的境遇是何其相似。"真理号"航程的终点似乎又回到了航程的起点，启程时的变相"逃亡"在终点时变成了继续"逃亡"，这构成了一个创伤的循环结构。若以船上乘客的

---

① 李桂荣. 创伤叙事——安东尼·伯吉斯创伤文学作品研究［M］. 北京：知识产权出版社，2010：39.

创伤书写作为解读视角，我们可以看出小说《愚人船》存在着外部与内部两层结构。外部结构是以"真理号"的航程为叙事线索的直线结构，即从维拉凯鲁斯启程、在公海上航行、不来梅港靠岸以及乘客最后登岸离开。而小说的内部结构则是以西方乘客的各种创伤为叙事线索的循环结构，即维拉凯鲁斯的创伤启程、公海上各种无形创伤的展露、舞会上创伤的升级或深化以及在"没有延伸的城市"的大陆上继续变相"逃亡"。这两个叙事结构可以用下图表示：

图1. 航程直线结构（以"真理号"实际航程为线索）：

维拉凯鲁斯启程——→公海航行——→不来梅港靠岸

图2. 创伤循环结构（以乘客的创伤体验为线索）：

启航（变相的"逃亡"）——→公海上（创伤的展露）

↑                               ↓

航程结束（创伤的继续）←——狂欢舞会（创伤的升级）

如图所示，直线结构与循环结构在《愚人船》中形成表里双层结构，图1和图2交织在一起，共同演绎了"真理号"的一次创伤之旅。

美国文学评论家格兰维伦·希克斯（Granvillen Hicks）在1962年3月31日的《星期六评论》（*Saturday Review*）中对于小说《愚人船》的结尾处理有过这样的评价："这部小说由于其清晰的叙述和深入的洞察，让读者感到有点阴冷。在这部小说中，就我能看到的而言，没有发现人类有改善的可能性。虽然我们都已熟悉了作者笔下的这些乘客，但在出奇沉默的结尾处当他们离我们远去时，我们漠不关心地注视着他们离开。"[①] 格兰维伦认为小说的这一结尾是一大败笔，好像小说还没有真正结束，船上人物的命运还没有完全交代清楚。但如果以创伤循环结构的视角来审视这一结尾，或许可以有理由认为，作者波特是有意安排这样的结尾。创伤仍在这些"真理号"上的乘客心中持续和循环着，他们踏上不来梅港的那一刻不过是他们当初来到维拉凯鲁斯的重演，新的旅程终点不过是下一次创伤旅程的起点。"真理号"上的乘客大多没有走出创伤的循环。对于这样一个结尾，有的评论者认为过于阴暗和悲观，但正如波特在一次演讲中说的：

---

① George Hendrick. Katherine Anne Porter [M]. New York：Twayne，1962：99 – 100.

艺术家并不总是创造一个令人愉悦的世界，因为那不是他们的使命。如果他们这么做了，你（指读者）也就有权不再相信他们……伟大的艺术不会来迎合世人。艺术家应该提醒你，对有一些人而言，生活在这世界上是一种恐怖的经历、人类的想象力也能产生恐怖。艺术家应该指引你用你以前从来没有看过的视角进行观察，或使你思考那些在你平常生活之外的生活方式、言语行为甚至是服饰搭配，最重要的是独一无二的人物心理世界，即使你对于这些不属于你的困境并不关心。①

真实的世界并不一定美好，而文学家的任务就是要表现真实的"不美好"，尤其是人心中的"不美好"。作为一个"阴暗寓言"的创造者，波特在《愚人船》中充分展现了这一创作理念。

波特自己曾说过："'真理号'之旅是一场由'世界之船'所进行的'永恒的航行'。"② 如果从创伤视角来看，"真理号"的航行之所以永恒是因为现代人心灵创伤的永恒。只要现代西方人无法学会建立新关系，无法学会与他人相处，那么愚人船将一直在茫茫大海上航行下去，在创伤的循环中徘徊下去。

## 第三节　"愚"之背后的创伤隐喻

《愚人船》的主题核心是展现现代人的"愚"。小说中所包括的"愚"是广义而丰富的，既有愚蠢与荒谬，也有邪恶与疯狂。波特淋漓尽致地展现船上乘客们所表现出的各种"愚昧"，从而为读者刻画出了一幅现代社会的愚人众生相。作者并未用传统的情节设计来推动故事的发展，而是采用了片段式的叙事方式，通过视角的不断转换来使读者不断深入各个人物的内心世界。"作者的兴趣是对乘客自身和对他们间相互关系的描写和研究，并由此来显示人类道德的堕落和精神失落的处境，衡量兽性与罪恶在这个世界中的尺度。"③《愚人船》结构庞杂，人物众多，作者着力刻画的人物就多达五十多

---

① Katherine Anne Porter. Collected Stories and Other Writings ［M］. New York：The Library of America，2008：692.

② 李曼，崔静华. 波特小说的淡化情节写作 ［J］. 常州工学院学报，2013（10）：67-70.

③ 黄铁池. 当代美国小说研究 ［M］. 上海：学林出版社，2000：269.

人。作者没有停留在仅仅描写人物表面所显露的"愚"上，而是在文本中直接或间接地留给读者想象的空间去挖掘导致这些"愚"的根源。尽管波特曾声称，"这（指《愚人船》）是一个善良的人——那些不会伤害他人的人——与罪恶相互勾结的故事"①，但是在整部作品中很难找到严格意义上的善人和恶人。"真理号"上每个乘客都存在着这样或那样的缺陷、偏见、愚昧、敌视、仇恨甚至邪恶，如同亨德瑞克所分析的那样，只有胡滕教授和太太带上船的那条哈巴狗贝贝才是"整艘船上波特予以同情的极少数对象之一"。② 也许在《愚人船》出版后波特在一次接受访问时说的话更为中肯地道出了小说的主旨，她说："我不想让所有的人都远离圣人或成罪人，我只是想写出人类的弱点和对他人的伤害，或背负着力不能胜的包袱，这些包袱使他们成了现在的样子。"③ 无论是他们自身的弱点还是他们对他人的伤害，本质上都是一种创伤感的表现与反映，而这种创伤感正是现代人类社会的一个写照。

## 一、受伤的"小恶魔"

"真理号"上称得上邪恶的人最明显的是那对被称为"小恶魔"的双胞胎兄妹里克和拉克。这对兄妹虽然只有六岁，但却恶贯满盈。比如，他们先是企图将船上一只猫抛入海中，然后把里特斯多尔夫太太的笔记本和一个小枕头丢入海中，他们将胡滕夫妇的宠物狗贝贝丢进海里，间接导致木刻艺人埃切的死亡。最后还当面抢劫女伯爵的珍珠项链，并在事情败露后将项链丢入海中。在小说中只要描写到里克和拉克，读者总能看到诸如"邪恶""凶狠""冷酷""恶意""小妖怪"等词汇。有时波特会毫不留情地使用"魔鬼"一词来形容这两个年仅六岁的孩子。例如，当他们看到约翰推着格拉夫先生的轮椅过来的时候，他们"马上尖叫，大嚷着，围着那个小个子病人像在跳某种魔鬼舞似的绕圈子，直到那个推轮椅的金发的小伙子用德语高声咒骂，把他们撵走为止"（73）；又如"里克和拉克，那是两条无法无天的粗毛梗狗……当然喽，不是出色的狗，但是在它们的崇拜者看来，是他们希望成为的出色的魔鬼——在每一个境况中捉弄甚至最聪明的人，把每个接近它们的人的生活变成使人死去活来的苦难，靠着它们的捣蛋的花招总是随心所欲，

---

① George Hendrick. Katherine Anne Porter [M]. Boston：Twayne Publisher，1988：100.

② George Hendrick. Katherine Anne Porter [M]. Boston：Twayne Publisher，1988：115.

③ 黄铁池. 当代美国小说研究 [M]. 上海：学林出版社，2000：280－281.

无往不利，而且始终安全脱身，不受打击"（97）。波特在创作《愚人船》时，似乎有意识将人类所有人性中的邪恶与残忍都集中体现在这对兄妹身上。正如"真理号"上的船医舒曼医生所说的："他们（指里克和拉克）的邪恶根深蒂固地扎在他们的灵魂里。"（272）波特之所以这样描写两个孩子，有的学者认为，"恐怕意在表达只要是人，无论大小都会有一个罪恶的灵魂，这对小恶魔的倒行逆施正是他们灵魂罪恶赤裸裸的显现"。① 诚然，波特将这对双胞胎兄妹描写得如此骇人是想借以展现人类人性中的罪恶。但是作为一位擅长探究人物心理、以努力揭示现代人类精神状态而著称的作家，波特并没有停留在一味地描写人物表面的邪恶，而是在文本中为读者探寻里克和拉克罪恶灵魂的根源提供了线索。正如在本书第三章第一节中所论述和分析的那样，孩子由于较早地接触了某些禁忌，例如性或是死亡，童年的天真便丧失了，从而产生创伤体验。可见，儿童身上的许多问题并非源于天性，而是源于外部成人世界的影响。里克和拉克这对"小恶魔"身上的恶性也并非源于他们自身的灵魂，而是来源于他们的生活与成长经历。里克与拉克生活在一群自称是吉普赛人的西班牙小歌舞团中，他们从小接触的环境便是随团到处漂泊迁移，如同"真理号"上众多乘客一样，这对双胞胎小小年纪也便成了"旅行的囚徒"。他们从小接触的人也都是些三教九流，他们的亲生父母蒂托和洛拉是扒手，而歌舞团中其他的成员如孔查是卖淫女，其丈夫佩佩则是靠孔查卖身钱过活的小混混。从小说中"舞蹈班子已经计划抢劫女伯爵，但是不到最后的时刻不会动手"以及船在圣凯鲁斯凡登岸后歌舞团在当地商店大肆偷盗之类的描写来看，整个舞蹈班子简直可以说是一个抢劫兼盗窃团伙。在这样的成长环境中，里克和拉克身上的邪恶如此根深蒂固也就不难理解了。里克和拉克身上许多骇人的行为显然是受到成人的影响或是模仿成人。例如，小说中有这样一段描写："汉斯看到里克和拉克爬到栏杆顶上，把身子远远地探出在水面上，互相任性和毫无顾忌地喊叫，扭动了一下身子，叹了一口气。他们看到了他，向他伸了伸舌头。克拉转过她的背去，猛地撩起她的裙子，对他露出她的穿着短裤的屁股……他（指汉斯）以前从来没有看到过一个女孩做出这种事儿来。"（217—218）克拉"猛地撩起她的裙子"、对异性"露出她的穿着短裤的屁股"明显带有性挑逗的意味，而这并不是一个年仅六岁

---

① 黄铁池. 当代美国小说研究［M］. 上海：学林出版社，2000：273.

的小女孩与生俱来的行为，显然是对于成人行为的模仿。又如当里克和拉克看到里贝尔先生与利齐小姐在船上偷偷亲热的时候，他们不是回避，而是快意地对他们喊"继续干啊，别停住"（267），甚至还以威胁的口吻向里贝尔先生勒索一比索，否则就把他和利齐小姐偷情的丑事说出去。这些超出他们实际年龄的老练、冷静与无耻的举动显然是受到身边的成年人的影响，换句话说，里克和拉克身上体现出的罪恶在根源上来自于歌舞团中的成年人。如果看一下小说中孔查对于约翰卖弄风骚的挑逗、佩佩向其他乘客贩卖庆祝会票子的变相勒索，以及蒂托和洛拉在得知里克和拉克把抢劫女伯爵的计划搞砸之后表现出来的凶狠、残暴，我们就能发现，他们与这对"小恶魔"表现出来的行为是何等相似。他们的行为潜移默化地影响了里克和拉克。

成年人的罪恶行为不仅影响塑造了孩子的行为方式，也给他们的身心带来了巨大的创伤，他们的童真已经完全丧失，变得像他们身边的成年人那样一切以自我利益为中心。当里克和拉克因为从里贝尔先生那里勒索来的一比索分赃不均时，原本形影不离的双胞胎兄妹可以对彼此大打出手：

> 里克和拉克跌到船里去，在黑暗里缠成一团，格格地笑着。"把我的比索给我，"拉克凶狠地说，一把抓住里克的肋骨，用手指甲掐进去。"把我的比索给我，要不，我会把你的眼珠子挖出来的。"
>
> "拿啊，"里克用同样的声调说，用拳头捏紧那个硬币。"来吧，拿啊，不妨试试看！"
>
> 他们看来在你死我活地扭作一团厮打，滚到船底，打得好不激烈，膝盖顶撞肋骨，手紧抓头发；他们互相造成的痛苦会带来强烈的欢乐。（269）

从上述引文可以看出他们近似成年人的表情和举动。他们以对方的痛苦作为自己的乐趣，甚至在跳舞时他们也期待着给彼此留上身体上的伤痛，"一个松开手，往前冲的时候，另一个抓得更紧，也往前冲。最可能发生的情况是，站定时头对头的冲撞，碰得凑巧，两个都可能鼻子流血"（421）。将他人以及自己肉体上的伤痛作为自己的快乐，这种近似自虐的行为也就可以解释他们将船上的猫以及胡滕夫妇的哈巴狗贝贝扔进海里的意图，他们以比自己更弱小的生命的挣扎与痛苦作为自己的快乐。这种行为固然令人发指，但它也正揭示了这两个"小恶魔"受伤的灵魂。现代心理学有大量证据表明，儿童对于弱小生命的刻意伤害是一种创伤症候，它是儿童将自我的心理创伤转嫁给他人的一种行为，从而起到缓解自身创伤的目的。里克和拉克的创伤源于父母之爱与温馨家庭的双重缺失，他们的父母洛拉和蒂托对他们的教育就是近似蹂躏的暴力打骂。

> 　　她（指洛拉）用两条腿围住他（指里克），抓住他的两只手，开始恨恨地压他的手指甲，一次一个，态度坚决、冷静，痛得他浑身扭动和嚎叫，但是她只是说："告诉我，要不，我会把你的手指甲一片片翻过来，我会把针刺进你的指甲下面去！我会把你的牙齿一个个拔出来！"……洛拉开始用大拇指和中指把里克的眼睑翻上去，于是他的尖叫从疼痛变成恐怖。她说："我要把它们挖出来！"（491）

　　从洛拉对里克坚决而又冷静的施暴中，我们可以看得出洛拉对里克实施这种行为远不止一次。当她对自己的儿子里克施暴时，歌舞团中其他成员不但没有劝阻，反而怂恿洛拉说："继续干。给他点厉害尝尝。别停手！"（491）在这样的创伤环境中成长的孩子，他们的身体伴随着对于创伤的记忆，这种创伤记忆会通过强烈的身体暴力来得以展现，而他们表达仇恨和爱的方式也会通过对自身和他人身体的折磨来予以发泄，这从上述关于里克和拉克相互厮打的那段引文中就可以鲜明地看出。而他们对于猫狗的蹂躏与迫害也正是对于自身创伤记忆的一种宣泄。心理学家朱迪斯赫尔曼（Judith Lewis Herman）认为："少年创伤患者的症状证明了他们创伤的过去，包括生理与情感上的痛楚、麻木、自我伤害、遗弃、记忆的丧失以及性格的改变等。"[①] 正是由于长期生活在一个蹂躏与打骂的家庭环境中，里克与拉克的心理受到了巨大的摧残，这使得他们的性情出现了扭曲和畸形，从而变得与其他同年龄的孩子完全不同。在小说中，波特并未一味对这对"小恶魔"进行妖魔化的描写，而是有意识地揭示了他们受伤的心灵，例如，小说中写到父亲蒂托对拉克和里克做规矩时有这样一段描写：

> 　　蒂托放开拉克，转过身来，对里克施行做父亲的规矩。他抓住里克的右手腕，慢腾腾地、一个劲儿地扭过去，直到里克的肩膀几乎在他的骨臼里转过来，里克跪倒在地上，发出一声长长的嚎叫，然后声音渐渐

---

　　① 　Judith Lewis Herman. Trauma and Recovery [M]. New York：Basic，1992：175.

低下来，变成像小狗那样的凄惨的抽抽咽咽的啼哭，他才松开那凶狠的扭动。拉克蜷缩在长沙发上，抚摸着自己的一个个青肿的伤痕，又跟他一起哭起来。（492）

通过上述引文的描写，我们看到了里克和拉克这两个"小恶魔"内心的创伤。在面对比自己强大的父母时，他们只有像小狗一样蜷缩着，低声哭泣。在船上其他乘客眼中，这对兄妹成人似的凶狠表情其实正是他们对于成人世界仇恨的表露。这种仇恨在面对比自己强势的成人时，只能以偷偷摸摸的方式进行，例如，他们将里特斯多尔夫太太的靠枕丢进海里；而在面对身体虚弱的女伯爵和比自己弱小的哈巴狗贝贝时，他们的仇恨就以凶狠、暴力的方式显露出来。他们的凶暴行为所掩饰的正是其父母与周围人对他们幼小的心灵长期造成的创伤。父母之爱以及亲情之爱的长期缺失已经使得这两个孩子的内心伤痕累累，他们已经不懂得如何用爱来对待其他生命，而只会以屈服于强者或是伤害弱者的方式来对待他人。小说中有多处写到里克与拉克身体上的伤痕，例如，舒曼医生看到"他们的光着的胳膊上有一条条长长的被抓伤的、在流血的痕迹"（155）以及上述引文中"一个个青肿的伤痕"等。波特特意指出这对兄妹身上的伤痕，在某种程度上也是暗指两个孩子内心不可弥合的创伤，因为这些肉体上的伤痕正是他们心灵伤痕的外在体现。

波特多次在其小说创作中细致地描写了人类童年的创伤，这或许与波特缺少父母关爱的童年记忆有关。在《马戏》《坟》等短篇小说中波特关注当儿童面对成人世界时所面对的突如其来的创伤打击，而在《愚人船》中波特则似乎更关注成人世界对儿童心理所造成的创伤性质的结果与影响即家庭关爱的缺失与父母暴虐的毒打彻底扭曲了里克和拉克的幼小心灵。从创伤的影响来看，里克和拉克的创伤体验与性格扭曲正是《马戏》《坟》等短篇小说中童年创伤的延续与恶化。

## 二、灵与肉的分裂

在《愚人船》中维利巴尔德·格拉夫先生的出场次数不多，但却是给读者留下深刻印象的人物之一。他肌肉萎缩、身形瘦弱、气息奄奄，连行走的能力也已经丧失，只能坐在轮椅上，由外甥约翰到处推着走。在船上许多乘客眼里，格拉夫先生是一个鬼、一个"死人"，连自己的外甥约翰都埋怨道："我巴不得他死哩。"（422）但格拉夫先生却深信自己拥有上帝赋予的神力，能为世人消除肉体乃至精神上的痛苦："上帝给了他治愈别人的力量。在这种力量中，他的灵魂不再感到恐惧。"（249）对于格拉夫先生而言，这种妄想中的宗教神力是他躲避自己身体的衰败与即将来临的死亡的一剂精神迷幻药。对于如此信仰上帝的格拉夫先生而言，他本应带着极大的虔诚与平静面对所有生命的归宿——死亡，但是格拉夫先生却怀着极度的恐惧："他像一个待决的囚犯看到行刑的斧头那样吓得缩成一团，不顾脸面地求饶，他没完没了地、语无伦次地祈祷，求上帝为了垂怜他维利巴尔德·格拉夫，逆转他的不可改变的规律，行一个奇迹，用其他办法惩罚他的罪孽，不管多么残酷，但是只要让他活下去就行。"（249）对于死亡的恐惧或者焦虑可以看作是对于创伤的一种直接的反应，如同弗洛伊德在《抑制、症状和焦虑》一书中所认为的那样，对于死亡焦虑或恐惧可以被看成是一种接近创伤的危险信号，它是"遭受一种不会停止的痛苦，或者体验到一种不可能获得满足的本能需要的积累"。① 对于格拉夫先生而言，不断丧失的生命力是"一种不会停止的痛苦"。他渴望活下去，"哪怕就是现在这个情况，痛苦、衰败、绝望——（也要）让他活下去"（249）。这种主观活下去的渴望与不断接近死亡的客观事实造成了格拉夫先生难以言说的痛苦与创伤，这种"不可能获得满足的本能需要的积累"以上帝赋予神力的愚蠢妄想的形式在格拉夫先生身上得以展现。作为一个不断遭受死亡与疾病摧残的老人，格拉夫先生本应得到众人的怜悯与关心，但作者波特似乎并未对其表现出同情。周围的乘客视他为"死人"，对其唯恐避之不及，自己的外甥视他为"吝啬的老犹太"（249）和"臭气熏天的老僵尸"（253），甚至连哈巴狗贝贝都对他的神力表现出反感与厌恶，"它（指贝贝）微微摇晃身子，算是对他的仁慈的语调的反应，但是摇摇头，把他手上的气味从它的鼻子眼里喷出来"（427）。从这些描写中，我们不难看出波特本人对于格拉夫先生的态度。格拉夫先生对于宗教的狂热在波特看来不仅是愚蠢的，而且是虚妄的。波特在刻画格拉夫先生这一人物时总是带着一种揶揄讽刺的意味。例如，格拉夫先生期望凭借自己的神力"拯救"自己无可救药的外甥约翰，"因为这孩子已经落到这个地步，只有一个治疗方法了——克制肉体的欲望，等到意愿的肿块被摸到和消除为止"（249）。然而，格拉夫先生自己有时却也无法克制肉体的欲望。如同格拉夫先的外甥约翰所想的："这个

---

① 西格蒙德·弗洛伊德. 抑制、症状与焦虑［M］. 杨韶刚，高申春，译. 长春：长春出版社，2009：194.

冒牌伪善的老头儿假装他需要新鲜空气，而实际上他想要的是看跳舞，听音乐，还要说那一切是多么罪孽深重。"（600）小说中写到格拉夫先生常用抚摸对方身体的方式来为对方祈福。从文本的叙述中，读者可以发现，格拉夫先生通过抚摸进行祈福的对象都是儿童与妇女，小说中明确写到的就有格拉夫先生妹妹的一个女性朋友的孩子、一个印第安女佣、梳着两条辫子的红头发姑娘、"真理号"上的德国姑娘埃尔莎以及一位从墨西哥到西班牙蜜月旅行的古巴新娘等。可见，格拉夫先生抚摸祈福的方式具有明显的性别针对性，尽管他也想为自己的外甥约翰祈福，但他从未抚摸过他。小说在写到格拉夫先生用所谓的神力为神情沮丧的埃尔莎祈福时，有这样一段描写：

> "我已经承担了世界上的种种痛苦，所有的病人的病痛，"他（指拉夫先生）告诉她（指埃尔莎），"用我的肉体承担，所以我也能承担你的喉咙痛和你的不快活……可是我必须抚摸你，"他说。他向前探出身去，稍微伸直他的脖子，稀稀拉拉的山羊胡子尖从胸前翘起来。"让我摸摸你的喉咙，"……他已经伸出胳膊，用冷冰冰的、皮包骨头的手抓住她的喉咙，弯曲的手指头软弱无力地握了一下，就松开了，滑过她的乳房，重回到他盖在膝盖上的毛毯上。他看到她的恐怖的脸色，感到她结实的肌肉猛地打了个冷战。（413）

尽管波特在文本中没有明说，但在这一段描写中读者不难感受到，格拉夫先生抚摸埃尔莎的行为具有某种性欲的成分。从引文中有关埃尔莎的描写可以看出，埃尔莎也已经感受到了格拉夫先生的企图，"恐怖的脸色"和"打冷战的肌肉"正是对格拉夫先生意图不轨的举动所做出的身体反应。

格拉夫先生希望通过"克制肉体的欲望"来拯救那些在他看来已经堕落的灵魂，但是他自己却不时处于这种欲望的控制之中。这种矛盾而挣扎的心理状态在格拉夫先生向上帝祈祷时表现得尤为明显。当他祈祷时，他发现祷告词"停留在他的嘴唇上，没有说出来。他不敢祈祷，他不知道为什么祈祷"（252）。格拉夫先生说不出祷告词，因为他意识到自己的灵魂仍然时不时会受到肉体欲望的侵扰，那是对上帝的不虔诚，他对此感到恐惧。于是他又转而渴望死后的世界："人死以后，灵魂可以发现，可以在清晨灿烂的阳光中醒来，处于现在还没法想象的狂喜中，不管它现在的向望是多么神秘，它那时会了解一切。啊，也许天国就是这样的：那个维利巴尔德·格拉夫可能一次也记不起他从前是维利巴尔德·格拉夫，那个可怕的世界上的潦倒、迷失的旅客。"（252）精神上对于宗教的狂热虔诚与肉体上性欲的侵扰使得格拉夫先生处于一种心理分裂的状态。一方面，他极度恐惧死亡，希望上帝的神力能够在他身上产生奇迹，使他能一直活下去；而另一方面，他有时又渴望死亡，因为死亡能使他摆脱肉体对于精神的控制，哪怕只是短暂的控制。格拉夫先生正是在这种分裂的状态中折磨着自己，也折磨着自己的外甥约翰。他的宗教神力无法拯救约翰，因为他连自己也拯救不了，他只能在"痛苦、衰败、绝望中"妄想着上帝赋予他神力，而又时常对于自己的肉体欲望感到忏悔。于是格拉夫先生始终在对于死的恐惧和对于死的渴望之间不断摇摆，这种创伤性质的摇摆所暴露的正是他孤独而分裂的灵魂，同时也影响到了他的外甥约翰。

在格拉夫先生的眼里，约翰是一个对自己极其不孝的外甥，他行为粗暴、言语傲慢。由于自己虚弱的身体状况并且自己的起居实际是由约翰来照料这一事实，格拉夫先生无法与约翰发生直接正面的对抗。他时常对约翰说："我把你交给上帝。"（253）格拉夫先生对于约翰的不满以妄想中的上帝神力的形式在自己的精神世界里得到某种宣泄。在小说中，约翰的表情经常是冷酷、阴郁和烦躁，这些从创伤心理学的角度来看都属于创伤症候。通过小说文本的叙述，我们知道格拉夫先生的一切生活起居都由约翰料理，但是格拉夫先生始终把经济大权牢牢掌控在自己手里，不给约翰一分钱，以至于约翰骂他是"吝啬的老犹太"（249）。格拉夫先生的解释是："你在船上钱有什么用呢，约翰？这只会是设置在你面前的另一种诱惑。"（248）对于一个精力旺盛而又无经济来源的年轻人而言，这等同于将自己年轻的生命与形同朽木的舅舅捆绑在了一起。他只能与像僵尸般的格拉夫先生朝夕相处，而得不到任何年轻人该有的乐趣，单调与死亡的气息笼罩着他的生活。小说中唯一一次写到约翰露出笑容是在他听到船上的歌舞团演奏的音乐：

> 约翰推着他舅舅的轮椅，听到西班牙音乐，走得快一点儿，然后在他来到这个看得见洛拉在旋身子和啪啪敲脚跟的地方的时候，又慢下来。他本来紧绷着的那张皮肤白皙的脸——脸上长着稀稀拉拉的金黄色的亮晃晃的胡子茬儿——眉开眼笑了，神情是那么温和，看上去一下子像个年经的天使。他把轮椅推到栏杆旁，站住脚看叫人快活的表演。（247）

约翰的内心渴望着年轻人所热爱的东西，正像他对格拉夫先喊的那样："我要跳舞，在年轻的时候要活得像个年轻人。我有生活的权利。"（603）而这些东西在自己舅舅身边是完全被压制的，因为格拉夫先生奉行的是禁欲主义（虽然格拉夫先生本人也未必能做到）。经济的不独立以及照看舅舅的单调郁闷的生活使得约翰失去了年轻人本该享受的一切。他对刺激的事物充满欲望，但却由于舅舅的吝啬，他与这一切始终无缘。"他对爱情的渴望、他对永远被排斥在生活之外、置身于一切之外、始终没法参与、尽他的一分力、成为他自己的同类的一员所感到的剧烈痛苦"（603）成了他心理创伤的根源。在约翰眼里，自己的舅舅已不是自己的同类，因为他奄奄一息，是个活死人，跟他拴在一起意味着自我青春的牺牲，这是约翰不愿意的，正如他自己说的："只因为你快要死了——这难道也算是个理由，你可以把我跟你一起带进坟墓吗？"（603）年轻人对于激情和刺激的追求与受控于濒临死亡的舅舅的现实在约翰内心形成了巨大的冲突与矛盾，摆脱格拉夫先成了约翰潜意识里所向往的获得"自由"的方法。于是，当舞女孔查向约翰暗示杀死格拉夫先生，这样就可以继承他的遗产尽情挥霍时，约翰动摇了。他从原本阴郁、烦躁的浅层创伤转向伴有强烈生理反应的深度创伤癔症："约翰害怕地听着，不断地把头转来转去和咽口水，好像他被掐着脖子似的。这个本来那么经常地巴不得他舅舅咽气的人几乎被这个要他杀人的建议吓得愣住了。他可以发誓，他从来没有想到过这个念头。他的耳朵嗡嗡作响；他浑身感到像遭到电击似的。"（425）引文中的"好像被掐着脖子""吓得愣住了""耳朵嗡嗡作响""浑身感到像遭了电击似的"等描写清楚地展示了约翰在想到杀死自己舅舅这一念头时所遭受的心理创伤反应。他个人的良知在听从孔查杀死舅舅的意见与拒绝听从之间进行着挣扎，其结果就是身体上臆想出的"电击似的"的创伤体验。尽管约翰最终并没有选择杀死自己的舅舅，伦理良知最终战胜了杀死亲人、图谋遗产的罪恶念头，但是约翰从此也处于一种分裂的状态之中。他虽然仍然照料着自己的舅舅，但让格拉夫先生尽早死去的邪恶念头却开始萌生：

> 约翰慢慢地定下一个最胆大妄为的决定——他会弄到钱的，他一天也不会再容忍这个自私、贪婪的老人了，他假装是个圣人，却是个十足地道的魔鬼。他会结束这种奴役状态的，不管采用什么方法，他会使自己获得自由——这是结局，结局，他说，每一次，他把这个念头说出口的时候，他总是又感到一阵惊吓，几乎心跳都停止了；然而，他会干的。（601）

"惊吓"与"心跳都停止"是约翰想到杀人时产生的创伤癔症，同时也说明他良知未泯。他尽管不断在臆想着结束自己舅舅的生命，但同时却又在不断哀求自己的舅舅给他一些钱："他的脸皱巴巴，下巴打着哆嗦，眼睛里淌着眼泪，挂满在脸颊上，嘴的中央紧闭着，在抽搐，两个嘴角倒张开着；他发狂似地喊叫着和抽抽咽咽地啼哭，直到他的话几乎噎在他的喉咙里。"（602）"哆嗦""眼泪""喊叫""啼哭"这些创伤表现反映出的是约翰内心的虚弱与挣扎，同时也反映出他处于分裂状态中的灵魂。一方面，他由于自己曾经可怕的罪恶之念而对舅舅格拉夫先生怀有愧意，"他内心里在跟自己挣扎和扭打，试图找到那些他需要的适当的话，向这个老人解释清楚"（603），"（他）完全平静下来了，甚至因为想到要对那个已经成为他累赘的可怜、痛苦的人干粗鲁的事情而感到小小的后悔"（663）；另一方面，他又无法克制被孔查勾引起来的情欲，即使在和格拉夫先生一起向上帝做祷告时也难以抑制："孔查会在等他，她答应过独自个儿跟他一起过一个下午的。他把两只手紧握成拳头，捂在嘴上；折腾得人死去活来的欲望的魔力像不知从什么地方来的一击揍得他几乎什么都看不见了，那种强烈的打击力量不像是欢乐，倒像是致命的疾病或者别的他没有梦想到的、也没有人提醒过他的祸害。"（662－663）情欲并没有给约翰带来欢乐感，反而带来的是与想到杀死舅舅时极其相似的创伤体验，这使他隐隐感到那是一种致命的祸害，因为它曾经让自己产生杀人的邪恶念头。即使当他与孔查在一起时，他"仍然感到疑惑，仍然心惊肉跳；他清楚地意识到他干过的事情和面对的情况，血液里有一种很像恐怖的感觉"（607）。可见，他已经无法真正去享受年轻人的情欲了，因为在他的潜意识里，情欲与创伤体验联系在了一起，这使约翰陷入更深的创伤泥沼之中。一方面，他无法摆脱死人般毫无生气的舅舅，因为他的良知会受到谴责；但另一方面，他也无法离开曾经怂恿自己杀死舅舅的孔查，因为她代表着自己渴望的情欲（尽管这种情欲伴有创伤体验）。约翰就这样在对格拉夫先生的愧疚与对孔查的情欲之间摇摆不定，心灵处于创伤性的分裂状态之中。

格拉夫先生和约翰都是两个灵魂处于创伤分裂中的个体。他们创伤的根源源于灵与肉的分裂，肉体的欲望与他们的信仰或良知产生了剧烈的冲突和矛盾。这种灵与肉之间的分裂冲突使得格拉夫先生逃避于宗教神力，臆想着上帝赋予他的拯救他人的"力量"，但事实上这种神力如此虚幻，连自身都无法拯救。对于约翰而言，灵与肉的分裂使得他在良知的谴责与情欲的放纵之间不停摇摆，而情欲在约翰的潜意识里又与创伤体验联系在一起，这注定他不可能真正获得肉体的快感。格拉夫先生和约翰身上表现出的灵与肉的分裂也是不断物质化的现代社会中每个个体都可能会遇到的创伤体验。波特通过塑造这两个人物，从某种意义上而言，也是在告诫现代人在充满诱惑的现代社会警惕肉欲对于灵魂的控制。

### 三、西方世界的毒瘤：种族与阶级的划分

如果把波特的《愚人船》比喻成由不同经线和纬线织成的巨幅挂毯，那么种族与阶级问题无疑是作者想要在这部小说中重点突出和精心编织的一条线，也是作者向"努力了解西方世界人的生活中这个巨大而可怕的缺陷逻辑上"所迈出的重要一步。

《愚人船》的故事发生背景是 20 世纪 30 年代初即第二次世界大战爆发前夕，所以小说所关注的种族问题自然涉及犹太人问题。小说中许多人物表达了他们对于其他种族的歧视或是偏见。通过分析小说文本，我们可以发现"真理号"上几乎所有德国籍乘客都在不同程度上对犹太人（此外还包括船上的西班牙人、古巴人以及巴斯克人等种族）表现出反感与排斥，甚至连性情温顺的里特斯多尔夫太太都认为："他们（指犹太人）声称是上帝的选民，这叫我恼火。"（315）这种强烈的排犹情绪与当时西方世界的排犹政策有着密切的联系。西方世界对于犹太人的排斥与迫害由来已久。自从公元七十年与公元一百三十五年，犹太人两次反抗罗马人侵略的起义失败后，犹太人便流离失所、背井离乡、流散在世界各地。西方世界对于犹太人的歧视、排挤和迫害始终没有停止过。在西方历史上对于犹太人的屠杀时有发生，而这一切到了 20 世纪更是达到了变本加厉、令人发指的地步。第二次世界大战期间，德国纳粹以各种方式屠杀了将近六百万犹太人以及欧洲数十万其他少数族裔。

小说中"真理号"的航程就发生在这场腥风血雨的前夜。船上的德国籍乘客几乎都以自己的日耳曼民族为傲，而蔑视其他民族，尤其是犹太人。在所有德国籍乘客中胡腾教授、里贝尔先生和利齐小姐是最为突出的种族主义者。胡腾教授坚称，"在日耳曼人中不可能有犹太人的姓，不可能有这样的事情"（317）。对于娶了犹太姑娘为妻的弗赖塔格先生，胡腾教授更是将其从日耳曼民族中驱除出去，认为弗赖塔格这个姓自古就与犹太人家庭有联系（317）。里贝尔先生更是激烈地喊道："他们（指犹太人）样样都是，是彻头

彻尾的杂种，来自每个种族和民族的渣滓！"（314）他与利齐小姐一起策划一个名叫"未来新世界"的杂志专栏，"主题思想是：要是我们能找到什么办法把所有的犹太人撵出德国的话，那么我们的德国就会被公认为是伟大的，而且未来我们就会有一个自由的世界"（293）。至于其他的乘客，例如，里特斯多尔夫太太、加尔萨神父、船长蒂勒等都在不同程度上对犹太人以及船上其他的民族表现出轻蔑或歧视。身处这样一个反犹的环境中，作为"真理号"上唯一一位犹太人，尤利乌斯·勒温塔尔先生必然承受着比一般乘客更大的心理与精神上的压力。当他踏上"真理号"的甲板的那一刻，他首先做的事情就是寻找自己的同胞，当发现自己是船上唯一的犹太人时，勒温塔尔先生出现了创伤体验：

> 在他的一生中，他以前从来没有遇到过这种事情，但是在这儿遇上了，他最害怕的事情临头了：整艘船上，没有另外一个犹太人……除了他自己以外，船上却没有一个犹太人。出于本能的不自在所造成的痛苦愈来愈厉害，终于成为不折不扣的惊恐；他出于天性，对这个充满陌生的敌人的非犹太人世界满怀敌意，这种敌意是这么深、这么无处不在，好像是充斥他的身心的流动的血液。（69）

上述引文中的"最害怕的事情临头""出于本能的不自在所造成的痛苦""不折不扣的惊恐""对非犹太人世界满怀敌意"等都说明勒温塔尔先生在登上船的那一刻就出现了剧烈的创伤体验——极度的恐惧与愤怒。在一个没有任何犹太人的环境中，对于周围其他人对待犹太人的歧视言行，勒温塔尔先生常以冷静甚至看似冷淡的态度予以应付。当弗赖塔格先生由于自己妻子是犹太人的关系而被其他乘客冷落，不得不坐在勒温塔尔先生旁边时，勒温塔尔先生回答是："要是你打搅了我，我们能有什么办法吗？""有谁问过我们吗？"（330）这里的"我们"显然指的是"我们犹太人"。外表的冷静处之并不能掩盖勒温塔尔先生内心的创伤，他的回答不经意间透露出他自己作为一个到处受人歧视和排挤的犹太人无奈的心声。勒温塔尔先生的职业是推销天主教教堂用品，作为一个信奉犹太教的犹太人，这一职业是与犹太教教义相违背的，是对于犹太教的一种亵渎，但作为一名身处反犹浪潮高涨的时代的犹太人，这种职业的选择又是无可奈何的。二十世纪二三十年代，在欧洲许多地方犹太人被剥夺了财产和土地，他们的经商范围也受到了极为严苛的限制。就像勒温塔尔先生冲舒曼医生大喊的那样："抢走我的桌子，抢走我的床，抢走我的鲜血，碾碎我的骨头，上帝诅咒他们，他们还要什么？"（644）财富的丧失与人身的限制使得勒温塔尔先生从事起与自身信仰相违背的行业，这不能不说是一种无奈的扭曲与悲哀。正如《愚人船》唯一中译本的译者鹿金在该小说中译本的序言中所说："她（指波特）塑造了那个制造和销售天主教教堂用具的犹太人勒温塔尔。赋予他一颗被扭曲了的灵魂。"① 勒温塔尔先生扭曲的灵魂下是一颗饱受种族创伤的心，种族歧视使他总是与船上的其他乘客保持着距离。在下意识里，他不信任船上任何人，"他遭受着一阵阵恐惧浪潮的折磨，因为他害怕不够聪明，有一天他们会捉弄他，而他呢，等到发现他们在捉弄，已经太迟了。他常常想起他是生活在一个这么危险的世界上，他想不通他晚上居然敢睡觉"（135）。在船上就餐时，他总是一个人坐在某张桌上独自进餐。当弗赖塔格先生坐在同一张桌子旁的时候，勒温塔尔先生是"用怀疑的眼光观察着他，嘴角带有一点儿恶意的扭曲"（331）。"怀疑的眼光"与"恶意的扭曲"是个体对于周围人不信任和警惕性的外在表现，这也是勒温塔尔先生长期遭受歧视后的一种创伤性质的本能反应。可以说，勒温塔尔先生是"真理号"上少数几个值得同情的创伤个体。然而，作为一名试图"努力了解西方世界人的生活中这个巨大而可怕的缺陷逻辑"的作家，波特"绝不会满足于只对犹太人作肤浅的描绘和表示廉价的同情"。② 长期的种族歧视使勒温塔尔先生对自己的犹太人身份极度敏感，例如，当看到船上餐厅服务员随随便便的一个手势时，勒温塔尔先生认为这手势"不仅仅是嘲笑勒温塔尔先生个人、他的整个民族和宗教、也嘲笑他的不像话的晚餐，它是他的生活情况的象征，是他作为在一个极端自私的非犹太人社会中的一个贱民的地位的象征"（577）。这种极端的种族敏感有时使他对自己犹太民族的"纯洁性"达到了近似种族主义的偏激。例如，当他看到船上的基督徒在做弥撒时，"他抑制住想吐唾沫的冲动，直到他走到看不见那一溜儿做礼拜的人的地方为止"（211）；他对被误认为是犹太人的弗赖塔格先生这样说道：

　　我的眼光很凶，我也从来没有把你当作上帝的选民，确实是这样。不过，在德国，多的是这种种族混合通婚，呱呱叫的犹太小伙子纷纷追

---

① 见鹿金《愚人船》译本序第 9 页。

② 见鹿金《愚人船》译本序第 9 页。

求那些黄头发的非犹太妞儿，他们真该害臊；就这样，我们有许多人的长相比我们应该有的长相更蠢头蠢脑。在德国，你瞧犹太人已经没有后脑勺了；这是不正常的。（332）

当他得知勒温塔尔先生的妻子是位犹太姑娘的时候，他更是大声指责道：

这种犹太姑娘使所有我们其余的人蒙受耻辱。任何背离宗教嫁人的犹太姑娘都要受到脑子检查！……我这辈子从来没有伸出一个手指头去碰过一个非犹太女人，而且一想到碰到一个非犹太姑娘，我就恶心；你们这些非犹太男人干吗不能别来招惹我们的姑娘，难道你们自己种族的姑娘还不够好吗？（334）

上述两段引文关于犹太民族血统"纯洁性"的言论与胡腾教授或是里贝尔先生之流的纳粹种族主义者的种族言论是何其相似。在勒温塔尔先生眼里，"非犹太姑娘是好色货，你只要用正确的方式对付她们，这就是说，你用不着想她们是人，跟犹太人一样的人，只要把她们当作活生生的肉体就行了"（642），而非犹太人娶了犹太姑娘，在勒温塔尔先生看来也是一种"玷污了整个种族"（334）的罪孽。原来种族主义的受害者变成了变相的"犹太种族优越论"的信奉者，整个西方世界的民族似乎只有"犹太人"和"非犹太人"的简单划分。种族主义的受害者与加害者都在用相同的种族主义观点审视着彼此，同时又伤害着彼此，这不能不说是一个巨大的讽刺和种族主义对于歧视者与被歧视者双方造成的扭曲灵魂的深刻揭露。波特并没有因为勒温塔尔先生是一名受歧视的犹太人而毫无原则地同情他，而是用冷峻而讽刺的笔触刻画了一个在种族主义歧视性大环境中受到创伤而变得扭曲的灵魂。这也贯彻了波特在创作《愚人船》时的宗旨，"我要让每一个人物说他自己想说的话。我不会选边站，我站在每一个人物的立场上"。① 波特对于《愚人船》中每个人物的塑造都是公正而细致的。

与具有清醒的民族意识的勒温塔尔先生相比，弗赖塔格先生则是一个身份颇为尴尬的人物。"他是个身份特殊的人，自己属于日耳曼民族，却娶了个犹太姑娘，从此在德国陷入了不能自拔的尴尬境地"。② 这意味着弗赖塔格先

① George Hendrick. Katherine Anne Porter [M]. New York：Twayne，1962：103.
② 见鹿金《愚人船》译本序第9页。

生既不被德国同胞所认同，例如，自从他和犹太妻子玛丽结婚以来，"他在一些场所被拒绝坐上以前他受到欢迎的餐桌"（329）。同时，他又不被犹太人所接纳，正如勒温塔尔先生当面对他说的："（可是）一个挺好的犹太姑娘去嫁给一个非犹太人！""真不害臊，弗赖塔格先生——你玷污一个犹太姑娘的那会儿，玷污了整个种族……"（334）甚至连他的犹太妻子玛丽都当着他的面说道："所有的非犹太人都憎恨犹太人，那些假装喜欢我们的最坏，因为他们是虚伪的人。"（418）这种"里外不是人"的处境使得弗赖塔格先生对于自己的民族身份产生了困惑与焦虑。后殖民主义学者保尔·吉尔罗伊（Paul Gilory）在《流散与身份的曲径》（*Diaspora and the Detours of Identity*）一文中以美国黑人为例说明种族身份面临的危机。吉尔罗伊认为："一个人察觉到自己的两面性：他既是美国人，同时又是非洲人。同一黑人身体里存在着两个灵魂，两种思想，两股相互冲突的力量，两种相互矛盾的思想。"① 这种身份分裂所导致的身份危机也同样发生在弗赖塔格先生身上。一方面，在他的意识里他是德国人、属于日耳曼民族，他为自己身为德国人而骄傲，并时时怀念着自己的祖国："他知道他是个彻头彻尾的德国人，强有力的德国血缘的正统子孙，这种血统足以摧毁他自己的血管里一切外来的血液，使血液再一次变得完全纯净和完全是德国人的……等到时机一到，他就回归在他心中他从来没有离开过的故土，永不分离。"（185）他甚至异想天开地认为自己的日耳曼血统能够净化自己妻子犹太人的血液，他曾对自己的妻子说："我们的孩子们的血液会像我的血液那样纯净地流动着；你的被玷污的血液将会在他们的德国人的血管里被净化——"（185）他对于船上自己的德国同胞把自己排挤在外，不得不和犹太人勒温塔尔先生同坐一桌表现得怒不可遏，这些言语举动都表明弗赖塔格先生有着强烈的日耳曼民族意识，并以此为傲。但另一方面，由于与犹太妻子的婚姻关系，他在潜意识里又把自己归属于犹太人。例如，小说中写到弗赖塔格先生对于种族主义分子胡腾教授的言论嗤之以鼻时，有这样一段描写："'哎，胡说八道的日耳曼人，'弗赖塔格说，非常厌恶地走开去；他不愉快记起，不免吃了一惊，这是他妻子用的词儿，而且是他一直讨厌她用的词儿。"（431）"胡说八道的日耳曼人""厌恶地走开去""不免吃了一惊"等都清楚地表明弗赖塔格先生下意识地站在了犹太人的立场上对胡

---

①　Paul Gilory. Diaspora and the Detour of Identity［M］//Identity and Difference，ed.，K. Woodward，Los Angles：Sage Publications，1997：126.

腾教授之流的日耳曼种族主义分子表现出厌恶情绪。这种意识与潜意识里的民族身份分裂使得弗赖塔格先生对于自己的身份充满困惑即出现了身份危机。正如他自己所说:"我,我是个犹太人;要是我有时候认为运气不好的话,那么我就想象自己不是犹太人。"(333)分裂的民族身份意识——既被自己的德国同胞排斥,又得不到犹太人的认同——让弗赖塔格生活在痛苦的创伤漩涡之中,使他常常出现创伤性的幻觉:

> 他的出神的沉思变成了痛苦的狂想,一场可怕的白日梦缠住了他;甚至坚实的土地在他脚底下滑动、房子在他的头顶上摇摆、漫长的出逃正在开始的时候,他还在疯言疯语;他甚至没法想象那样是什么结局。未来是一个巨大、空虚的领域……也许事情会变化得很慢,他可能不察觉变化,直到有一天,已经太晚了。毫无疑问,他会继续在那家德国石油公司当副经理,直到有一天,人们在一个没有人在乎他娶了一个犹太姑娘的企业注意寻找别的什么事情。(185)

"滑动的土地""摇摆的房子""空虚的领域"等意象传达出的是弗赖塔格先生内心的不安全感和恐惧感,而造成不安全感和恐惧感等创伤体验的根源就是"他娶了一个犹太姑娘",就像弗赖塔格自己所认为的,"他害怕把玛丽介绍给他在墨西哥城的社交圈——他们再怎么也不会被她的金头发和小小的翘鼻尖的鼻子所蒙蔽……他们只要能瞧见她,一下子就会知道她是怎么样的人。"(185—186)自己妻子的犹太人身份是弗赖塔格先生梦魇的源头、也是他创伤体验的源头、更是他分裂的民族身份危机的源头。在旅程中他与珍妮·布朗暧昧的关系从创伤视域的角度而言,是其潜意识里企图摆脱这种分裂身份所做出的努力,因为珍妮是位美国人,她既不属于排挤自己的日耳曼民族,也不属于给自己带来尴尬处境的犹太民族。珍妮第三方中立的身份在一定程度上补偿了弗赖塔格摆脱身份危机的幻想。

归根结底,弗赖塔格先生所感受到的身份危机与勒温塔尔先生对于自己民族身份的极度敏感一样都是当时席卷整个西方世界的反犹太主义的创伤性质产物。弗赖塔格和勒温塔尔虽然各自属于歧视和被歧视的民族,但在愚蠢而荒谬的排犹主义的环境中,他们是同病相怜的两个创伤个体。犹太人与非犹太人的种族划分使他们都遭受了强烈的创伤体验,从而扭曲了他们的灵魂。在这两个人物身上,我们可以看到作者波特对于西方种族主义的厌恶和控诉,以及她对于种族主义对歧视和被歧视双方所造成的心理伤痛的揭露和反思。

"真理号"是一个"漂流在水面上的小小的社会"①，它是当时西方世界的一个缩影。当时的西方社会不仅存在着荒谬的种族问题，也存在着严重的阶级划分和阶级歧视。种族与阶级两者往往是"你中有我，我中有你"，正如社会学家安东尼·吉登斯（Anthony Giddens）所认为的："族群间的差异很少是中性的，它往往与财富和权力分配的不平等相联系，而且伴随着族群之间的对抗。"② 在西方社会，种族问题往往牵扯着复杂的阶级问题。种族与阶级的复杂关系一直贯穿整部小说。从"真理号"上不同乘客的舱房安排上来看，住在头等船舱中的乘客多为白人，其中以德国人为主，他们的职业多为教授、商人、出版商、画家等知识精英或富人阶层，而住在统舱里的乘客则多为西班牙裔的古巴人，他们是被迫遣送回西班牙的甘蔗田工人，还有被胡腾教授和加尔萨神父视为"一个不讲道理、极端个人主义的"（435）巴斯克人等少数民族。可见，小说在乘客的舱房安排上就已经隐隐突显了种族与阶级间的对立，如同船上的规章制度所规定的："三等舱乘客是不准到上甲板来的。"（27）小说开篇时所提到的墨西哥小镇维拉凯鲁斯即将爆发的"革命""大罢工""大使馆爆炸"等也都暗示着西方世界里严重的阶级与民族问题。如同"真理号"上日耳曼民族对于其他民族的歧视一样，头等舱中的乘客对于统舱的乘客也表现出一种歧视与厌恶感。然而讽刺的是，当胡腾教授和胡腾太太的宝贝哈巴狗贝贝被里克与拉克丢入大海的时候，那些胡腾教授眼中高尚的日耳曼民族同胞却袖手旁观，跳进海里去救贝贝以致最后献出生命的竟是胡腾教授向来不齿的一个统舱里的下等人——一个名叫埃切加拉伊的巴斯克人。这对于胡腾教授和胡腾太太而言是不可理解的，就像加尔萨神父说的："你能想象比这更荒谬的事情吗？"（435）胡腾教授曾对他眼中的下等人有过这样一番"奇思妙想"："他们生来思想卑劣，不可能有较高的理解力，显示出他们的能力没法接受他们的教育；他们自然没法把他们的教育用在好的方面，就非用他们的猢狲爪子把每一样高明的东西拉到跟自己一样的水平不可了。他们没法容忍，事实上他们憎恨，在任何层次上的崇高和伟大的事物。"（469）小说中写到埃切加拉伊是个木匠，他喜欢"用他的小折刀雕小小的动物像"

---

① 见鹿金《愚人船》译本序第 6 页。

② 安东尼·吉登斯. 社会学（第四版）［M］. 赵旭东，齐心，等，译. 北京：北京大学出版社，2004：318.

（435），这一细节表明他是一个热爱动物的人，他尊重一切弱小的生命。他奋不顾身跳入大海去救贝贝完全出于自己对于弱小生命的怜悯与博爱，但这些高尚的情操恰恰是胡腾教授之流自恃高贵的种族主义者所不能理解的，因为埃切加拉伊博爱的生命观是胡腾教授这些思想狭隘的人所缺少的和不具备的品质。埃切加拉伊不顾自己的生命安危跳入海中去救哈巴狗贝贝的举动已经超出了胡腾教授的"智商"所能理解的范围，他憎恨埃切加拉伊这一行为，因为它是"崇高和伟大的事物"。于是，他"把每一样高明的东西拉到跟自己一样的水平"，以狭隘的功利主义来揣测埃切加拉伊救贝贝这一举动。正如胡腾教授对胡腾太太所说的："我承认，我亲爱的，我深深地被那个不幸的人的动机给闹糊涂了。希望报酬——那不用说，可是这有点儿太简单了。难道他希望自己引起旁人的注意，被认为是个英雄吗？难道他——当然不知不觉地喽——巴不得死，所以采用这个自杀的办法，用不着真的感到内疚？难道——"（439）胡腾教授话语中的好几个"难道"正是他费力"把每一样高明的东西拉到跟自己一样的水平"所做出的努力，而最后得出的结论是"哎，不用说，他指望得一笔酬劳"（438）。波特以讽刺的笔调用胡腾教授对于其他民族和阶级的鄙视与偏见来揭露他自己的愚蠢与狭隘，他对于埃切加拉伊救贝贝动机的猜测以及对于其他民族歧视性的言论恰好是对于自身的极度反讽。然而，这种愚蠢与狭隘的种族与阶级思维又何尝不是"真理号"上其他头等舱乘客的真实写照呢？他们自认为高高在上，以猎奇的眼光像观看动物园的动物一样看着统舱里的那些下等人，把他们视为一个下等阶级。就像船上的一位高级船员所说的那样："上帝啊，他们真臭……他们是怎么繁殖的——像害虫！"（500）里特斯多尔夫太太认为他们是"牲口"（83），而弗赖塔格先生更是将他们称为"像在脏东西中繁殖的蛆虫那样拥挤在一起生活的、把周围弄得臭烘烘的穷人"（87）。但正是这些在上等舱乘客眼里像害虫一样繁殖的下等人中的一员跳入大海救了一条无辜的生命，那些头等舱中的乘客却只是一群看客，即使看到孔查一伙在圣凯鲁斯的商店里大肆偷窃，这些自命不凡的上等人也只是一味姑息，就像船长问舒曼医生，"那些跳舞的西班牙男女在圣凯鲁斯偷了许多家铺子，而乘客中许多那些你可以称之为正派人亲眼看见了这个情况。没有人当场干预，或者采取措施阻止吗？"（646）甚至那些"正派人"还从那伙"跳舞的西班牙男女"手中购买礼券，希望能抽中那些偷来的赃物作为奖品。在小说文本中，波特时常有意将头等舱乘客的言行与统舱里乘客的言行进行对比。在她的笔下，统舱里的那些乘客是充满希望与自信的：

> 统舱里那些即将上岸的乘客，聚集在陡峭的铁楼梯脚旁，结结实实地挤在一起，肩上都扛着鼓鼓囊囊的麻布包裹；比较小的孩子们跨坐在他们的身上，一张张脸都向上望着，等着一声号令，他们就能登上有广阔自由的上甲板，等着那个叫人高兴的词儿一出口，他们就能走过跳板，重新踩在他们自己的土地上了。每一张脸上都现出各人的盼望。（497）

引文显示出这些统舱里的乘客对于未来的生活充满向往。作者使用了"结结实实""鼓鼓囊囊""广阔自由"等充满希望感和充实感的词汇来描写这些统舱乘客的精神状态。他们彼此关爱、团结互助，在陌生的国度开创属于"他们自己的土地"。而与此对照，那些头等舱中的西方人却彼此仇视、相互伤害，"人人都情愿各自在内心保持着骄傲和与他人毫不相关的关系"（14）。如同《愚人船》中译本的译者鹿金在序言中写道的："《愚人船》的头等舱乘客，可以说是当时西方的自私自利的中产阶级的缩影。他们的种种活动构成的是一个色调灰暗的画卷。"① 头等舱乘客荒谬狭隘的思想、矫揉造作的言行以及对彼此在精神与肉体上所造成的种种伤害都与朴实而有活力的统舱乘客形成了鲜明的对照。作为西方社会的一员，这也是波特长期以来对西方社会和西方中产阶级进行深刻反思的结果。

在《愚人船》中波特揭露了西方世界存在着的种族与阶级问题，尽管这招致了不少人的指责与非议，尤其是来自德国文坛的责难，但作为西方世界发展中的一颗毒瘤，对于"努力了解西方世界人的生活中这个巨大而可怕的缺陷逻辑上"的波特而言，种族与阶级问题是无法被忽视的。波特通过"真理号"头等舱乘客的种族言论与阶级歧视，向读者展现了一个愚蠢而伤痛的西方现代世界。


### 四、爱的"无能"与情的"纠结"

情感的纷争与纠结是"愚人船"上的乘客们自始至终摆脱不掉的创伤体验，也是波特在小说《愚人船》中用浓墨重彩的笔调所极力诠释的主题之一。

---

① 见鹿金《愚人船》译本序第 10 页。

"真理号"上的许多乘客都遭受着不同类型的情感困扰，从而表现出不同类型的创伤症候。根据文本分析，可以发现他们的情感创伤多表现为对自我的压抑或是对彼此的伤害，即爱的"无能"和情的"纠结"。他们不懂得如何去表达或争取自己的爱情，而始终处于一种自我折磨或折磨他人的处境之中。

德国姑娘埃尔莎是"真理号"上明显最不快乐的人之一。小说中只要写到她，常会用"怯头怯脑"（137）、"躲在父母的后面"（245）、"被吓坏了"（246）、"透着害怕"（593）、"尽情大哭一场"（593）等带有明显创伤症候的词或短语来描述她的举动或心理活动。在他人眼里，她长着张"双下巴、沮丧的年轻的脸，在喉咙底部胖得像甲状腺肿的皱纹，油腻的皮肤，没有灵活的眼神的淡灰色眼睛，没有亮光的浓头发，肥厚的屁股，臃肿的脚踝，她有什么希望呢？鼻子长得很好，嘴长得好，额头还不错，这就是一切优点；这么一堆不怎么诱人的肉，一点儿都没有光彩，没有吸引人的魅力"（93）。正是由于自己不起眼的外表，埃尔莎总是对自己感到一种自卑，而这种自卑感深深影响着她的性格发展。她对于别人对自己的看法十分敏感，不敢主动同他人尤其是异性打交道，正如她自己说的："我没法显得有趣和逗人高兴。去引起别人对我注意，我会感到害臊。"（92）但是作为一个年轻的女性，埃尔莎对于美丽的追求没有停止过，那也是出于女人爱美的天性。当她得知母亲允许自己可以用香粉的时候，埃尔莎激动得"拉着她（指母亲）站起身来，惊奇和高兴得说话结结巴巴了"（137），甚至"克制着不让她的眼泪淌下来"（137）。但当母亲责备她不该化妆时，她的脸又涨得通红，对母亲的话言听计从。对于埃尔莎而言，女性天生对于美丽和自己身体的关注与自己天生不起眼的长相和母亲后天的严格管教在她的心理上构成了剧烈的冲突，甚至是分裂：

> 跟父亲玩多米诺骨牌和跳棋，在她妈妈不断的劝告、指导和责怪下干她讨厌的家务，甚至她的头发也从来不能算是她自己的，最后变成了一个被耽搁了的老处女……她的心在身内沉下去，接着又升起来，开始拼命地撞着她的肋骨，好像一个囚徒敲打铁栅栏那样，好像那不是她的一部分，而像是一个被吓坏了的陌生人被锁在她的身子内，叫啊，叫啊，叫喊："放我出去！"（246）

她的自我分裂成两个，一个是企图活出自我，不再对父母的话言听计从的"我";而另一个则是唯唯诺诺,虚弱而无能的"我"。这两个"我"在埃尔莎的意识里形成剧烈碰撞,从而使她产生了强烈的创伤体验。这种自我的分裂必然也影响到了埃尔莎对于爱情的追求。尽管她自知自己其貌不扬,难以吸引异性的注意,但是"在内心里,年轻、天真、渴望、痛苦、困惑、狭窄的心灵,隐蔽的本能像蜗牛那样弯弯曲曲地爬行着,在盲目地摸索"。(93)年轻人的各种渴望与欲望在埃尔莎身上也同样强烈地涌动着。当她看到船上别的年轻人在跳舞时,"她被舞蹈激动了,脸上忍不住现出空虚、快活的微笑"(245),当她看到自己喜欢的那个古巴学生在跟别人跳舞时,她感到剧烈的痛苦:

> 她看到自己喜欢的那个学生只穿着一条黑羊毛游泳裤遮住他的赤裸裸的身子,搂着一个西班牙姑娘的腰肢,开始跟她跳起舞来。埃尔莎的腼腆的性情受到震惊,这使她身子的中心感到真正的痛苦;这种痛苦像阵阵热浪,一直扩散到她的手指尖。她闭上眼,在一团漆黑中看到她拒绝在大白天看的情景——他背部的收缩的肌肉,他的扁扁的、漂亮的胸膛,他的细长的大腿和像男孩子的脚踝,最要命的是,那两条搂着那个姑娘的(两条)长着挺帅的肌肉的长胳膊……(245)

上述引文展现的是埃尔莎的"爱"受到冲击后的创伤症候。她感到痛苦是因为她暗恋的对象在跟别的姑娘跳舞。从埃尔莎观察那个学生的视角来看,"收缩的肌肉""漂亮的胸膛""细长的大腿和脚踝"以及"长着挺帅的肌肉的长胳膊"都是对于男性外在肉体特征的关注,这也充分体现出埃尔莎这位情窦初开的姑娘对于异性情欲的渴望。但是由于对自身条件的自卑感,她始终没有表达出自己对暗恋对象的爱慕。上述引文前有一句话"她(指埃尔莎)突然转移眼光,身子后退,好像她要躲在她父母的后面似的"(244—245)。对于外在世界对于自己的看法,埃尔莎总是下意识地采取逃避的策略,父母是她唯一可以隐藏自己的庇护所。但是也正是父母对她过分的"爱护"使得埃尔莎不敢面对自己作为一名年轻女性对于异性的正常欲望。引文中"她闭上眼,在一团漆黑中看到她拒绝在大白天看的情景"正是自身的自卑感与天性中对异性的渴望之间的剧烈冲突,这折射出埃尔莎在爱方面的"无能"即不会或不敢表达对异性的爱。舞会上当那个古巴学生主动邀请埃尔莎跳一支舞时,埃尔莎的反应不是欣喜而是害怕:"埃尔莎站着,挪动不了。'我不会，'她用小孩的声音低声说，透着害怕。'不行，不行，对不起——我不会。'"（593）爱的"无能"使埃尔莎不敢迈出主动的一步，即使当爱降临时，她也无法把握住。结果就是她只能"心惊胆颤地看到他（指那个古巴学生）脸上极厌恶的表情"，"埃尔莎感到她的心最后碎了"。（593）爱的"无能"使埃尔莎终究只能躲藏在父母的羽翼之下。尽管她的内心渴望冲出这狭小的牢笼，但她始终缺少主动去爱的勇气与魄力。这是她的可悲之处，也是导致她心理创伤的根本原因。

如果说埃尔莎身上所体现的"无能"的爱是由于自卑感从而缺少表达爱的勇气与魄力，那么舒曼医生与女伯爵之间无果而终的爱则是由于舒曼医生的理性。作为"真理号"上少数能以理性客观的视角看待问题的乘客，舒曼医生在拉克和里克企图将船上的一只猫丢入海中时能挺身出来阻止；对于胡腾教授、里贝尔先生以及船长蒂勒等人的种族歧视言行也表现出一定的厌恶感；对于那位众人敬而远之的政治犯女伯爵，舒曼医生更是予以了无微不至的同情与照顾。这些举动都使得舒曼医生与船上其他西方乘客显得不一样，在他身上仍能看到一些可贵的品质。作者波特想必对于这一人物也倾注了不同于其他人物的关爱和写作动机，以至于舒曼医生这一角色被一些评论者认为是整搜船上唯一一位好人，"是她（指作者波特）最赋予同情的角色之一"。① 然而，理性有时也是一把双刃剑。在过分理性地看待情感时，理性可能会使自己同时也使他人产生创伤。舒曼医生与女伯爵之间的感情源于他们彼此之间的相互同情与关怀。作为一名遭到古巴政府驱逐、被带上"真理号"流放到特纳里夫岛上关押的女政治罪犯，女伯爵在船上多数乘客的眼中"是个危险的革命者，一个国际间谍，把带有煽动性的信息从一个骚乱和叛乱的温床传递到另一个"。（148）但在舒曼医生的眼里，女伯爵却是一个受到极大创伤的个体。当他看到女伯爵在跟船上的水手说话时，他觉得"她好像在向他（指水手）倾诉一个他们会不得不表示同情的、叫人痛苦的秘密似的"（158），在舒曼医生看来，"她脸上的表情是万分痛苦的，她的话好像是严肃和绝望的"。（159）小说文本在一开始对女伯爵进行刻画时，用到了一些具有典型创伤性质的描写，例如，"毫无表情的"（160）、"冷冷的盯视"（160）、"突然抽搭搭地哭起来"（163）、"诉苦的哭声"（163）等，这些描写所揭露

---

① George Hendrick. Katherine Anne Porter [M]. Boston：Twayne Publisher, 1988：105.

的是女伯爵所遭受的不言而喻的心理和精神创伤。她在刚被押解上船时，就向周围的人倾诉道：

> "像野兽那样被追捕，我的孩子们，我的孩子们，我的宝贝儿；他们逃到树林里去睡……所以我只能等着，受着痛苦；受着痛苦，等着——我没法为他们出手，尽一点儿力——"她猛地举起双手，在她的头顶上画了个圈。"不过，他们造反是对的，他们是对的，我的孩子们，哪怕他们为此丧命，或者我得丧命，或者流放……"（160）

当她看到舒曼医生的时候，她也反复地说着："我的丈夫死了……我的儿子可……他们晚上睡在哪儿啊，谁帮助他们呢，谁给他们吃的，他们在哪儿——我什么时候会再见到他们？我的房子也烧掉了。"（164—165）心理学家鲁斯·雷斯（Ruth Leys）认为，创伤受害者无法在正常的意识里回忆或组织创伤的经历，所以"创伤因而被固定或凝结在时间里、拒绝作为过去的经历被再现，而是永远在一种痛苦、分裂和创伤的现在中被重新经历。①"上述引文中这段语焉不详、断断续续的话语叙述揭示的是创伤记忆对于女伯爵的心理以及精神上的打击与影响。已经过去的创伤经历——孩子被追捕、无法帮助孩子、苦等孩子归来等——对于女伯爵而言都像是在现实中重新被经历一次一样。她的创伤叙述表现的是"创伤在第一次发生时无法充分理解，它在经过一段时间的潜伏期后，可能在叙述中体现"。② 小说中写到女伯爵一直在使用醚之类的麻醉剂，这正是她试图通过药物来使自己摆脱创伤的努力——在短暂的麻痹之中使自己与创伤记忆隔离。这类似于创伤之后的麻木状态是"头脑和自己的心理格式割裂"。③ 但是当醚的麻醉效用过去之后，女伯爵仍会感到剧烈的创伤体验，正如她自己所说的："这并不叫我快活；不，它使我痛苦得要命，我血管里像有仙人掌在刺。"（265）短暂的麻木并不能消除长久的心理伤痛。原本女伯爵很有可能就在这种自我麻木的创伤体验中度过一生，但舒曼医生的出现给女伯爵带来了走出创伤的契机。

① Ruth Leys. Trauma：A Genealogy［M］. Chicago and London：The University of Chicago Press，2000：2.
② 王欣. 创伤、记忆和历史——美国南方创伤小说研究［M］. 成都：四川大学出版社，2013：42.
③ 王欣. 创伤、记忆和历史——美国南方创伤小说研究［M］. 成都：四川大学出版社，2013：271.

　　或许是出于医生救死扶伤的职业天性，舒曼医生一开始就对女伯爵这位创伤的女性产生了同情之心："他喜欢女伯爵，因为她精神错乱，迷失本性，吸毒，是个不受宗教、法律和道德约束的女人。"（478）舒曼医生对女伯爵的救助正是通过帮助她摆脱对麻醉剂的依赖，从而使其从创伤的麻木与绝望中走出来。对于舒曼医生的帮助，女伯爵一开始还以挑逗性的方式予以拒绝。但随着双方的深入了解和接触，双方彼此之间产生了感情。从小说文本来看，女伯爵开始向舒曼医生倾诉自己童年的往事。例如，她说道："我四岁那年，我劝我的一个弟弟喝了用来清洗排水管的碱水，告诉他那是牛奶。他喝了一口，马上吐出来，一边跑，一边尖叫……"（275）此外，她还向舒曼医生诉说自己对于男人和宗教的看法。创伤理论认为，"叙事要从创伤事件前开始，回想患者在创伤事件发生之前的人际关系、理想、信念、价值观、所做的努力和所面临的困难，目的是恢复患者的'历史感'……以便更好地认识创伤事件的实质和意义。①"女伯爵对于自己童年往事的叙述实质上是自身"历史感"的一种恢复，从而使自己重新回到现实的生活之中。于是在小说的文本中，读者不再看到女伯爵对于自己以及自己的丈夫孩子投身革命的创伤记忆叙述和带有明显创伤症候的痛苦表情，取而代之的是"沾沾自喜地说"（275）、"温柔而出人意料地说"（276）以及"在他（指舒曼医生）额头上亲了两下"（277）等充满爱意的描写。女伯爵行为言语上的前后对比暗示着她正逐渐从原本的创伤阴霾中走出来。

　　作为引导女伯爵从创伤记忆中走出来的领路人，舒曼医生在帮助治疗女伯爵的过程中也爱上了这位"精神错乱，迷失本性，吸毒，不受宗教、法律和道德约束的女人"。不过，与女伯爵敢爱敢恨的性格相比，舒曼医生是较为理性和保守的。舒曼医生不是没有像女伯爵那样的激情，他也意识到自己内心不可抑制的感情洪流，例如，小说中写到当舒曼医生意识到爱情闯入自己思绪的那一刻：

　　　　爱，医生说；对于这个字竟然会一下子闯进他的思想感到惊奇。他对于这个字的真正意义表示恰当的尊重，马上又把它撵出思想。他已经度过他一生中最好的年代——毕竟，在那之前他已做好了准备，他可能

① 李桂荣. 创伤叙事——安东尼·伯吉斯创伤文学作品研究［M］. 北京：知识产权出版社，2010：36.

用别的方式度过吗？……然而在他喜爱的欲念的强烈的刺激下无论如何抑制不住又一次奋不顾身的追逐——美酒、吸毒、性爱、美食——不管那欲念是什么，哪怕可能送掉他自己的性命。（156—157）

内心对于爱的渴望以及对于刺激的追求是人的本性，但当舒曼医生想到爱时，他的反应是将其"撵出思想"，尽管他自己也清楚自己无法真正克制住爱的欲念。在舒曼医生身上，理性的克制与本性的追求之间出现了一种互相抵触的状态。"本我与超我之间的冲突会使个体产生压抑"①，于是我们便看到了舒曼医生在这种冲突压抑之下强烈的创伤体验：

> 他深深地巴望活下去，哪怕只能呼吸也行，在他熟悉的躯壳内活动，安全地待在自己的身子里，一个他知道是家的所在，他没法控制在他浑身奔流的、热烈的、兴奋的浪潮，好像他已经喝了他的芳香扑鼻的烈酒似的。"我的上帝啊，"他说，眼睛聚精会神地盯着波涛汹涌的海上；波浪没有思想、没有感觉地服从一股在和谐的宇宙中的力量，一个接一个地后浪赶前浪。"我的上帝，我的上帝啊。"（157）

引文中舒曼医生对于上帝的多次呼救，表现出他意识里的恐惧感。这种理性与本性冲突所导致的恐惧使得舒曼医生更愿意"安全地待在自己的身子里"，这也意味着舒曼医生不能也不会向女伯爵表达自己的爱，正如他自己告诫自己的那样："我是在紧急情况下尽可能地采取一些措施。加尔萨神父向我保证我做的事儿是不错的，还说我必须像一个负责的医生那样严厉地对待她，就像对待一个不可救药的病人那样……"（478）作为医生的理性身份与作为女伯爵情人的感性身份在舒曼医生的意识里发生了剧烈冲突。他不断以医生对待病人的方式看待自己与女伯爵的关系，实质上这是极力以理性来压制自己对于女伯爵的爱情。这体现了舒曼医生在爱方面的"无能"——始终压制、不断回避自己真实的感情。他享受女伯爵在他额头上的亲吻，但却不敢承认自己内心对她的爱。女伯爵曾对舒曼医生说，她"最讨厌不过的是轻浮、胆怯、犹豫不决的男人，连他自己的想法和他自己的心思都不知道。"（276）讽刺的是，舒曼医生正是这样一个"胆怯、犹豫不决的男人"。他不知道自己的

---

① Sigmund Freud. The Uncanny［M］//Literary Theory：An Anthology, ed., Julie Rivkin. New York：Blackwell Publishing Ltd., 2004：425.

心思，或者更确切地说，他不敢表达自己的心思，缺乏表达爱的能动力量。这也就注定了他和女伯爵之间的爱情会以悲剧收场，使双方再次承受创伤的苦痛。当"真理号"靠岸，女伯爵将被押解到特纳里夫关押起来的时候，女伯爵迫切渴望舒曼医生能表达自己的爱，但舒曼医生却说："我没有天真地爱过你……而是自觉有罪的；我已经对你犯了极大的错误，我也毁了我的生活……"（503）爱的"无能"使舒曼医生在最后分别的时刻都不敢表达，而这使女伯爵原本就已脆弱的心理再次受到了创伤——"她在沉醉似的幻想中想到了死亡"（504），在她身上已经淡化的创伤阴霾又重新袭来。从创伤角度而言，舒曼医生既是女伯爵走出创伤的引路人，同时又是再次将其推入创伤漩涡中的始作俑者，而这一次的创伤打击比起上一次在革命中失去丈夫和儿子的打击来得更为致命，因为她想到了死。舒曼医生在爱方面的"无能"不仅把已渐渐走出伤痛的女伯爵再次抛入创伤之中，同时也使自己受到了创伤体验——强烈的内疚与自责。就在女伯爵被押解离开"真理号"后不久，舒曼医生就陷入深深的愧疚之中：

> 这会儿，他对自己的罪孽所感到的痛苦，使他缓慢地陷入一个对一切痛苦的人表示同情的、巨大的、乌烟瘴气的、无形的泥沼……他过去拒绝承认他错待了女伯爵，他利用了她是个囚犯的身份，用他的有罪的爱情折磨她，而又拒绝给她——也拒绝给他自己——人间的爱情欢乐。他让她毫无希望地离去，甚至没有丝毫帮助或者搭救的诺言。（508—509）

"拒绝给她——也拒绝给他自己——人间的爱情欢乐"，这是对舒曼医生爱的"无能"的最好注释。超我的理性压制着自我对于女伯爵的感情——因为她是个囚犯，而本我对于爱情欢乐的追求又是压抑不住的，它会时时以幻觉或梦的形式通过潜意识表现出来。小说在结尾处写到，当舞会在进行的同时，舒曼医生在"似醒非醒的睡眠"中再次看到了女伯爵的脸，她"没有身子，在他的上方漂浮着，一会儿很近，盯着看到他的眼睛里，一会儿退后去，盯着看，一会儿像幽灵似的默不作声又来了"。（640—641）与女伯爵永远的别离和对女伯爵深深的愧疚感使得舒曼医生"被定格在其创伤之上"①，而导

---

① Sigmund Freud. Beyond the Pleasure Principle, Group Psychology and other Works ［M］. The Hogarth Press, London：1995：13.

致这一创伤的主要原因就是舒曼医生过分的理性所表现出的爱的"无能"。这注定会成为影响舒曼医生后半辈子的创伤记忆。

除了自卑的埃尔莎和理性的舒曼医生之外，船上其他的乘客也在爱方面表现为"无能"的状态。里特斯多尔夫太太宁愿在自己的本子上书写自己的情感，也不愿意向他人诉说；特雷德韦尔太太也是以近似暴虐的方式——用鞋跟痛打丹尼——来满足自己压抑的情欲。这些人物都表现为自卑、自闭、孱弱、缺乏主观能动或是犹豫不决，始终缺少正确处理自己感情的能力即所谓爱的"无能"。

与这些在爱方面"无能"的人物相比，"真理号"上另一对乘客戴维·斯科特和珍妮·布朗之间的感情则是另一种情况。戴维和珍妮之间并不缺少爱的主动，例如戴维经常称呼珍妮为"珍妮天使"，而珍妮则称呼戴维是"戴维宝贝儿"，至少在称呼上两人会主动示好，表达爱意。但在处理爱情的方式上，两人则是常常出现矛盾与冲突。笔者将其概括为情的"纠结"——折磨自己，同时又折磨着对方。乔治·亨德瑞克认为，珍妮这个人物就是作者波特在小说中的化身，这一人物有着明显的自传色彩。① 玛丽·提图斯（Mary Titus）也认为珍妮这个人物"是以当时四十一岁的波特自己为原型，那时她正在尤金·普瑞斯力（波特的第三任丈夫）的陪同下坐船从墨西哥前往欧洲"。② 从小说文本中有关珍妮对于自己和家族关系的描述来分析，例如珍妮出生在美国南方中部的一个州（255）、为了过自己的生活离开家族独立谋生（256）、与自己的家人很少来往（256）等，这个人物的经历的确与现实生活中的波特有许多相似之处。有理由相信珍妮身上有许多波特的影子，珍妮与戴维之间的感情纠结也正是波特自己对于爱情和婚姻所做的表达和思考。1931 年当波特乘坐小说中"真理号"的原型游船从墨西哥前往欧洲时，波特与第三任丈夫尤金·普瑞斯力的感情已经出现了危机。就在那之后不久，两人的婚姻宣告结束。作为第三段失败的婚姻，波特对爱情有了更为深刻同时也更为悲观的认识。波特自己曾这样说道：

> 如果我对爱情只字未提的话，那是因为我真的对此无话可说……对

---

① George Hendrick. Katherine Anne Porter［M］. New York：Twayne，1962：114.
② Mary Titus. The Ambivalent Art of Katherine Anne Porter［M］. Athens：The University of Georgia Press，2005：198.

我而言真正有意义的是我们两个（指波特和尤金·普瑞斯力）之间忽热忽冷、忽长忽短的过程。对我来说，这也是一个逐渐消磨自己的过程。我所经历的每次爱情和婚姻不仅在肉体和物质方面折磨着我，而且对我的精神也造成了损害，使我对人类爱情天生的信仰完全被打碎了。①

对于波特而言，爱情变成了一个折磨人的过程。这个过程不仅折磨着自己，也在折磨着对方。小说中带有高度自传性的年轻女画家珍妮正是在经历着这种彼此折磨的爱情过程。作为一名有着独立思想的美国年轻女性，珍妮像现实生活中的波特一样毅然抛离家族，跟随自己的爱人同样也是画家的戴维一起远赴欧洲追求自己的生活。但在男权思想还十分顽固的 20 世纪初期，一个只身远离家庭的女性艺术家是难以被周围的人甚至难以被自己的爱人所接受的，戴维就"深深地希望她会完全放弃油画——从来没有出现过一个真正伟大的女画家，不过是一个伟大的男人的一个比较高明的门徒罢了；看到一个女人这么不循规蹈矩，他心里不安，他一会儿也没有信任过她的才能"。（105）作为生活在这样一个时代的女艺术家，珍妮所受到的压力是潜移默化的。小说中写到珍妮最初作画的时候，她喜欢用的色彩是浓艳而火辣的，"在小小的画布上毫无顾忌地用原色挥洒像断裂的彩虹的几何图案"。（105）但随着戴维的影响不断加深，"她的调色板上的色调变弱了；她也开始穿不显眼的黑色和白色，只是时不时地围上一条深红色的或者橙黄色的围巾，而且她油画也画得少了，几乎完全用木炭或者墨汁作画"。（105）珍妮绘画色彩由亮色变灰暗、由绚烂变灰白的过程其实也正象征着珍妮自己由天真烂漫变成抑郁沉闷的过程，这一过程是在戴维的影响下潜移默化完成的。这种压抑与沉闷的生活与珍妮活泼率真的本性相抵触，从而使她和戴维处于不断冲突的状态中，就像戴维自己说的："他们睡在一起的时候，就吵架。"（106）这种状态导致的结果就是两个人彼此疏离又彼此伤害，"在她作画的时候，他（指戴维）就没法画；就像她在情意绵绵的时候，他就会感觉到自己在开始冷淡下来，不愿接近她，拒绝她"。（105）而珍妮与弗赖塔格之间的暧昧关系与其说是珍妮喜欢弗赖塔格，倒不如说是珍妮有意借此使戴维生气。两个人以这种"纠结"的方式彼此生活在一起，就像珍妮在梦中经常出现的场景：

---

① Mary Titus. The Ambivalent Art of Katherine Anne Porter ［M］. Athens：The University of Georgia Press，2005：209.

一男一女扭在一起，在拼一个你死我活。他们用奇怪的姿势搂在一起，摇摇晃晃，磕磕绊绊，好像他们在相互支持似的；但是那个男人举着的手中拿着一把长刀子；那个女人的胸脯和肚子都被刺透了……她用一块有尖角的石头砸他的脑袋；他的五官上盖满了一道道鲜血。他们默不作声；他们的脸上呈现出像圣人似的忍受痛苦的耐心，神情冷漠，愤怒和憎恨都已经被净化，他们只剩下一个神圣的、不惜献出生命的目的：杀死对方。（199）

根据文本中的相关描述，例如"不可磨灭""吓得有多厉害""没法理解的稀奇古怪的变化"（199）等来看，上述引文所描写的场景已经成为珍妮创伤记忆的一部分，创伤以梦的形式不断闪回，使创伤受害者反复经历和理解在受到创伤的时刻所不能理解的事情。创伤记忆中彼此扭在一起"拼一个你死我活"，但又"相互支持似的"一男一女显然是珍妮与戴维的"纠结"关系在珍妮无意识中的形象化写照。它隐喻着珍妮对于未来爱情发展的担忧与恐惧，难怪珍妮在梦里有时会"恐怖地看到他们的脸在变，完全变了——两张脸变成了是戴维的和她自己的了"（200）。珍妮与戴维的纠结之爱从一个侧面反映出女性艺术家在一个以男性为主导的社会中艰难而又尴尬的处境。一方面，女性艺术家无论在生活上还是艺术创作上都需要男性的帮助，而另一方面，男性对于女性艺术创作的干预又促使女性要保持自己的创作独立性，这是女性艺术家女性意识觉醒的必然结果。

玛丽·提图斯在《凯瑟琳·安·波特的含混艺术》（*The Ambivalent Art of Katherine Anne Porter*）一书中这样写道："这（指《愚人船》）是一部关于爱情可怕结局的小说。船上到处是孤独而又充满恐惧感的人类。他们渴望迷失自我，这使得他们变成了不值得他人恋爱和没有归依感的爱人；愿望变成了耻辱；憎恨反复吞噬着爱情；情欲和交往也以身体的残缺、畸形和暴力的形式展现出来。"[①] 珍妮和戴维彼此爱着对方，但又彼此恨着对方，他们都在以有意或无意的方式伤害着彼此，同时也折磨着自己，就像珍妮对戴维喊道的那样："难道非闹成一场痛苦的分离不可吗？难道非要我们闹得筋断骨折不可吗？"（652）在小说的结尾处，珍妮明确地告诉戴维："我们不会一直在一起

---

① Mary Titus. The Ambivalent Art of Katherine Anne Porter [M]. Athens：The University of Georgia Press，2005：198.

生活的。我们干吗这样继续下去呢?"(677)但戴维的柔情蜜语又使珍妮软下了心,"看到她软弱和服输的样子是他(指戴维)最高兴不过的事儿了"(677—678)。珍妮与戴维的爱情就是这样一场征服或是认输的游戏,正如托马斯·沃什(Thomas Walsh)评论的那样:"在他们的内心,男人不信任女人,甚至憎恨女人,而女人也予以同样的回击。"① 珍妮和戴维之间的情的"纠结"从一个侧面折射出现代西方社会中两性关系的"纠结"——女性意识的觉醒与男权意识之间的矛盾。女性尤其是作为艺术家的女性是男权思想占主导地位的西方世界中的弱者和最容易受到创伤的个体。既要保持独立的女性意识,同时又要不受男权文化对于女性创作的影响,对于许多女性艺术家(包括像波特这样的女性作家)而言有时是难以承受的伤痛。正如简·克劳斯·迪摩尔(Jane Krause DeMouy)在《凯瑟琳·安·波特的女性人物》(*Katherine Anne Porter's Women*)一书中所评论的那样,波特笔下的许多女性人物"意识到她(们)无法既爱着一个男人的同时又保持自己作为女性的价值"②。

综上所述,"真理号"上的许多乘客在爱情方面表现出一种"无能"——自卑、胆怯、犹豫不决;或是一种"纠结"——彼此依赖同时又彼此伤害。这些表现背后折射出来的是现代西方世界中人与人之间心灵的隔阂和疏离,它也是波特"努力了解西方世界人的生活中这个巨大而可怕的缺陷逻辑上"的重要内容。这些陷于爱的"无能"或"纠结"状态中的乘客与"真理号"上的其他乘客一同构成了一个看似荒谬实则千疮百孔的创伤世界。通过"真理号"上的这些乘客,作者波特从不同的角度和层面揭示了现代西方世界中存在的种种矛盾和不协调。这些矛盾与不协调来自西方人内心的偏见与空虚,他们伤害着他人,也伤害着自己。这些点滴的创伤汇合在一起便预示着人类的终极创伤——世界大战。"真理号"正载着这些乘客前往人类终极创伤的目的地——大战即将一触即发的欧洲。

---

① Thomas Walsh. Katherine Anne Porter and Mexico:The Illusion of Eden [M]. Austin:University of Texas Press,1992:224.

② Jane Krause DeMouy. Katherine Anne Porter's Women [M]. Austin:University of Texas Press,1983:36.

# 第五章

# 凯瑟琳·安·波特的创伤书写手法

  凯瑟琳·安·波特作为一位创作时间长达半个世纪的作家，她的小说创作生涯横跨了整个20世纪前半叶，那也正是西方文学从传统文学向现代文学乃至后现代文学过渡与发展的重要时期。现实主义、自然主义、印象主义、现代主义、意识流小说等各种文学思潮和文学流派在此期间交相辉映。这些文学思潮和流派的各种主张对于身处那个时代的波特的小说创作必然会带来直接或间接的影响。

  作为一名兼职的文艺专栏评论作家，波特写过不少有关文学批评和作家评论的文章。尽管波特自己承认，从事兼职文艺评论写作是为了"让我维持生计，这样我就能够在闲暇时间以我自己的方式来写我的小说"。① 但是从这些评论文章的质量和它们所传达的观点而言，我们有理由相信它们也是波特自己对于当时各种文学思潮的看法和观点，正如波特在自己文集的序言《我两者都要……》（*I Needed Both*……）一文中所说的那样："这本书（指波特的评论文章文集）似乎将代表我双重生活的另一面，但是它们都是真实的，评论和创作是一体的。这两种方式相互扶持、相互支撑。我两者都要。"② 波特在这些评论文章中所讨论的文学创作观点和其小说创作有着密不可分的关系。从她评论的作家来看，有亨利·詹姆斯（Henry James）、维拉·凯瑟（Willa Cather）、格鲁德·斯坦恩（Gertrude Stein）、埃兹拉·庞德（Ezra Pound）、尤朵拉·威尔蒂（Eudora Welty）、托马斯·哈代（Thomas Hardy）、福斯特（E. M. Forster）、弗吉尼亚·沃尔夫（Virginia Woolf）、劳伦斯（D.

---

① Katherine Anne Porter. Collected Stories and Other Writings [M]. New York：The Library of America，2008：515.

② Katherine Anne Porter. Collected Stories and Other Writing [M]. New York：The Library of America，2008：515.

H. Lawrence)、狄兰·托马斯（Dylan Thomas）、马多克斯·福德（Ford Madox Ford）、詹姆斯·乔伊斯（James Joyce）、希拉威亚·比奇（Sylvia Beach）以及弗兰瑞·欧康纳（Flannery O'Conner）等，可以说涵盖了和波特差不多同时期的众多西方作家，其中既有小说家，也有诗人，既有传统现实主义作家，也有当时新生流派的现代主义作家。可见，波特曾广泛地阅读过众多西方各流派的文学作品，并从西方文学的传统与革新中吸收养分为自己的小说创作提供借鉴。波特小说创作中后期即 20 世纪 40 年代至 60 年代也正是西方文学从现代主义向后现代主义转型的时期。后现代主义叙事技巧，诸如潜文本、梦语、闪回、延宕、时空交错、情节淡化、自由间接式引语等，在波特的小说创作中也时有运用，尤其在波特的长篇小说《愚人船》中各种后现代主义的叙事技巧更是被熟练地加以运用，这也是波特师承西方现当代文学的一大成果。

此外，值得一提的是 1920 年—1922 年波特断断续续在墨西哥组织过有关墨西哥艺术方面的展览并撰写展览的类目清单。也正是在这一时期，波特爱上了墨西哥当地的各种艺术——绘画、音乐、舞蹈等——的表现风格。波特在《我为什么要写墨西哥》（*Why I Write About Mexico*）一文中谈道："大约三年前（即 1920 年）我回到阔别已久的墨西哥学习墨西哥的文艺复兴——一场深深扎根于民族和个人的自觉且强大的复兴运动……我立刻意识到，它是自然的、可接受的，是一种与我血脉相连的艺术感受，并在一场追根溯源以寻求自由的革命中爆发出来。"① 强烈、奔放、绚烂和流派众多的墨西哥艺术与波特本人的艺术创作理念相一致，这给了她极大的启发和灵感。正如波特在《墨西哥流行艺术与工艺之提要》（*Outline of Mexican Popular Arts and Crafts*）一文中所说的，"（艺术家）应该观察和接受所有人类在情感发展过程中所产生的具有亲缘关系的艺术形式"②。在波特看来，人类的各种艺术形式都是相通的，并且是可以相互借鉴的。尽管没有直接证据可以证明波特的小说创作与墨西哥艺术之间存在着必然的联系，但正如专门研究波特的研究者戈维纳所注意到的那样，"（波特）深受墨西哥艺术的影响。她在之后的创作中将她

---

① Katherine Anne Porter. Collected Stories and Other Writings [M]. New York：The Library of America，2008：869.

② George Hendrick. Katherine Anne Porter [M]. New York：Twayne，1962：135.

对于墨西哥艺术的理解融入她自己的美学理念之中⋯⋯"① 波特小说中对于色彩精细的描绘以及对于身体感知的细腻刻画都隐隐透露出墨西哥艺术尤其是墨西哥绘画对于其小说创作的影响。《愚人船》中被评论者认为具有与波特本人高度相似性的人物珍妮·布朗就是一位曾在墨西哥潜心学习当地绘画的美国籍女画家。可见，墨西哥艺术对于波特文学创作的影响是不容忽视的。

　　凯瑟琳·安·波特作为一位以精雕细刻的功夫创作小说而著称的作家，对于其小说风格与创作特色的研究是国内外波特相关研究的一个重点，国外已有不少相关的评论性文章与专著。鉴于本书以创伤视角为接入点分析与探讨波特小说创作，本章旨在分析波特小说中精致的创伤描写手法，即波特采用了什么创作手法来表现创伤；这些创伤描写有何美学特点；波特的创伤描写手法与创伤叙事主题之间的关系。

## 第一节　感官化的描写

　　作为一位"精雕细刻的艺术家"②，凯瑟琳·安·波特始终坚持用艺术的真实来反映现实生活中的真实。正如波特自己所说："艺术家个人的声音可能就像青草丛中一只蟋蟀的跳跃声那样无足轻重；但是艺术会不断生存下去，而且艺术确实依靠信念生存；艺术的名称、形态、效用和基本意义都毫无变化地存在于一切相关的事物中⋯⋯艺术没法被彻底摧毁，因为它们体现信念的实质和唯一的真实。"③ 如何以艺术的手法再现日常生活中人们所遇到或遭受到的种种创伤？如何使创伤书写给读者留下了深刻印象，并使读者能与小说中的人物产生感同身受的创伤体验？这些是每一位试图描写刻画创伤的作家所面对的写作问题，同时也是挑战作家写作功力的一大考验。就波特在其小说中所表现的创伤书写手法而言，波特突出表现的是创伤体验对于创伤个体的感官影响，从而呈现出感官化描写的倾向。

---

① Joan Givner. Kantherine Anne Porter：A Life［M］. New York：Simon and Schuster，1982：177.

② 凯瑟琳·安·波特唯一中译本译者鹿金对于波特艺术成就的评价。

③ 凯·安·波特. 波特短篇小说集［M］. 鹿金，等，译. 上海：上海译文出版社，1984：10.

凯西·凯鲁斯在其著作《创伤与经历：序言》（*Trauma and Experience*：*Introduction*）中认为："创伤作为一系列的行为，从事件的发生到压抑，再到回归，最令人震撼的不是事故发生之后的忘记阶段，而是事故受害者在事故中完全没有意识到发生了什么。"① 这意味着许多创伤的经历在最初的时候是无法进入人们的意识层面，只有不断地反复出现才能使一件开始时无法承受和难以理解的事件逐渐在大脑意识层面得到定位。由于创伤最初无法进入意识获得理解，创伤的表述往往是以非语言的方式进行的。这些非语言叙述方式包括照片、图画、黑暗页、空白页等具有视觉化的叙述手段。克里斯蒂娜·菲索鲁尔斯（Kristiaan Versluys）将这些叙述手段称为"元语言"或是"副语言"，这些视觉性的叙述手段是为了创造一种特殊的语境，通过具有视觉冲击力的图像来凸显创伤受害者心理的"分裂"与"怪异"。② 小说家通过运用这些特殊的表现方式来弥补由于暂时失去语言表述而造成的含义上的空缺，同时也通过这些具有视觉效果的表述来展现创伤受害者难以言表的创伤体验。所以，美国精神病学家路德斯·赫尔曼（Judith Lewis Herman）认为，创伤是具有视觉性的，它在完全转换成记忆以前会以图像的方式在大脑中呈现出来。③ 正如本书第三章和第四章所作的分析与阐述，波特在其小说作品中描写了各种创伤以及创伤给受害者带来的各种心理和生理上的反应。由于创伤往往带有非语言的叙述特征，要将非语言性质的创伤体验在文学作品中用语言叙述的形式表现出来，这对于作家而言是极具挑战性的，同时对于作家的写作技艺也是一项考验。如何让没有经历过这些创伤体验的读者切身地感受到创伤带来的伤痛，从而激发读者对于创伤之源的思索，这是摆在每一个试图书写创伤的作家面前的一大难题，而波特的解决之道便是将创伤体验的描写呈现出视觉化的特质。这在波特对于噩梦和闪回等创伤意境的刻画中体现得最为突出。无论是《马戏》《坟》中小米兰达的噩梦和闪回，还是《灰色马，灰色骑手》和《开花的犹大树》中女主人公所做的具有创伤性质的梦境，波特对于这些创伤梦境的书写都具有视觉化的倾向。现以《坟》《开花的犹大

---

① Cathy Caruth. Trauma and Experience：Introduction［M］//Trauma：Explorations in Memory, ed., Caruth. Baltimore：The Johns Hopkins University Press, 1996：7.

② Kristiaan Versluys. Out of the Blue：September 11 and the Novel［M］. New York：Columbia UP, 2009：81.

③ 相关理论可参见 Judith Lewis Herman. Trauma and Recovery［M］. New York：Harpercollins, 1997.

树》和《灰色马，灰色骑手》中相关创伤书写为例来分析波特对于创伤的视觉化描写。在短篇小说《坟》中，二十多年前的创伤记忆忽然以梦幻般的闪回方式跳跃进入米兰达的意识里。小说文本这样写道：

> 那桩陈年往事又冷不防地从深深埋葬的地方蹦出来，出现在她的脑海里，清晰而鲜明，保留着原来的色彩，叫她觉得好像面对画框里的一幅景色，自从画中描绘的事情发生以后就一直既没动过、也没变过似的。她莫名其妙地吓了一跳，蓦地张大眼睛站住，一阵幻觉把眼前的景象搞糊涂了。一个印第安小贩正在她眼前举起一盘各种小动物形状的染色糖块，鸟儿啦，小鸡啦，兔崽儿啦，小绵羊啦，猪仔啦。它们都染着鲜艳的色彩，散发着香草味儿，莫非……①

上述引文将过去与现在的两幅视觉画面连接在一起。陈年的创伤记忆"保留着原来的色彩"，并以"画框里的一幅景色"的形式潜伏在小米兰达的内心深处。这种具有绘画视觉感的记忆闪回与现代创伤心理的研究成果如出一辙。美国创伤心理学家贝塞尔·范德考克（Bessel Van der Kolk）就认为，人的创伤记忆分为两种：一种是"内隐记忆"；另一种是"叙事记忆"。内隐记忆会将眼前接收到的新信息与原有信息整合到一起，从而形成心理图式。这一心理图式就是由旧有的创伤经历所构成的一种特殊的视觉性神经网络。②上述引文中的描写完全符合这一观点。二十年前小米兰达记忆深处的创伤景象与现实眼前的视觉景象——染着鲜艳色彩的各种形状的小动物糖块——整合在了一起，构成具有视觉效果的创伤展示，从而将米兰达难以言说的创伤体验以画面感的视觉冲击使读者留下印象，使读者也能够在自己的脑海中浮现出一幅有关小米兰达茫然不知所措的创伤孤独感。

在《开花的犹大树》中，劳拉由于受到良知的谴责而做起了那个著名的创伤梦境。波特在刻画这一创伤梦境时使用了更为丰富和多层面的视觉化描写：

> 不，劳拉说，不，除非你握住我的手，不；她先紧紧抓住楼梯扶手，

---

① 凯·安·波特. 波特短篇小说集［M］. 鹿金，等，译. 上海：上海译文出版社，1984：415. 本节所有译文皆出自鹿金翻译版本，只在引文后（）中标明页码，不另外加注。

② Patrick Duggan and Mike Wallis. "Trauma and Performance：Maps, Narratives and Folds"［J］. Performance Research, 2011（1）：4-17.

接着抓住那棵犹大树的那根最高的纸条，它慢腾腾地弯下来，把她送到地面上，接着把她送到峭壁的突出的岩石上，接着把她送到波浪起伏的海面上，那是没有水的海，只是一片碎石……那么，吃这些花，可怜的囚徒，欧亨尼奥用怜悯的声音说，拿着吃吧；从那棵犹大树上，他摘下暖乎乎、淌着鲜血似的汁水的花，递到她的嘴旁。她看到他的手是没有肉的，几根又小又白的木化石似的枝条，他的眼窝里没有光，可是她狼吞虎咽地吃花，因为那些花既消饥又解渴。（341—342）

劳拉的创伤梦境就像一幅极具动态效果的电影画面。引文中好几个"接着把她……"将几幅不同的画面连接在一起。"犹大树""突出的岩石""大海""碎石"等具体意象构成跳跃式的视觉效果，从而将劳拉受到创伤后混乱、破碎和无逻辑的潜意识形象生动地描写出来。引文中"淌着鲜血似的汁水的"犹大树花朵尽管具有劳拉对自己行为忏悔赎罪的宗教象征作用，但作者仍然使用"淌着鲜血似的"和"又小又白的"这样具有形状和颜色的视觉化词汇来表现劳拉内心无法言说的痛苦。在她的潜意识里，抽象的创伤是一具吞吃着红色犹大树的花朵，手像"几根又小又白的木化石似的枝条"的骷髅形象，是一幅既有形象又有色彩的画面。

在《灰色马，灰色的骑手》中，波特对于创伤视觉化的描写更是随处可见。小说后半部分几乎是以主人公米兰达的创伤体验为线索来揭露战争对于年轻男女爱情的摧残。当米兰达由于染上当时致命的流感，在昏迷之际被送进医院病房时，米兰达的创伤反应是"白色的墙壁陡直地屹立，像峭壁；十一二个脸色冷淡、神态十分沉着的人一个接一个地走过白色胡同，一个个默不作声地跌进一个积雪的深渊"。（228）在昏迷之际，米兰达感到的创伤印象是白色的，这既是医院病房的颜色，同时也是在昏迷时现实印刻在创伤记忆中的颜色："紧跟着他们的离去，悄悄地升起一阵苍白的雾，在米兰达的眼前漂浮，雾中隐藏着被虐待、被伤害的生物的一切恐惧和一切疲劳，一切痛苦得变形的脸、扭曲的背和断了的腿，反映出他们混乱的痛苦和疯狂的心的一切形体；雾随时都可能散开，放出那群折磨人的家伙。"（229）米兰达随之而来的创伤印象便是"苍白的雾""变形的脸、扭曲的背和断了的腿"，还有"混乱的痛苦和疯狂的心的一切形体"。比起一般的创伤描写，例如扭曲或是痛苦，这些既有颜色又有形象的创伤描写更能激发读者对于小说人物的创伤体验的想象与共鸣。在米兰达的创伤记忆里，死亡是她童年的梦中"凸出的岩石"（231），是"一堵叫人放心的花岗石峭壁"（232），是"挂在虚无前面的帘子"（232）。尽管米兰达在模糊的意识里告诉自己，"花岗岩峭壁、漩涡、星星是物体。其中没有一样是死亡，也不是死亡的形象化的比喻。死亡就是死亡，它不赋予死人任何象征。（232）"但是她在遭遇死亡创伤的威胁时还是将死亡带来的创伤形容为"一颗微小而光线强烈的生命的火星"（232）。在意识接近死亡的那一刹那：

> 火星一下子变大，变得又扁又薄，成为一道美丽的光，像一把巨大的扇子那样展开，而且弯成一道虹；透过这道虹，入了迷因为完全相信的米兰达看到一幅深远而清晰的风景，大海和沙滩啦，柔软的草地和天空啦，全刚冲洗过，闪烁着透明的蓝色……她从狭窄的凸出的岩石上站起来，轻快地穿过那座气象万千地架设着的宏伟的虹桥，走过一个个桁架，桥下一边是蓝得像火焰般的大海，另一边是阴凉的绿色草地。（233）

上述引文将米兰达潜意识里的死亡创伤和面对死亡时平静的心境完全以视觉化的笔触——火星、大海、沙滩、草地、天空、虹桥、岩石等——表现出来。这些潜意识里的创伤感知既有颜色，又有具体形象。波特"精雕细刻"的创作功夫在这些视觉化的创伤描写中显露无遗。

此外，波特在描写创伤时喜爱使用颜色，以上述几段引文为例，作者使用到的颜色就有鲜红、苍白、蓝色、绿色等。如同前面所分析的那样，这或许与波特早年对于包括绘画在内的墨西哥艺术的学习经历有关。作者在有意或无意间将色彩的运用与形象化的创伤结合起来刻画难以被捕捉的创伤瞬间。例如，在《马戏》中，描写小米兰达梦中对于小丑的创伤记忆是"穿着邋遢的白罩衣的男人"（405）；在《玛丽亚·孔塞普西翁》中丈夫胡安在半梦半醒时所看到的幻象是"一片模糊的橘红色的光亮"（260）；在《被遗弃的韦瑟罗尔奶奶》中韦瑟罗尔奶奶回忆起年轻时被未婚夫抛弃时的创伤感受是"一溜黑烟旋转着升起"（315）以及"变得像灰色的薄雾那样飘忽"（317），而韦瑟罗尔奶奶弥留之际的死亡创伤印象是"从科妮莉亚的灯罩下映出来的蓝光"（322）。在波特唯一的长篇小说《愚人船》中，作者更是运用了不同的颜色来表现人物的创伤体验或是创伤过程，这在女画家珍妮身上体现得最为明显。作为一名画家，珍妮对于颜色的变化最为敏感。她的调色板上的色彩从火辣辣的亮色和原色逐渐变成白色和墨汁以及木炭般的黑色，这一颜色由亮变暗、由多彩变黑白的过程，其实也正是珍妮创伤体验逐步加深的过程。在描写创伤体验时，波特最常使用的颜色是白色和蓝色这样趋向于冷色系的颜色，或是鲜红色这样使人亢奋紧张的颜色。前者多用于体现创伤个体在致伤过程中的情感麻木、视线迷离或是精神涣散等冷漠迟钝的创伤感受；而后者常用于表现受害者在面对创伤打击刹那时精神的高度集中、情感的极度亢奋或是极端恐惧等较为强烈的创伤体验。不同的颜色与不同的创伤感受相结合，这使波特笔下的创伤变得更具视觉效果，也更能使读者留下深刻的印象。在波特诸多作品中抽象的创伤被书写成拥有具体形象与不同色彩的可视画面。两者的结合使用增强了创伤描写的视觉化倾向，同时也增加了作品的可读性与艺术性。

　　波特对于创伤的描写除了具有视觉化的特征之外，还具有感觉化的特征。所谓感觉化描写就是指"侧重于通过对生活的选择、夸张等表现自己的感受，但不热衷于改变生活的本来面貌"。① 感受性的描写重在表现作家感知的真实性，但同时又尊重事实的本来面目。波特曾在一篇名为《没有情节，亲爱的，没有故事》（*No Plot, My Dear, No Stories*）的文章中这样写道："首先，你要忠实于自己的作品主题。然后你要十分熟悉你作品中的人物以至于他们能精确地在你的想象中生存并成长，好像你能活生生看到他们的肉体一样。"② 波特在创作小说时既注重生活的现实性，又强调对于小说人物的真实感受的精确描写。她自己曾说："在聚精会神之时，近距离观察者会进行微观细致的观察。人们要接近一个物体，不仅需要依靠视觉，还要依靠触觉、嗅觉以及该物体的温度，才能使人们获得他们所期待的认知。"③ 可见，波特十分擅于捕捉感官刺激所带来的感受并且看重人物的感官感受在文学描写中所具有的意义。在描写和刻画小说人物的创伤体验时，波特也是遵循着这一创作原则。她笔下的创伤描写既具有真实性，又具有作者本人的主观想象与参与。

　　医学研究表明，个体在遭受创伤打击后，创伤个体在生理上会产生各种痛苦的症状。现代心理学研究还表明，许多创伤并不发生在肉体上，例如，

---

① 赵炎秋. 感受与物化：狄更斯创作方法再探 [J]. 英美文学研究论丛，2013（10）：124－131.

② Katherine Anne Porter. Collected Stories and Other Writings [M]. New York：The Library of America，2008：697－698.

③ Katherine Anne Porter. Collected Stories and Other Writings [M]. New York：The Library of America，2008：555.

文化创伤、宗教创伤、种族歧视创伤等，但是这些创伤与医学上的生理创伤一样都会在创伤受害者的生理上表现出强烈的反应，这些反应会通过强烈的感官感受表现出来，例如，麻木、恐惧、警觉、失眠、幻听、自残、自杀、非真实性的疼痛感即所谓的创伤癔症等。正如路德斯·赫尔曼所说，"它（指创伤）缺乏语言叙述和语境，通常以栩栩如生的感觉和形象来进行编码"。①这些体现在身体上的外在创伤，其本质是受害者内在心理创伤的感觉化展示。对于一位作家而言，成功地刻画和描写这些外在的创伤症状，在很大程度上也就等同于成功地刻画出了人物的内心世界。作为一名以一丝不苟的创作态度精雕细刻作品的作家，波特自然会在外在创伤症状的描写和刻画上大花功夫。

从创作实践来看，在描写创伤体验时波特一方面侧重于表现创伤受害者在遭遇创伤之后身体上所显现出的各种生理反应；另一方面，波特并不是客观如实地描写这些创伤症状，而是通过触觉、嗅觉、听觉等感官刺激来夸大受害者的创伤体验，以主观的视角来刻画受害者在受到创伤时的外在表现。她既强调创伤症状的客观真实性，同时又强调作者主观感官刺激的介入。这种主客观相结合的创伤描写在波特的小说作品中比比皆是。例如，在波特发表的第一篇小说《玛丽亚·孔塞普西翁》中，当女主人公玛丽亚·孔塞普西翁发现自己的丈夫胡安和同村少女罗莎存在暧昧关系时，玛丽亚第一次出现了创伤症候："玛丽亚·孔塞普西翁一刹那好像黑云压头塞喉，好不容易才又往前走着，恍恍惚惚循着大路，小心地探着路往前走着。她的两耳嗡嗡作响，似乎罗莎所有的蜜蜂把她的耳朵作了窝……胡安和玛丽亚·罗莎！她不觉怒火中烧，似乎有一层仙人掌的小刺，像玻璃丝一样锐利，在她的皮肤下面钻动着。"② 玛丽亚·孔塞普西翁在发现自己的丈夫背叛了爱情和婚姻时出现的强烈的创伤反应，属于个体在遭受创伤打击后的正常客观表现。但引文则明显带有作者本人的主观感觉倾向。为什么创伤体验是"黑云压头塞喉"般的感受？为什么出现的幻听是"蜜蜂在耳朵里作了窝"？为什么玛丽亚心中的怒火是"仙人掌的小刺"和"玻璃丝在皮肤上钻动"般的感受？这些显然是作者站在小说人物的立场上替人物感受那一刹那的创伤体验，然后以精确但又

---

① Judith Lewis Herman. Trauma and Recovery [M]. New York：Harpercollins, 1997：38.
② 凯·安·波特. 波特短篇小说集 [M]. 鹿金，等，译. 上海：上海译文出版社，1984：248. 本节所有译文皆出自鹿金翻译版本，只在引文后（）中标明页码，不另外加注。

充满主观意味的文字将这一感受描写出来。这些主观的感官感受——物体塞住喉咙的窒息感，耳膜中嗡嗡声以及刺扎皮肤的疼痛感——使读者在阅读玛丽亚遭受创伤打击的当下有了感同身受的体验，从而增强了创伤反应的感染力。又如在《玛丽亚·孔塞普西翁》中，当玛丽亚对于丈夫的麻木和对于罗莎的仇恨达到一个顶点时，她的创伤体验是"在她身内燃烧的悲痛和白天硬憋在心里煎熬她的怒火，直到她的舌头发出苦味，双脚沉重得像雨天陷在泥泞的道路中"。（259）作者通过味觉——舌头上的苦味——来表现玛丽亚心中不可遏制的仇恨所产生的极端创伤感，这显然也是作者主观感受的体现。这种对于创伤描写主观感觉化的描写在波特的众多短篇小说中十分常见。例如，《中午酒》中汤普森太太的创伤体验是"一个小小的无声的爆炸"（153），而汤普森先生的创伤感则是从四面八方袭来的重击（165）；在《灰色马，灰色的骑手》中米兰达感受到的死亡创伤具有花岗岩一般的质地（232）；在《玛丽亚·孔塞普西翁》中，玛丽亚在决定杀死罗莎前，"她像一个受了猛烈一击的人……好像她一生的创伤都在排出咸汁一样。（259）"在《一天的工作》中哈罗伦先生在面对生活今非昔比的创伤体验时，他感受到的是"桌子在他手底下象硬纸板那样塌了下去"。（437）即使在波特号称"我不会站表明在任何一个人物的立场上"的长篇小说《愚人船》中，作者也经常以感觉化的描写来展示人物的创伤体验。例如，当特雷德韦尔太太在受到自己喜爱的年轻船员的轻视和丹尼在醉酒后把自己误认为舞女帕斯托拉时，特雷德韦尔太太将自己的剧烈创伤情绪发泄在丹尼身上。小说中这样描写道："她打他的时候感到的愉快是那么强烈，一阵敏感的痛感从她的右手腕开始，往上射去，直痛到她的肩膀和脖子。那尖尖的包着金属的高跟每打一下，他的脸上就会出现一个慢慢地呈现猩红色的、半圆形的小印子……特雷德韦尔太太对她干的事儿害怕得浑身冰凉，然而无论如何也停不下手。"（634）从手腕一直痛到肩膀和脖子的痛感以及浑身冰凉的恐惧感明显是作者站在特雷德韦尔太太立场上替特雷德韦尔太太所感受到的创伤体验，因为除了特雷德韦尔太太自身以外，谁能说得出打人时的痛感一定是"从她的右手腕开始，往上射去，直痛到她的肩膀和脖子"呢？作为一名不愿在作品中干涉人物自由的作家，波特在描写人物的创伤感受时明显越俎代庖，将自己的主观感受与人物在当时情景中应该出现的感受融合在了一起，使得人物的创伤体验与作者本人的主观感受介入较好地结合了起来。这是波特在描写人物创伤体验时经常使用的创作手法。

　　此外，多种感官刺激的结合使波特的创伤描写变得更为生动丰富。例如，在《坟》的结尾，当成年后的米兰达忽然回忆起二十年前的创伤记忆时，作者调动了视觉、触觉、嗅觉等多种感官感觉来描写人物那一刹那的创伤体验即将创伤的视觉化描写与感觉化描写结合在一起：

> 　　她莫名其妙地吓了一跳，蓦地张大眼睛站住，一阵幻觉把眼前的景象搞糊涂了。一个印第安小贩正在她眼前举起一盘各种小动物形状的染色糖块……它们都染着鲜艳的色彩，散发着香草味儿，莫非……这天天气酷热，集市上一堆堆生肉和发蔫的花朵散发出来的气味，就跟她那天在家乡空荡荡的墓地里所闻到的那股腐烂和芬芳掺混的气味完全一样：那天的情景，她至今还依稀记得……（415）

　　这一处创伤记忆的刻画除了具有色彩和形状的视觉化描写外，作者特别强调了嗅觉对于引起创伤记忆的作用。小动物形状的糖块散发出的"香草味儿"，生肉的腐烂味以及花朵的芬芳味直接触动了发生在过去的创伤记忆。故事的叙事时间也通过嗅觉的触动在过去和现在之间移动，从而构成了创伤事件的闪回。形象化的糖块和腐烂与芬芳混杂的气味使得过去的事实重新再现。视觉化与感觉化描写的结合使读者能够设身处地地感受米兰达的真实创伤感，也使得二十年前保罗打死母兔、剖开母兔腹部并取出未出生的兔崽与二十年后异国集市上米兰达的所见所感联系在了一起，从而使米兰达意识到自己在二十年前的那一刻就已经失去了天真。① 可以说，视觉与嗅觉的结合使得《坟》的创伤主题变得清晰而真实。

　　可以这么说，波特对于创伤的视觉化描写使得创伤变成了有颜色、有形象的可视物体，而创伤的感觉化描写则使创伤变成了可触碰、可感知甚至可嗅闻的实体。两者的结合使得波特作品中的创伤书写极具感官化的特质。尽管这会使作者有过多主观干涉人物之嫌，但感官化的创伤描写使得读者更能与作品中的人物感同身受，从而产生某种共鸣。国内学者童庆炳认为，"文学作为美的最高形态之一，应当追求艺术的真实性。艺术真实性是文学的基本品格，是文学的生命所在"。② 波特对于创伤的感官化书写既基于创伤症候的

---

① 　具体文本分析可参见本论文第三章第一节中对《坟》的解读分析。
② 　童庆炳. 维纳斯的腰带 ［M］. 北京：中国人民大学出版社，2009：95.

基本科学真实性，又同时兼顾了艺术上的美学体验，使事实的真实与艺术的审美得到了很好的结合。这或许是波特小说创作的"文学生命所在"，也是她被称为"精雕细刻的艺术家"的一个重要原因吧。

## 第二节　顿悟的表现

顿悟是现代主义文学中经常使用的一种创作手法。在西方现代文学中，詹姆斯·乔伊斯（James Joyce）首次在小说创作中使用"顿悟"一词，用来泛指人类在观察事物时突然出现的思想或是经验。扎克·伯文（Zack Bowen）在分析乔伊斯的短篇小说时认为，小说主人公或是读者常常会突然对自己或者生活的环境产生出一种全新的认识，从而改变自己的行为方式或是情绪心态，然而这种新的认识或是改变并不仅仅只是小说人物或是读者对世界的客观性认知，而是对于自我或是外部世界的"心理洞察"①。顿悟在现代小说尤其是现代短篇小说中起着十分重要的作用。作为一位熟读和了解西方现代文学各流派的作家，凯瑟琳·安·波特不会对詹姆斯·乔伊斯等现代派作家感到陌生，对于他的创作手法也会有所借鉴。波特自己就曾回忆初读乔伊斯《都柏林人》时的兴奋之情："我当时正读着乔伊斯的《都柏林人》。那时的我可能还只是一个写作方面的新人，但我的意识已经准备好接受过去时代的伟大文学的熏陶。我当时已经能够想到这部短篇小说集将会呈现给我怎样的启示。那不是震惊，而是一种启示，一种能够进一步展现深邃想象世界的启示。"② 早在 20 世纪 60 年代，马乔瑞·莱恩（Marjorie Ryan）在《〈都柏林人〉与凯瑟琳·安波特的短篇小说》（*Dubliners and the Stories of Katherine Anne Porter*）一文中就将詹姆斯·乔伊斯的短篇小说集《都柏林人》与波特的短篇小说在创作手法方面进行了比较与分析，并指出波特的小说创作"在主题思想与创作技巧方面都有乔伊斯的特征"。③ 约瑟夫·维森法特（Joseph Wiesen-

---

① Zack Bowen. Joyce and the Epiphany Concept: A New Approach [J]. Journal of Modern Literature. 1, 1981–1982: 103–105.

② Katherine Anne Porter. Collected Stories and Other Writings [M]. New York: The Library of America, 2008: 544.

③ Marjorie Ryan. Dubliners and the Stories of Katherine Anne Porter [J]. American Literature, 1960 (11): 464–473.

farth）也在其文章《幻觉与暗示：〈碎镜〉的反射》（*Illusion and Allusion*：*Reflections in 'The Cracked Looking - Glass*）中梳理了亨利·詹姆斯、詹姆斯·乔伊斯以及丁尼生等作家对波特小说创作的影响①。可见，波特的小说创作与乔伊斯有许多共通之处。"顿悟"便是波特从乔伊斯那里学习来的重要创作手法之一。

正如叙事文体学家格拉德·普林斯（Gerald Prince）在《叙事学辞典》（*A Dictionary of Narratology*）中对顿悟在小说中的功能所分析的那样："'顿悟'暗示着变化，而变化则是构成现代小说'叙事性'的根本所在。"② 现代心理学也表明，个体在受到创伤打击之后会出现性格或是性情方面的剧烈改变。心理学家赫尔曼根据许多前人的研究成果总结了心理创伤致伤以及创伤治疗的过程。赫尔曼认为，心理创伤的治疗过程可分为三个阶段：第一阶段是确定症状，稳定病情；第二阶段是探寻创伤记忆，理解创伤事件的意义；第三阶段是恢复创伤个体的认知能力，使其重新整合人格，回到正常的生活状态。③ 创伤治疗的每一阶段都包含着创伤个体对于自身之前状态的改变。在很多情况下，创伤治疗意味着使创伤受害者从创伤体验中获得突然的醒悟或是觉醒。创伤受害者能否从创伤事件中得到灵光一现的启示——某种顿悟——往往决定了创伤受害者能否从自身的创伤中走出来。创伤的瞬间性以及在受到创伤打击之后个体对于之前的经验有了重新的领悟或是洞察，使得创伤在作用和性质上都与顿悟具有高度的相似性。可见，创伤与顿悟之间存在着十分密切的关联，"顿悟"的运用也为表现文学作品中的创伤主题提供了一个恰当的创作手段。不同的标准可以分类出不同的顿悟形式。例如，根据顿悟的内容来分类，顿悟可分成对社会的顿悟、对战争的顿悟、对人生的顿悟等；根据顿悟的层次，顿悟又可分类成彻底的顿悟、错误的顿悟、非彻底的顿悟等；根据顿悟的方式，顿悟又可分类成情景触发式的顿悟、冥思苦想式的顿悟、主动获得的顿悟、被动获得的顿悟等。此外，如果将读者在阅读文学作品中的主观能动性因素考虑进去，顿悟又可分为人物与读者都无法实

---

① Joseph Wiesenfarth. Illusion and Allusion：Reflections in "The Cracked Looking - Glass"［J］. Four Quarters，1962（12）：30 - 37.

② Gerald Prince. A Dictionary of Narratology［M］. Lincoln & London：University of Nebraska Press，1986：64.

③ Judith Lewis Herman. Trauma and Recovery：From Domestic Ability to Political Terror［M］. London：Pandora，2001：156.

现的顿悟、人物未实现但读者却实现的顿悟、人物与读者都实现的顿悟等。本章节由于重点讨论凯瑟琳·安·波特创伤描写所采用的创作手法，所以我们将重点放在后两类顿悟在波特小说创作中的运用。

波特在其小说创作中塑造了形形色色的创伤人物和不同类型的创伤叙事与创伤体验。纵观波特小说中的创伤个体，有些人物在小说结尾时能够获得真正的顿悟，从而走出创伤的阴霾，走向新的人生；有些人物则无法获得真正的顿悟，始终困在创伤中无法自拔；有些人物即使获得了顿悟，认识了真实的世界，但由于自身缺少行动自主性或实施改变的毅力，他们仍然无法对世界和他人有确切的认识，仍然生活在创伤的阴影或困扰之中。下面分别以《坟》《老人》《灰色马，灰色的骑手》这几部波特的代表作为例来分析波特是如何运用顿悟来描写创伤以及凸显顿悟和创伤主题之间的关系。

短篇小说《坟》描写了小米兰达在哥哥保罗解剖怀孕母兔时对于生与死、生育与性爱的感悟以及二十年后这件童年往事闪回时米兰达的感受。从性质上来看，米兰达二十年前和二十年后的感悟都是瞬间的，没有预兆的，这与顿悟——灵光一现的某种感悟——极为相似。小说写到米兰达在看哥哥剥兔皮时有这样一段描写："保罗就像在谈论什么禁忌那样谨小慎微地说：'它们本来就快生下来了。'说到末一个字眼时，他的嗓音低沉下来。'我知道，'米兰达答道，'就跟生猫咪一样。我知道就跟生小孩儿一样。'她心情十分激动，默默地站起来，腋下夹着猎枪，瞧着那堆血淋淋的玩意儿。'我不要这张皮啦，'她说，'我不要啦。'"（414）引文中米兰达的反应很明显前后不一致。之前还颇有兴致地看着保罗剥兔皮，并谈论着母兔腹腔内未出生的小兔就像"生猫咪"和"生小孩儿"一样，但紧接着的是米兰达激动而紧张的情绪表露，"我不要啦"的重复反映出此时米兰达的某种情绪上和心理上的变化。这种变化实质上开启了米兰达对于外部世界的认识，所以从性质上来说是一种顿悟。这个"顿悟"是什么？对于小说中年纪尚小的米兰达而言，她是无法言说的，她也不具备深入思考这一顿悟背后的秘密的能力。对于米兰达来说，这一顿悟使她获得的是一种恐惧感。她虽然意识到了母兔腹腔内的小兔仔和母猫生小猫以及人类生孩子之间的某种联系，但她却无法顿悟这种联系背后的联系即性与生育之间的关系，当然她更无法采取任何措施消除这一顿悟所带来的创伤体验，只能任凭哥哥保罗将"那几只兔崽儿塞进母兔的肚子，连皮带肉裹起来，把它抱到艾灌丛里去埋掉"。（414）米兰达的这次顿悟可以说是完全不彻底的，这与小说中她的实际年龄有关。但创伤并没有就此结束，而是在二十年后又以闪回的方式再次出现。这一次，成年后的米兰达再次经历了顿悟："那天的情景，她至今还依稀记得，当时她跟她哥哥正在那些坟坑里搜寻宝藏。一想到这事，可怖的景象便消失了，她又清晰地看见哥哥，他那童年的脸盘儿她早已忘记，如今他又站在灼热的阳光下，还是十二岁那副模样，两眼流露得意而从容的微笑，一再在他的手心里翻弄着那只银鸽子。"（415）二十年前的往事由"集市上一堆堆生肉和发蔫的花朵散发出来的气味"所激发出的是埋藏于米兰达心底二十年的记忆。面对这段记忆时米兰达已不再像当初那样不知所措，而是能以平静的心态去回想，创伤记忆袭来时她的及时反应是想起了自己的哥哥保罗和哥哥手上翻弄的银鸽子，这似乎让此时的米兰达一下子悟出了什么。但究竟悟出了什么？这一"顿悟"有没有让米兰达对现实世界有了全新的认识？作者并未在小说中明确告诉读者，而是留给读者自由想象的空间。比起描写米兰达第一次顿悟时详细的情感变化和语言动作刻画，作者对于第二次的顿悟则采用了十分具有象征意味的描写手法，保罗"得意而从容的微笑"以及"手心里的银鸽子"都极具象征含义。① 波特通过小说结尾处这种含而不露的描写手法使整部小说具有了较大的解读空间，也使主人公米兰达的"顿悟"介于清晰与不清晰的模糊状态。但从米兰达相隔二十年的两次"顿悟"中，读者可以顿悟出一颗受到了无形伤害和过早失去天真的心灵。在小说终结时，细心的读者已经顿悟，而主人公米兰达究竟有没有顿悟呢？这是作者留下的悬念，也是顿悟这种创作手法的魅力之处，因为对于这一类短篇小说，"读者常常需要付出比阅读传统短篇小说更多的认知上的努力"②。读者也可以获得更多的阅读乐趣和认知回报。

　　紧接着《坟》的是"米兰达"系列小说中的《老人》与《灰色马，灰色骑手》。这两部作品都描写了主人公米兰达在创伤体验之后清晰的顿悟感。在《老人》的第一和第二部中，尽管米兰达通过凝视艾米姑妈生前的照片已经感受到"这张相片是整个儿同死去了的东西联系在一起的"（20），但是作为一

---

① 有关《坟》中诸多意象的象征含义可参阅笔者拙著：天真的堕落——凯瑟琳·安·波特《马戏》与《坟》的创伤视角解读［J］. 湖北第二师范学院学报（社会科学版），2014，31（4）：4－7.

② LOHAFER S. Coming to Terms with the Short Story［M］. Baton Rouge & London：Louisiana State UP，1983：11.

个当时年仅八岁的小孩子，她无法理解这一顿悟背后所传递出的真正讯息——老南方压抑的生活扼杀了活泼美丽的艾米姑妈。她只是下意识地感受到"（那是）一个往昔的悲伤而美丽的故事。她曾是美丽的，有许多人对她钟情，后来遭到了不幸，年纪轻轻就断送了性命。"（20）随着米兰达不断长大，与老南方家族生活显得越来越难以融合的时候，童年时对于艾米姑妈的创伤记忆再次让米兰达顿悟到："我自己的人和我自己的时代在哪儿呢?"（95）"我自己的现在和未来的生活。我不要任何诺言，我不会有虚假的希望，我不会对自己采取浪漫的态度的。我不能再在他们的世界上住下去了。"（97）艾米姑妈的创伤往事与自己在现实生活中的各种压抑使得米兰达的顿悟变得更为清晰，同时也更为彻底。她不仅从顿悟中认识了自己所处的世界的真相，并且也积极地将自己的顿悟付诸具体的行动——逃离自己的家族。尽管米兰达为自己逃离家族的行为付出了一定的代价——与父亲和家族关系的破裂，但她获得了改变自己原有生活的机会，进而获得了自己所向往的自由生活。

有时真正的顿悟要通过生死的考验和艰辛的历程才能获得。"米兰达"系列的终结篇《灰色马，灰色的骑手》就描写了这样一个顿悟的过程。在小说的开篇，米兰达受困于象征死亡的噩梦之中，除了醒后的恐惧之外，她并未从中获得顿悟。但随着欧洲大陆一战的爆发和美国本土流感的肆虐，米兰达感受到了生命的脆弱和战争毁灭一切的本质，但仍未有实质上的顿悟，她的人生态度并未发生改变。然而，当米兰达自己身染致命的流感病毒，几乎命垂一线，感同身受地经历了死亡创伤的打击加上之后得知爱人亚当因为照顾自己而身染流感去世时，米兰达对于生命和人生有了全新的认识："啊，不行，这样可不对头，我再怎么也不能这样失魂落魄了，她提醒自己。"（243）经历死亡和失去爱人的双重创伤打击之后的米兰达获得了改变自己生活、重新面对人生的勇气。这是一种经历了种种劫难之后的顿悟，也是最为彻底的顿悟。顿悟之后的米兰达完全改变了以前那种不敢表达、不敢去爱的生活态度，而是主动地去追求生命的意义，"我会登门去看那些死里逃生的人，帮他们穿衣服，对他们说，他们是多么幸运，我仍然跟他们在一起是多么幸运"。（242）此时的米兰达已不再将自己封闭在自己狭小的心灵空间里，而是以热忱积极的人生态度去拥抱他人，拥抱死里逃生后的生活。顿悟后的改变意味着米兰达已经成功地走出了创伤的阴影与困扰。创伤后的顿悟使得创伤描写具有了正面意义，深化了创伤的内涵并传递了正能量，印证了"没有创伤，就没有成熟；没有理解创伤的能力，就不会真正地长大成人"。①

如果将上述三部作品按顺序结合起来阅读，我们便会发现这是主人公米兰达从被动顿悟到主动顿悟，从非彻底顿悟到彻底顿悟的发展过程。从童年对于性和死亡的触景生情式的被动顿悟逐步向着成年后对于自由、爱情、生命和人生意义的经过思考和实施行动的主动顿悟。每一次创伤体验之后出现的顿悟都使米兰达发生了改变，从而也使她更接近对于这个世界的客观认知，也使她变得更为成熟。乔治·亨德瑞克认为波特"米兰达系列"小说的主题是"天堂与地狱、爱与性、爱与恨、真相与谎言，秩序与混乱"② 等。这些处于矛盾与冲突两端的主题需要主人公米兰达、作者本人乃至读者的共同努力才能获得真正的顿悟。在小说创作中，顿悟的核心作用是使人物认识现实，从而发生改变，进而推动小说情节的发展并深化作品的主题思想。但同时我们也应该注意到，在波特笔下像米兰达这样能够在创伤之后有所顿悟并能积极采取行动并最终走出创伤的人物并不多见。在波特的小说中，更多的人物是在遭受创伤打击之后没有获得任何顿悟，或是即使有所顿悟但却由于缺乏行动的毅力或勇气而仍旧深陷于创伤泥沼无法自拔。前者如《马戏》中的小米兰达，她从创伤性质的噩梦中醒来之后所做的只是要求女仆迪西"别走，别撇下我"（406）的大声哭闹，她所获得的只有创伤之后的恐惧，而没有顿悟；后者如《开花的犹大树》中的劳拉和《愚人船》中的舒曼医生等人物。在《开花的犹大树》中，劳拉在听到布拉焦尼有关当革命领导者可以得到钱和权力的一番言论后，她曾有过顿悟："劳拉隐隐约约地感到一阵寒冷，一种完全是肉体的危机感，内心里有一个预兆。"（328）她已经明白布拉焦尼不过是个打着革命的幌子在为自己谋利益的虚伪革命者。但是劳拉并没有在顿悟后做出改变现有生活状态的行动，"她仍然安静地坐着，并不逃跑"（328）。出于自我的虚荣以及对布拉焦尼的依赖，劳拉尽管有所顿悟但却始终没有采取任何措施。从实质上来说，劳拉的"顿悟"是无效的顿悟，它非但没有使劳拉摆脱创伤的纠缠，反而使她在良知谴责的创伤泥潭中越陷越深，最终在小说结束的时候做起了那个吞噬犹大树花朵的噩梦，从此困于创伤之中无法自拔。同样，《愚人船》里的舒曼医生与女伯爵在最初医患关系的交往中建立起了同情，最后彼此之间产生了爱情。尽管女伯爵一直有意无意地向他表露

---

① 施琪嘉. 创伤心理学 [M]. 北京：中国医药科技出版社，2006：2.

② George Hendrick. Katherine Anne Porter [M]. New York：Twayne，1962：64.

自己的爱意，但由于性格和避嫌（因为女伯爵是一名政治犯）的原因，舒曼医生始终没有勇气来面对自己对女伯爵的爱，他为自己寻找种种借口和理由来证明那不是爱情而是同情。直到女伯爵被押解流放之后，舒曼才顿悟到自己是真的爱着女伯爵。但这一顿悟来得太迟了，舒曼医生已无力也无能力来做出任何改变，从此陷于对女伯爵思念的伤痛之中。类似的人物在《愚人船》中还有不少，迟来的顿悟或缺少顿悟成为现代"愚人"之所以为"愚"的一个重要原因。

　　综上所述，在波特的小说创作中顿悟的运用与创伤叙事常常紧密结合在一起。顿悟往往是创伤导致的一个结果，而创伤往往是产生顿悟的一个诱因，两者有时相辅相成。创伤作为一种令人感到并不愉快的感受，如果缺少创伤之后的顿悟，创伤描写往往会显得单薄而缺乏深意，而顿悟作为现代小说中常用的一种创作手段，使创伤的表现更具启示功能。人类在顿悟了创伤的原因之后究竟应该采取怎样的措施？是继续被动地等待，还是积极主动地去改变？这或许是波特通过创伤后的顿悟想要传达给读者的一个讯息，也是她试图去理解她一直努力想要理解的西方世界中那个"巨大而可怕的缺陷的逻辑"的一种尝试。当然，我们也应该注意到，波特小说中真正能够顿悟并在顿悟后采取具体行动的人物很少，这或许与作者本人对于人类能否真正把握自身命运的怀疑有关，也与她"没有探索到西方世界中那些'威胁的根源'有关"①。总之，顿悟这一创作手法使得波特小说中的创伤描写变得更具深度，也更能激发读者对于作品创伤主题的进一步思索。

## 第三节　沉默因素的运用

　　文艺理论家苏珊·桑塔格（Susan Sontag）和伊哈·布哈桑（Ihab Hassan）在她们各自的文章《沉默的美学》（*The Aesthetics of Silence*）以及《沉默的文学》（*The Literature of Silence*）中都对"沉默文学"的价值和地位做了评价，认为文学中的沉默因素是现当代文学创作的一大趋势，同时也认可了

---

① 凯·安·波特. 波特短篇小说集 [M]. 鹿金，等，译. 上海：上海译文出版社，1984：17.

"沉默文学"在现当代主流文学中的地位。① 她们认为沉默因素在小说中有较多的体现，"美国作家亨利·米勒、凯瑟琳·安·波特、琼·狄迪恩、西班牙作家卡门·马丁·盖特都以作品中所蕴含的大量沉默元素而著称"。② 研究者虽然已经注意到凯瑟琳·安·波特的小说中存在着沉默因素，但到目前为止国内外尚无人对波特作品中的沉默因素进行过研究，尤其这些沉默因素与作品中的创伤叙事主题之间有何关系？作者是如何通过沉默话语的应用来揭示人物的创伤心理和作品的创伤主题？这或将成为波特研究的一个创新点。

文学作品中的沉默往往是用来表现现实生活中人物的话语的逼真程度。以"沉默大师"著称的英国戏剧家哈罗德·品特（Harold Pinter）曾在自己的一篇文章里指出，"沉默有两种形式，一种是发生在没有言语的时刻，而另一种是以滔滔不绝的话语形式呈现出来的"。③ 品特所说的"发生在没有言语的时刻"的沉默是真正意义上的沉默，即对于他人的信息无法或不愿做出任何言语上的回应或交流。"以滔滔不绝的话语形式呈现出来的"沉默是较有争议的一种沉默类型。既然是"滔滔不绝"，这种沉默与真正意义上的沉默的不同之处就在于它是披着话语的外衣，但却实施着沉默的功能。有些学者将这种沉默称之为"语境沉默"④ 即根据上下文语境关系表现出来的一种隐喻意义上的沉默。说话人虽有言语的诉说甚至交流，但由于说话人的言语和听话人的言语不能够遵守话语的合作原则即格莱斯合作原则，从而导致双方在交流方面出现了障碍和困难。这是从话语角度来审视文学作品中人物话语的沉默因素。另一方面，从创伤理论的角度而言，沉默原本就是创伤的主要症状之一。个体在遭受创伤打击之后往往变得不爱说话，也不愿同他人进行交流。现代心理学的研究表明，创伤事件常常会破坏创伤受害者的语言系统与认知系统，从而使创伤受害者无法正确认识创伤事件，同时也无法用清晰、完整

---

① Susan Sontag. The Aesthetics of Silence [M]. New York: McGraw – Hill Ryerson Ltd, 1982: 181 – 204. Ihab Hassan. "The Literature of Silence", Essays in Postmodern Theory and Culture [M]. Christchurch, New Zealand: Cybereditions Corporation, 2001: 29 – 49.

② 王燕. 品特戏剧话语里沉默的表现与特征 [J]. 英美文学研究论丛, 2013 (1): 169 – 184.

③ Harold Pinter. "Writing for the Theater", Harold Pinter Plays: One [M]. London: Eyre, Methuen, 1996: 9 – 16.

④ 例如国外学者 Kathleen George 和 Douglas Kennedy 就将其称为"语境沉默"（Context Silence），他们认为这种沉默违反了话语的合作原则（Cooperation Principle），从而在交流效果上近似于真正意义上的沉默。

的语言叙述创伤发生的过程。创伤受害者的语言叙述往往呈现出语义断裂、含义模糊、失控混乱或是表达支离破碎等特点。这种在创伤叙事方面所出现的障碍在创伤文学作品中也常常会造成某种程度的沉默。所以可以这么说，沉默是创伤描写的一个重要创作手法。一个作家如何既能根据现实生活中人们对于语言的实际使用情况来创造沉默，同时又能通过不同类型的沉默来传达那些"难言"的创伤，这充分展示了一个作家在创作描写方面的功力。这里需要特别注意的是，文学作品中的沉默并不一定代表人物真的保持沉默。由于现代文学作品常使用内心独白、自由间接引语、心理意识流等表现手法，有时人物虽然嘴上没有通过语言表达出来，但作者对于该人物的心理描写弥补了言语上的沉默，读者仍能明白该人物想要表达的"话语"。所以，在文学作品中很难找到真正意义上的沉默。

纵观波特的大多数小说，沉默因素是其塑造创伤个体、描写创伤体验、揭示创伤影响的一个重要手段。波特的小说中既有完全无法进行言语交流的人物，也有主动保持沉默的创伤个体和那些虽然"滔滔不绝"地说着话但却无法进行有效交流的角色。笔者认为，波特小说中的沉默因素主要包括话语权被剥夺、主动保持沉默、单向非有效交流以及不及物书写等。它们都是沉默的一种特殊表现形式。下面我们通过具体作品和文本分析来揭示波特是如何使用这些沉默形式来塑造创伤个体以及如何通过沉默来表现创伤叙事的主题。

在波特创作的众多创伤个体中，属于真正意义上的沉默的人物首推短篇小说《他》中那个没有名字的"他"以及与"他"颇为相似的《假日》（*Holiday*）中的奥蒂莉。这两个人物都是无法发出自己声音的沉默个体。《他》中的那个"他"不仅被剥夺了姓名即被剥夺了身份，同时也被剥夺了话语权。"他"的喜怒哀乐无法通过语言来表述，而只能通过表情或某些动作来表达。例如，当"他"感到母亲惠普尔太太为自己担惊受怕时，"他"通过"露出龇牙咧嘴的微笑"（285）来表达自己的感受；当惠普尔太太狠狠捆"他"耳刮子的时候，"他"只是"眨眨眼，又眨眨眼，擦擦脑袋"（288）；当惠普尔太太将"他"送到县救济院时，他所能做的只有"擦掉从眼角里涌出来的大颗大颗泪珠"（296）。在整篇小说中，"他"始终与自己的父母以及兄弟姐妹没有语言上的交流，"他"在惠普尔一家眼里就是一个可以随意驱使的"沉默"的他者，是一个没有情感、不知冷暖的他者。"他"在小说中唯一发出的声音是在惠普尔太太将"他"送往县救济院的时候所发出的"一阵抑制的哭声"（296）。"他"发出的唯一声音也是被"抑制"的，其性质也几乎等同于沉默。然而，在"他"表面失声的"沉默"之下却是一颗饱受创伤的心灵。"他"对于父母对自己的所作所为并非没有感觉，"许多事情的来龙去脉'他'都留神看着，'他'一直注意听着种种事情。"（285）可见，"他"并未因为失去了语言的表达能力而失去理解周围世界的能力，相反，比起具有语言能力的弟弟和妹妹，"他"对整个家更具有一种担当力。"他"的沉默与"他"的无名状态一样是作者波特精心安排的一个构思。无名的状态剥夺了"他"在家庭中的地位与身份，而"他"的沉默则剥夺了"他"对于自我心境的语言表述，从而读者能通过"他"无言的诉说来进一步感受"他"所受到的创伤。我们可以试想，如果作者使"他"具有了言语的能力，使读者能够通过"他"有声的叙述清晰地了解"他"的创伤感受，那么有关"他"的创伤描写的效果必然会大打折扣。波特有意剥夺"他"的话语权就是要读者在无声之中去思索和探寻一个无名的孩子在一个缺乏关爱的家庭中所遭受的种种创伤体验，从而使相关的创伤描写达到无声胜有声的表现效果。

沉默有时不是被他人刻意剥夺的结果，而是个体自身主动做出的选择。主动的沉默是个体内心创伤的一种表现，而这种沉默有时也会传染给其他人。在小说《中午酒》中，波特就塑造了奥拉夫·赫尔顿这一主动保持"沉默"的人物。赫尔顿的"沉默"在于他不愿与他人有太多交流，而是更愿意沉浸在自己的世界里。与《他》中的"他"不同，赫尔顿并非缺少语言表达的能力，这从小说开头部分赫尔顿先生和汤普森先生之间的对话可以清晰看出。现将两者间的对话展示如下：

> 汤普森：你好，先生。
>
> 赫尔顿：我要找活儿干。你这儿要雇长工吗？
>
> 汤普森：坐下来。没准咱们可以谈成买卖。我也有点意思要找个人帮忙……你以前在哪儿干活？
>
> 赫尔顿：北达科他州。
>
> 汤普森：北达科他州。离这儿挺远的吧，我捉摸。
>
> 赫尔顿：农场上的活我都会。工资便宜。我要找活儿。
>
> 汤普森：我叫汤普森。罗亚尔·厄尔·汤普森。
>
> 赫尔顿：我是赫尔顿先生。奥拉夫·赫尔顿。

汤普森：那好吧，我看咱们还是开门见山的好……现在，我要知道，你想敲我多大的竹杠？

赫尔顿：我是个好工人，人家给我一天一块钱。

汤普森：什么？一天拿一块钱，这样我自己都愿意去当工人了。你拿一块钱一天干的是什么活？

赫尔顿：麦田里的活。在北达科他州。

汤普森：哦，我这儿可绝不是麦田。我这儿基本上是一个牛奶场……不过我总认为任何时候，一个中不溜的白人都能抵得上一大帮黑人。所以我可以给你七块钱（一个月）。你跟我们一块儿吃饭，我们不把你当下人，就像人家说的——

赫尔顿：行，我干。

汤普森：那么，咱们这笔交易就算作成了，是不是？你现在拽住搅乳器晃它几下成不成？我要骑马到镇上去办几件小事。我都有一星期走不开了。我想黄油撇出来后你知道该怎么办，是不是？

赫尔顿：我知道。我会炼黄油。（99—102）

根据上述引文所列出的汤普森先生和赫尔顿之间的对话，我们可以看出汤普森是个很善于交谈，同时又颇为精明的农场主。他主动向赫尔顿打招呼，并主动询问赫尔顿的相关个人情况，例如在哪里干活、姓名是什么、以前工钱是多少等，并有意识地试探赫尔顿到底会不会干农活。可见，汤普森先生一直把握着谈话的主动权。与此形成对比的是赫尔顿在对话中基本处于一个被动的局面。虽然赫尔顿话不多，回答的句子都很简短，但比起汤普森先生啰唆的话语①，赫尔顿谈话的目的却十分清楚且直击要点即自己在找活；自己是个好工人；自己什么农活都懂。赫尔顿单刀直入同时目的明确的话语表明他思路清楚、意图明确，并非是像小说后半部分哈奇先生所说的——赫尔顿是一个精神错乱的杀死自己兄弟的疯子。这也在一定程度上证明了汤普森先生的推测——"他（指赫尔顿）的兄弟没准就是那样一个胡搅蛮缠的下流家伙"（140—141），赫尔顿是在忍无可忍的情况下杀死了自己的兄弟，从而陷于深深自责的创伤深渊之中。此外，从上述引文的对话中，我们还能发现，

---

① 上述引文中的省略号省略的是原文中汤普森先生所说的一些不相关的语句。为了使对话效果更一目了然，笔者做了省略处理。

在赫尔顿的话语中根本找不到寒暄语。从社交功能的角度来看，寒暄语主要用来调节人与人之间的社交关系和保持谈话双方之间的社会接触，其目的是"在被交际的需要联系在一起的人与人之间建立起一种关系"。① 赫尔顿的话语中缺少寒暄语这一事实表明他不愿与他人保持亲近的关系，拒绝与他人建立深入的交流。这是一种自我主动保持"沉默"、主动与他人保持距离的表现，这从一个侧面折射出他内心的创伤——在杀死自己兄弟后由于自责而将自己封闭起来与世隔绝。这些言语中所透露出来的"沉默"与文中对于赫尔顿行为举止的描写相辅相成，共同塑造出一个自我封闭、主动与外界疏离的创伤个体。除了上述引文中赫尔顿的对话言语之外，在小说其余部分中赫尔顿几乎没有语言上的表述或是交流，即使在看到前来抓捕自己的哈奇先生时，他的反应也是无声的，他只是"呆呆地瞪着胖子（指哈奇先生），巨大的身躯瘫了似的，浑身打颤，像一匹受惊的马"（147）。赫尔顿此时的沉默是其创伤体验达到极值时的剧烈创伤症候的体现，与之前企图与他人保持距离、自我封闭式的沉默在功能与性质上又有所不同。正如在本书第三章第四节中所分析的那样，由于哈奇先生的介入，赫尔顿的创伤体验得到了扩散，从而导致了汤普森一家的创伤。同样，赫尔顿的沉默也同样得到了扩散，从而影响到了汤普森一家，尤其是汤普森太太艾丽。如果以汤普森太太亲眼看见自己丈夫误杀哈奇先生事件为分界点，我们可以很清楚地看到在这分界点前后汤普森太太在言语和行为方面的剧烈反差。在这个分界点之前，汤普森太太和自己的丈夫一样能说会道，无论是对赫尔顿，还是对自己的丈夫、孩子，小说文本中对于汤普森太太的话语都有大段描述。但在目睹丈夫杀人之后，汤普森太太几乎始终保持着沉默，"甚至艾丽也从不说一句话来安慰他（指汤普森先生）……可是他们一天天默默地赶着马车在崎岖的道路上颠簸，她仍然什么话也不说"。（156）汤普森太太的沉默与赫尔顿面对哈奇时的沉默具有相同的性质即是一种剧烈的创伤体验。从小说结尾处对于汤普森太太"在床上乱翻乱滚"近似发疯的描写来看，沉默并不意味着个体情感交流的缺失，而是剧烈的难以言说的创伤体验的大爆发。在《中午酒》中，波特成功地通过沉默的转变与扩散将赫尔顿和汤普森先生及其太太这原本性格完全不同的几位人物连接在了一起。他们由沉默向更沉默，或由不沉默向沉默的转变背后揭

---

① Malinowski B. Phatic Communication［M］. Harmondsworth：Penguin，1972：151.

示的是人物内心巨大的创伤体验，同时也更好地阐述了小说所要传达的创伤叙事主题。

有时沉默是由于交流双方中的某一方无法进行正常交流而导致的。在这种单向交流中，人物的话语会以"滔滔不绝的话语"形式出现，尽管他们不断在说话，但是由于交流的无效性说话人的语言无法获得对方的回应，或者说话人的语言无法提供足够的信息从而使听话者无法获得理解，这都造成了交流和沟通上的障碍，其效果类似于沉默。所以我们可以把"滔滔不绝的言说"认为是一种隐喻含义上的沉默。内心独白、"不及物"书写等由于是人物内在心理活动的演绎，而周围其他人物无法获得感知或是回应，所以可以看成是某种宽泛意义上的"沉默"形式。在波特的小说中，这种隐喻含义上的沉默也是经常被用于描写创伤的手段之一。例如，在小说《被遗弃的韦瑟罗尔奶奶》中，主人公韦瑟罗尔奶奶的话语始终都没有得到周围人的回应。作为一个处于弥留之际的老人，韦瑟罗尔奶奶已无法开口说话，整部小说都是以她内心独白的形式铺展开来。但是她的听觉能力尚未丧失，所以她仍然能对周围人的话语做出回应。例如，当韦瑟罗尔奶奶听到前来看望自己的哈里医生说："你的身子骨是个奇迹，可是你也得当心，要不，你会大大懊悔的"的时候，她的反应是："别跟我说我会怎么样。简直可以说，眼下我的病完全好了……"（308）当她听到自己的子女说，"唉，咱们还能指望什么呢？""是啊，八十岁啦……"时，她的回应是"得了，八十岁又怎么样？"（309）但是韦瑟罗尔奶奶的话语由于丧失了说话能力而无法得到真正意义上的言说，只能以内心独白的形式自言自语，而得不到对方的任何回应。例如，韦瑟罗尔奶奶说："我要。我要许多东西哪。马上滚开，别说话鬼鬼祟祟。"（310）但周围人仍然在讨论着她身后的事情；当她表示不想再看到哈里医生时，哈里医生却来了；当她表示想安静地躺着得到休息，但周围人却仍在说着话；当女儿说要给她打针时，她的回答是："喂，女儿，蚂蚁怎么爬上床来了？昨天我看到了红蚂蚁。你究竟派人去叫哈普西了吗？"（316）双方都在自说自话地进行着"交流"。正如文中说的那样，"她自以为说得很响，可是没有人回答。（316）"韦瑟罗尔奶奶尽管不断在诉说，但却始终无人做出回应。在该小说的话语结构中，韦瑟罗尔奶奶和周围人构成了一种单向交流模式即韦瑟罗尔奶奶对周围人的话语产生回应，而周围人无法对她的话语产生回应，交流无法形成回路，双方都被封闭在各自的话语体系中，这从本质上而言是一种特殊的"沉默"。波特之所以采用这种特殊的沉默方式描写韦瑟罗尔奶奶，一方面是考虑到真实情形即韦瑟罗尔奶奶处于弥留之际失去了言语能力，另一方面也是为作品的创伤叙事主题服务。韦瑟罗尔奶奶作为一个被未婚夫抛弃、丈夫早亡、独自将几个子女拉扯大的劳动妇女，她内心的创伤苦痛只有她自己最清楚。她在生命最后一刻渴望见一见哈普西的愿望得不到周围人的回应，使她原本苦痛的人生又增添了一抹创伤的颜色，就像小说结尾处所说的，"她没法记得任何其他的悲伤，因为这个极大的痛苦把一切都排除了。啊，不，没有比这更狠心的事情了——我永远不会原谅的"。（322）韦瑟罗尔奶奶人生最后的伤痛正是由于交流的障碍而导致的。波特通过这种单向交流的特殊沉默形式恰到好处地塑造了一位饱受生活蹂躏、在生命最后一刻仍无法得到慰藉的创伤女性形象。

除了单向交流式的内心独白，波特在刻画某些人物的创伤感时还会使用"不及物"书写。根据现代创伤理论，所谓"不及物"书写是指一种非线性的创伤书写模式。在"不及物"书写中，创伤受害者努力将自己的创伤记忆转化成叙事记忆，但叙述的语言往往是无序的，叙述的主题之间并不存在一定的逻辑性，呈现出意识流状态以及较大的意义空白。① "不及物"书写较多出于现创伤受害者的书信或是日记书写中，但这些书信或日记都是创伤受害者写给自己看的，所以他们的创伤书写往往无法到达使外人见证创伤的目的，也无法与其他人形成一种有效的交流。这使得创伤始终压抑在受害者内心，从而很难起到释放创伤和治疗创伤的作用。由于"不及物"书写是创伤个体自我封闭式的一种书写形式，与周围人很难形成交流，所以从效果上来看，"不及物"书写也可以被看成是一种沉默形式。长篇小说《愚人船》中的里特斯多尔夫太太便是创伤的"不及物"书写的典型人物。在"真理号"客轮的众多乘客中，里特斯多尔夫太太是较容易为读者记住的人物之一，因为她总是随身带着一本小本子。在本子上她会将自己所看到的或所感受到的都记录下来。她之所以将这些毫无关联的琐碎事情记录下来，并不是为了文学创作收集材料，而是为了通过书写抒发内心的创伤寂寞。通过文本的细读，我们可以发现里特斯多尔夫太太的"不及物"书写都有一个对象，那就是她已

---

① 有关"不及物"书写的相关内容可以参见 Van der Kolk, Bessel A., ed. Psychological Trauma. Virginia：American Psychiatric, 1987. 以及 Garland, Garoline, ed. Understanding Trauma：A Psychoanalytic Approach. London：Gerald Duckworth, 1998.

经去世的丈夫堂佩德罗。她的每一次书写似乎都是在向她的亡夫讲述自己的所见所感，正如里特斯多尔夫太太自己在本子上所写的那样，"归根结底，我是个女人，我需要一个丈夫的牢靠而温柔的指引，他的权威将会支持我，他的原则将是我的……"① 从后文中有关里特斯多尔夫太太闭上眼睛，陷入白日梦，梦见亡夫堂佩德罗以及她每次在本子上写完一段都会想起以前和丈夫在一起的生活片段等相关描写来看，丈夫的去世带给了里特斯多尔夫太太巨大的精神打击，她在很大程度上无法接受丈夫已死的现实。于是，这种失去丈夫的创伤体验就以在本子上任意书写的形式表现了出来。由于丈夫堂佩德罗已经去世，无法阅读里特斯多尔夫太太在本子上的书写内容，里特斯多尔夫太太的书写终究无法与丈夫形成双向的交流。从里特斯多尔夫太太的书写内容来看，她所记录的内容大多是随性的，既有对于当时的种族主义观点的评价和对于船上某些乘客的人身攻击，也有对于自己往昔生活的追忆和现实生活中的种种不满。总之，她的书写没有一个明确的书写主题，更像是对亡夫的意识流式的内心独白，这都符合创伤的"不及物"书写特征。里特斯多尔夫太太的"不及物"书写是其内在创伤的无意识的释放，在记录中通过她与假想中的丈夫进行对话，这里折射出的是里特斯多尔夫太太对于现实真相的规避和恐惧。就像小说中里特斯多尔夫太太"要人拿来两个花瓶，小心谨慎地取出两大束她自己通知人送来的鲜花"② 一样，她的"不及物"书写也是一种自欺欺人的"骗局"，尽管里特斯多尔夫太太在本子上书写下大段大段的文字，但这些文字都只是"沉默"的符号，无人能够倾听和接收。她不愿面对残酷的现实，也不敢面对真相，只能在与亡夫的"沉默"交流中一步步深陷创伤的泥潭。

综上所述，话语权被剥夺、主动保持沉默、单向非有效交流以及"不及物"书写等沉默因素是波特在小说中常使用的创作手法。这些想说说不出，或是主动不想说，或是自我言说的"沉默"人物是波特笔下颇有特色的创伤个体。波特小说中的沉默因素把现代西方世界中人与人之间的隔阂、暴力以及个体内心难以言说的伤痛折射外化了出来，较好地烘托了作品所要表达的创伤叙事主题。

---

① 凯瑟琳·安·波特. 愚人船［M］. 鹿金，译. 上海：上海译文出版社，2000：47.
② 凯瑟琳·安·波特. 愚人船［M］. 鹿金，译. 上海：上海译文出版社，2000：45.

# 结　语

　　如果以创伤视角来审视美国历史，我们便会发现美国这个国家的历史充满创伤性质，美国人生活中的各种创伤也无所不在。无论是早期北美洲的殖民开拓历导致来到美国的欧洲移民由于恶劣的生活环境大量死亡以及土著印第安人近乎种族大灭绝的悲剧，还是美国早期惨无人道的黑人奴隶制，再到20世纪二三十年代扰乱社会正常生活的经济大萧条，50年代生活在麦卡锡主义肆虐下的"沉默一代"，冷战时期人人闻之色变的核战争以及六七十年代轰轰烈烈的黑人民权运动，又或是80年代社会发展对于自然环境的巨大破坏以及进入21世纪后"911"事件对于美国人民精神世界的沉重打击，可以说，美国历史发展的每一阶段伴随着各种对人们的肉体以及精神产生重大伤害的创伤性事件。这些形形色色的创伤事件与创伤经历必然也在美国文学的许多作品中有所反映，从而构成了美国文学中的创伤叙事文学。无论是反映早期美国殖民开拓者生活的殖民地文学，控诉黑人奴隶制的废奴文学，还是揭露美国政府与社会种种腐败罪恶的批判现实主义文学，再到描写两次世界大战的战争文学，再到21世纪后出现的所谓"911文学"以及描写重大自然灾害的文学作品，美国文学发展史上的每一个阶段也都包含着各种性质的创伤因素。美国文学史上一系列经典之作，例如，《汤姆叔叔的小屋》（*Uncle Tom's Cabin*）、《红色英勇勋章》（*Red Badge of Courage*）、《红字》（*The Scarlet Letter*）、《白鲸》（*Moby Dick*）、《屠场》（*The Jungle*）、《嘉莉妹妹》（*Sister Carrie*）、《永别了，武器》（*Farewell to the Arms*）、《太阳依旧升起》（*The Sun Also Rises*）、《裸者与死者》（*The Naked and the Dead*）、《第十二条军规》（*Catch-22*）、《嚎叫》（*Howl*）、描写911事件的《坠落的人》（*Falling Man*）以及2011年获得美国国家图书奖描写2005年肆虐美国南部的卡特里娜飓风的《拾骨》（*Salvage the Bones*）等若从创伤视角予以审视无不包含着明显的创伤元素，它们记载并形象化地再现了美国发展的各个时期的各类重大事件对民众或是个体所产生的创伤影响，正如某些文学评论者所说的那样："美国历史是用鲜血写成的，其创伤体验是人类经验的一个重要组成部分。"① 因此，探究美国文学中的创伤叙事的发展对于美国文学的研究而言颇具价值，这不仅可以以另一种视角了解美国文学发展的脉络，也可以更深入地认识美国文学的流变以及发展的驱动力。凯瑟琳·安·波特正是这样一位为美国文学创伤叙事做出重要贡献的小说家。

　　凯瑟琳·安·波特在其小说中书写创伤，首先与其所生活的时代密切相关。波特漫长的一生经历了 19 世纪与 20 世纪中的诸多重大事件——19 世纪末老南方的失落、20 世纪 30 年代的经济大萧条、两次世界大战、二战后麦卡锡主义的叫嚣、核战威胁等。可以说，波特的一生始终与美国乃至西方世界 20 世纪上半叶的各类创伤性事件相影相随。这些创伤性事件以及它们对人们心理所造成的创伤影响在波特的诸多短篇小说以及长篇小说《愚人船》中都有所反映，从而构成了波特小说创伤叙事的一个重要组成部分。波特在她的小说中思考着这些重大的创伤事件所产生的后果以及对于西方人心理所造成的扭曲，正如她所说："（我）这一生始终处在世界性灾难的威胁之下，而我的绝大部分智力和精力一直用在努力领会这些威胁的意义、追溯它们的根源上，用在努力了解西方世界人的生活中这个巨大而可怕的缺陷逻辑上。"② 西方人生活中这个"巨大而可怕的缺陷逻辑"正是各类创伤事件对人们所产生的精神创伤的直接后果。其次，波特个人的成长经历也为其小说的创伤叙事注入了个人的创伤基因。作为"一场打败了的战争的孙女儿"③，波特从小对于家族昔日的荣光与现实的贫困潦倒有着深刻的认识，加之母亲的早逝与父爱的缺失，这些都使得波特的童年处于一种极为压抑和郁闷的状态之中。成年之后四次失败的婚姻、由于流感而与死神擦肩而过的经历、在墨西哥革命时期目睹人性的残忍与扭曲、20 世纪 30 年代游历欧洲时又目睹法西斯主义的崛起与盛行、战后又看到麦卡锡主义对于无辜大众的迫害，直至晚年她还在

---

① Van der Kolk and L. Weisaeth. Traumatic Stress: The Effects of Overwhelming Experience on Mind, Body, and Society [M]. New York: The Guilford Press, 1996: 3.

② Katherine Anne Porter. Collected Stories and Other Writings [M]. New York: The Library of America, 2008: 718.

③ Katherine Anne Porter. Collected Stories and Other Writings [M]. New York: The Library of America, 2008: 745.

为 50 年代被美国政府诬蔑为共产主义分子并处以死刑的两位工人奋笔疾书。这些经历都使得波特的小说自然而然地蒙上了一层阴郁的创伤色调。难怪凯瑟琳·安·波特的小说有时被称为"阴暗寓言"。这些阴暗的寓言正是波特独特而丰富的生活经历与其所生活的时代所共同创造出来的产物。比起同时代的其他作家，波特对于各种创伤元素有着更为深刻细致的了解与感受。从叙事主题的类型方面而言，波特可谓是一位集创伤叙事之大成的作家。波特之前的作家往往将创伤叙事的视角集中在某一主题类型，例如，比波特创作时间略早的海明威将创伤叙事较多地集中在第一次世界大战方面，而与波特同为美国南方作家的福克纳则将创伤叙事视角集中在没落的"老南方"上。即使是与波特同时代的女性作家（如尤多拉·韦尔蒂和弗兰纳里·奥康纳），也将创伤叙事视角集中在美国南方人的生活方面。可以说，这些作家在创伤叙事主题方面"各有专攻"。波特小说中的创伤叙事主题则要丰富许多。在她的短篇小说中读者既能看到儿童的心理创伤、步入成年后由爱情婚姻带来的创伤、对于人性之恶的创伤体验，也读到美国南方世家的兴衰史，墨西哥革命、经济大萧条、二次世界大战等重大历史事件对个体所造成的种种精神与心理的伤痛。[1] 波特短篇小说中丰富的创伤叙事类型多角度地向读者呈现了人类成长的不同阶段所面对的各种创伤以及 20 世纪上半叶急剧变化中的西方世界对人们的精神所造成的种种创伤影响。这些不同的创伤叙事类型在波特的长篇小说《愚人船》中被结合在了一起，构成了一部翔实而宏大的创伤叙事小说。比起之前的创伤叙事文学更注重外在重大创伤事件的描写，波特的创伤叙事淡化了创伤事件本身而突出强化创伤个体的心理刻画。波特小说中的创伤事件往往只是一些表面看来无大意义的小事，例如，儿童观看马戏表演、儿童第一次看到母兔体内尚未出生的兔仔、夫妻间因为一条毫无用处的绳子所发生的拌嘴，或是由于丈夫失业而引发的夫妻争吵，或是由于自身的虚荣心所导致的良心谴责等。与战争、大屠杀等重大的创伤事件相比，这些日常生活中经常发生的事情本无多少创伤性质可言。但波特却用她细腻精致的文笔揭开了隐藏在这些普通小事之下的巨大的"杀伤力"。这些"小事"有的会在时隔多年后突然闪回，唤起人们的创伤记忆；有的则会使人负担巨大的精神压力，破坏正常的人际关系或是终身背负良心的谴责；更有甚者则会使人终

---

① 有关凯瑟琳·安·波特的创伤叙事类型可详见本书第三章以及第四章。

结自己的生命。比起战争或屠杀，这些日常生活中的"小事"更难防备，也更具隐蔽性，因此所造成的心理创伤也就更具普遍性和威胁性。即使像《灰色马，灰色骑手》《斜塔》《愚人船》等描写一战和二战的作品，波特也没有将人物设置在炮火纷飞的欧洲战场，而将创伤叙事的发生地设定在远离欧洲战场的美国、战争爆发前的德国，甚至是漂浮在茫茫大海上的游船上。尽管这些地方远离战场或是尚未爆发战争，但是个体所受到的创伤却丝毫不亚于真正爆发战争的战场。在这些小说中历史的创伤真相既是文本的文学虚拟背景，同时也是被置于文本之中的真实历史前景。波特淡化了宏大的战争叙事场面，转而通过生活在战争之外的小人物的所见所闻来折射战争创伤的"无处不在"。这样既能够便于深入人物的内心世界，同时又说明在战争时代没有人能真正逃离战争的创伤影响。这些"以小见大"的创伤叙事构成了波特"努力了解西方世界人的生活中这个巨大而可怕的缺陷逻辑"的一个重要组成部分。波特小说中的叙事，表面上虽涉及个人或家庭的遭遇，但其潜在的叙事文本却揭示出这些创伤人物隐喻着现代社会中的每个人的形象。波特作品中大量关于噩梦、闪回、癔症等精细的刻画描写，都是对于人物受到创伤打击后的潜意识活动的揭露。比起其他作家的创伤心理描写，波特的创伤心理描写常常通过视觉、嗅觉、触觉、不同类型的顿悟以及沉默等多角度、多层次地刻画人物的创伤体验以及创伤前后出现的精神转变，从而丰富了创伤叙事的表现力，使令人感到压抑阴暗的创伤叙事具有了相当的文学艺术性与美学欣赏价值。① 这是波特对于创伤叙事表现力所做的一大贡献。国内学者钱满素认为美国现代小说从描写对象和主题的角度进行分类大致可以分成两类，一类是偏重于超验世界的问题，而另一类则偏重于经验世界的问题。② 波特的作品兼具这两种类型。她的作品中有许多关于超验世界的感受描写，例如梦境、幻觉、灵肉分离的虚幻感等，但同时她的小说又会涉及大量有关经验世界的问题，例如战争、阶级、种族主义、女性问题等，有关经验世界的描写是其后期小说创作（如《灰色马、灰色的骑手》《斜塔》、长篇小说《愚人船》等）的一个重要主题。在小说中波特始终关注着经验世界中的种种问题以及现实生活中人们的种种存在状态。

作为一名创作时间长达半个多世纪的作家，波特的小说包容了西方社会

---

① 相关内容可详见本书第五章。

② 钱满素. 美国当代小说家论 [M]. 北京：中国社会科学出版社，1987：14.

的种种创伤。这些创伤来自她丰富的人生阅历和深刻的人生感悟，其中既有时代和社会大背景赋予她的感触与思考，也有她从自己跌宕人生中所获得的感受。作为一名生于 19 世纪末 20 世纪初的作家，时代的洪流磨炼了波特对于西方世界的深入了解。20 世纪初的美国乃至整个西方世界正从传统社会向着现代社会过渡，原有的传统理念与宗教信仰受到了前所未有的挑战。科技的进步使得人类社会的物质文明取得了突飞猛进的发展，但随之而来的却是人类道德的堕落与良知的丧失。20 世纪初爆发的第一次世界大战正是西方世界人类道德与良知堕落的一次集中体现。当时的波特虽尚未步入美国文坛，但从她之后描写一战的小说《灰色马，灰色的骑手》中对战争对于人类精神与肉体摧残的反思可以看出波特对于第一次世界大战的感受。正如波特本人所认为的那样，西方人生活的逻辑是有缺陷的。在第一次世界大战结束后不过二十年的时间，更为残酷和血腥、对人类心灵造成更大创伤的第二次世界大战爆发了。在二战爆发前夕，波特像当时许多美国作家一样选择远赴欧洲，学习那里各种先锋前卫的文艺思潮。但在当时的欧洲、这个文艺思潮的试验场中，波特看到更多的是人们内心的迷茫与惶恐、是希特勒似的极端主义分子的叫嚣、是法西斯主义与种族主义等思潮对于年轻一代欧洲人的毒害。这些在波特的小说《斜塔》乃至二十多年后的长篇小说《愚人船》中都被鲜明地揭示了出来。充满硝烟和杀戮的战场固然会让人产生强烈的创伤感，但通过阅读波特那些描写两次世界大战的小说，小说中那些"没有硝烟的战场"更能让读者感到强烈的精神冲击。作者使用精细入微的笔触揭示了人物在特定环境中的内心世界，也向读者展示了一个远比肉体创伤严重得多的心理创伤体验。波特一向厌恶战争，她曾多次在一些文章例如《唯一的真相》（*The Only Reality*）、《关于〈开花的犹大树〉》（*On Flowering Judas*）、《未来就是现在*The Future is Now*）等中表达自己对于战争的看法。在波特看来，战争就是一小撮人为了自己的私利置他人生命于不顾所发动的暴行。波特早年在墨西哥革命中对于人性深入的观察使得她对于后来爆发的战争有了本质上的认识，这也使得波特在自己的诸多小说中能把人物在战争背景下的真实心态和真实的创伤体验精细地记录下来并展现给读者。不过，令波特感到失望的是，西方世界的逻辑缺陷一再上演。从第一次世界大战到第二次世界大战，从冷战到越战，波特的创作生涯有很大一段时间与各种战争纠结在一起。这也是波特对于人类未来感到失望的重要原因之一，或许也是导致其文风显得阴郁灰色的重要原因之一吧。

　　此外，波特个人的生活经历也是其创伤书写的一个重要因素。作为"一场打败了的战争的孙女儿"，南方家族昔日的荣光与现实中波特家族生活的窘境在波特心中形成了巨大的落差。美国南方文学所特有的哀伤气质和创伤主旨在波特的笔下显得愈发哀婉感伤。如果我们将《旧秩序》（包括《源头》《旅程》《马戏》《坟》等短篇小说）、《老人》《灰色马，灰色的骑手》等小说按照顺序进行阅读，我们就可以发现这是主人公米兰达的创伤心路历程，是波特对于整个美国南方社会变迁的写照，也是波特对于自身生活经历的创伤书写。波特从小失去父母，在祖母凯特的照料下长大成人。为了实现自己从小的写作梦想，她毅然远离自己的故乡，在纽约、墨西哥以及欧洲打拼。为了能够更全身心地投入小说创作，她的几次婚姻甚至为此多次亮起红灯，"他们（指波特的四任丈夫）没法跟我一起生活，因为我是一个作家，而且当时跟现在一样，写作第一"①。在靠稿费为生的日子里，波特的生活是拮据而贫困的，正如她自己调侃庞德（Ezra Pound）的那样："他（指庞德）时不时会抱怨自己难以支付房租，但你立刻就会明白，付不出房租和成为一名作家是紧密相连的。"② 这番调侃的言语又何尝不是波特本人对于作家生涯的深刻体会呢？这些创伤的人生体验当幻化在波特的笔下时就变成了一个个感情真实而细腻的创伤个体。波特小说中创伤描写的精巧细致不仅来自她对于人生的感悟与体验，也来自她对于日常生活的敏锐观察并能从中汲取自己的创作素材。波特短篇小说的创作丰收期——20世纪20年代至40年代——也是美国社会大变革和消费主义横行的年代。美国传统的以艰苦、节俭和禁欲为美德的道德价值受到了以享乐、消费和纵欲为时尚的消费主义的巨大冲击，整个社会向着拜金主义和实利主义猛烈倾斜。面对这样一个处于巨大思想变革中的现代社会，许多人迷失了自己的方向，甚至抹杀了正常的人类情感。波特的小说《他》《绳》以及《一天的工作》等都从一个侧面反映出那个躁动不安、传统与现代价值观发生剧烈冲突的时代。但是与许多男性作家宏大铺张的叙事角度不同，波特选取的是普通的小户人家中家庭纽带的断裂、父母对于子女关爱的缺失、夫妻之间价值观念的差异所导致的冲突等。波特以这种"以小见大"的叙事角

---

① 凯·安·波特. 波特短篇小说集［M］. 鹿金，等，译. 上海：上海译文出版社，1984：1.

② Katherine Anne Porter. Collected Stories and Other Writings ［M］. New York：The Library of America，2008：576.

度同样描绘出一个栩栩如生的 20 世纪上半叶美国社会的风景图。

在自己的作品中，波特始终如一地书写着现代社会中存在的种种创伤，她对于创伤体验也是十分敏感的。在她集诸多创伤书写于一身的长篇小说《愚人船》中，读者可以看到作者对于西方现代社会各种创伤的更为丰富和深刻的思考。人性的邪恶、道德的堕落、欲望的贪婪、种族的歧视、阶级的对立、现代人的无所作为等都聚焦在了行驶于茫茫大海上的"真理号"上。数百年前萨巴斯蒂安·布伦特笔下的"愚人船"在 20 世纪的现代社会里依旧行驶在每个人的"心灵大海"之上。为什么人类的愚蠢与无知会反复重演？在这些愚蠢与无知的背后又隐藏着怎样的创伤？这是波特在《愚人船》这部洋洋洒洒五十余万字的作品中所想要探讨的问题。为了能够进一步挖掘人物的内心世界和创伤体验，作者采用了片段化的处理方法，叙事视角不断在各个人物之间转换。这种手法或许在一定程度上破坏长篇小说的叙述完整性，但这也是最能够充分展现和揭示每个人物内心隐痛的方式。通过视角的不断转换，作者可以毫无障碍地深入人物饱受创伤的内心世界。无论是小说的创伤循环结构，还是一些评论者看来似完未完的小说结尾，都暗示着创伤的旅程并未终结。可见，在人物的塑造、小说结构的安排以及叙述视角的选择等方面波特都有意无意地体现了创伤书写的主题。作者的目的并非要讲述一次完整的海上旅程，而是要让船上的个体在旅程中暴露出他们各自的创伤体验，并引导读者去思索导致这些创伤体验的种种原因。波特对于船上各个人物的精细刻画使得一个浓缩的西方现代社会呈现在读者面前，这些创伤的个体也共同构成了一个水上的"创伤世界"。可以说，波特短篇小说中那种精细入微的刻画在《愚人船》中得到了进一步的提炼。《愚人船》为波特精巧细致的创伤书写画上了一个近似完美的句号。

波特小说中的创伤书写的精巧细致之处不仅体现在她对于创伤叙事主题的选取角度的精细，也体现在她对于创伤描写的艺术手法上的细腻入微。波特是一位对现代文学发展时刻予以关注的作家。在她创作短篇小说的 20 世纪 20 年代至 40 年代也是整个西方文学从传统文学向现代主义文学过渡的重要阶段。亨利·詹姆斯（Henry James）、詹姆斯·乔伊斯（James Joyce）、弗吉尼亚·沃尔夫（Virginia Woolf）、埃兹拉·庞德（Ezra Pound）、叶芝（W. B. Yeats）、艾略特（T. S. Eliot）等西方现代文学的奠基人都在波特撰写的相关评论文章中获得过高度的赞赏，波特本人也是积极地从这些大师身上汲取养料为自己的小说创作添砖加瓦。心理意识流、潜文本、自由引语、情节淡化、时空交错等现代文学常见的方法和特征在波特的小说创作中已被运用得炉火纯青。为了使作品中人物的创伤体验变得更为生动，更能为读者所感受，波特还使用了感官化描写、顿悟以及沉默等多种方式来刻画人物在遭受到创伤打击的那一刹那以及之后的创伤感受。她精巧细致的文风在这些创伤描写中显得尤为突出和令人印象深刻。它们成为小说的场景氛围、人物塑造和创伤主题衬托的一个重要组成部分。阅读波特小说中的这些创伤描写有时会仿佛置身于一幕幕充满画面感的创伤世界之中，那里有颜色、有各种感官的刺激、也有创伤过后的感悟以及创伤前后的缄默。这些都是波特作为一名感情细腻又对人类持悲观情绪的女作家将自己精细的描写与自己对于人生的感悟相结合的结果。这也是为什么波特创作的小说数量不多但却几乎篇篇精彩的原因之一。波特在她的小说创作中精巧而又细致地书写着自己对于生活、人生、社会乃至整个西方世界的创伤感悟，这是波特对于人文关切的主题书写。她通过自己精雕细刻的艺术手法来审视这个世界，同时传达自己的人文和道德关怀。作为一名精雕细刻的作家，波特对于作品的精细打磨犹如艺术家对于艺术品的精雕细琢。波特自己曾说过："即使海明威和福克纳都不敢说自己是一名艺术家。我在想，为什么这些对于人类思想和心灵如此感兴趣的人都害怕说自己是艺术家呢。"① 对于波特而言，小说家创作小说与艺术家创作艺术品是一样崇高的，文学与艺术是紧密结合在一起的。作为一名"对于人类思想和心灵如此感兴趣"的作家，波特也自然是一位杰出的艺术家，其作品中的创伤书写正是其作品文学性与艺术性的交汇点。所以，对于波特小说中的创伤主题的探讨必然能更好地使我们理解波特作品中所体现的人道主义关怀以及其作品的艺术价值，同时也能更好地认识美国现代文学尤其是美国现代女性文学的发展与演进。

　　作为一位还尚未被深入研究和挖掘的重要作家，20世纪末兴起的创伤理论为凯瑟琳·安·波特的研究提供了一个有力的武器。作为一门跨学科的研究，创伤理论结合了心理学、医学、神经学、社会学等多种学科的知识，使人类深邃的内心世界得到进一步的开拓和研究。使用创伤理论的相关研究成果来解读文学作品也是20世纪末文学批评的一个重要发展方向。创伤书写与波特的小说创作在很大程度上可以说是水乳交融的，因此创伤理论无疑为波

---

① 　George Hendrick. Katherine Anne Porter［M］. Boston：Twayne Publishers，1988：136.

特小说创作的研究提供了一个绝佳的切入视角，使读者能更好地理解那些在波特小说中最常见的主题：死亡、噩梦、良知的谴责、自我的追寻等。我们之所以关注波特小说中的创伤书写，不仅仅是为了更好地理解作品的主题、欣赏作品的艺术特色、了解作者对于某些事情的观点看法，更是因为波特在其作品中所书写的这些创伤，包括创伤的致伤原因、创伤症状、创伤影响、创伤的发生机制等，在我们当下的社会和世界中仍然普遍存在。自我国改革开放之后，社会经济高速发展，人民的物质生活得到了快速提高。就如同20世纪的美国一样，在物质文明迅速提高的同时，人们的精神文明和道德文明却走上了下坡路。道德的堕落、人心的败坏以及世风日下的趋势已经成为当前我国社会生活中一个不争的现实。波特的创伤书写告诉我们，创伤往往源于细小、琐碎的日常生活。尽管我们没有遭遇类似于战争这样的重大创伤事件，但是各种看似"琐碎"的创伤事件——父母关爱的缺失、家庭婚姻的悲剧、人性欲望的贪婪、不同价值观念的冲突、道德底线的突破等——却在当今社会中层出不穷。这些"琐碎"的创伤所伤害的正是每一个社会个体和家庭，当构成社会肌体的细胞——个体与家庭——受到创伤的打击时，整个社会大环境又岂能免于创伤的困扰。阅读和理解波特小说中的创伤书写能让现代人更好地了解创伤以及思考避免创伤的方法。尽管波特小说的主基调是灰色而阴郁的，她小说中大多数人物也最终未能真正走出创伤的阴影、摆脱创伤的困扰，但这并不妨碍我们去解读她作品中的创伤叙事，并从中吸取经验教训。文学中的创伤书写是为了"帮助读者更好地将个体人物的挣扎与生存状态与文本叙述联系起来。当作者将通过各种声音，各种立场，各种凸显混乱、分裂以及近似于真实状态等象征手法将创伤呈现在读者面前时，读者能够参与重建人物的创伤经历与创伤叙述"。① 因此，通过创伤视角解读波特小说中的创伤叙事无疑具有积极的现实意义。

　　本书在系统阅读凯瑟琳·安·波特的主要小说作品的基础上，结合文本分析与创伤理论的相关成果解读波特的小说。创伤叙事构成了波特小说创作的主要内容。当我们回顾全文，凯瑟琳·安·波特一个精巧细致的创伤书写者的形象若能在读者的脑海中成形，读者若能从波特的小说中进一步了解创伤，从而减轻甚至避免这些创伤，那么笔者将甚感欣慰。

---

① Laurie Vickroy. Trauma and Survival in Contemporary Fiction ［M］. Charlottesville and London：University of Virginia Press，2002：27.

# 凯瑟琳·安·波特的小说作品目录

**短篇小说集：**

《开花的犹大树和其他短篇小说》（*Flowering Judas and Other Stories*）

    玛丽亚·孔塞普西翁（Maria Concepcion）

    圣女维奥莱塔（Virgin Violeta）

    殉教者（The Martyr）

    魔法（Magic）

    绳（Rope）

    他（He）

    盗窃（Theft）

    那棵树（That Tree）

    被遗弃的韦瑟罗尔奶奶（The Jilting of Granny Weatherall）

    开花的犹大树（Flowering Judas）

    碎镜（The Cracked Looking – Glass）

    庄园（Hacienda）

《灰色马，灰色的骑手》（*Pale Horse，Pale Rider*）

    老人（Old Morality）

    中午酒（Noon Wine）

    灰色马，灰色的骑手（Pale Horse，Pale Rider）

《斜塔和其他短篇小说》（*The Leaning Tower and Other Stories*）

    旧秩序（The Old Order）

智慧之路（The Downward Path to Wisdom）

一天的工作（A Day's Work）

假日（Holiday）

斜塔（The Leaning Tower）

**长篇小说：**

《愚人船》（*Ship of Fools*）

# 参考文献

一、中文

［1］凯瑟琳·安·波特. 波特中短篇小说集［M］. 鹿金, 等, 译. 上海: 上海译文出版社, 1984.

［2］凯瑟琳·安·波特. 愚人船［M］. 鹿金, 译. 上海: 上海译文出版社, 2000.

［3］陈世丹. 美国后现代主义小说艺术论［M］. 大连: 辽宁师范大学出版社, 2002.

［4］陈娟. 服从与违背——凯瑟琳·安·波特短篇小说中的女性身体叙述［D］. 重庆: 西南大学, 2008.

［5］邓红花, 陈怡. 凯瑟琳·安·波特小说中的"另类"人物［J］. 萍乡高等专科学院学报, 2008（2）: 90 – 96.

［6］付景川. 二十世纪美国小说史［M］. 长春: 吉林教育出版社, 1995.

［7］西格德蒙·弗洛伊德. 梦的解析［M］. 孙名之, 顾凯华, 冯华英, 译. 北京: 国际文化出版公司, 2005.

［8］西格德蒙·弗洛伊德. 精神分析导论讲演［M］. 周泉, 严泽胜, 赵强海, 译. 北京: 国际文化出版公司, 2007.

［9］西格德蒙·弗洛伊德. 抑制、症状和焦虑［M］. 杨韶刚, 高申春, 译. 长春: 长春出版社, 2009.

［10］西格德蒙·弗洛伊德. 癔症研究［M］. 金明星, 译. 长春: 长春出版社, 2010.

［11］米歇尔·福柯. 疯癫与文明［M］. 刘北成, 杨远婴, 译. 北京:

生活·读书·新知三联书店，2013.

［12］海登·怀特．作为文学虚构的历史文本［M］//张京媛．新历史主义与文学批评．北京：北京大学出版社，1993.

［13］茱蒂斯·赫曼．从创伤到复原［M］．施宏达，陈文琪，译．台北：远流出版事业有限公司，2004.

［14］胡全生．英美后现代主义小说叙述结构［M］．上海：复旦大学出版社，2002.

［15］黄佳慧．揭露人性中的恶——对《愚人船》的文学伦理批评［D］．桂林：广西师范大学，2009.

［16］黄铁池．论凯瑟琳·安·波特《愚人船》［J］．外国文学研究，1995（4）：89－95.

［17］黄铁池．当代美国小说研究［M］．上海：学林出版社，2000.

［18］罗德·霍顿，赫伯特·爱德华兹．美国文学思想背景［M］．房烨，等，译．北京：人民文学出版社，1991.

［19］安东尼·吉登斯．社会学（第四版）［M］．赵旭东，齐心，阎书昌，等，译．北京：北京大学出版社，2004.

［20］阿贝尔·加缪．西绪福斯神话［M］．郭宏安，译．北京：新星出版社，2012.

［21］贾月亲．《老人》中的双重结构和多重声音［J］．科技咨询报，2007（13）：25－28.

［22］贾月亲．自我之路——凯瑟琳·安·波特小说《老人》主题和语言风格分析［D］．上海：上海外国语大学，2006.

［23］姜欣．评凯瑟琳·安·波特的南方意识［J］．安徽文学，2009（7）：151.

［24］金鸿宾．创伤学［M］．天津：天津科学技术出版社，2003.

［25］马克·柯里．后现代叙事理论［M］．宁一中，译．北京：北京大学出版社，2003.

［26］李桂荣．创伤叙事——安东尼·伯吉斯创伤文学作品研究［M］．北京：知识产权出版社，2010.

［27］李曼，崔静华．波特小说的淡化情节写作［J］．常州工学院学报，2013（5）：67－10.

［28］李敏."伤痕"与"反思"文学中的创伤叙事研究［D］.济南：山东师范大学，2007.

［29］李扬.美国南方文学后现代时期的嬗变［M］.济南：山东大学出版社，2006.

［30］梁穗梅.精巧的构思、深刻的寓意——评美国作家凯瑟琳·安·波特和她的女性［J］.广西大学梧州分校学报，2000（3）：44-48.

［31］林玉华.创伤治疗：精神分析取向［M］.台北：五南图书出版股份有限公司，2007.

［32］刘翔平.当代积极心理学［M］.北京：中国轻工业出版社，2010.

［33］尼采·弗里德希.论道德的谱系——善恶之彼岸［M］.谢地坤，宋祖良，程志民，译.桂林：漓江出版社，2000.

［34］宁静.从背叛到和解——从圣经原型角度看凯瑟琳·安·波特作品的宗教主题［D］.合肥：安徽大学，2007.

［35］贝尔曼·诺埃尔.文学文本的精神分析：弗洛伊德影响下的文学批评解析导论［M］.李书红，译.天津：天津人民出版社，2004.

［36］钱满素.美国当代小说家论［M］.北京：中国社会科学出版社，1987.

［37］让·保尔·萨特.存在与虚无［M］.陈宣良，等，译.北京：生活·读书·新知三联书店，1987.

［38］申丹.叙事、文本与潜文本——重读英美经典短篇小说［M］.北京：北京大学出版社，2009.

［39］申丹，韩加明，王丽亚.英美小说叙事理论研究［M］.北京：北京大学出版社，2005.

［40］施琪嘉.创伤心理学［M］.北京：中国医药科技出版社，2006.

［41］孙贻红.对《愚人船》的女性主义解读［D］.济南：山东师范大学，2005.

［42］童庆炳.维纳斯的腰带［M］.北京：中国人民大学出版社，2009.

［43］汪民安.身体、空间与后现代性［M］.南京：江苏人民出版社，2006.

［44］王红玲.凯瑟琳·安·波特《旧秩序》的女性成长研究［J］.安徽文学，2009（7）：181-184.

［45］吴良红.从《老人》看凯瑟琳·安·波特的叙述艺术［J］.江苏

科技大学学报, 2006 (3): 41 - 45.

[46] 吴良红. 凯瑟琳·安·波特作品中的叙事视角 [J]. 苏州教育学院学报, 2006 (9): 32 - 37.

[47] 杨娟. 凯瑟琳·安·波特——凶悍的天主教徒 [D]. 苏州: 苏州大学, 2004.

[48] 姚范美. 凯瑟琳·安·波特的女性意识研究 [D]. 武汉: 华中师范大学, 2003.

[49] 肖燕姣. 一个独立而迷惘的灵魂——凯瑟琳·安·波特的政治和宗教观 [J]. 当代外国文学, 2002 (2): 62 - 69.

[50] 薛玉凤. 美国文学的精神创伤学研究 [M]. 北京: 科学出版社, 2015.

[51] 王欣. 创伤、记忆和历史——美国南方创伤小说研究 [M]. 成都: 四川大学出版社, 2013.

[52] 王燕. 品特戏剧话语里沉默的表现与特征 [J]. 英美文学研究论丛, 2013 (1): 169 - 184.

[53] 哈拉尔德·韦尔策. 社会记忆: 历史、回忆、传承 [M]. 季斌, 王立君, 等, 译. 北京: 北京大学出版社, 2001.

[54] 魏懿. 天真的堕落——凯瑟琳·安·波特《马戏》与《坟》的创伤视角解读 [J]. 湖北第二师范学院学报, 2014 (4): 4 - 7.

[55] 魏懿. 无名的"他"——凯瑟琳·安·波特短篇小说《他》中的身份焦虑解读 [J]. 河北科技师范学院学报, 2014 (4): 18 - 22.

[56] 魏懿. 愚人背后的分裂——凯瑟琳·安·波特《愚人船》的主题解读 [J]. 南京师范大学文学院学报, 2016 (1): 99 - 105.

[57] 赵东梅. 心理创伤的理论与研究 [M]. 广州: 暨南大学出版社, 2001.

[58] 赵炎秋. 感受与物化: 狄更斯创作方法再探 [J]. 英美文学研究论丛, 2013 (10): 55 - 67.

二、外文

[1] ALLEN C. Katherine Anne Porter: Psychology as Art [J]. Southwest Review, 1956 (9): 223 - 230.

[2] ALLEN C. The Nouvelles of katherine Anne Porter [J]. University of

Kansas City Review, 1962 (12): 88 – 90.

[3] ALVAREZ R. Royalty in Exile: Pre – Hispanic Art and Ritual in "Maria Concepcion" [M] //UNRVE D H. Critical Essays on Katherine Anne Porter. New York: G. K. Hall, 1997.

[4] AYERS E L, BRADLEY C M. The Oxford Book of The American South: Testimony, Memory, and Fiction [M]. New York and Oxford: Oxford University Press, 1997.

[5] BALAEV M. Trends in Literary Trauma Theory [M]. Manchester: Manchester University Press, 2000.

[6] BANKS M. Unhealed Wounds and Re – Negotiating the Consensus: Trauma in Toni Morrison's Beloved [D]. Halifax: Dalhousie University, 2002.

[7] BEDFORD S. Voyage to Everywhere [J]. Spectator, 1962 (11): 763 – 764.

[8] BENDEL – SIMSO M M. The Politics of Reproduction: Demystifying Female Gender in Southern Literature [D]. Binghamton: State University of New York, 1992.

[9] BLAIR J. Texas and the Deep South in the Stories of Katherine Anne Porter [J]. Journal of the Southwest, Autumn 1995 (3): 495 – 502.

[10] BLEIKASTEN A. A Furious Beating of Hollow Drums toward Nowhere [M] //FAULKNER. Time and History in Faulkner and History. Salamanca: Ediciones Universidad de Salamanca, 1986.

[11] BORCH H V. Die Deutschen sind allzumal grausam, boese und fanatisch: K. A. Poerters "Narrenschiff" [J]. Die Welt, 1962 (9): 24 – 30.

[12] BOWEN Z. Joyce and the Epiphany Concept: A New Approach [J]. Journal of Modern Literature. 1, 1981 – 1982: 103 – 105.

[13] BOYD M J. Our Father's Footsteps: Family Myths and the Southern Heroic Tradition [D]. South Carolina: University of South Carolina, 2000.

[14] BRADBURY M. "Style of Life, Style of Art and the American Novelist in the 1920s", The American Novel and the Nineteen Twenties [M]. London: Edward Arnold, 1971.

[15] BROOKS C. Modern Poetry and the Tradition [M]. Chapel Hill: Uni-

versity of North Carolina Press, 1967.

[16] BRUNDAGE W F. The Fable of the Southern Writer [M]. Baton Rouge and London: Louisiana University Press, 1994.

[17] CARUTH C. Introduction: Psychoanalysis, Culture, and Trauma [J]. American Imago, 1991 (1): 1 – 12.

[18] CARUTH C. Trauma: Explorations in Memory [M]. Baltimore: The Johns Hopkins University Press, 1995.

[19] CARUTH C. Unclaimed Experience: Trauma, Narrative and History [M]. Baltimore: The Johns Hopkins University Press, 1996.

[20] CHARNEY M. Comedy High and Low: An Introduction to the Experience of Comedy [M]. New York: Oxford University Press, 1978.

[21] COBB J C. Redefining Southern Culture: Mind and Identity in the Modern South [M]. Athens and London: The University of Georgia Press, 1999.

[22] CRITCHLEY S. Ethics, Politics, Subjectivity [M]. London: Verso, 1999.

[23] DOUGLAS A. Terrible Honesty: Mongrel Manhattan in the 1920s [M]. New York: Farrar, Straus, and Giroux, 1995.

[24] DEMOUY J K. Katherine Anne Porter's Women: The Eye of Her Fiction [M]. Austin: University of Texas Press, 1983.

[25] DER KOLK B A, DER HART O V. The Intrusive Past: The Flexibility of Memory and the Engraving of Trauma [M] //CARVTHC. Trauma: Explorations in Memory. Baltimore: The Johns Hopkins University Press, 1995.

[26] DUGGAN P, WALLIS M. Trauma and Performance: Maps, Narratives and Folds [J]. Performance Research, 2011 (1): 4 – 17.

[27] ESSLIN M. The Theater of the Absurd [M]. London: Penguin Press, 1980.

[28] FELMAN S, LAUB D. Testimony: Crises of Witnessing in Literature, Psychoanalysis, and History [M]. New York: Routledge, 1992.

[29] FLEISHMAN A. The English Historical Novel [M]. Baltimore: The Johns Hopkins University Press, 1977.

[30] FREUD S. Moses and Monotheism [M]. London: The Hogarth

Press, 1964.

[31] FREUD S. Inhibition, Symptoms, and Anxiety [M] //STRACHEY J. The Standard Edition of The Complete Psychological Works of Sigmund Freud. London: Hogarth, 1974.

[32] FREUD S. Remembering, Repeating and Working – Through [M]. London: Hogarth Press, 1985.

[33] FREUD S. Beyond the Pleasure Principle, Group Psychology and other Works [M]. London: The Hogarth Press, 1995.

[34] FREUD S. The Uncanny [M] //RIVKIV J. Literary Theory: An Anthology. New York: Blackwell Publishing Ltd. , 2004.

[35] GAINES F P. The Southern Plantation: A Study in the Development and the Accuracy of a Tradition [M]. Gloncester, Mass: Peter Smith, 1962.

[36] GARLAND G. Understanding Trauma: A Psychoanalytic Approach [M]. London: Gerald Duckworth, 1998.

[37] GARY E R. Death and Katherine Anne Porter——A Reading of the Long Stories [D]. Oklahoma: Oklahoma State University, 2003.

[38] GASTON P M. The New Creed: A Study in Southern Mythmaking [M]. New York: Baton Rouge, 1971.

[39] GILROY P. Diaspora and the Detour of Identity [M] //WOODWARD K. Identity and Difference. Los Angles: Sage Publications, 1997.

[40] GIVNER J. Katherine Anne Porter [J]. Newsweek (International Edition), 1961 (7): 39 – 42.

[41] GIVNER J. Katherine Anne Porter: A Life [M]. New York: Simon and Schuster, 1982.

[42] GRAY R. Robert Penn Warren: A Collection of Critical Essays [M]. Englewood Cliffs: Prentice – Hall, Inc. , 1980.

[43] HANKINSON S. Politics, Pacifism, and Feminist Liberation in the Works of Katherine Anne Porter [D]. Indiana: Indiana University of Pennsylvania, 1997.

[44] HARDY J E. Katherine Anne Porter [M]. New York: Frederick Ungar, 1973.

［45］ HASSAN I. The Literature of Silence ［M］//CHRISTCHURCH. Essays in Postmodern Theory and Culture. New Zealand: Cybereditions Corporation, 2001.

［46］ HAZZEL H J. Wine, Women, and Song: Gender and Alcohol in Twentieth – century American Women's Fiction ［D］. Nebraska: The University of Nebraska, 2002.

［47］ HENDRICK G. Katherine Anne Porter ［M］. New York: Twayne, 1962.

［48］ HERMAN J L. Trauma and Recovery: From Domestic Ability to Political Terror ［M］. London: Pandora, 2001.

［49］ HIRSCH M. The Mother/Daughter Plot: Narrative, Psychoanalysis, Feminism ［M］. Bloomington: Indiana University, 1989.

［50］ HOLLIBAUGH L K. Southern Crossroads: Science, Religion and Gender in Southern Women's Literature between the World Wars ［D］. New York: Columbia University, 2005.

［51］ JOHNSON J W. Another Look at Katherine Anne Porter ［J］. Virginia Quarterly Review, 1960 (7): 598 – 613.

［52］ KAPLAN C. True Witness: Katherine Anne Porter ［J］. Colorado Quarterly, 1959 (7): 319 – 327.

［53］ KIRMAYER L J. Landscape of Memory: Trauma, Narrative, and Dissociation ［M］//ANTZE P, et al. Tense Past: Cultural Essays in Trauma and Memory. New York and London: Routledge, 1996.

［54］ KRISTEVA J. Powers of Horror: An Essay on Abjection ［M］. New York: Columbia University Press, 1982.

［55］ LACAPRA D. Writing History, Writing Trauma ［M］. Baltimore: The Johns Hopkins University Press, 2001.

［56］ LEVENSON M. The Cambridge Companion to Modernism ［M］. Shanghai: Shanghai Foreign Language Education Press, 2000.

［57］ LEYS R. Trauma: A Genealogy ［M］. Chicago and London: The University of Chicago Press, 2000.

［58］ LOHAFER S. Coming to Terms with the Short Story ［M］. Baton Rouge & London: Louisiana State UP, 1983.

[59] LOPEZ H E. Conversations with Katherine Anne Porter: Refugee from Indian Greek [M]. Boston, MA: Little, Brown, 1981.

[60] MALINOWSKI B. Phatic Communication [M]. Harmondsworth: Penguin, 1972.

[61] MOONEY H J. The Fiction and Criticism of Katherine Anne Porter [M]. Pittsburgh: University of Pittsburgh Press, 1962.

[62] MUHLEN N. Deutsche, wie sie im Buche stehen [J]. Der Monat, 1962 (12): 38 – 45.

[63] NANCE W. Katherine Anne Porter & the Art of Rejection [M]. Chapel Hill: University of North Carolina Press, 1964.

[64] NOCHLIN L. Women, Art, and Power and Other Essays [M]. New York: Harper and Row, 1988.

[65] PINTER H. "Writing for the Theater", in Harold Pinter Plays: One [M]. London: Eyre, Methuen, 1996

[66] POMPEN A. The Ship of Fools (The English Version) [M]. London: Longmans, Greece & Co, 1925.

[67] PORTER K A. The Days Before [M]. New York: Harcourt, Brac and Co. , 1926.

[68] PORTER K A. The Collected Essays and Occasional Writings of Katherine Anne Porter [M]. New York: Delacorte Press, 1970.

[69] PORTER K A. Collected Stories and Other Writings [M]. New York: The Library of America, 2008.

[70] PRINCE G. A Dictionary of Narratology [M]. Lincoln & London: Arizona: University of Nebraska Press, 1986.

[71] PUNZEL A. Patriarchal Voices and Female Authority in Katherine Anne Porter's Miranda Stories [D]. Tucson: University of Arizona, 1997.

[72] RAILEY K. Natural Aristocracy: History, Ideology, and the Production of William Faulkner [M]. Tuscaloosa and London: The University of Alabama Press, 1999.

[73] REED J S. For Dixieland: The Sectionalism of I'll Take My Stand [M] //SULLIVAN W, HARVARD W C. A Band of Prophets: The Vanderbilt A-

grarians after Fifty Years. Baton Rouge: Louisiana University Press, 1982.

[74] RUOFF J, SMITH D. Katherine Anne Porter on Ship of Fools. [J]. College English, 1963 (5): 396 – 397.

[75] RYAN M. Dubliners and the Stories of Katherine Anne Porter [J]. American Literature, 1960 (1): 464 – 473.

[76] SCHNEIDAU H. Waking Giants: The Presence of the Past in Modernism [M]. New York: Oxford University Press, 1991.

[77] SCHOLER M. We're All on the Passenger List [J]. New York Times Book Review, 1962 (4): 1 – 5.

[78] SCHWARTZ E G. Fiction of Memory [J]. Southwest Review, 1960 (3): 204 – 215.

[79] SELF W. The Contemporary British Novel [M]. London: Continuum International Publishing Group, 2007.

[80] SEXTON K A. Katherine Anne Porter's Years in Denver [D]. Denver: University of Colorado, 1961.

[81] SIGNAL D J. The War Within: From Victoria to Modernist Thought in the South, 1919—1945 [M]. Chapel Hill: The University of North Carolina Press, 1982.

[82] SONTAG S. The Aesthetics of Silence [M]. New York: McGraw – Hill Ryerson Ltd, 1982.

[83] Southern Fiction: A Panel Discussion [J]. Bulletin of Wesleyan College, 1961 (1): 12.

[84] TAL K. Worlds of Hurt: Reading the Literatures of Trauma [M]. Cambridge: Cambridge University Press, 1996.

[85] TATE A. Whose Ox [J]. The Fugitive, 1922 (1): 99.

[86] TATE A. Memoirs and Opinions: 1926 – 1974 [M]. Chicago: The Swallow Press, 1974.

[87] TERR L. Unchained Memories: True Stories of Traumatic Memories, Lost and Found [M]. New York: Basic Books, 1994.

[88] TINDALL G. Mythology: A New Frontier in South History [M]. Chicago: University of Chicago Press, 1964.

[89] TITUS M. The Ambivalent Art of Katherine Anne Porter [M]. Athens and London: The University of Georgia Press, 2005.

[90] VAN K, BESSEL A. Psychological Trauma [M]. Virginia: American Psychiatric, 1987.

[91] VAN K, WEISAETH L. Traumatic Stress: The Effects of Overwhelming Experience on Mind, Body, and Society [M]. New York: The Guilford Press, 1996.

[92] VANCE R. Human Geography [M]. Chapel Hill: University of North Carolina Press, 1932.

[93] VERSLUYS K. Out of the Blue: September 11 and the Novel [M]. New York: Columbia UP, 2009.

[94] VICKROY L. Trauma and Survival in Contemporary Fiction [M]. Charlottesville and London: University of Virginia Press, 2002.

[95] WALSH T F. Katherine Anne Porter and Mexico: The Illusion of Eden [M]. Austin, TX: University of Texas Press, 1992.

[96] WARREN R P. Flood: A Romance of Our Time [M]. New York: Random House, 1964.

[97] WARREN R P. Irony with a Center: Katherine Anne Porter [M] // A Collection of Critical Essays. Englewood Cliffs, NJ: Prentice – Hall, 1979: 93 – 108.

[98] WALSH T. Katherine Anne Porter and Mexico: The Illusion of Eden [M]. Austin: University of Texas Press, 1992.

[99] WEATHERMON K L. Inside/Outside: Framing Katherine Anne Porter's Creative Tensions [D]. Pullman: Washington State University, 1999.

[100] WEST R B. Katherine Anne Porter and "Historical Memory" [J]. Hopkins Review, 1952: 16 – 27.

[101] WHITEHEAD A. Introduction of "Trauma" [M] //ROSSINGTON M, et al. Theories of Memory: A Reader. Baltimore: The Johns Hopkins University Press, 2007.

[102] WIESENFARTH J. Illusion and Allusion: Reflections in "The Cracked Looking – Glass" [J]. Four Quarters, 1962 (12): 30 – 37.

[103] WOLFE T. The Hills Beyond [M]. New York: Harper, 1941.

# 后　记

本书在本人博士论文研究成果的基础上修改而成。在其即将付梓之际，许多往事又再次涌上心头。

记得 2013 年怀着激动的心情前往上海师范大学，与当时比较文学与世界文学学科点负责人黄铁池教授畅谈自己的考博计划。在交谈过程中黄教授谈及现代文学中的创伤叙事书写以及相关的一些研究成果，并认为文学作品中的创伤书写研究对于舒缓现代人所面对的巨大生活压力会很有益处。于是创伤书写便成了我跃跃欲试的研究领域。天遂人愿，我十分顺利地考上了黄老师的博士生。三年的博士学习让我收获颇多。许多第一次还历历在目。记得第一次去导师家做客时忐忑的心情，记得第一次看到自己的文章发表在学术期刊上时的兴奋劲，也还记得第一次参加学术讲座和许多同行一起讨论学术话题时的激动之情。这些构成了我学习生涯乃至整个人生中最重要同时也是最宝贵的回忆。然而，颇感遗憾的是在读博士三年期间，黄老师身体一直抱恙，师生两人真正相处的机会并不多。博士毕业之后，又由于工作较为繁忙，我也没有太多时间去医院探望。此时的黄老师健康状况已经每况愈下，但仍然关心着自己的几位在读博士生的开题和论文写作情况。2017 年黄老师撒手人寰，享年 67 岁。黄老师一生始终致力于美国文学的研究，并取得了颇为丰硕的成果。他的部分研究成果也成了该书不可分割的一部分。如今该书的出版或许也是对于导师在天之灵的一种宽慰，同时也是对我传承黄老师治学精神的一种激励。

除了导师之外，在三年的博士学习中有不少人给予过我帮助、指导和鼓励。在这里我想对他们表达我最真挚的感谢。首先，我要感谢上海师范大学比较文学与世界文学学科点的诸位老师。陈红老师以她深厚的学术修养深深影响着我的博士论文的写作和相关学术论文的写作与发表。在黄铁池老师身体欠佳的情况下，陈红老师在某种程度上担当起了我的博士导师的职责。我在论文的写作与发表方面也时常会与陈红老师商议，可谓获益良多。在这里向陈红老师表示我真挚的谢意。其他老师，例如，刘耘华老师、宋丽华老师等在我的博士论文开题和预答辩的过程也给予了我不少宝贵的建议。在此也向上述老师表达我最真挚的谢意。其次，我要感谢硕士时候的老师与同学。卢敏老师和陈庆勋老师为我考博认真地写推荐信，霍红宇老师在我读博期间也时常给予我建议，王长国老师虽身在海外，也时常会打电话问我学业情况，他们对我的关心和鼓励也是我努力完成博士学业的一大动力。此外，我还要特别感谢我现在工作的学校——上海建桥学院外国语学院。学院的领导和同事们始终关心着该书的出版事宜，并对该书部分章节的修改提供了宝贵的建议。相信在这样一个温暖的集体中我今后一定能在学术方面做出更多好的成绩。最后，我要感谢生我养我的父母，没有他们在学业上给我鼓励和支持，我是无法真正实现自己的博士之梦的。"谁言寸草心，报得三春晖"，千言万语也无法诉说完父母对我的关爱与付出。在这里向父母双亲表达儿子最真挚的谢意。

学海无涯。作为一名高校教师，教书育人是一项终生的事业。我会带着三年博士生涯中所学到的知识学问和导师们的谆谆教诲投身到教书育人的岗位中去，在未来的工作、学习和生活中继续努力钻研。